Christiane Baumann

Die Tote im Pfaffenteich

Ein Schwerin-Krimi

EDITION digital
Pekrul & Sohn GbR

Impressum

Christiane Baumann

Die Tote im Pfaffenteich

Ein Schwerin-Krimi

ISBN 978-3-95655-785-9 (Buch)
ISBN 978-3-95655-786-6 (E-Book)

Gestaltung des Titelbildes: Ernst Franta
Foto der Autorin: Sylvana Warsakis
Lektorat: Dr. Volkhard Peter

Alle handelnden Personen und ihre Namen sind frei erfunden. Ähnlichkeiten mit lebenden Personen sind zufällig und nicht beabsichtigt.

Satz: **MEDIENAGENTUR - Franta**, 93462 Lam, Siedlerweg 5
www.medienagentur-franta.de · mail@medienagentur-franta.de

Druck: **Druckerei WIRmachenDRUCK GmbH** 71522 Backnang, Mühlbachstr. 7

© 2017 **EDITION** digital®
Pekrul & Sohn GbR

Godern
Alte Dorfstraße 2 b

19065 Pinnow
Tel.: 03860-505 788
E-Mail: verlag@edition-digital.de
Internet: http://www.edition-digital.de

Sonntag, 31. 7. – Ankunft

Nora Graf fuhr von der Autobahn ab. Auf einem Schild stand ‚Schwerin, 8 Kilometer'. Ihr wurde etwas mulmig zumute. Die Würfel waren gefallen; es wurde wahr, was sie vor Wochen noch für unmöglich gehalten hätte: irgendwo anders als in Berlin leben und arbeiten. Sie hatte die Wahl gehabt: entweder ab ersten August die Stelle in Schwerin oder das war's erst mal mit ihrem Job bei der Kripo.

Wenig später passierte Nora das Ortseingangsschild. Nur einzelne Fahrzeuge waren an diesem frühen Sonntagabend Richtung Zentrum unterwegs. Robert hatte ihr die Strecke vorgebetet, weil er wusste, dass sie aufs Navi verzichten würde. Der Gedanke an ihn war tröstlich. Wie rührend ihr Mann sie in den letzten Tagen betuttelt hatte; als träte sie eine Reise in die mongolische Steppe an. Dabei ging ihre Fahrt in die Stadt, in der sie vor siebenundvierzig Jahren zur Welt gekommen war und ihre ersten acht Lebensjahre verbracht hatte. Nach dem Umzug ihrer Familie nach Berlin war der Kontakt zu den Schweriner Familienangehörigen bald eingeschlafen. Nora hatte längst aufgehört, sich und ihre Geburtsstadt in irgendeiner Weise miteinander zu verbinden. Auch als feststand, dass sie hierhin strafversetzt werden würde, hatte sie nicht nach Kindheitserinnerungen gekramt.

Nora registrierte die vielen Wahlplakate am Straßenrand. Ah ja, sie hatte irgendwas von Landtagswahlen in Meck-Pomm gehört. An Laternenmasten hingen bis zu fünf Plakate übereinander. Wer sollte die denn beim Vorbeifahren lesen können! Dann ein Umleitungsschild. Noch eins. Betraf sie das etwa? Das hätte Robert wissen müssen! Nora beschloss, die Schilder zu ignorieren. Weil auf einmal der Wunsch in ihr aufkam, das Schloss zu sehen. Und da war es schon. Eingetaucht in die letzten Strahlen der untergehenden Sonne. Ein Märchenschloss! Na ja, bis auf den Baukran.

Der trübte den Schlossblick und half Nora, ein aufsteigendes Tränchen der Rührung zu unterdrücken.

Aber irgendwas stimmte nicht. Offensichtlich hatten die Umleitungsschilder einen Sinn gehabt. Sackgasse war angezeigt. Sie war falsch. Nora bog nach links ab und hielt. Wieso denn Sackgasse! Sie nahm den Stadtplan zur Hand und suchte ihr Ziel, den Pfaffenteich. Der würde wohl immer noch an seinem Platz sein. Nun gut, das müsste zu packen sein, umkehren, immer den Obotritenring lang, dann rechts halten ... okay. Nora folgte den Hinweisen und landete schließlich in der Alexandrinenstraße. Links lag der Pfaffenteich. Es war fast geschafft, den Teich einmal umkurven, und sie wäre am Ziel. Nein, unmöglich. Was war das denn für eine Verkehrsführung! Sie wollte unbedingt im Hellen ankommen; viel Zeit blieb nicht mehr. Rechts von ihr ein mächtiges, ocker angestrichenes Gebäude mit Zinnen und Türmchen. Das erkannte sie, aber der Name war weg. Nora wendete das Auto. Die Alexandrinenstraße zurück und rechts rum. In die Schelfstraße. Auch gesperrt. Mann oh Mann! Halt weiter geradeaus bis zur Werderstraße. Die durfte befahren werden. In der Ferne erschien der große Turm des Schlosses. Nora konzentrierte sich auf die rechts liegenden Seitenstraßen. Sie fuhr die Amtstraße runter, an einer Kirche vorbei, und Nora war endgültig überzeugt, verkehrt zu sein. Sie konnte nur noch abwärts fahren. Gott sei Dank, am Ende einer abschüssigen Straße schimmerte der Pfaffenteich.

Ein Notruf

Nora meldete sich bei der Pensionswirtin, einer kleinen, freundlichen älteren Dame, und wurde herzlich begrüßt. Ihr Zimmer lag im Hochparterre, war überraschend geräumig und gefiel Nora auf Anhieb. Es war ausgestattet mit altmodischen Möbeln und verfügte glücklicherweise auch über einen Kühlschrank. Das Doppelbett und der Kleiderschrank waren weiß lackiert und leicht verschnörkelt.

Mit Blick zum Pfaffenteich gab es einen Erker mit vielen Fenstern, der mit einem roten Vorhang vom Rest des Zimmers abzutrennen war. Im Erker zwei schmale Korbsessel und ein dazugehörendes rundes Tischchen, auf dem eine Vase mit Kunstblumen stand. Nora schob eine Gardine beiseite und schaute hinaus. Inzwischen war es fast dunkel geworden. Sie erkannte eine Anlegestelle. Die Fähre! Ja, klar. Die fuhr also noch wie zu Kinderzeiten.

Das Handy meldete sich. Robert. „Bin gerade angekommen", erzählte sie. „Das war vielleicht eine Rumkurverei in der Stadt, überall Sackgassen, Einbahnstraßen und Umleitungen. Aber ich habe ein sehr schönes Zimmer. Du wirst es mögen."

Ihr Ehemann wollte wissen, ob sie den Fernseher ausprobiert hatte. Es gehörte zu seinen Gewohnheiten, gleich nach dem Einchecken in Hotels oder Pensionen das Fernsehgerät im Zimmer einzuschalten. Und Nora betete immer, dass es funktionierte, denn sonst war seine Laune erst mal verdorben.

Nora drückte die entsprechenden Tasten; der Bildschirm blieb schwarz.

„Geht er?", fragte Robert.

„Selbstverständlich", versicherte Nora ihm, „aber ich habe keine Lust auf Fernsehen. Ich muss die Koffer auspacken und überhaupt. Im Sommer laufen sowieso nur Wiederholungen. Hast du Daphne gesprochen?"

„Deine Tochter schwelgt im siebten Liebeshimmel, darüber vergisst sie ihren alten Vater."

„Mich ruft sie noch viel seltener an als dich."

„Ihr seid euch eben ähnlich. Nora, Schatz, wirklich alles okay mit dir?"

„Keine Sorge, Robert, ich bin schon groß. Und ich bin nicht in Sibirien, sondern in einer deutschen Landeshauptstadt. Alles paletti."

Nach dem Gespräch packte Nora die Koffer aus und räumte ihre Sachen in den Schrank und in zwei Kommoden. Dabei rollte etwas aus einem Pulli auf den Boden. Überrascht hob Nora einen kleinen Holzelefanten auf. Den hatte Robert ihr von einer Indien-Reise mitgebracht. Sie war gerührt, dass er das Andenken in den Koffer geschmuggelt hatte und stellte es auf das Nachtschränkchen.

Nora holte sich aus dem Kleiderschrank ein paar legere Klamotten zum Umziehen. Nach dem Schließen der Schranktüren stand sie unvermittelt ihrem Spiegelbild gegenüber und war irritiert. Sie entdeckte einen ungewohnt angestrengten Zug an sich, das mochte aber auch am Pferdeschwanz liegen. Nora löste ihn, und als ihr Gesicht von ihrem blonden Haar gerahmt wurde, war sie mit ihrem Äußeren wieder zufrieden. Sie hatte kaum Falten. Konnte sein, dass sie deshalb oft um Jahre jünger geschätzt wurde. Der Bauch war noch flach. Sie befand sich im Mittelfeld der ansehbaren Frauen ihrer Altersgruppe, dachte sie über sich.

Nora schlüpfte in eine bequeme Hose, zog sich Socken und Strickjacke an. Ihr war kalt geworden. Ein Tee wäre wunderbar. Sie spähte auf den Flur hinaus, wo sie ein Tischchen mit Wasserkocher entdeckt hatte. Teebeutel ihrer Lieblingssorte hatte sie mitgebracht. Mit einer Tasse Earl Grey und einer Stulle setzte sie sich in den Erker. Auf den Straßen war kaum noch Verkehr. Nur ab und zu bog ein Auto um die Ecke, dann aber sehr geräuschvoll. Oh je, Lärm in der Nacht konnte sie gar nicht ab. Fraglich, ob Hörstöpsel ausreichen würden, um genügend Schlaf zu finden.

Noch vor elf Uhr legte Nora sich ins Bett. Doch um einzuschlafen, schwirrten ihr einfach zu viele Gedanken im Kopf herum. Morgen war ein entscheidender Tag. Wie würden die neuen Kollegen sie empfangen? Wussten die von der Strafversetzung und ihren Gründen? Man hatte ihr eine Mitschuld am Tod ihres Partners vorgeworfen. Konkretes Fehlverhalten konnte ihr nie nachgewiesen werden, trotzdem wollte niemand enger mit ihr zusammenarbeiten. Letztlich hatte ihr Chef gemeint, sie vor Mobbing schützen zu müssen. Warum aber Schwerin? Sie jedenfalls hatte ihren Ex-Chef nicht mit der Nase drauf gestoßen, dass sie gebürtige Schwerinerin war.

Sie hatte keine Schuld an Christians Tod. Bei der Verfolgung eines Bewaffneten war er übereifrig gewesen, hatte sie beide in Not und Gefahr gebracht, statt auf Verstärkung zu warten. Kopflos und ohne Deckung war er dem Flüchtigen hinterher, ließ sich nicht zurückhalten. Schon Sekunden später knallte es. Christian hatte seinen Übermut teuer bezahlt.

Ihre Versetzung war dagegen ein geringer Preis. Eigentlich lächerlich. Doch Nora hing an ihrer Arbeit in der Mordkommission, und bis zu Christians Tod war sie von den Berliner Kollegen geschätzt worden. Sie hatte ein Leben geführt, wie es ihr gefiel, und nun war alles brüchig und ungewiss geworden. Das konnte auch ihre Beziehung zu Robert betreffen. Zwar hatten sie sich in den vergangenen Wochen wieder angenähert, doch Nora gab sich keinen Illusionen hin. Robert war als freischaffender Fotoreporter viel unterwegs, und ‚Treue‘ war für ihren Ehemann ein dehnbarer Begriff.

Nora wälzte sich im Bett rum; nach zwanzig Minuten gab sie auf. Ein paar Schritte am Pfaffenteich entlang würden ihr helfen, müde zu werden. Sie überlegte, in welche Richtung sie sich wenden sollte. Ganz um den Pfaffenteich herum zu laufen, wäre um diese Nachtzeit wohl zu viel des Guten. Links waren mehr Lichter; Nora hörte einzelne Rufe, also nach links, zur Altstadt, wo noch Leben war.

Am Ufer des Pfaffenteiches führten flache Stufen bis ans Wasser. War das immer schon so gewesen? Egal. Nur keine unnützen Vergleiche mit der Vergangenheit anstellen.

Jugendliche, die lautstark miteinander stritten, lungerten dort herum. Leere Bierdosen schepperten über die Stufen. Nora behielt die kleine Gruppe im Blick, während sie in gebührendem Abstand an ihr vorüber ging.

Sie ließ eine Art Biergarten hinter sich. Der war bestimmt erst nach DDR-Zeiten entstanden. Ein Straßenschild ,Arsenalstraße'. Ja, in der Straße, weiter oben, hatten sie gewohnt. Oder irrte sie sich? Mein Gott, war das lange her. Warum hatte sie ihre Kindheit in Schwerin ,einfach so' vergessen?

Sie stand erneut vor dem ockerfarbenen Gebäude mit Zinnen und Türmchen, an dem sie vor wenigen Stunden vorbeigefahren war. Plötzlich war der Name da. Arsenal, na klar!

Nora drehte sich einmal um ihre Achse. Sie empfand die Umgebung als vertraut und fremd zugleich; ein irritierendes Gefühl. Einige Schritte weiter stieß Nora auf die Fähre. ,Petermännchen', oder? War die Anlege-stelle nicht genau in der Mitte des Teiches gewesen, wo es hoch zum Bahnhof ging? Aber konnte sie erwarten, dass sich in der Stadt in den vergangenen fast vierzig Jahren nichts verändert hatte? Unwillkürlich schritt sie schneller aus. Mal gucken, ob es die andere Anlegestelle noch gab. Tatsächlich, es gab sie.

Nora wollte zufrieden umkehren. Plötzlich fesselte etwas Unebenes im Pfaffenteich ihre Aufmerksamkeit. Nora wusste, bevor sie es deutlich sehen konnte, dass es sich offenbar um eine erwachsene Person handelte.

Obwohl sie rasch handeln musste, zögerte Nora. Seit Kindertagen hatte sie Angst vor offenen Gewässern und mied nach Möglichkeit jeden Kontakt mit ihnen. Nun musste sie im Dunkeln an den Rand des Teiches, um eventuell noch zu helfen. Obwohl ihr Bauchgefühl sagte, dass jede Hilfe zu spät kommen würde. Nora stieg über den kleinen metallenen Uferzaun und bewegte sich vorsichtig die schräge Uferböschung hinunter. Sie wollte auf keinen Fall ausrutschen. Unten angelangt, erkannte sie an der Kleidung, dass eine Frau verunglückt war. Mehrmals rief Nora *hallo*, doch sie erhielt keine Antwort. Sie ahnte Schlimmes.

Nora kniete sich hin und versuchte, die Frau mit ausgestrecktem Arm zu erreichen. Vergeblich. Was nun? In den Teich? Nein, das konnte sie nicht; ihre Angst vor dem Wasser war zu groß.

Nora richtete sich auf. Kein Mensch war auf der Straße; kein Auto, das sie anhalten konnte.

Ein zweites Mal hockte sie sich hin und hangelte nach einem Zipfel der Kleidung. Sie beugte sich weit vor und verlor beinahe ihr Gleichgewicht. Im letzten Moment griff sie nach einem Grasbüschel und fand gerade Halt genug, um einen Sturz ins Wasser zu vermeiden. Der Schreck saß ihr tief in den Knochen, und ihr Herz pochte hoch im Hals. Nora wählte den Notruf.

Nora als Zeugin

Während Nora auf die Einsatzkräfte wartete, konnte sie keinen klaren Gedanken fassen. Was war denn los mit ihr! War sie etwa wegen eines Leichenfundes so durcheinander? Oder war sie nur von der Rolle, weil ihr ausgerechnet am ersten Abend in Schwerin eine Tote vor die Füße fiel?

Endlich! Polizeisirenen! Erleichtert zeigte Nora den Kollegen, was sie entdeckt hatte. Dann gab sie bei einem Schutzpolizisten ihre Personalien zu Protokoll und trat hinter die Absperrung. Die Leiche wurde geborgen und der Fundort weiträumig abgesperrt. Scheinwerfer tauchten den Einsatzort in ein unangenehm grelles Licht. Eine Expertin begann, die tote Frau zu untersuchen, und Neugierige sammelten sich hinter dem Absperrband. Nora machte einige Fotos mit ihrem Smartphone.

Ein dicker, glatzköpfiger Kripobeamter näherte sich den Schaulustigen, zeigte auf Nora und winkte sie zu sich heran. „Sie haben die Tote entdeckt?", fragte er, und als sie nickte, forderte er ihren Ausweis.

Nora schätzte den massigen Mann, der sie um einen halben Kopf überragte, auf Anfang fünfzig. Seine ungewöhnlich buschigen Augenbrauen fielen ihr auf. Mit Vollbart könnte er glatt als Seemann durchgehen.

„Nora Graf", las der Beamte mit tiefer Stimme den Namen vom Ausweis ab, „Sie leben wo?"

„Im Prinzip in Berlin, aber ab morgen arbeite ich in Schwerin. Ich wohne vorerst in der Pension dort." Sie wies mit einer schnellen Handbewegung auf die gegenüberliegende Seite des Teiches und überlegte, ob sie sich als Kollegin zu erkennen geben sollte.

„Was arbeiten Sie denn?", wollte er wissen.

„Ich bin Kriminalhauptkommissarin, und Sie sind ...?"

„Hansen, Bert Hansen. Leitender Ermittler. So, so, die Neue." Er musterte sie ungeniert.

Die erste Begegnung mit Schweriner Kollegen hatte Nora sich anders vorgestellt. Zumindest hatte sie in einem sauberen Outfit erscheinen wollen, stattdessen waren ihre Klamotten verdreckt. Zwar unwichtig angesichts einer Toten, trotzdem war es unangenehm.

„Was getrunken?"

„Na, hören Sie mal! Selbst wenn, ist das in Schwerin verboten?"

„Schon gut, schon gut. Haben Sie jemanden in der Nähe beobachtet? Ist wer weggelaufen?"

„In der unmittelbaren Nähe war niemand. Im Biergarten weiter vorn neben den Stufen saßen ein paar Leute. Unwahrscheinlich, dass die was gesehen haben. Die waren zu weit weg."

„Und was haben Sie zu dieser Zeit am Pfaffenteich gewollt, Frau Graf?"

„Ich bin spazieren gegangen. Frische Luft tanken."

„So spät? Und allein?"

„Ich bin schon groß. Kann ich meinen Ausweis zurück haben?"

„Wenn ich Sie überprüft habe."

„Können Sie sich sparen. Ich habe bereits Angaben gemacht."

Hansen winkte ab. „Warten Sie hinter der Absperrung. Bitte mit Geduld, falls wir noch Fragen haben." Nach zwei Schritten drehte er sich um und rief: „Und nichts anfassen, ja!"

Idiot, dachte Nora, verärgert über seine belehrende Art. Der Hansen behandelte sie wie eine x-beliebige Zeugin. Nun gut, sie hatte vorhin ein bisschen Nervenflattern gehabt, sich für einige Minuten verunsichert gefühlt. Aber das war vorbei, und Hansen hatte davon kaum was bemerken können. Sie war ein Profi, Strafversetzung hin oder her.

Kurzerhand hob Nora in einem unbeobachteten Moment das Absperrband an und mischte sich unter die Kollegen, die um die Leiche herumstanden. Dass die Tote älteren Jahrgangs war, hatte Nora schon mitbekommen. Die Frau sah auf den ersten Blick völlig unverletzt aus, beinahe friedlich. Ein dünner Streifen hellerer Haut am linken Handgelenk ließ vermuten, dass dort offenbar eine Armbanduhr fehlte. Und am rechten Fuß fehlte ein Schuh, eine rote Sandale. An jeder Hand goldene Ringe; einer schien Nora ein Ehering zu sein.

Die Tote trug einen hellen Rock, eine Bluse und eine kurze dunkelblaue Jeansjacke. Zu jugendlich angezogen, ging es Nora durch den Sinn.

„Hey, Sie, weg da!" Nora wurde unsanft beiseite gezerrt. Ein schlaksiger Mann mit einem Jungengesicht hielt sie am Arm gepackt. „Sie wissen doch, dass dieser Bereich für Sie tabu ist, Frau Graf!" Er löste seinen Griff. „Keine Ahnung, wie die Berliner Kollegen so arbeiten, aber bei uns haben Unbefugte am Tatort nichts verloren."

„Die Berliner Kollegen sagen einem wenigstens, wer sie sind, bevor sie einer Unbefugten fast den Arm brechen", konterte sie. „Kann ich Ihren Worten entnehmen, dass die Frau an dieser Stelle umgebracht wurde? Sie sprachen von ‚Tatort'?"

„Hoppla, war ich wohl zu voreilig; mein Fehler." Er reichte ihr den Ausweis zurück. „Mein Name ist Klein, Holger mit Vornamen. Und pardon wegen dem Arm."

Nora legte ihren Kopf leicht in den Nacken und schaute in dunkle, unruhige Augen. Sein üppiges schwarzes Haar gefiel ihr.

„Wenn Sie wollen, können Sie gehen", sagte er.

Nora rieb sich am Oberarm. „Wie ist die Frau denn gestorben? Ist sie ertrunken?"

„Netter Versuch. Sehr hartnäckig. Der Chef will Sie morgen früh gleich sehen. Er schickt gegen acht jemanden zu Ihnen, der Sie abholt, damit Sie sicher zur Dienststelle finden. Äh, und damit keine weitere Leiche zufälligerweise Ihren Weg kreuzt. Bis dahin." Mit langen Schritten entfernte er sich.

Nora rief Robert an. Er würde staunen, wenn er hörte, was ihr am ersten Abend in Schwerin passiert war.

Montag, 1. 8. – Der neue Kollege

Vom nächtlichen Leichenfund und dem Einsatz der Kripo stand nichts in der Montagszeitung, die im Frühstücksraum auslag. Kein Wunder, dachte Nora, die Meldung war für die Presse zu spät gekommen. Oder Hansen hatte sie mit Absicht zurückgehalten, bis feststand, wer die Tote war.

Ein Artikel über eine Vergewaltigungsserie in der Stadt weckte Noras Interesse. Seit Beginn des Frühjahrs waren drei junge Frauen Opfer geworden. Die Verbrechen geschahen in Abständen von ein bis zwei Monaten, und alle Frauen hatten sie überlebt. Der Zeitungsschreiber klagte über die Unfähigkeit der Polizei, den Täter zu fassen. Dass es sich um ein und denselben handeln musste, war seiner Meinung nach sonnenklar. Nora ärgerte sich über die vermeintliche Anteilnahme des Berichtes, der zugleich Angst vor einer neuerlichen Tat schürte. Die – so war zwischen den Zeilen unschwer herauszulesen – würde unmittelbar bevorstehen.

Nora faltete die Zeitung zusammen und sah sich im Frühstücksraum um. Er befand sich im Obergeschoss und glich mit seinem Prunkstück von Büfett einem Wohnzimmer aus den 50er Jahren. Der Raum war fünfeckig und vollgestellt mit Esstischen verschiedener Größe und Form. Vier Türen gingen von ihm ab; an einer hing ein Schildchen mit der Aufschrift ‚privat‘. Die anderen waren vermutlich Gästezimmer. Nora blieb an diesem frühen Morgen allein und wurde von der Pensionswirtin persönlich umsorgt. Auf den kaputten Fernseher angesprochen, versprach sie bis zum Abend Abhilfe.

Nora hatte schlecht geschlafen. Die Tote im Pfaffenteich hatte für eine unruhige Nacht gesorgt. Robert hatte ihr erst nicht geglaubt, als sie ihm vom Leichenfund erzählte, und gemeint, sie scherze. Würde sie sich aber nie erlauben, weil Robert alles hasste, was mit Tod zusammen hing. Auch der Verkehrslärm, der am frühen Morgen einsetzte, und Möwengeschrei hatten Nora den Schlaf geraubt. Möwen wie an der Ostsee! Das allerdings würde ihrem Mann gefallen.

Um die Zeit bis acht auszufüllen, zog Nora das Frühstück in die Länge. Warum wurde sie abgeholt? Sie brauchte kein Taxi, konnte selbst fahren. Dass Hansen einfach nett sein wollte, war eher unwahrscheinlich. Er würde sie noch einmal zur gestrigen Nacht befragen. Das kannte sie, Zeugen immer mit denselben Fragen löchern, bis zum Erbrechen. Ab und zu hatte man Glück, und denen fiel tatsächlich noch was ein.

Ungeduldig checkte Nora ihre Uhr. Sie wollte den beruflichen Neuanfang hinter sich bringen; die Kollegen und ihr neues Aufgabengebiet kennenlernen.

Zehn Minuten vor acht hallte ihr Name durchs Haus. Eine männliche Stimme mit deutlichem norddeutschem Akzent rief: „Hallo, Frau Graf? Nora Graf, hallo?"

Schnell schnappte Nora sich ihre Jacke und eilte zur Treppe. Im unteren Eingangsbereich erwartete sie ein stark gebräunter, mittelgroßer Sonnenbrillenträger. Gekleidet in Jeans und über die Hose fallendem kariertem Hemd, dessen kurze Ärmel Ansätze bunter Tattoos sehen ließen.

Sein lockeres Aussehen verleitete Nora zu der Annahme, er wäre ein Taxifahrer. Der Mann schob seine Brille in die Stirn und reichte ihr die Hand. Tiefblaue Augen schauten sie neugierig an. „Thomas Weller."

Also kein Taxifahrer.

„Nora Graf", erwiderte sie.

„Dachte ich mir. Können wir gleich los? Hansen wartet äußerst ungern."

Thomas Weller deutete ein leichtes Nicken und ein Lächeln an. Ging vor Nora zur großen schweren Eingangstür und hielt sie auf. Dasselbe tat er für sie mit der Beifahrertür, setzte sich hinters Steuer, schob seine Brille auf die Nase und fuhr los.

Es war windig und der Himmel trüb. Kein Wetter für das Tragen einer Sonnenbrille. Aber vielleicht hatte er was mit den Augen, eine besondere Krankheit.

Sie schwiegen eine Weile, für Nora war das okay. Sie hatte keine Lust auf Smalltalk, schaute aus dem Fenster, um sich die Fahrstrecke zu merken; ab und zu sah sie zu ihrem Kollegen rüber. In Gedanken sprach sie mehrmals seinen Namen aus, Thomas Weller, Thomas Weller, um ihn sich einzuprägen. Beinahe erschrak sie, als er sie ansprach. „Sie haben gestern die tote Frau im Pfaffenteich gefunden, habe ich gehört. Tut mir echt leid."

„Wieso?"

„Na ja, sind gerade angekommen, wollen die Stadt beschnuppern und dann sowas. Muss doch ein Schock gewesen sein. Hatten Sie trotzdem eine erholsame Nacht?"

„Danke, war erträglich. Gibt es Neues zur Toten? Ist inzwischen bekannt, wer sie ist?"

„Sie fragen den Falschen, Frau Graf. Habe zwar für Hansen diese Fahrt übernommen, aber sonst fast nix mit ihm zu tun. Um Leichen schlage ich gewöhnlich einen riesigen Bogen."

„Was ist Ihr Bereich?"

„Einbrüche, Diebstahl und sowas in der Art. Eben schlichte Polizeiarbeit."

„Seit wann?"

„Von Anfang an."

„Und wie läuft's beim Einbruch?"

Er zuckte die Achseln. „Eher schlecht. Die Aufklärungsquote lässt bekanntlich sehr zu wünschen übrig. Und Sie? Wie lange sind Sie bei der Truppe?"

Bestimmt länger als du, dachte Nora. Sie schätzte den Kollegen auf Anfang vierzig. Weil sie nicht gleich zu erkennen geben wollte, dass sie älter war als er, antwortete sie absichtlich etwas nebulös und ausweichend. „Ich wollte schon immer zur Kripo."

Er gab sich mit dieser Auskunft zufrieden. Sie fuhren am Schloss vorbei stadtauswärts. Nach einer Weile kam er mit einem anderen Thema: „Ihre Herfahrt gestern verlief ohne Probleme?"

Ja, wollte Nora antworten, bis ihr die vielen Straßensperrungen und Umleitungen einfielen. Ein gewisser Unmut darüber war zurückgeblieben, und sie erzählte davon. „Es war einfach kein Durchkommen zur Pension."

„Das lag an den Schlossfestspielen", erklärte er, „Open-Air auf dem Alten Garten. Von Freitag bis Sonntag ,Aida', noch bis Ende August. Sehr empfehlenswert, falls Sie sich für Opern interessieren. Umleitung war doch ausgeschildert, oder?"

„Schon. Ich war wohl zu ungeduldig und unaufmerksam."

„Schwerin ist eine kleine Stadt", fuhr er fort, „die kleinste Landeshauptstadt in Deutschland. Es wird Ihnen bei uns gefallen. Wir haben auch eine wunderbare Landschaft, viele Seen. Sportmöglichkeiten ohne Ende." Er schaute kurz zu ihr. „Na ja, als Berlinerin ist das für Sie wie Provinz. Sie müssen sich erst einleben. Ist die Pension in Ordnung?"

Der redete wirklich wie ein Taxifahrer, fand Nora. Zugleich beruhigte sie, dass Thomas Weller keinen Dunst von ihrer Strafversetzung hatte. Woher auch, als Kollege vom Einbruchsdezernat?

„Die Pension ist ein bisschen altmodisch", antwortete sie, „dafür habe ich sogar einen Kühlschrank im Zimmer. Der Fernseher ist zwar kaputt, soll aber heute Abend wieder funktionieren. Das Frühstück ist fantastisch. Soweit alles paletti. Nur das Wetter könnte etwas zulegen, von wegen Hochsommer. Leben Sie schon lange in Schwerin?"

Er lachte amüsiert auf. „Schon lange und überaus gerne. Mir gefällt die Stadt viel besser als das hektische Berlin."

„Vorsicht, sehr, sehr dünnes Eis", murmelte Nora vor sich hin. Beide schwiegen, bis sie die Kriminalpolizeiinspektion erreicht hatten.

Die Jungs vom Pfaffenteich

Holger Klein blieb an seinem Platz vor Hansens Schreibtisch sitzen und nickte Nora bloß zu. Bert Hansen dagegen erhob sich, reichte ihr die verschwitzte Rechte, wies auf einen freien Stuhl und plumpste in einen breiten Schreibtischsessel, der unter seinem Gewicht ächzte.

„Kommen wir gleich zur Sache, Frau Graf", begann er und zeigte ihr ein Bild. „Die Tote aus dem Pfaffenteich. Ist sie Ihnen bekannt?"

Nora fand seine Frage abwegig. „Das wäre schon sehr verrückt, Herr Hansen. Woher sollte ich diese Frau kennen? Bin erst gestern Abend in Schwerin eingetroffen und war vor Jahrzehnten das letzte Mal hier." Auch wenn sie für völlig unwahrscheinlich hielt, mit der Person etwas anfangen zu können, betrachtete sie das Foto eingehend. Die Augen der Toten waren geschlossen, ihre Haare lang bis zum Nacken, strähnig vom Wasser; im Gesicht war keine Verletzung zu sehen. Das Alter der Frau schätzte Nora auf Mitte fünfzig oder älter. Nora schüttelte den Kopf. „Absolut unbekannt. Gibt es keine passende Vermissten-Meldung?"

„Bisher nicht."

„Die Tote hatte einen Ehering. Ach ja, und keine Armbanduhr. Das ist mir aufgefallen."

Hansen räusperte sich hörbar, und seine Stimme nahm eine gewisse Strenge an. „Und sonst? Außer diesen Gästen in der Freiluftgaststätte am Pfaffenteich, Sie meinen bestimmt die ‚Arsenal-Terrasse‘, war vielleicht doch noch jemand in der Nähe?"

„Nee, tut mir leid."

„Die Tat könnte gerade geschehen sein. Haben Sie jemanden weglaufen sehen?"

„Herr Hansen, so genau habe ich die Gegend nicht beobachtet. Ich habe mich wie eine Touristin verhalten und war unkonzentriert."

„Sie sind meine wichtigste Zeugin, Frau Graf, und zugleich vom Fach. In gewisser Weise eine glückliche Fügung für uns."

„Mag sein, aber Mordkommission ist für mich leider passé."

Hansen winkte ab. „Profi bleibt Profi."

„Der erste Passant, den ich greifen konnte, der kam etwa fünf Minuten, nachdem ich den Notruf abgesetzt hatte. Vorher war niemand da."

„Dann haben wir ziemlich wenig. Eine namenlose weibliche Leiche ohne Armbanduhr und Handtasche; sie wird ja wohl als Frau eine dabei gehabt haben, nehme ich an. Taucher habe ich auf die betreffende Stelle im Pfaffenteich angesetzt."

„Die rechte Sandale des Opfers sollten Sie gleich mit suchen lassen."

Hansen schaute missmutig. „Woher wissen Sie, dass die fehlt?"

„Ich habe den bloßen Fuß gesehen, als man die Frau aus dem Wasser zog."

„Außer einem nackten Fuß haben Sie nichts Neues von Ihrem nächtlichen Spaziergang anzubieten?"

„Nein", antwortete Nora, „ist schon festgestellt, wie die Frau starb? Ist sie ein Fall für Sie und Ihr Team?"

„Wir haben ein vorläufiges Obduktionsergebnis. Mehr kann und will ich Ihnen dazu nicht sagen."

Nora lächelte Hansen an. „Immerhin habe ich die Leiche gefunden. Ist das kein Grund, mir das Ergebnis anzuvertrauen?"

„Nein", sagte er kategorisch.

Trotz seiner entschiedenen Abwehr versuchte Nora, ihm Infos zu entlocken. „Gehen Sie von Raubmord aus?"

„Schön langsam mit den voreiligen Spekulationen, ja."

„War nur eine naheliegende Frage. Ein paar Indizien sprächen dafür."

„Das wird sich zeigen. Möchten Sie ein Glas Wasser?" Ohne ihre Antwort abzuwarten, machte Hansen Holger Klein ein Zeichen, und der brachte Nora das Wasser. Aha, der war also, wie vermutet, der Assi vom Chef. Nora dankte dem jungen Kollegen. Sie trank, und plötzlich fiel es ihr wie Schuppen von den Augen: die Jungs vom Pfaffenteich!

Nora stellte das Glas abrupt ab. „Eine Beobachtung hätte ich doch, Herr Hansen. Ein paar junge Männer hielten sich bei den Stufen am Pfaffenteich auf, als ich dort vorbei und in die Alexandrinenstraße bin, da, wo dieses Gebäude ... na, wie heißt dieses große Dings links noch mal?"

„Arsenal. Sollte Ihnen als Schwerinerin bekannt sein."

„Ich bin hier nur geboren."

„Und sogar zur Schule gegangen."

„Woher haben Sie das von mir und der Schule?"

„Bin immer gern ein wenig über neue Kollegen informiert. Sie werden aus Ihren Schweriner Kindertagen doch kein Geheimnis machen wollen, oder?"

Nora war irritiert, dass Hansen offenbar mehr über ihre Schweriner Zeit wusste, als ihr angenehm war. Sie hatte eine ruppige Erwiderung auf der Zunge, nach einem Seitenblick zu Hansens Assi verkniff sie sich die aber.

„Wie viele Jungs waren es?", fragte Hansen betont sachlich.

„Drei oder vier, oder auch fünf, nein, höchstens vier. Alter schätzungsweise zwischen achtzehn und zweiundzwanzig. Sie stritten ziemlich heftig miteinander. Wahrscheinlich waren alle angetrunken. Bierdosen schepperten rum. Kleidung? Vorrangig schwarz, Jeans, Kapuzenshirt, Turnschuhe. An einen Rucksack erinnere ich mich. Für ein Phantombild wird's zu dünne sein."

„Sahen oder hörten Sie später noch was von dieser Clique?"

„Nein, absolut nichts."

„Danke. Das war's erst mal", knurrte Hansen und verständigte sich wortlos mit seinem Assistenten Holger Klein. Der verließ das Zimmer, und Nora vermutete, er gab den Startschuss für die Suche nach den Jugendlichen.

Sie stand auf, Hansen ebenfalls. Er schüttelte ihr kräftig die Hand. „Willkommen bei uns."

„Danke", murmelte Nora, zögerte aber zu gehen.

„Ja?"

„Verdächtigen Sie etwa diese jungen Männer, Herr Hansen? Warum sollten die sich ganz in der Nähe des Fund- oder Tatorts rumtreiben, wenn sie was mit der Toten zu tun hätten? Das wäre ziemlich doof."

„Haben Sie eine Ahnung, wie dämlich Jungs manchmal sein können? Vor allem, wenn sie angetütert sind? Davon abgesehen, wir suchen mögliche Tatzeugen. Es besteht wenig Aussicht, die Gäste von der ‚Arsenal-Terrasse' zu identifizieren. Bei den Kerlen haben wir eventuell mehr Glück. Deshalb suchen wir sie, vorerst als Zeugen, nicht als Verdächtige. Als Zeugen, Frau Graf." Mehr zu sich und mit abgewandtem Gesicht fügte er leiser hinzu. „Sollten Sie eigentlich wissen."

Neue Aufgabe

Nach dem Gespräch mit Hansen erledigte Nora die Formalitäten in der Personalabteilung. Thomas Weller passte sie danach wie zufällig ab. „Alles geklärt, Frau Graf?"

Nora kämpfte mit einem kleinen Schock. Ausgerechnet ins Einbruchsdezernat wurde sie versetzt. „Wie ich eben erfahren habe, sind wir beide ab sofort Partner. Sie wussten das doch schon heute früh. Warum haben Sie mich im Dunklen tappen lassen?"

„Weil ich nicht der Überbringer der schlechten Nachricht sein wollte. Habe geahnt, dass Sie tausendmal lieber beim Mord geblieben wären."

Mies angezogen und auch noch feige, dachte Nora leicht angesäuert. „Ich habe kein Problem mit dieser Entscheidung", sagte sie ein wenig von oben herab.

„Umso besser, ich freue mich auf unsere Zusammenarbeit."

Wieder hatte er seine Sonnenbrille auf die Stirn geschoben und grinste sie an. Nora fand das auf einmal besonders blöd und ohne es zu wollen, platzte es aus ihr heraus: „Ich habe nicht die geringste Erfahrung mit Einbrüchen. Wie soll das mit uns gehen?"

Thomas Weller taxierte seine neue Kollegin argwöhnisch. „Ich glaube, wir reden erst mal miteinander."

Eine Stunde später warteten beide auf ihre Bestellung im Cafè ‚Prag', Nora auf einen Caffé Latte und Thomas Weller auf einen doppelten Espresso. Obwohl es ziemlich frisch war, saßen einige Gäste draußen. Nora und ihr Kollege zogen sich weit ins Innere zurück, um ungestört zu sein. Über ihnen eine auf die Wand gemalte Ansicht von Prag, der Stadt, die dem Restaurant den Namen gegeben hatte.

Thomas Weller machte keine Anstalten, ein Gespräch in Gang zu bringen. Mord war nicht sein Ding, und Reden fiel ihm offensichtlich auch schwer. Ein echter maulfauler Mecklenburger, dachte Nora und schwieg ebenfalls. Durch die breiten Fenster sah sie Touristen die Schlossstraße hoch und runter schlendern und ihre Kameras zücken, sobald sie einen Schlossblick hatten.

Ab und zu musterte Nora ihren Kollegen aus den Augenwinkeln. Sie befürchtete, auf ihn etwas überheblich gewirkt zu haben. „Legen Sie los, Herr Weller", sagte sie, nachdem der Kaffee gebracht worden war, „ich vermute, es wartet jede Menge Arbeit auf Sie. Äh, Verzeihung, auf uns natürlich, sind ja ein Team."

„So ist es, und die Zahl der Brüche steigt und steigt. Sie sind eine willkommene Verstärkung, Frau Graf, auch wenn Sie keine spezielle Ahnung vom Metier haben." Er hob abwehrend eine Hand, um sie am Sprechen zu hindern. „Ich weiß, womit Sie in Berlin beschäftigt waren. Sie waren recht erfolgreich. Dann passierte diese tragische Geschichte mit Ihrem Partner. Und nun sind Sie bei mir gelandet."

Gut zusammengefasst, dachte Nora. Verdammt, er wusste von ihrer Strafversetzung.

Thomas Weller fuhr fort: „Sie würden nicht neben mir sitzen, wenn Sie wirklich eine Schuld träfe. Blicken Sie nach vorn. Starten Sie einfach neu durch."

„Danke für den Rat."

„Noch schockiert wegen der Leiche gestern?"

„Leichen gehören nun mal zu einer MOKO. Aber meinen ersten Abend in Schwerin hätte ich mir weniger aufregend gewünscht. Nebenbei, wissen Sie, wie tief der Pfaffenteich ist?"

„Warum fragen Sie das?"

„Ja oder nein?"

Thomas Weller zückte sein Smartphone. „Im Mittel weniger als drei Meter."

Das hätte ihr auch einfallen können. Irgendwie war sie in Schwerin noch ein bisschen neben der Kappe.

„Drei Meter sind weniger als ich dachte", meinte sie, mehr für sich.

Thomas Weller wurde ungehalten. „Vergessen Sie diese bedauerliche Frau im Pfaffenteich, Frau Graf, sonst sehe ich schwarz für uns. Ich brauche einen Partner, der sich für den Job engagiert und auf den ich mich verlassen kann."

„Man kann sich auf mich verlassen!", entrüstete sich Nora, „ich kann nur nicht so schnell aus meiner Haut", versuchte sie sich zu erklären, „hört sich blöd an, Herr Weller, aber die Mordkommission war mein halbes Leben." Diesmal hob sie die Hand energisch, um einen möglichen Einwand seinerseits abzuwehren, „und die andere Hälfte, das sind mein Mann und meine Tochter, damit Sie ganz genau über mich Bescheid wissen. Falls Sie noch weitere Fragen haben, immer her damit."

Er verzichtete auf weitere Fragen, trank seinen Kaffee aus und zeigte schon wieder eine entspannte Miene. „Wir können uns Zeit lassen mit dem Kennenlernen."

„Dann sollten wir wenigstens mit der Arbeit loslegen. Wer ist eigentlich unser Chef? Müsste ich den nicht mal treffen?"

„Der Chef bin ich, jedenfalls für Sie. Probleme damit?"

„Nee, habe sowieso viel lieber einen Mann als Chef."

„Warum das?"

„Weil die meisten Männer mit Frauen klar kommen", antwortete sie.

Thomas Weller schaute sie eindringlich an, und Nora bemerkte, wie besonders blau seine Augen waren und wie weich seine Lippen. Unwillkürlich fragte sie sich, wann sie Robert das letzte Mal richtig geküsst hatte. War das tatsächlich mehrere Monate her?

Verlegen wegen des abschweifenden Gedankens nippte Nora an ihrem kalt gewordenen Kaffee. Der Neubeginn - hier war er. Würde sie eben versuchen, Einbrüche aufzuklären. Das schien der Erfolgsquote nach ja schwieriger zu sein, als Mörder zu fassen.

Thomas Weller legte einen passenden Geldschein auf den Tisch. „Fühlen Sie sich eingeladen. Ich muss weg. Sie haben den Rest des Tages frei. Lernen Sie die Stadt kennen und richten Sie sich ein."

Früher, als Kind, war diese Stadt mal mein Zuhause, wollte Nora erwidern, ließ es aber.

Zur selben Zeit – **Der Name der Toten**

Ein Uniformierter stürmte in Hansens Büro. „Chef, dringende Meldung! Ein Torsten Mann vermisst seine Frau Veronika. Nach Alter, Haarfarbe und Körpergröße könnte es die Tote vom Pfaffenteich sein."

„Wo ist er?"

„Wache in der Schlossstraße."

„Her mit ihm!"

Wenig später stand ein großer, gut gebauter Mann, etwa Mitte fünfzig, vor Hansens Schreibtisch. Breitbeinig, mit den Händen in den Hosentaschen, als hätte er immer und überall das Sagen.

Der Kommissar bat Torsten Mann, Platz zu nehmen. Doch der lehnte ab. „Wieso lande ich bei der Mordkommission, wenn ich meine Frau vermisst melden will?"

„Setzen Sie sich, bitte", wiederholte Hansen geduldig.

„Wie Sie wollen, Herr Kommissar. Wissen Sie, wo meine Frau ist?"

„Wie heißt Ihre Frau mit Vornamen?"

„Veronika. Wo ist sie?"

„Haben Sie ein Foto von ihr dabei?"

„Nein, daran hätte ich denken sollen."

Hansen sprach betont langsam und ernst auf sein Gegenüber ein. „Herr Mann, Sie müssen sich unter Umständen auf eine traurige Nachricht gefasst machen. Ich zeige Ihnen ein Foto von einer Frau, die wir Sonntagnacht tot aufgefunden haben."

Hansen beobachtete, wie der Mann reagierte: der sprang vom Stuhl auf und lief hektisch hin und her. Ab und zu sagte er leise: „Das ist unmöglich, unmöglich."

Hansen bot ihm ein Glas Wasser an.

„Ein Schnaps wäre mir lieber", brachte Torsten Mann raus und fiel erschöpft auf einen Stuhl.

Hansen holte eine Halbliterflasche Wodka und zwei Gläser aus seinem untersten Schreibtischfach, goss ein und schob eins der bis zum Rand gefüllten Gläser in Richtung Torsten Mann. Der leerte es in einem Zug, während Hansen seins unberührt ließ. „Beantworten Sie mir bitte ein paar Fragen. Wann haben Sie Ihre Frau das letzte Mal gesehen?"

Der Angesprochene öffnete seinen Mund und klappte ihn wieder zu. Er schüttelte hilflos seinen Kopf.

Hansen wollte ihm ein paar Minuten gönnen, damit er sich fassen konnte. Er brauchte von ihm dringend Informationen darüber, was Veronika Mann am Sonntag getan und wo sie sich aufgehalten hatte.

Endlich regte sich Torsten Mann. „Wie war Ihre Frage?"

„Ich fragte, wann Sie Ihre Frau zum letzten Mal gesehen haben."

„Äh, Sonntag. Ja, gestern. Was soll das alles? Veronika ist tot? Warum?"

„Herr Mann, Ihre Frau ist keines natürlichen Todes gestorben. Wir gehen von Fremdverschulden aus. Es tut mir sehr leid", weiter kam Hansen nicht. Mann sprang erneut von seinem Stuhl auf und fiel dem Kommissar aufgeregt ins Wort. „Veronika wurde ermordet? Unmöglich! Das kann nicht sein! Wieso denn? Das glaube ich nicht!" Entgeistert sah er den Kommissar an.

Hansen wartete, bis Torsten Mann sich setzte. „Geht's wieder? Wir brauchen Ihre Hilfe. Wo war Ihre Frau gestern?"

„Es ist eine schreckliche Zeit, einfach schrecklich. Ja, wo war Veronika ... bei Katharina. Das ist eine ihrer Freundinnen. Die hatte Geburtstag. Veronika war auf der Feier. Sie ist um drei von zu Hause los." Er hielt inne und ergänzte: „Zu Fuß. Von uns aus, das ist in der Dr.-Wolf-Straße. Veronika geht gern zu Fuß."

„Wie ist der Nachname von Katharina?"

„Eichler. Sie wohnt in der Puschkinstraße."

„Um drei nachmittags, das war ihr letzter Kontakt?"

„Ja."

„Und was haben Sie den Rest des Nachmittages getan?"

„Lag im Bett. Ich bin als Vertreter für Medizintechnik viel beruflich unterwegs. Habe zu wenig Schlaf. Ja, ich schlief, und das war's nach meiner Erinnerung. Jedenfalls bin ich abends zur Oper."

„Oper?"

„Die Aufführung von ‚Aida' auf dem Alten Garten. Dort war ich."

„Allein?"

„Ja."

„Und Sie blieben bis zum Schluss?"

„Ja."

„Wann war das?"

„Ungefähr um Mitternacht."

„Wieso hat Ihre Frau Sie nicht begleitet?"

„Das ist eine dumme Geschichte", winkte Torsten Mann ab, „als ich die Karten kaufte, schon voriges Jahr, wegen des Rabatts, da hatte ich diesen Geburtstag total vergessen. Veronika wollte unbedingt zu Katharina. Außerdem mag sie zwar Musik, besonders Musicals, Opern sind weniger ihr Geschmack."

„Hatten Sie Eheprobleme?"

Torsten Mann setzte sich sehr aufrecht und wies Hansens Frage als Unterstellung zurück. „Haben Sie eine Ahnung, wie ich mich fühle? Meine Frau ist tot! Ich will sie sehen."

„Das wird leider erst in ein paar Stunden möglich sein."

„Sie meinen, Sie schneiden meine Frau auf? Dazu gebe ich keine Erlaubnis!"

„Das müssen Sie auch nicht, Herr Mann. Können Sie mir Ihre Opernkarte zeigen, bitte?"

Reflexartig griff der Angesprochene in eine Hosentasche, zog seine Hand aber gleich wieder zurück. „Die Karte ist, äh, die ist in der Anzugshose von gestern. Ich hoffe, ich habe sie nicht weggeworfen. Mir fehlt die genaue Erinnerung."

„Kein Problem, Sie können sie mir später geben. Hatte Ihre Frau eine Handtasche bei sich?"

„Sicher. Warum?"

„Weil die Tasche bisher fehlt. Und wie stand es mit Schmuck und Armbanduhr?"

„Ist alles weg, ja? Ich fass es nicht! Hat man Veronika etwa wegen diesem Tand getötet?"

„War es kein echter Schmuck?"

„Natürlich echt! Selbstverständlich! Veronika liebt Schmuck, Gold, Silber, Perlen, alles. Was sie Sonntag trug, ist mir entfallen." Er fuhr sich mit einer Hand durch's Haar. „Kann ich gehen?"

„Im Prinzip schon. Mich würde noch interessieren, wann Sie bemerkten, dass Ihre Frau verschwunden ist."

Torsten Mann wurde verlegen. „Zugegeben, ziemlich spät. Wir haben getrennte Schlafzimmer, und ich bin heute sehr früh am Morgen zu einem Termin nach Hamburg, ohne nach Veronika zu sehen. Ich ging davon aus, dass sie zu Hause war. Wo sollte sie auch sonst sein? Um zehn rief mich die Schulsekretärin auf dem Handy an, wo Veronika bliebe. Sie ist Lehrerin und hatte Ferienaufsicht. Ich habe versucht, meine Frau telefonisch zu erreichen. Vergeblich. Ich rief auch bei Katharina Eichler an. Hätte ja sein können, Veronika hat bei ihr übernachtet. Fehlanzeige. Katharina sagte, Veronika wäre gestern Abend vor halb elf von ihr aufgebrochen. Ich bin schließlich zurück nach Hause gefahren und habe entdeckt, dass Veronikas Bett unangetastet war. Ja, und nun bin ich bei Ihnen."

„Und gestern Abend", bohrte Hansen nach, „als Sie von der Oper nach Hause kamen, haben Sie da nach Ihrer Frau geschaut?"

„Wie ich sagte, wir schlafen in getrennten Zimmern. Und ich wollte Veronika in Ruhe lassen. Wir kontrollieren gewöhnlich nicht, wann wer im Bett liegt. Zudem war es sehr spät, weil ich nach der Oper noch was trinken gegangen bin. So. Wenn Sie einverstanden sind, Herr Kommissar, nehme ich auch noch Ihren Wodka, und dann wäre ich gern allein. Sie erreichen mich zu Hause, wenn Sie weitere Fragen haben sollten." Ohne eine Antwort abzuwarten, kippte er den Schnaps und wollte sich verabschieden.

Hansen übersah seine ausgestreckte Hand. „Wo sind Sie in der Nacht eingekehrt?"

„Irgendwo in der Altstadt. Verdammt! Was soll diese Frage?"

„Ich habe noch eine, Herr Mann, die ich Ihnen leider stellen muss. Wäre es vorstellbar, dass Ihre Frau von der Freundin Katharina zu einem anderen Mann ist?"

„Was? Sie meinen, Veronika hat mich betrogen? Soll das ein Witz sein?"

Torsten Mann beruhigte sich und fand beinahe einen lockeren Ton. „Möglich ist immer alles. Niemand kann in einen anderen hineinsehen."

„Soll das eine Antwort sein?"

Der Witwer zuckte mit den Schultern. „Ich glaube kaum, dass Veronika untreu war. Wissen Sie schon, wann sie, also, wann genau es passierte?"

„Darüber reden wir später. Vielen Dank fürs Erste. Und noch einen Rat: lassen Sie das Auto stehen."

Als Hansen wieder allein in seinem Büro war, steckte der uniformierte Kollege neugierig den Kopf durch die Tür. „Ist er verdächtig?"

„Er wie andere auch", meinte Hansen lapidar und trommelte sein Team zur Besprechung zusammen.

Dienstag, 2. 8. – Erster Einsatz

Am Morgen bewegte sich Noras Clio weder vor- noch rückwärts. Sie probierte es mehrmals, aber es war sinnlos. Irgendetwas blockierte. Um den möglichen Schaden nicht zu vergrößern, unterließ sie weitere Versuche. Impulsiv griff sie zum Handy; sollte sich Robert um ihr Auto kümmern. Grad noch bemerkte sie ihre Dusseligkeit, Robert saß schließlich in Berlin.

Sollte sie sich um ein Taxi bemühen oder erst Thomas Weller, ihren neuen Chef, informieren, dass sie sich verspäten würde? Als wüsste er, dass sie an ihn dachte, rief ihr Kollege in dem Moment an. Ohne zu fragen, was er von ihr wollte, erklärte Nora ihm gleich ihre missliche Lage. Er bot an, sie abzuholen, wäre kein großer Umweg.

Nora wartete nur wenige Minuten auf ihn. Das war der Vorteil einer im Vergleich zu Berlin kleinen Stadt: keine langen Wege, vermutlich selten Stau. Thomas Weller schob seine Sonnenbrille in die Stirn und begutachtete Noras Auto. „Muss in die Werkstatt", verkündete er, „soll ich das für Sie organisieren?"

„Schaffe ich selbst, will Sie nicht über Gebühr beanspruchen", wehrte sie ab, „ich wende mich später an den ADAC, wozu zahle ich meine Beiträge. Bis dahin tut's Ihr Auto ja auch."

„Mit der Technik stehen Sie auf Kriegsfuß, was? Fernseher kaputt, Auto streikt. Bin gespannt, was morgen hin ist."

Nora ignorierte seine hämische Bemerkung. „Fernseher ist wieder in Ordnung." Sie lächelte den Kollegen übertrieben freundlich an, obwohl ihr ganz anders zumute war.

Sie fuhren aus der Altstadt raus. Gestern, an ihrem von Thomas Weller spendierten freien Tag hatte sie sich dort genauer umgesehen und danach in den Shopping-Centern am Marienplatz einige Einkäufe getätigt wie Brot, Käse, Obst, dazu Rotwein. Genug für ein Abendessen in ihrem Pensionszimmer. Zuerst war sie jedoch zum Schloss gegangen, vorbei am Alten Garten mit der imposanten Open-Air-Bühne. Es gab noch Karten für ‚Aida', doch Robert warnte vor einem vorschnellen Kauf. Zwar wolle er sie am Wochenende besuchen, und ein Opernabend wäre wunderbar. Könnte aber auch sein, er müsste zu einem Termin in seinem Job als Fotograf.

Als sie vor dem Schloss stand, war die Sonne hinter den Wolken hervorgekommen. Nora konnte der Versuchung nicht widerstehen, einen Blick in den Burggarten zu werfen. Unter der prächtigen Hängebuche erinnerte sie sich, dass sie unter den gewaltigen Zweigen mit ihren jüngeren Brüdern Fangen gespielt hatte. In der Grotte hatte sie eine unerklärliche Beklommenheit gespürt, gleichzeitig eine ängstliche Vorfreude auf etwas Unheimliches, genau wie in der Kindheit.

Völlig sachlich dagegen verlief ihr Wiedersehen mit dem Haus, in dem ihre Familie bis zum Umzug nach Berlin gelebt hatte. Vergeblich hatte sie auf ein vertrautes Gefühl oder eine sich aufdrängende Kindheitserinnerung gewartet.

Nach dem ausführlichen Spaziergang hatte Nora sich eingebildet, die Stadt wieder zu kennen und sich in ihr orientieren zu können. Aber würde sie auch Freunde finden?

Nora sah vom Beifahrersitz zu Thomas Weller rüber. Der wirkte überaus zufrieden, als hätte er einen Dieb auf frischer Tat ertappt. Sie verkniff sich die Frage, ob er zufällig Weiteres zur Toten vom Pfaffenteich erfahren hatte. Er würde ihr sonst wieder mangelndes Interesse an ihrer neuen Arbeit unterstellen.

Heute war in der Tageszeitung ein Zeugenaufruf zur getöteten Frau erschienen. Ihr Name war mit Veronika M. angegeben, der sagte Nora nichts.

„Warum haben Sie mich eigentlich vorhin angerufen?", fragte sie, um das Schweigen zu brechen.

„Hatte so eine Ahnung, dass Sie meine Hilfe brauchen würden."

Blödsinn, dachte Nora, aber im Grunde war es ihr egal. „Wohin geht's?"

„Krebsförden."

Mit dieser Ortsbezeichnung konnte Nora wenig anfangen. Vielleicht hätte sie doch einen Blick in den Stadtplan werfen sollen, den Robert ihr mitgegeben hatte.

„Spurensicherung schon vor Ort?"

„Ich bin die Spurensicherung." Er stockte: „Und Sie", fügte er mit freundlichem Grinsen hinzu.

Noras Handy klingelte. Daphne. Weil sie in Anwesenheit des Kollegen private Gespräche vermeiden wollte, drückte Nora den Anruf weg.

„Können ruhig rangehen", meinte er.

„War meine Tochter. Das kann warten, ich rufe sie später zurück."

„Wie alt ist sie?"

„Zweiundzwanzig."

„Beruf?"

„Sie will zur Kripo." Dass selbst der Beginn von Daphnes Polizeiausbildung noch in den Sternen stand, musste sie dem Weller ja nicht auf die Nase binden.

„Haben Sie auch Kinder?", erkundigte sich Nora.

Er leierte seine Antwort herunter: „Keine Kinder, keine Ehefrau, keine geschiedene Ex, auch kein Pferd und kein Haus. Nicht mal eine Katze." Und ergänzte um etliche Nuancen enthusiastischer: „Dafür ein Boot für zwei. Wenn Sie mal Zeit und Lust haben auf eine kleine Spritztour auf dem Schweriner See …"

„Auf dem Wasser?!"

Thomas Weller lachte auf. „Wo dachten Sie?"

Nora lachte mit. „Entschuldigung. Dumm von mir. Aber ich bleib lieber auf dem Trockenen. Sie machen um Leichen einen großen Bogen, ich um Gewässer aller Art."

„Na, dann sind Sie in Schwerin mit seinen Seen, Teichen und Wasserleichen ja genau am richtigen Ort", frotzelte er.

Thomas Weller parkte in Krebsförden mitten in einem Neubaugebiet. Nora nahm an, dass die meisten Häuser aus der Zeit nach der Wende stammten. Das betreffende Haus war ein Dreigeschosser, und die Wohnung, in der eingebrochen worden war, lag im obersten Stock.

Bevor sie hochgingen, instruierte Thomas Weller Nora. Sie solle alle anwesenden Hausbewohner befragen und entsprechende Protokolle erstellen. Er dagegen würde vorerst alles Technische erledigen. Nora meinte herauszuhören, dass er ohne sie effektiver am Tatort arbeiten könne. War ihr recht, im Befragen von Zeugen kannte sie sich besser aus als mit der Abpinselei von Einbruchsspuren.

Die betroffene Mieterin hieß Marikka Kiefer und erwartete die Polizisten aufgeregt im Hausflur. „Es ist alles fort! Geld, Schmuck und das Meißner! Futsch!"

Die Frau stützte sich auf eine orthopädische Gehhilfe. „Sind Sie verletzt?", fragte Nora besorgt.

„Was? Ach so, nein. Hüft-OP vor ein paar Wochen. Vielleicht mein Glück, dass ich bei einer Freundin war, als eingebrochen wurde. Kommen Sie rein." Sie wies mit ihrer Krücke den Weg in die Wohnung. Thomas Weller tauschte seine Brillen und gab Nora wortlos zu verstehen, dass sie der Frau folgen sollte. Er nahm die Wohnungstür näher in Augenschein.

Im Wohnzimmer bot Frau Kiefer Kaffee an, Nora lehnte für sich und ihren Kollegen ab. „Keine Umstände, bitte. Haben Sie schon einen genauen Überblick, was fehlt?"

Die Schränke und Vitrinen waren zwar durchwühlt, aber wenigstens nicht mutwillig beschädigt worden. Frau Kiefer führte Nora zu einer Glasvitrine. „Sehen Sie die staubfreien Kreise, Frau Kommissarin? Da standen sie, meine drei Tänzerinnen mit den blauen Schwertern, echt Meißner Porzellan. Kann sich kein Normalo leisten. Familienerbe meines Mannes. Der wird sich ärgern."

„Wo ist denn Ihr Mann?", fragte Nora.

Frau Kiefer zuckte mit den Achseln. „Wir sind lange geschieden. Wenn ich dran denke, wie heftig wir uns bei der Scheidung wegen dieser Figuren gestritten haben. Nun sind sie weg. Ich könnte mich ohne Ende darüber aufregen. Aber es gibt Schlimmeres im Leben." Sie seufzte laut auf und machte Anstalten, sich aufs Sofa zu setzen.

Thomas Weller schaute um die Ecke. „Nichts berühren!", rief er und verschwand wieder.

„Gehen wir auf den Balkon", schlug Nora vor, „dort werden wir wohl keine Spuren vernichten."

„Der ist nass, da kann man unmöglich raus."

Nach einem Blick nach draußen, musste Nora Frau Kiefer beipflichten. „Setzen wir uns aufs Sofa. Wird schon okay sein, wenn wir unsere Hände still halten."

Marikka Kiefer waren neben den Porzellanfiguren ungefähr dreihundert Euro und einige Teile ihres Schmucks gestohlen worden. Die wertvolleren Stücke bewahrte die Frau in einem Banksafe auf. Nora zeigte sich von so viel Umsicht beeindruckt. Frau Kiefer erzählte, sie hätte vergangene Nacht bei einer kranken Freundin übernachtet und den Einbruch am Morgen bemerkt, als sie kurz nach sieben nach Hause gekommen war. Gewöhnlich würde sie ihre Tür zweimal abschließen, und heute früh sei die Tür nur eingeschnappt gewesen. Na, der Rest sei offensichtlich geworden, als sie die Wohnung betreten habe. Ansonsten sei ihr nichts aufgefallen, sie sei keinem Fremden im Haus begegnet, und in die Wohnung lasse sie nur Leute, die sie kennen würde.

„Sehr vorbildlich", lobte Nora, die Stichpunkte aufschrieb. Sie war ein wenig unsicher, wieweit sie die Befragung der Frau ausdehnen sollte. War es wichtig, nach dem Namen der kranken Freundin zu fragen und zu überprüfen, ob Frau Kiefer tatsächlich bei ihr übernachtet hatte? Sollte sie sich erkundigen, bei welcher Bank Frau Kiefer Kundin war und ob sie dort einen Safe gemietet hatte? Ihr kam eine Frage in den Sinn, von der sie dachte, sie würde nicht zu weit vom Einbruch wegführen: „Sie sind ziemlich früh von Ihrer kranken Freundin zurück, Frau Kiefer. Haben Sie zusammen gefrühstückt?"

Frau Kiefer schaute irritiert und schüttelte den Kopf. „Nein, nein. Mir taten die Knochen weh, und ich wollte Rita schlafen lassen. Möchten Sie ein Glas Wasser?"

„Worunter leidet Ihre Freundin denn?"

„Ach, die Rita ist nicht richtig krank. Es ist mehr psychisch. Im Moment sind wir alle fix und fertig. Es ist nämlich Furchtbares passiert, Frau Kommissarin. Ein schrecklicher Todesfall. Im engsten Freundeskreis. Ich bin immer noch fassungslos."

„Meinen Sie etwa den Tod von Veronika M.?"

Marikka Kiefer

„Haben Sie die Frau beruhigt?", fragte Thomas Weller, während Nora in der Küche kaltes Leitungswasser in zwei Gläser laufen ließ.

„Dieser Einbruch ist das kleinste Problem, Herr Weller. Marikka Kiefer kannte die Tote im Pfaffenteich, von der heute in der Zeitung stand; sie heißt mit vollem Namen Veronika Mann. Beide feierten mit mehreren anderen Frauen am Sonntag einen Geburtstag. Damit ist Frau Kiefer quasi eine wichtige Zeugin in diesem Mordfall. Denn dass es sich um Mord handelt, steht wohl inzwischen fest. Herr Hansen war gestern bei ihr und hat sie befragt. Was sagen Sie, Kollege?" Aus seiner verkniffenen Miene schloss Nora, dass ihm ihr übergroßes Interesse missfiel.

„Mord hin oder her, ist nicht unser Ding", brabbelte er, „Befragung im Haus erledigt?"

„Zu den Nachbarn muss ich noch", räumte sie ein, „ich bringe Frau Kiefer nur schnell ihr Wasser, ja? Die Frau ist schlecht zu Fuß."

Marikka Kiefer schnäuzte sich gerade ausgiebig und musterte beide mit geröteten Augen.

„Das mit Ihrer Freundin tut mir sehr leid", sagte Thomas Weller. „Wir sind soweit fertig. Können wir etwas für Sie tun? Jemanden anrufen?"

„Nein, mir wäre lieb, wenn Frau Graf noch ein paar Minuten bleiben könnte. Es fällt mir heute besonders schwer, allein zu sein. Erst die Nachricht von Veronikas Tod und dann der Einbruch. Das ist zu viel auf einmal."

„Haben Sie keine Familie?", fragte Thomas Weller.

Frau Kiefer verneinte. „Familie, das war einmal. Mein Sohn ist vor Jahren mit dem Motorrad verunglückt. Meine Ehe ist später gescheitert, und zu meinem Ex will ich keinen Kontakt mehr."

Nora empfand Mitleid mit der Frau, die auf dem Sofa hockte, mit einer Krücke neben sich.

„Ja, klar, ein bisschen Zeit habe ich für Sie", entschied sie spontan, bevor sie einen Blick mit ihrem Kollegen wechselte. Dem blieb nur übrig, zuzustimmen; er würde nun die Befragung der anwesenden Nachbarn übernehmen und sie könne solange der Mieterin beistehen. „Aber informieren Sie Hansen. Ohne sein Einverständnis kein Wort über den Mord. Mit niemandem!"

Nach einigem Zögern stimmte Bert Hansen zu, dass Nora mit der Zeugin über den Mordfall sprach. Aus dem Telefonat mit ihm erfuhr Nora zwei Fakten: Marikka Kiefer hatte ein Alibi für die Tatzeit am Sonntag von einem Taxifahrer, und auf der besagten Geburtstagsfeier hatte es Streit zwischen dem späteren Opfer Veronika Mann und einer Rita Meyfarth gegeben. Bei Erwähnung dieses Namens wurde Nora hellhörig. Frau Kiefers Übernachtungsfreundin hieß ebenfalls ‚Rita' mit Vornamen. Da musste sie gleich mal nachhaken.

Zuerst half sie Marikka Kiefer. Weil die sich mit ihrer neuen Hüfte schlecht bücken konnte, hob Nora all die Dinge auf, die der Dieb achtlos auf den Boden geschleudert hatte, und legte sie auf den schmalen Tisch vor dem Sofa. Frau Kiefer begutachtete jedes Schriftstück, jedes Deckchen und jedes einzelne Glas, ob es in den Mülleimer sollte oder – sofern gut erhalten – zurück an den Platz, wo es ursprünglich gewesen war. Auf diese Weise würden sie stundenlang aufräumen, befürchtete Nora und begann zu fragen. „Ihre Freundin Rita, bei der Sie übernachteten, heißt die Meyfarth und war sie auch bei dieser Geburtstagsfeier am Sonntag?"

„Zweimal ja. Der plötzliche Tod von Veronika hat sie sehr mitgenommen, wie uns alle. Rita ist krankgeschrieben."

„Und sie geriet am Sonntag mit Veronika Mann aneinander. Worum ging's?"

Frau Kiefer seufzte. Gedankenverloren drehte sie ein Kristallglas zwischen ihren Fingern. „Rita macht sich fürchterliche Vorwürfe, weil sie sich nicht mehr mit Vroni versöhnen kann."

Nora ermunterte mit einem Kopfnicken zum Weiterreden. „Mir war der Streit schleierhaft. Veronika soll eine Affäre mit Ritas Mann gehabt haben. Ist aber viele Jahre her. Ist doch albern, sich darüber ernsthaft in die Haare zu kriegen, oder?"

Nora nickte wiederum.

„Als Rita drohte, Vronis Torsten den Seitensprung unter die Nase zu reiben, wurde es richtig laut. Vroni war fuchsteufelswild und schrie Rita an, sie wäre ein Miststück und dergleichen, und Rita schrie zurück. Furchtbar! So hatte ich die beiden noch nie erlebt, und Katharina tat mir schrecklich leid. Es war doch ihr Geburtstag! Jedenfalls, als Vroni wegrannte, ist Susanne ihr gleich nach. Ausgerechnet die. Wenn ich besser laufen könnte … es ging alles verdammt fix. Wissen Sie, was genau mit Veronika passiert ist, Frau Kommissarin?"

„Nein, die Ermittlungen stehen erst am Anfang. Was ist mit dieser Susanne? Ist das auch eine Freundin von Ihnen?"

„Ja, von früher. Wir kennen uns alle von unserer Lehrerausbildung in Rostock und treffen uns einmal im Jahr bei Katharina zu ihrem Geburtstag. Sonst ist der Kontakt eher spärlich."

„Sie sind alle Lehrerinnen?"

„Ja, schon. Aber nur Katharina, Veronika und ich arbeiten noch in dem Beruf."

„Und was war nun mit Susanne auf der Feier?"

„Susanne ist Veronika hinterher. Dabei konnten Vroni und Susanne sich nie leiden."

„Generell?"

„Ja. Kann mich gar nicht an eine Zeit erinnern, wo das anders war."

Bevor sich Marikka Kiefer zum Grund für diese Antipathie äußern konnte, war Thomas Weller von seiner Recherche im Haus zurück und drängte zum Aufbruch.

Nora verabschiedete sich. „Wenn Ihnen noch Wichtiges einfällt zu Veronika Mann oder zu dieser Feier, dann melden Sie sich bitte bei Herrn Hansen."

Frau Kiefer bemerkte wieder das Kristallglas in ihrer Hand. Mit Schwung warf sie es in den Mülleimer. „Hatte eh einen Sprung, Platz für Neues."

Im Auto erwähnte Thomas Weller, dass er nur zwei Hausbewohner befragen konnte. Der Einbruch sei komplett an ihnen vorbeigegangen. Er sprach in einem lapidaren Ton, als hätte er das erwartet. An der Wohnungstür hätte er zwar Spuren sichern können, sei aber skeptisch, ob die verwertbar seien. „Und Sie", wandte er sich an Nora, „wie lief es bei Ihnen? Was zur Toten erfahren, was für die Kollegen von Mord und Totschlag wichtig wäre?"

„Interessiert Sie das auf einmal?"

„Ach, kommen Sie. Sie wollen was loswerden, das sehe ich Ihnen an. Außerdem bin ich Ihr Partner. Wir müssen alles voneinander wissen."

„Sie übertreiben, Herr Weller. Nur so viel: Die Tote vom Pfaffenteich, Veronika Mann, war von Beruf Lehrerin. Auf einer Geburtstagsfeier mit Freundinnen gab es Streit. Veronika ist deshalb vorzeitig von der Feier abgehauen."

„Das war's?"

„Im Groben. Das war der Stand, als Sie mich zu den wirklich wichtigen Dingen des Lebens zurückholten. Herrn Hansen habe ich über das Gespräch informiert."

„Gut. Dann können wir uns nun auf *unsere* wichtigen Dinge konzentrieren, Frau Graf?"

Nora verzog das Gesicht. „Nichts lieber als das."

Mittwoch, 3. 8. – Ein spezieller Geruch

Der erste Einsatz am Morgen führte in die Lübecker Straße. Thomas Weller wollte von vornherein, dass Nora in seinem Auto mitfuhr. Dies wäre umweltfreundlicher und für die Zusammenarbeit günstiger. Ihr war es mehr als recht, denn ihr Clio stand immer noch kaputt vor der Pension. Nach all den Gesprächen mit genervten und verunsicherten Einbruchsopfern und mehr oder weniger gleichgültigen Nachbarn war sie gestern Abend zu frustriert gewesen, um dem ADAC hinterher zu telefonieren.

Am Zielort verlangsamte Thomas Weller das Tempo. Er bog rechts in eine Zufahrt zum Hinterhof und parkte sein Auto an der Hausseite genau unter dem Schild ‚Widerrechtlich parkende Fahrzeuge werden kostenpflichtig abgeschleppt‘.

Im Regen hasteten sie zum Hauseingang. Nora warf einen Blick die Lübecker runter. Die Straße war sehr lang, ohne Bäume und mit starkem Verkehr. Aber die meist dreistöckigen Häuser mit den vorgebauten Erkern und Giebeln gefielen Nora und wirkten auf sie, als hätten sie ungewöhnlich viele Fenster. Was natürlich Unsinn war.

Thomas Weller drückte ungeduldig verschiedene Klingeln, bis ihnen von einer Frau Arndt geöffnet wurde. Die eigentlich betroffene Mieterin Ursula Michalski war ihre Nachbarin und hielt sich auf ihrem Grundstück am Lankower See auf.

Thomas Weller inspizierte die sichtlich demolierte Wohnungstür, und Nora sprach mit Frau Arndt.

„Frau Michalski ist auch bei diesem Wetter auf ihrer Datsche? Bei Regen?", fragte Nora.

„Ja, und? Die Ursula ist ja nicht aus Zucker."

„Gibt es einen Ehemann Michalski?"

„Auf dem Friedhof."

„Dass Frau Michalski quasi öfter länger abwesend ist, weiß wohl jeder im Haus?"

„Ist doch niemand von uns gewesen!", entrüstete sich Frau Arndt.

„Hat das jemand behauptet? Beruhigen Sie sich, bitte. Waren Sie in der Wohnung von Frau Michalski nach dem Einbruch? Haben Sie was verändert oder angefasst?"

„Nein, um Himmels willen. Ich habe nur geguckt. Ist ja alles durchwühlt. Schrecklich. Das waren Vagabunden."

„Sie meinen Vandalen." Nora wechselte einen Blick mit ihrem Chef, der ihr unmerklich zunickte.

Der beobachtet mich, als wäre ich eine Praktikantin, dachte Nora pikiert. Sie zog Frau Arndt näher zur Treppe, so dass der Kollege sie unmöglich hören konnte. „Ist Ihnen, abgesehen vom Einbruch, sonst was im Haus aufgefallen? Zum Beispiel irgendwelche Leute, die nicht hierher gehören?"

„Nein. Mir reicht der Einbruch. Habe auch noch den Handwerker."

„Welchen Handwerker?"

„Mal ein fähiger Mann. Hilft beim Umbau des Bades."

„Überall im Haus?", erkundigte sich Nora.

„Nein, nein. Mein teures Privatvergnügen. Ist auch bald geschafft."

„Schön für Sie. Sind Sie eigentlich mit Frau Michalski befreundet?"

„Wir kennen uns."

„Wie lange wohnen Sie denn in diesem Haus?"

„Ewige Zeiten. Ich muss Ursula anrufen."

„Ursula Michalski? Heißt das, Frau Michalski hat noch keine Ahnung, dass bei ihr eingebrochen wurde?"

„Ich rufe sie gleich an."

Ja, morgen oder irgendwann, dachte Nora und erledigte diesen Anruf lieber selbst. Danach befragte sie die anwesenden Hausbewohner. Im obersten Stockwerk traf sie auf eine junge Frau mit Baby im Arm. Die hatte weder etwas gesehen noch gehört. Im zweiten Stock sprach Nora mit einer Frau um die vierzig, die gerade zur Arbeit aufbrechen wollte. Die kannte Frau Michalski kaum, und sie hatte auch nichts Besonderes bemerkt.

Im Erdgeschoss stand Nora vor einer überbreiten weißen Tür ohne Namensschild. Die war ihr schon beim Betreten des Hauses aufgefallen; sie war offensichtlich noch aus echtem Holz. Im oberen Teil eine Reihe kleiner Fenster, die von innen angestrichen waren. Interessante Tür, interessante Räumlichkeiten, vermutete Nora und klingelte. Keine Regung. Stille.

„Was wollen Sie da?" Eine Frau um die sechzig und einzig bekleidet mit einem weinroten Bademantel schaute argwöhnisch aus der gegenüberliegenden Tür.

„Was ist mit dieser Wohnung?", fragte Nora.

„Warum wollen Sie das wissen?"

Nora stellte sich als Kriminalkommissarin vor und spulte ihre Fragen herunter. Auch diese Mieterin hatte nichts vom Einbruch mitbekommen. „Steht diese Wohnung vielleicht leer?"

„Ja, lange."

„Sie soll aber vermietet werden, oder?"

Die Frau betrachtete Nora abschätzig von oben bis unten. „Die ist sowieso zu groß für Sie", sagte sie pampig und knallte ihre Tür zu. Verwundert über die bissige Reaktion der Mieterin wandte Nora sich erneut der weißen Tür zu. Ihr war, als würde sie von ihr magisch angezogen. Sie musste den Impuls unterdrücken, nach ihrem Kollegen zu rufen. Blödsinn, rügte sich Nora. Das ist eine leer stehende Bude. Die hat absolut nichts mit dem Einbruch zu tun. Du hast deine Arbeit erledigt, alle anwesenden Bewohner befragt. Zum Schluss noch das Protokoll in den Laptop vom Weller tippen, das war's.

Doch ein mulmiges Gefühl breitete sich im Bauch aus. Nora schnüffelte ganz dicht an der Tür. Ihr war, als streife sie ein besonders widerlicher Geruch. War das möglich?

Eine zweite Leiche

Nora informierte Thomas Weller über die mauen Ergebnisse ihrer Befragungen. „Und Sie? Haben Sie diesmal verwertbare Spuren?", fragte sie.

„Knapp is. Auf den ersten Blick ist in der Wohnung alles komplett. Fernseher und andere Dinge, die einen kleinen Wert haben, sind an ihrem Platz. Die Einbrecher haben Geld und Schmuck gesucht", erklärte Thomas Weller fachmännisch, „wenn Frau Michalski ihre Rente nicht gerade im Bett versteckt hatte, kommt sie mit dem Schrecken davon."

Nora nickte verständnisvoll und tat, als fände sie das alles überaus spannend. Doch sie dachte nur an die weiße Tür und diesen Geruch dahinter. Sie musste unbedingt nachschauen, was dort los war. „Sie kriegen bestimmt jede Tür auf, ohne sie zu ruinieren, oder Chef?"

„Davon können Sie ausgehen."

„Ohne die geringsten Spuren eines Einbruchs zu hinterlassen?"

„Man hinterlässt immer Spuren, mehr oder weniger. Das wissen Sie."

Nora stellte sich so vor ihn, dass sie sich in die Augen schauten. Seine Augen waren blau, blauer als die Adria. Thomas Weller stemmte die Arme in die Hüften. „Gibt es ein Problem?"

Er lachte, als sie ihm von ihrem komischen Bauchgefühl erzählte und dass sie deshalb unbedingt in die leer stehende Erdgeschosswohnung müsse. „Sie wollen, dass ich einbreche, weil Sie sich komisch fühlen? Niemals."

„Es ist eine Art Vorahnung", versuchte sie, ihn zu überreden, „bitte, das ist doch kein großes Ding für Sie."

„Nee, dafür soll ich meinen Job riskieren?"

„Und wenn ich Ihnen sage, dass ich Leichengeruch wahrgenommen habe? Wäre das ein ausreichender Grund?"

Er senkte seinen Kopf nah zu ihr. Sie konnte winzige schwarze Härchen auf seinen etwas zu großen Ohren erkennen. „Leichengeruch?!"

Sie hatte ihn erschreckt. „Eine Spur von einem Gerüchlein, Herr Weller. Ich kann mich auch täuschen."

Er schwieg. Nora wollte ihn nicht weiter drängen. Die Möglichkeit, dass sie sich irrte, erschien ihr selbst von Sekunde zu Sekunde wahrscheinlicher.

„Was kriege ich, wenn ich's mache?"

„Eine Belohnung für ein bisschen Fummelei am Schloss? Ich kann auch die Zentrale rufen."

„Nur zu. Hansen wird sich freuen, wenn Sie ihm innerhalb von drei Tagen die zweite Leiche präsentieren."

Nora startete einen neuen Versuch, ihn zu überzeugen. „Dann gucken wir uns die Wohnung als Mietinteressenten an. Auf Dauer wird mir die Pension zu teuer."

„Wäre normal, einen Termin mit dem Vermieter zu vereinbaren."

„Feigling", zischte Nora ihm zu und drehte sich um.

„Ein Abendessen!", rief er.

Na, bitte, geht doch, frohlockte Nora und nickte heftig.

Im Erdgeschoss hielt Thomas Weller demonstrativ seine Nase in die Luft. „Nach Leiche riecht's hier nicht", tönte er.

Die Nachbarin im Bademantel musste seine Stimme gehört haben und steckte neugierig ihren Kopf aus der Wohnung. Er trat auf sie zu. „Riechen Sie was Komisches?"

„Wo?"

„Vor Ihrer Nase. Riechen Sie was Ungewöhnliches?" Er schielte über seine Schulter zu Nora, während er seine Frage variierte. „Oder riechen Sie was Ekliges?"

Die Mieterin verdrehte ihre Augen und verdrückte sich wieder. „Für die sind wir plemplem", mokierte sich ihr Kollege.

„Denken Sie ans Abendessen mit mir. Na los, bitte. Öffnen Sie schon!" Beinahe hätte sie spontan hinzugefügt ‚das nehme ich auf meine Kappe'. Wäre aber anmaßend gewesen.

Thomas Weller hatte die weiße Tür in Null-Komma-Nix auf. Er machte eine einladende Geste zu Nora und überließ ihr den Vortritt. Nora spürte den Leichengeruch ziemlich deutlich und war überzeugt, dass ihr Kollege es ähnlich empfand. Der schien dem Geruch zu folgen, denn er ging schnurstracks in die unmöblierte Küche. Doch zu Noras Verwunderung riss er das Fenster weit auf. Sie eilte ihm nach und stolperte fast über einen herumstehenden Holzhocker. „Wie sollen wir denn einem Geruch nachgehen, wenn Sie Luft von draußen rein lassen!"

Thomas Weller knallte seine Arbeitstasche auf den Hocker und ermahnte Nora, sich zu sputen. „An Ihrer Stelle würde ich mal anfangen, die Leiche zu suchen, sonst läuft sie Ihnen noch weg." Er grinste sie unbeholfen an. Hatte der etwa Angst, sie könnten wirklich eine Leiche finden? Allein und leicht vergnatzt begann Nora einen Rundgang durch die Wohnung.

Sie war großzügig geschnitten, zugleich etwas verwinkelt. Wegen heruntergelassener Jalousien war es in den Zimmern dämmrig. Der Straßenlärm drang trotz der geschlossenen Fenster herein. Die Ausstattung war mittelmäßig, mal Laminat, mal herkömmlicher Teppichboden. Die Wände und die Fenster neu gestrichen. Von einer Leiche nichts, und kein Ort, wo man eine verstecken könnte. Und auch kein Leichengeruch mehr. Als Nora das Gäste-Klo und die Abstellkammer inspizierte, hörte sie vom Treppenhaus her aufgeregte Frauenstimmen. Offenbar war die Mieterin der Einbruchswohnung endlich eingetroffen. Als nächstes war Thomas Weller von oben laut zu vernehmen.

Nora wollte abbrechen. Schnell warf sie einen Blick ins Bad. Das war besonders schick neu hergerichtet, sogar mit Bidet. Aber auch ohne Leiche. Sie hatte nun alle Räume ergebnislos durchsucht. Sollte ihre Wahrnehmung dermaßen gestört sein, dass sie schon Leichen roch, ohne dass es eine gab? Nora ging zurück zur Küche. Thomas Weller hatte das Fenster offen gelassen. Nora schloss es und hatte augenblicklich diesen widerlichen Geruch in der Nase.

Unter dem Fensterbrett entdeckte Nora einen verkleideten Hohlraum. Sie hockte sich davor und war sich auf einmal sehr gewiss, was zu tun war. Die Verkleidung vor dem Hohlraum war relativ leicht aus der Verankerung zu hebeln. Ein stinkender unförmiger Müllsack fiel Nora vor die Füße. Sie konnte gerade noch rechtzeitig aufspringen, um eine Berührung zu vermeiden. Total perplex, starrte sie auf den grausigen Fund. Der Sack war oben nicht vollständig geschlossen. Ein brauner Haarschopf wurde sichtbar. Nora rief nach ihrem Kollegen.

Wieder in einer MOKO

Eine Viertelstunde später war Hansen mit einem Trupp Polizisten vor Ort. Er stürmte an Nora vorbei zum Fundort der Leiche. Nach wenigen Augenblicken zurück im Hausflur, beorderte Hansen Nora zu sich. Er wählte beinahe dieselben Worte wie Sonntagnacht bei ihrem ersten Aufeinandertreffen am Pfaffenteich. „*Sie* haben also den Toten gefunden. Was trieb Sie denn, zum Teufel, in diese leere Wohnung?"

„Ich habe Leichengeruch im Treppenhaus wahrgenommen. Es kam für mich nur diese Erdgeschosswohnung als Ursprung in Frage."

„In die Sie dann gleich mal eingebrochen sind!"

Nora sah nicht ein, dass sie sich rechtfertigen sollte. „Was hätte ich denn Ihrer Meinung nach tun sollen?"

„Mich anrufen. Aber als Berliner Gräfin setzt man sich natürlich über die Regeln hinweg", ranzte Hansen sie an.

„Wär's Ihnen lieber gewesen, die Leiche hätte noch ein paar Tage vor sich hin gemodert?"

„Nun mal langsam. Immerhin haben Sie mit Ihrem unüberlegten Vorgehen wichtige Spuren vernichtet."

„Man kann eben nicht alles haben, Herr Hansen."

„Danke für die Belehrung", knurrte er und ließ Nora stehen. Sie machte auf dem Absatz kehrt und lief wütend auf die Straße hinaus. Draußen blockierte ein Großaufgebot an Polizeifahrzeugen den Verkehr. Nora bahnte sich entschlossen ihren Weg durch einen neugierigen Menschenauflauf. Ab und zu schnüffelte sie an ihrer Kleidung, ob Leichengeruch an ihr hing. Zum Glück kein Hauch. Sie war sauer über Hansens Anschiss. Sie vor den Kollegen abzukanzeln! Als ob sie die Leiche persönlich versteckt hätte. Arroganter Kerl, eingebildeter Idiot! Sich gegen den Wind stemmend, beschleunigte Nora ihre Schritte. Jemand fasste sie hart am Arm. „Warten Sie", schnaufte Thomas Weller.

„Wozu denn? Mir reicht's, ich will weg!"

„Wegen Hansen? Der blafft doch nur rum, weil er nach dem zweiten Mordfall richtig in die Puschen kommen muss."

Nora prustete los. Puschen! Dieses komische Wort war ihr ewig nicht begegnet.

„Was ist?", fragte er irritiert. Ihr wurde bewusst, dass sie mit dem unerlaubten Eindringen in die Wohnung auch ihn in Schwierigkeiten gebracht hatte. „Alles okay, Chef. Das mit der Wohnung nehme ich auf meine Kappe. Ja, es tut mir leid."

„Hansen will Sie sprechen. Los." Thomas Weller trat auf einmal sehr bestimmt auf. Nora folgte ihm zu einem größeren Einsatzfahrzeug, an dem der schlaksige Holger Klein lehnte. Der öffnete für sie eine hintere Wagentür und schob sie leicht ins Auto. Drinnen war es unnatürlich warm, und Nora fand sich neben einem verschwitzten Hansen wieder. Er schaute sie ehrlich erstaunt von der Seite an. „Sie soll einer verstehen, Gräfin. Haben Sie den siebten Sinn oder wie? Sie arbeiten präzise wie ein Leichenspürhund. Wie fühlen Sie sich?"

„Ich glaube, es ging mir schon mal viel besser." Nora roch seinen Schweiß und unterdrückte einen Fluchtimpuls. „Herr Hansen, ich will vor allem eines klarstellen. Kollege Weller hat mit allem nichts zu tun. War meine Idee, das mit dem Einbruch. Ehrlich. Ist allein auf meinem Mist gewachsen, und er hat damit ..."

Hansen unterbrach ihren Redeschwall. „Der Weller kann doch meinetwegen einbrechen, wo er will. *Sie* ..." – in Noras Ohren klang die Anrede wie mit mindestens drei Ausrufezeichen gesprochen – „*Sie* interessieren mich. Zwei Mordfälle gleichzeitig. Das macht meine schöne Statistik kaputt." Er seufzte hörbar. „Also, ich gehe davon aus, dass Sie mehr

Kompetenzen beim Mord haben als beim Einbruch. Sie könnten mein Team unterstützen."

Nora traute ihren Ohren kaum. Durfte sie etwa wieder in die MOKO?

Hansen stellte ihr zwei Bedingungen: „Erstens: Keine Entfernung von der Truppe, auch wenn Ihnen was nicht in den Kram passt. Und zweitens: Sie halten sich an die Regeln, so dass ich mir spitze Bemerkungen über die Gräfin aus Berlin mit ihren Extrawürsten verkneifen kann. Einverstanden?"

„Und ob! Danke. Ist es ein Mann?"

„Die Leiche? Ja. Mehr dazu später. Ich will von Ihnen einen Bericht über jeden Schritt, den Sie in dem Haus getan haben und warum. Und zwar vorgestern."

Auf der Straße sog Nora gierig die frische Luft ein. Sie hatte ihren heißgeliebten Job zurück! Dank einer zweiten Leiche. War etwas makaber, sich darüber zu freuen, aber sie konnte ein Hochgefühl nicht unterdrücken.

„Alles okay?" Thomas Weller meinte, sie trösten zu müssen. „Nehmen Sie es locker, Frau Graf. Der Hansen hat eine raue Schale und drunter einen weichen Kern."

„Nein, nein, es ist alles gut. Stellen Sie sich vor, Herr Hansen hat mich in die SOKO geholt. Das ist toll. Ich fühle mich gerade wie auf Wolke sieben." Nora versuchte, ihre Mimik in den Griff zu kriegen. Wahrscheinlich strahlte sie wie ein Honigkuchenpferd.

Thomas Weller wirkte enttäuscht. „Das war ja eine knappe Zusammenarbeit mit Ihnen. Schade. Aus uns hätte was werden können."

„Tja, nun können Sie jemand anderes rumkommandieren." Sie reichte ihm die Hand. Kapitel Weller war abgeschlossen. Dachte sie. Ein paar Sekunden zu früh. Er hielt ihre Hand fest. „Auf dem Abendessen bestehe ich. Irgendwas muss ich schließlich auch von dem ganzen Schlamassel haben."

Raubmord?

Zu Beginn der Besprechung in der Kriminalinspektion übertrug Bert Hansen Holger Klein die Leitung im neuen Fall der unbekannten männlichen Leiche. Anschließend stellte er Nora dem Team vor: Hauptkommissarin aus Berlin, die in einer Mordkommission gearbeitet hatte und nach Schwerin versetzt worden war. Den Grund der Versetzung ließ er unerwähnt, ebenso ihren Zweitageeinsatz beim Einbruch und dass sie gebürtige Schwerinerin war. Viele neugierige Augen richteten sich auf Nora. Sie fühlte sich wie unter Röntgenstrahlen und sah über Hansen hinweg zur Decke. Genau über seinem Kopf seilte sich eine Spinne an ihrem gefährlich zarten Faden ab.

„Ja, also, noch mal willkommen", meinte Hansen halbherzig und nickte Nora zu, während alle anderen stumm blieben. Hansens Blick schweifte über seine Leute, und aufmunternd fügte er hinzu: „Frau Graf hat übrigens beide Leichen gefunden und uns damit jede Menge Arbeit beschert. Ich habe ihr schon gesagt, dass sie sich in nächster Zeit zurückhalten soll, sonst kracht die Statistik aus allen Fugen, und das schöne Schwerin wird zu einem Hort für Schwerverbrecher." Er wischte sich mit einer Hand über die Stirn. Zwei, drei Kollegen lächelten Nora an, die anderen wandten sich ihren Papieren oder Tablets zu. Das Eis war zwar noch nicht gebrochen, aber zumindest angeknackst.

Holger Klein gab einigen ein Zeichen, ihm zu folgen. Weil Nora unklar war, in welche Gruppe sie gehörte, stand sie ebenfalls auf. „Sie bleiben bei mir", schnarrte Hansen. Die Spinne schien sich vor seinem rauen Kommandoton zu fürchten und brachte sich in Richtung Decke in Sicherheit.

Hansen fasste die Ermittlungen zum Fall Pfaffenteich zusammen: Das Opfer, die 60-jährige Veronika Mann, war in erster Ehe seit 35 Jahren mit dem 57-jährigen Torsten Mann verheiratet. Das Paar hatte keine Kinder. Sie arbeitete als Lehrerin in der Unterstufe. Polizeilich war sie nicht auffällig geworden. Laut Obduktionsbericht hatte Veronika Mann 0,8 Promille im Blut. Keine Anzeichen einer Sexualstraftat. An den Oberarmen beidseitig Hämatome, die auf einen Kampf schließen ließen; am Hinterkopf eine tiefe Verletzung vom Aufschlag auf der metallenen Begrenzung am Pfaffenteich. Todesursache war Ertrinken. Der Todeszeitpunkt am Sonntag lag zwischen 23 Uhr und 23.30 Uhr. Um 23.33 Uhr wählte Frau Graf den Notruf. Die Tat könnte demnach gerade erfolgt sein.

Von den persönlichen Dingen der Toten fehlten ihre Handtasche mit Geld und Handy, eine goldene Armbanduhr, ein wertvolles Collier und eine rote Sandale. Dagegen trug die Tote ihren Ehering sowie weitere goldene Ringe.

Die Rekonstruktion ergab folgenden Ablauf: Veronika Mann hielt sich am Sonntag bis 14.30 Uhr mit Ehemann Torsten in ihrem Haus in der Dr.-Hans-Wolf-Straße auf. Dann machte sie sich zu Fuß auf den Weg in die Puschkinstraße zu Katharina Eichler, die mit insgesamt fünf Freundinnen ihren 59. Geburtstag feierte. Am späteren Abend kam es zu einer heftigen Auseinandersetzung zwischen Veronika Mann und einer Rita Meyfarth. Der Streit führte dazu, dass Frau Mann die Feier verließ und vor halb elf in das Restaurant ‚Burwitz' ging, um sich bei einem Glas Wein abzureagieren. Das Restaurant sei bekanntermaßen ebenfalls in der Puschkinstraße, unweit der Eichler-Wohnung.

Eine gewisse Susanne Schön war Veronika Mann in die Gaststätte gefolgt. Frau Schön war dort Zeugin eines Telefongesprächs zwischen Veronika Mann und ihrem Ehemann um 22.30 Uhr. Das Gespräch führte Torsten Mann in der Opernpause. Er habe bei seinen ersten Angaben schlicht vergessen, es zu erwähnen. Wann sie nach Hause käme, habe er von seiner Frau wissen wollen. Sie sagte ihm, sie trinke nur noch aus und mache sich dann auf den Heimweg.

Kurz nach elf Uhr trennten sich Veronika Mann und Susanne Schön vor dem Lokal. Letztere fuhr mit eigenem Auto nach Parchim zu sich nach

Hause, wofür es keine Zeugen gab. Frau Mann lief Richtung Pfaffenteich. Vermutlich nahm sie den Weg durch die Schmiedestraße oder die Engen Straßen über die Mecklenburgstraße zum Pfaffenteich, wo das Verbrechen geschah.

Der in der Presse veröffentlichte Zeugenaufruf sei bisher ohne Resonanz geblieben. Nach den von der Kollegin Graf zufällig beobachteten Jungs werde gefahndet. Hansen hielt es für möglich, dass sie etwas mit dem Tod von Veronika Mann zu tun haben könnten. „Nach Faktenlage ist ein Raubmord nicht auszuschließen, aber wir sollten weiterhin in alle Richtungen ermitteln", schloss er seinen Lagebericht.

Nora hielt sich in der anschließenden Diskussion zurück, weil sie noch nicht mit allen Details vertraut war und keine dummen Fragen stellen wollte.

„Wieso verzichtete ein möglicher Räuber auf die Ringe?", fragte eine ältere Kollegin mit für eine Frau ungewöhnlich tiefer Stimme.

„Ja, die Ringe", meinte Hansen, „laut unserem Rechtsmediziner saßen die keineswegs zu fest an den Fingern, um sie abzuziehen. Vielleicht wurden der oder die Räuber gestört oder waren eben dämlich."

Na, klar, dämliche Jungs und dämliche Räuber, dachte Nora.

„Dann wurde die Mann zuerst beraubt, wobei sie sich heftig wehrte und auf den Zaunpfosten stürzte, und schließlich in den Teich geworfen. Ja?", fragte die Kollegin nach.

„Vom Sturz auf den Zaun wurde die Mann vermutlich bewusstlos", antwortete einer ihrer männlichen Kollegen, „sie könnte daraufhin von allein in den Pfaffenteich gefallen sein, oder der Täter hat nachgeholfen."

„Es besteht also auch die Möglichkeit eines Unfalls; das werden wir sehen", sagte Hansen und kam noch einmal auf Torsten Mann zu sprechen. „Frauen würden ihn sicher als attraktiv bezeichnen. Groß, schlank, macht Eindruck. Ein Typ, der Dinge geregelt kriegt. War früher Ingenieur auf der

Werft in Wismar, bis 89. Danach arbeitslos. Seit mehreren Jahren beruflich erfolgreich als freier Mitarbeiter einer Hamburger Firma für Medizintechnik, großer Bekannten- und Freundeskreis. Keiner sagt ein schlechtes Wort über ihn. Ist mir alles ein wenig zu glatt und harmonisch. Aber er wirkte echt schockiert über die Todesnachricht."

„Eine glückliche Ehe?", fragte die hartnäckige Kollegin.

„Dagegen sprechen die getrennten Schlafzimmer. Außerdem bemerkte er nicht, dass seine Frau die Nacht über weg blieb."

Torsten Mann konnte eine entwertete Karte für die Oper vorweisen. Trotzdem hätte er – spekulierte Hansen weiter – die Oper in der Pause oder später jederzeit verlassen können. Damit sei ihm möglich gewesen, seiner Frau aufzulauern, ihr zu folgen, sie zur Täuschung auszurauben und schließlich in den Pfaffenteich zu stoßen. Für einen Mord durch den Ehemann war allerdings bisher kein Motiv zu erkennen, und die getrennten Schlafzimmer allein konnten es ja wohl nicht sein.

Hansen verteilte die Aufgaben. Nora sollte noch einmal mit den Geburtstagsgästen sprechen. „Graben Sie tiefer, nehmen Sie diese Frauenrunde ordentlich auseinander."

„Ach, übrigens, bei Marikka Kiefer, die auch bei der Geburtstagsfeier war, wurde eingebrochen", informierte Nora.

„Sie denken an einen Zusammenhang zwischen Mord und Einbruch?", fragte Hansen.

„Nein, dafür gibt es keine Anhaltspunkte."

„Was wurde gestohlen?", wollte jemand wissen.

„An wirklich Wertvollem nur drei Meißner Porzellanfiguren aus dem Familienbesitz des Ex-Mannes von Frau Kiefer", antwortete Nora.

„Behalten Sie das im Blick", beschied Hansen.

„Genehmigen Sie mir eine Dienstreise nach Berlin?", fragte Nora ihren Chef.

„Wieso?"

„Na, die Linda Brandmann wohnt dort. Macht wenig Sinn, sie telefonisch zu befragen."

„Das übernehmen die Berliner Kollegen. Ich meinte mit der Frauenrunde natürlich nur die Schwerinerinnen und die aus Parchim."

„Wird auch die Suche nach der Sandale der Toten fortgesetzt?", erkundigte sich Nora.

„Selbstverständlich. Die liegt wahrscheinlich irgendwo in der Tiefe des Pfaffenteichs."

„Sind knapp drei Meter bei Ihnen schon ‚irgendwo in der Tiefe'?", rutschte es Nora heraus.

Ein Flirt

Nora setzte sich an ihren Arbeitsplatz in einem kleinen Büro, in dem zwei Schreibtische standen. Bisher war sie allerdings allein geblieben. Das Hochgefühl vom Vormittag holte sie wieder ein. Was für ein verrückter Tag! Ihr Leben hatte sich innerhalb weniger Stunden total gewandelt. Absolut irre! Schade, dass sie niemand in der Stadt kannte, mit dem sie feiern konnte. Na ja, der Weller würde sich anbieten. Kam aber nicht infrage. Und dieses Abendessen mit ihm ... ein Grund für eine Absage würde ihr einfallen.

Nora schrieb den Bericht über den Fund der männlichen Leiche in der Lübecker Straße. Nachdem sie ihn Hansen gemailt hatte, studierte sie die Protokolle von den Erstbefragungen der Geburtstagsgäste. Drei von ihnen hatten ein stichhaltiges Alibi: Neben Marikka Kiefer auch Katharina Eichler und Linda Brandmann, die bei Katharina übernachtete und am frühen Montagmorgen mit dem Fernbus zurück nach Berlin fuhr. Blieben Rita Meyfarth und Susanne Schön. Beide hielten sich im Tatzeitfenster in der Nähe der Getöteten auf und hatten keine Zeugen für den weiteren Abend. Zudem wurde bei Rita Meyfarth Eifersucht vermutet, ein gängiges Tatmotiv. Susanne Schön war verdächtig, weil sie zum Opfer ein gestörtes Verhältnis gehabt haben sollte.

Nora lehnte sich im Stuhl zurück. Diesen Geburtstag würden Katharina Eichler und ihre Freundinnen niemals vergessen. Eine von ihnen wurde getötet. Wegen einer Uhr, einer Halskette, einem Handy und ein bisschen Geld? Oder wegen Eifersucht? Oder weil jemand ihr Gesicht nicht leiden konnte?

Plötzlich hatte Nora das Gefühl, etwas vergessen zu haben, was unbedingt zu erledigen war.

Ja, klar, Robert. Sie hatte ihm von der überraschenden Berufung in die Mordkommission erzählen wollen. Nun aber dalli!

Zehn Minuten später stand Nora vor der Dienststelle und fluchte leise vor sich hin. Sie ärgerte sich über Robert, weil er kühl auf ihre sensationelle Nachricht reagiert hatte und darüber, dass zurzeit kein Dienstwagen frei war. Sollte sie zu Fuß zur Befragung? Ihr Clio stand ja noch kaputt vor der Pension.

„Kann ich helfen?" Thomas Weller erschien wie ein Geist vor ihr. Natürlich wieder mit Sonnenbrille, die er lässig in die Stirn schob. Eine einstudierte Pose, damit seine blauen Augen besser zur Geltung kamen?

„Herr Weller, ich muss zum Platz der Freiheit. Da führt doch die Lübecker lang, wo wir eine Leiche und einen Einbruch hatten. Hab's leider gestern nicht mehr geschafft, mich um mein Auto zu kümmern."

„Ich nehme Sie mit, ist mir ein Vergnügen."

Nora bedankte sich, und er fuhr los.

„Ist geklärt, wer der Tote in der Lübecker war?", erkundigte er sich. „Muss zugeben, dass ich gern wüsste, wen wir beide gefunden haben."

„Wir *beide*? Sie mussten mit einem Abendessen gelockt werden, damit ich in die leere Mietwohnung konnte."

„Gut, gut", unterbrach er sie, „*Sie* haben die Leiche gefunden mit Ihrem kriminalistischen Spürsinn. Wenn Sie allerdings in diesem Tempo weiter Leichen sammeln, wird Hansen sich vor Ihnen gruseln." Er grinste sie an, offenbar hatte er Spaß an dieser Vorstellung. „Wer war nun der Tote?"

„Keine Ahnung, er hatte keine Papiere bei sich. Ist außerdem der Fall von Holger Klein."

„Hat Holger endlich seinen ersten eigenen Fall. Ein Sprung auf der Karriereleiter!"

„Und wie sieht's bei Ihnen aus? Geht's voran?"

Thomas Weller lachte. „Wollen Sie das wirklich wissen? Ihr Herz schlägt doch nur bei Mord und Totschlag höher."

„Glatte Übertreibung. Haben Sie denn inzwischen einen neuen Partner?"

„Meinen Sie, die stehen Schlange bei mir? Nee, nachdem Sie mir von Hansen weggegrabscht wurden, bin ich auch beruflich wieder Single. Leider. Unsere Teamarbeit wäre ausbaufähig gewesen. In jeder Hinsicht. Können ja bei unserem gemeinsamen Essen weiter darüber sinnieren. Wie wär's heute Abend?"

„Heute wird es bestimmt spät. Ein anderes Mal vielleicht."

„Wollen Sie sich drücken?"

Ja, das würde sie am liebsten. „Wo denken Sie hin. Ich muss mich in den Fall einarbeiten. Und falls ich Zeit finde, möchte ich Olympia gucken. Frauenfußball, unsere spielen, und ich bin Fan."

„Okay, bei Sport habe ich ein Einsehen. Trotzdem bestehe ich auf meiner Belohnung. Einbruch gegen Abendessen, das war der Deal."

Nora fühlte sich geschmeichelt. War ewig her, dass ein anderer Mann als Robert unbedingt mit ihr ausgehen wollte. „Sie sind ziemlich hartnäckig. Aber ich halte meine Versprechen, immer. Davon abgesehen habe ich den Eindruck, Sie wollen mit mir anbändeln. Ihnen ist schon klar, dass ich verheiratet bin."

„Sie tragen keinen Ring."

„Stört bei der Arbeit und ist außerdem keine Pflicht, oder?"

„Natürlich keine Pflicht. Aber einen Versuch kann ich bei einer so attraktiven Frau wenigstens starten. Ein Ring ist dabei doch Nebensache."

„Das wäre vergebene Liebesmüh, Herr Weller."

„Was vergeblich ist, muss sich erst noch zeigen. Nur weil ich keine Leichen mag, sollten Sie mich nicht unterschätzen. Haben Sie Autoschlüssel und Papiere dabei?"

„Wieso?"

„Ich organisiere das mit Ihrem Wagen. Kenne eine vertrauenswürdige Werkstatt. Da ist mir jemand noch einen Gefallen schuldig. Morgen ist Ihr Auto wie neu."

Gutes Angebot, entschied Nora für sich, zumal sie sich aus technischen Dingen gern raushielt. „Nur, wenn es keine Umstände macht, Herr Weller. Ich habe Sie schon viel zu sehr beansprucht. Wo wollten *Sie* eigentlich hinfahren vorhin?"

Er spielte den Überraschten. „Das war's! Was wollte ich eigentlich? Sie müssen mich völlig verwirrt haben!"

„Sie sind ein Clown, Thomas Weller, ein Clown."

Rita Meyfarth

Rita Meyfarth war mit einer beachtlichen Körperfülle ausgestattet und kaschierte sie mit einem weiten Rock und einem überlangen Shirt. Ihr Gesicht war rund und von rosiger Frische, doch ihre Augen verrieten einen tiefen Kummer.

„Wie geht es Ihnen?", erkundigte sich Nora nach der Begrüßung.

Rita Meyfarth zuckte unschlüssig mit den Schultern, sagte „so la la" und bat die Kommissarin ins Wohnzimmer, wo sie auf ein Sofa plumpste, das unter ihrem Gewicht aufstöhnte. Sie wies neben sich. „Nehmen Sie Platz, bitte."

Nora verzichtete und wanderte lieber im Zimmer hin und her. „Frau Meyfarth, ich habe erfahren, dass Veronika Mann vor einigen Jahren eine Affäre mit Ihrem Mann hatte. Wieso haben Sie die ausgerechnet auf der Geburtstagsfeier von Katharina Eichler aufs Tablett gebracht?"

„Habe ich alles Ihrem Kollegen erzählt, dem dicken. Die Sache mit Vroni hat sich irgendwie hochgeschaukelt. Ein Wort gab das andere. Und diesmal wollte ich nicht wieder die Dumme sein. Wenigstens dieses eine Mal nicht. Hätte ich nur klein beigegeben, dann wäre Vroni auf der Feier geblieben und niemals ihrem Mörder in die Arme gelaufen!" Sie schluchzte auf.

„Ob das so oder anders war, wird sich zeigen, Frau Meyfarth, beruhigen Sie sich. Einen konkreten Auslöser für den Streit wird es wohl gegeben haben, oder?"

„Habe ich vergessen." Sie sah die Kommissarin trotzig an.

„Ihre Wut auf Veronika Mann muss ziemlich groß gewesen sein. Ist allein diese alte Bettgeschichte der Grund?"

Rita Meyfarth schüttelte den grauen Bubikopf. „Wenn Sie es genau wissen wollen, bitte schön. Vroni tat immer so vornehm, dabei war sie ein Biest. Rücksichtslos und egoistisch. Alles musste nach ihrem Willen gehen.

Hört sich bös an, ist aber die Wahrheit. Sie hat Torsten, äh, ihren Mann nach Strich und Faden betrogen, obwohl sie ein paar Jahre älter ist als er. Ich habe angedroht, ihm diesen Seitensprung zu stecken. Dass es dann zwischen uns laut wurde, war mir auch egal. Sollten ruhig mal alle erfahren, dass die liebe Vroni auch nicht davor zurückschreckt, mal ebenso mit dem Mann einer Freundin zu schlafen. Ja! Und Vroni sollte auch mal merken, wie es ist, wenn man vor anderen bloßgestellt wird. Dass sie gleich ausrastet und die ganze Feier schmeißt, konnte ich ja nicht ahnen." Sie verstummte.

Die Einsicht kam ein wenig spät, dachte Nora, sagte aber: „Lassen Sie die Selbstvorwürfe. Das hilft niemandem."

„Wegen Kati tut es mir auch leid. Ich habe ihr den Geburtstag verdorben. Herrjeh, hätte ich nur meine vorlaute Klappe gehalten!"

„Veronika Mann brach dann plötzlich auf. Und was machten Sie?"

„Ich war völlig baff, als Vroni abrauschte. Susanne ist ihr hinterher. Es war eigenartig, dass ausgerechnet Susanne versuchen wollte, Veronika zurückzuholen. Das musste schiefgehen."

„Warum?"

Rita Meyfarth entspannte sich. „Die waren grundverschieden, wie Hund und Katze. Sie konnten sich nicht riechen und gingen sich aus dem Wege. Einmal im Jahr, zu Katharinas Geburtstag, fand sozusagen eine Zwangsvereinigung statt. Nach Susanne bin ich auch los. Die Feier war sowieso vorbei. Katharina war sehr enttäuscht. Aber was ist das gegen Vronis Tod?"

„Haben Sie Veronika noch einmal gesehen? Auf der Straße eventuell?"

„Nein. Vroni war ratz batz weg. Die hatte ein Tempo drauf und ich", sie zeigte entschuldigend auf sich. „Aber Susanne hat Vroni eingeholt. Oder hat sie das verschwiegen?"

„Wo sind *Sie* hin?"

„Zum Alten Garten. Wollte gucken, ob ich was von der Oper hören oder sehen kann. Um auf andere Gedanken zu kommen. Die haben aber zu leise gesungen, das wurde mir zu anstrengend, und die Rumsteherei. Bin dann zum Marienplatz, um die letzte Straßenbahn zu erwischen. Musste ziemlich lange warten."

„Wann waren Sie zu Hause?"

„Die Bahn fuhr 23.37 Uhr, das weiß ich noch. Wahrscheinlich war ich kurz vor zwölf daheim."

„Zeugen dafür?"

Frau Meyfarth schien zu überlegen. „Meine Tochter Rebecca. Sie hat bei mir übernachtet, weil sie Stress mit ihrem Freund hatte. Das wird sie bezeugen."

Nora blieb vor dem Sofa stehen und sah vorwurfsvoll auf die Frau herab, die sich nervös an ihren fleischigen Armen herumkratzte. Keine Verletzungen, die von einem Kampf stammen könnten, registrierte Nora. „Wenn ich mich richtig erinnere, haben Sie bei der Befragung durch meinen ‚dicken' Kollegen Ihre Tochter mit keinem Wort erwähnt. Oder haben Sie?"

„Habe ich wohl vergessen in der Aufregung. Falls Sie Durst haben, Frau Kommissarin, holen Sie sich bitte selbst was aus der Küche, ja?"

Für Nora waren der plötzliche Hinweis auf die Küche und das Kratzen deutliche Indizien, dass sie angelogen wurde. „Ich habe keinen Durst", gab sie vor. „Wir werden Ihre Tochter befragen. Das ist Ihnen klar, Frau Meyfarth? Also, wenn Sie sich vielleicht korrigieren möchten."

„Nein, nein, ich sage die Wahrheit. Außerdem, was denken Sie denn. Ich habe nichts mit Veronikas Tod zu tun. Gar nichts!"

„Dann ist es ja gut." Nora lächelte sie an. „Kennen Sie weitere aktuelle oder verflossene Liebhaber von Veronika Mann?"

„Nein."

„Und Veronikas Ehemann Torsten, wusste der, dass seine Frau fremdging?"

„Ich denke mir, Vroni hat schon dafür gesorgt, dass er ahnungslos blieb. Ihre Ehe war ihr heilig. Ums Verrecken." Sie erschrak über das Wort und hielt sich eine Hand vor den Mund.

Nora wechselte das Thema. „Wieso sind Sie aus dem Schuldienst ausgeschieden?"

Rita Meyfarth verzog ihre Miene. „Ich habe diesen Beruf gehasst. Wollte nie Lehrerin werden, musste ich aber, wenn ich überhaupt was studieren wollte. Das waren die ach-so-schönen DDR-Zeiten, weiß heute keiner mehr. Für mich gab's damals kein Entrinnen. Institut für Lehrerbildung und Unterstufenlehrerin oder Facharbeiter für irgendwas. Die Wende hat mich erlöst. Habe mir dann selbst was anderes gesucht."

„Das Jugendamt. Und dort arbeiten Sie weiter mit Kindern und Familien."

„Bin doch kein Kinderfeind, hab ja selbst zwei Blagen. Es fällt mir aber schwer, fremden Kindern was beizubringen. Und das ganze pädagogische Getue liegt mir nicht. Ich arbeite lieber nach Gesetzen, Vorschriften und Dienstanweisungen und habe dafür pünktlich um fünf Feierabend und meinen Frieden."

Der zweite Tote

Noras dritter Arbeitstag ging langsam zu Ende. Sie überquerte den Platz der Freiheit und freute sich, dass der Regen aufgehört hatte. Eine Straßenbahn fuhr vorbei. Drei junge Touristen, die Japaner sein mochten, fotografierten lachend und gestikulierend mit ihren Smartphones die Bahn. Das erstaunte Nora; es gab doch wirklich Schöneres im Bild festzuhalten. Das Schloss etwa. Falls Robert sie am Wochenende besuchte, würde er seine Freude dran haben.

Nora sah die Lübecker Straße hinauf. In einem der Häuser dort hatte sie am Morgen einen getöteten Mann in einem Plastesack gefunden. Warum war gerade ihr das passiert? Zwei Mordfälle innerhalb weniger Tage!

Ihr Handy brummte. Thomas Weller schickte eine SMS: ihr Auto war in der Werkstatt und morgen fertig. Nora schrieb ‚danke‘ zurück. Sie war froh, dass er nicht wieder mit dem Abendessen anfing. Aber er schien in Ordnung zu sein. Hatte sogar einen Funken Interesse für den Toten aus der leeren Mietwohnung aufgebracht.

Ihr Handy meldete sich ein zweites Mal; diesmal ein richtiger Anruf. Von Hansen. „Wo sind Sie?", fragte er.

„Platz der Freiheit. Ist was passiert?"

„Um Gottes Willen, das fehlte mir. Besprechung ist angesagt, für alle!"

„Okay. Habe aber kein Auto. Heute früh bin ich mit Kollegen Weller mit."

„Ja, ja, ich werde mal sehen, ob ich eine Streife für Ihren Transport organisieren kann. Öffentlich zu fahren, dauert zu lange. Bleiben Sie an Ort und Stelle!"

Ein Polizeifahrzeug brachte Nora zur Graf-York-Straße. Die Abendbesprechung war in vollem Gange. Nora setzte sich auf den freien Stuhl neben Holger Klein. Thema waren gerade die Jungs vom Pfaffenteich. Kollegen berichteten über ihre erfolglose Suche, vom Abklappern verschiedener Örtlichkeiten, wie Plätze und Parks, wo sich Jugendliche bevorzugt trafen.

Hansen sprach Nora an. „Könnten es auch Schüler gewesen sein?"

Sie zuckte mit den Achseln. „Wenn sie sitzen geblieben wären ..."

„Eine exaktere Personenbeschreibung wäre hilfreich", monierte einer.

„Eigeninitiative auch!", konterte Hansen scharf, und es war wieder still im Raum. „Veronika Mann ist auf ihrem Weg von der Puschkinstraße zu ihrem Zuhause in der Dr.-Hans-Wolf-Straße direkt an der Südseite des Pfaffenteichs vorbei. Die Wahrscheinlichkeit, dass sie auf besagte Jugendliche traf, ist hoch. Wir können nicht ausschließen, dass sie den Raub begingen. Wie wir alle wissen, sind Kerle in dem Alter unberechenbar, die standen möglicherweise auch unter Drogeneinfluss." Er stockte. Weil die Kollegen ihn erwartungsvoll ansahen, redete Hansen schnell weiter. „Ja, Vorrang hat also, diese Jungs zu finden. Dann wird sich herausstellen, ob sie was mit unserm Fall zu tun haben."

Der Chef hing ziemlich an seiner Theorie von den räuberischen Jugendlichen, fand Nora. Auf sie hatten die keinen besonders gewalttätigen Eindruck gemacht. Und hätten sie nicht mit ihrer Beute die Flucht ergriffen, statt sich in Tatortnähe zu zoffen und dadurch Aufmerksamkeit zu erregen?

Hansen fuhr fort: „In der Schule, wo das Opfer arbeitete, muss geprüft werden, ob Frau Mann in ernst zu nehmende Konflikte mit anderen Lehrern, Schülern oder Eltern verwickelt war."

Er wandte sich erneut an Nora. „Auf welche Schule gingen *Sie* denn, als Sie in Schwerin lebten?"

„Habe ich vergessen. Scheint mir für den Fall auch belanglos zu sein." Wieso outete er sie auf einmal vor allen als ehemalige Schwerinerin? „Soll ich die Schule übernehmen?", fragte sie.

„Nein. Ihr Thema ist die Geburtstagsfeier, dabei bleibt es. Haben Sie schon Neues zur Affäre von Veronika Mann rausgefunden oder Namen anderer Liebhaber?"

„Wenig. Weitere Liebhaber waren Rita Meyfarth nicht bekannt. Der Seitensprung *ihres* Mannes mit dem Opfer liegt einige Jahre zurück. Ich glaube, er war für Rita Meyfarth der eine Tropfen, der das Fass zum Überlaufen brachte und letztlich zur Scheidung führte. Der Streit auf der Geburtstagsfeier eskalierte erst, als die Meyfarth drohte, den Seitensprung Veronikas Ehemann Torsten zu offenbaren. Deshalb wohl stürmte Frau Mann wütend von der Feier weg." Nora hielt inne und vergewisserte sich, dass sie die Aufmerksamkeit der Kollegen hatte. „Was das Alibi von Rita Meyfarth angeht. Neuerdings behauptet sie, dass ihre Tochter Rebecca bei ihr übernachtet hat. Bei ihrer ersten Aussage war da noch keine Rede von. Ich werde das überprüfen."

Nora schlug vor, als Nächstes Susanne Schön über ihre Beziehung zu Veronika Mann zu befragen.

Hansen fasste zusammen: „Also, Leute, wir haben die jungen Kerle, die Schule, unbekannte Liebhaber, den Ehemann und eventuell ein falsches Alibi von der Meyfarth. Frau Graf und ich fahren morgen nach Parchim, um Genaueres zum Verhältnis zwischen Frau Schön und dem Opfer herauszufinden. Jeder kennt seine Aufgabe?"

Holger Klein hob seine Hand wie ein braver Schüler im Unterricht. „Beim BKA nachgefragt wegen ähnlicher Fälle?"

Hansen klatschte mit einer Hand ungeduldig auf seinen dicken Oberschenkel und murrte: „Gibt's sonst wo in der Republik einen Pfaffenteich mit einer Toten drin?"

„Immerhin Seen oder größere Pfützen", versuchte Holger Klein, seine Frage zu rechtfertigen.

„Binnenalster", platzte einer heraus, gefolgt von Gekicher.

„Genug damit." Hansen bat Holger Klein. „Wenn Sie uns über *Ihren* Fall informieren könnten, ich wäre Ihnen sehr verbunden."

Einige Kollegen grinsten über Hansens höflichen Tonfall. Der war wohl eher ungewöhnlich zwischen Hansen und seinem bisherigen Assistenten. Aber nun war Holger Klein selbst Chef, auch wenn Hansen für die Arbeit der Mordkommission insgesamt verantwortlich blieb.

Holger Klein sprang eilfertig auf. „Der Tote aus der Küche in der Lübecker ist identifiziert. Es ist Marcel Ziegler, 30 Jahre alt, Bankangestellter, verheiratet und Vater einer dreijährigen Tochter. Der Ziegler wurde letzten Samstag um 13 Uhr von seiner Frau Janine als vermisst gemeldet. Wie wir von der Rechtsmedizin schon wissen, geschah die Tat vergangenen Freitag zwischen einundzwanzig und zweiundzwanzig Uhr. Marcel Ziegler wurde zuerst mit handelsüblichen Schlafmitteln betäubt und danach erdrosselt, vermutlich mit seinem eigenen Hosengürtel. Der ist verschwunden. Die leere Mietwohnung in der Lübecker war nur der Ablege-Ort. In der Küche haben wir einen Hocker sichergestellt, der wird in der KTU untersucht. Am Anzug des Opfers fanden sich Teppichfasern. Ob die vom Boden in der Ablege-Wohnung oder aus der ehelichen Wohnung stammen könnten, wird geprüft.

Warum die Vermissten-Meldung erst am Samstagmittag? Weil Janine Ziegler annahm, ihr Ehemann wäre nach Arbeitsschluss am Freitag mit Kumpels irgendwo versackt. Deshalb machte sie sich keine großen Sorgen, zumal er sein Handy am Freitagmorgen zu Hause vergessen hatte. Das erschwerte eine Kontaktaufnahme.

Marcel Ziegler ist bei uns nicht aktenkundig. Die Alibis der Ehefrau und der engeren Familie werden gerade gegengecheckt. Die Wohnung der

Eheleute Ziegler wird durchsucht. Haben angefangen, den Tagesablauf von Marcel Ziegler zu rekonstruieren. Wir suchen den Tatort, das Auto, mit dem seine Leiche zur Lübecker transportiert wurde, und ein Motiv. Das Motiv liegt möglicherweise im beruflichen Umfeld. Es traten in letzter Zeit Probleme auf, Beschwerden von Kunden wegen Verlust ihrer Geldanlagen." Er schaute zu Hansen, der seinen Blick stumm erwiderte. Holger Klein schien noch etwas einzufallen. „Bisher sehen wir keinen Zusammenhang zum Mord an der Frau im Pfaffenteich. Keine Ähnlichkeit in der Vorgehensweise, im Opfer et cetera. Und auch keine Ähnlichkeit mit anderen Fällen. Das war's."

„Der Vermieter oder Eigentümer der Wohnung? Wieso hat keiner was von der Leiche bemerkt? Die lag dort immerhin einige Tage", fragte Hansen nach.

„Der Eigentümer hat einen Makler beauftragt, sich um die Vermietung der Wohnung zu kümmern. Der ist jedoch seit zwei Wochen krank, und seitdem fanden keine Besichtigungen mehr statt. Gab sowieso wenige Mietinteressenten. Zu viel Lärm direkt an einer vielbefahrenen Straße."

Nach der Beratung war Nora fest entschlossen, sich gleich ein Taxi zu rufen, statt auf einen erneuten Zufall mit Thomas Weller zu hoffen. Zwei Kollegen aus ihrem Team gingen an ihr vorüber und redeten laut miteinander. Es waren die beiden, die morgen zur Schule des Opfers sollten. Nora schnappte einen Satzfetzen auf, der sie zutiefst erschreckte: „der Mädchenname der Mann war Rot, Veronika Rot".

Ein Name aus der Kindheit

Nora hätte sich am liebsten einmal richtig durchgeschüttelt oder in den Arm gekniffen. Ihr war, als zöge sie ihren Kopf aus dem Sand. Die Tote aus dem Pfaffenteich war ihre Klassenlehrerin, die sie in Schwerin bis zum Umzug nach Berlin unterrichtete? Das durfte nicht wahr sein!

Nora zerrte ihr Handy aus der Umhängetasche und rief eine eingespeicherte Nummer auf. Entgegen ihrer Gewohnheit, den Vater zuerst nach seinem Befinden zu fragen, rückte sie gleich mit ihrem Anliegen raus: „Paps, kannst du dich an den Namen meiner Klassenlehrerin in Schwerin erinnern?"

„Kind", stöhnte ihr Vater mit hörbar vollem Mund, „ich esse. Kannst du später anrufen?"

„Paps, bitte. Ich hab's eilig. Weißt du wenigstens, wie meine Schule hieß?"

„Wieso ich? Du kennst doch mein Gedächtnis. Frag deine Brüder."

Kein brauchbarer Rat für Nora. Ihre Brüder waren jünger als sie und erst in Berlin eingeschult worden.

„Paps. Streng dich an, bitte."

„Die Schule ... es war ein Dichtername. Warte. Die Bratkartoffeln werden kalt. Ich ruf dich zurück." Ihr Vater legte auf. Nora sah ihn in Gedanken vor sich: er saß in der Küche seiner kleinen Wohnung an einem winzigen Tisch, auf dem eine blaue, abwaschbare Decke lag, und aß seine Bratkartoffeln mit sauren Gurken. Nora schaute auf die Uhr. Sie tippte auf fünf Minuten. Unruhig lief sie vor dem Dienstgebäude hin und her, bis ihr Handy klingelte. Nach viereinhalb Minuten. „Kind, Nora, du bist auf die Hauptmann-Schule gegangen. War ein etwas weiter Weg. Warum fragst du?"

Nora hatte sich in der Zwischenzeit eine Ausrede zurechtgelegt. „Ich habe ein Gebäude gesehen und dachte, das könnte meine Schule gewesen sein. Und die Lehrerin?"

„Tut mir leid. Ich glaube, es war ein Name wie eine Farbe. Grün, rot, weiß oder blau."

„Etwa Veronika Rot?"

Ihr Vater zögerte. „Möglich."

„Okay, danke, Paps."

„Schon gut. Pass auf dich auf."

Ja, klar, ein Dichter! Gerhart-Hauptmann-Schule. Klasse 2a. Und Veronika Mann, vormals Rot, war tatsächlich ihre Klassenlehrerin. Sie war eine schöne Frau, groß war sie ihr vorgekommen und besonders blond. Mein Gott, wie lange das her war.

„Na, doch pünktlicher Feierabend, Frau Graf?"

Nora zuckte zusammen. „Sie schleichen sich an, Herr Weller!"

„Pardon. Worüber grübeln Sie?"

„Belangloses Zeug."

„Ich vermute, Sie brauchen ein Auto?"

Sie brauchte auch etwas zwischen die Kiemen, meinte Thomas Weller, in Anspielung auf ihre Essen-Geh-Verabredung. Nora ließ sich schnell überreden. Der Fußballabend war vergessen, und sie verspürte Hunger.

Thomas Weller führte sie in eine der, wie er meinte, besten Lokalitäten der Stadt, ins Weinhaus Wöhler. Er übernahm das Regime; bestellte Rotwein für sie beide und für sich ein Fleischgericht, Nora entschied sich für ein leichteres Essen.

Sie fühlte sich vom ersten Augenblick an wohl im Restaurant. Nora betrachtete die jahrhundertealten Wandgemälde und vergaß Veronika Rot alias Mann für ein paar Minuten.

„Wirklich eine besonders schöne Gaststätte", sagte sie.

„Hauptsache, Sie riechen nicht wieder was Komisches", scherzte er und wurde ernsthafter: „Schwerin hat viel Schönes zu bieten. Sie werden sehen, Frau Graf."

Gab keinen Grund mehr, ihm ihre Herkunft zu verschweigen. „Dunkel kann ich mich an die eine oder andere Schönheit Schwerins erinnern. Bin hier geboren und zwei Jahre zur Schule gegangen."

„Sowas! Und warum sind Sie nach Berlin?"

„Das habe ich meinem Vater zu verdanken. Er wurde vom Rat des Bezirkes ins Ministerium der Finanzen versetzt, und die Familie zog um."

„Und nun sind Sie wieder in der alten Heimat. Werden die Eltern diesmal Ihnen folgen?"

Was für ein abwegiger Gedanke. „Meine Mutter ist schon lange tot. Und mein Vater? Nochmal zurück nach Schwerin? In seinem Alter? Nee, der is Berliner jeworden. Und ich selbst weiß ja auch nicht, ob ich länger bleibe." Nora musste sich was von der Seele reden, auch wenn ihr schwante, dass ihr kurzzeitiger Partner die falsche Adresse dafür sein würde. „Herr Weller, vorhin, als Sie mich auf dem Parkplatz erschreckten, da habe ich erfahren, dass die Tote aus dem Pfaffenteich mit Mädchennamen Rot hieß. Und dann ist mir blitzartig klar geworden, dass sie", ihre Stimme nahm einen beinahe verschwörerischen Klang an, „dass sie in der zweiten Klasse meine Klassenlehrerin in Schwerin war."

„Sowas! Das nenne ich mal Zufall."

Nora schmunzelte. „Wie kann man nur so ignorant sein, Herr Weller. Veronika Mann oder Rot war *die* Tote aus dem Pfaffenteich. Ich habe meine eigene Klassenlehrerin tot aufgefunden."

„Ehemalige", ergänzte er lakonisch, „wie lange ist das her?"

Nora stöhnte auf. „Und ich habe sie nicht erkannt."

„Ja, wie sollten Sie auch. Sie waren damals ein Kind. Wo ist das Problem?"

„Klar, dass Sie keins damit hätten. Ehrlich jesagt, wenn ich schon eine Tote finden muss, wäre mir eine Unbekannte lieber jewesen." Unwillkürlich fing sie an zu berlinern. In einer Umgebung außerhalb Berlins passierte ihr das höchst selten.

Die Karaffe Wein wurde gebracht. Sie stießen miteinander an. Nora trank ihr erstes Glas hastig aus.

„Immerhin, *Sie* haben Ihre ehemalige Lehrerin gefunden", bemühte sich Thomas Weller, auf ihre Stimmung einzugehen, „und *Sie* dürfen an der Klärung ihres Todes mitarbeiten."

„Hört sich an, als sollte ich stolz drauf sein."

„Unter Umständen ist Ihre persönliche Bekanntschaft sogar hilfreich. Was meint Chef Hansen dazu?"

„Er weiß noch nichts davon."

„Sie werden es ihm aber sagen. Oder?"

„Aber ja. Ich nehme mal an, er wird mich wegen dieser lang vergangenen persönlichen Beziehung nicht vom Fall abziehen."

„Und wenn, wäre es kein Beinbruch. Sie könnten beim Holger mitarbeiten, der hat auch eine Leiche."

„Psst", machte Nora. Sie fand es irgendwie pietätlos, in einem Restaurant Leichen zu erwähnen. Der Weller hatte kein Verständnis für ihre Gefühle, die gerade Achterbahn fuhren. Nora versuchte, das Gespräch auf sein Arbeitsgebiet zu lenken. „Erzählen Sie von sich", forderte sie ihn auf, „was Neues seit vorhin?"

„Schön wär's. Es ist immer das Gleiche, keine Spuren, und wenn doch, habe ich keine Vergleichsbefunde."

„Auch keine Spur vom Porzellan, das Frau Kiefer gestohlen wurde?"

„Dass Sie daran noch denken."

„Meißner Porzellan, merkt frau sich schon mal."

„Trotzdem, ich bin überrascht. Sie zeigen Interesse an meiner langweiligen Arbeit. Sehr schmeichelhaft." Er füllte ihr Glas nach. „Denken Sie wieder an Leichen? Trinken Sie, Frau Graf. Hilft, den ganzen ungesunden Mörderkram aus dem Kopf zu kriegen."

Nach dem Essen wurde Nora müde. Ein langer und ereignisreicher Tag lag hinter ihr. Ihr war recht, dass Thomas Weller redete wie aufgezogen. Soweit meinte sie ihn zu kennen, dass das bei dem Urschweriner eher selten vorkam. Er erzählte von seiner Kindheit, die er anscheinend in den Sommermonaten vorwiegend mit Eltern und Geschwistern auf den Schweriner Seen verbracht hatte. Später hatte er sich ein eigenes Ruderboot gekauft, und nun, seit zwei Jahren, war er stolzer Besitzer eines Motorbootes. Er liebte die Seen, Wasser an sich und überall, und daraus speiste sich für die wasserscheue Nora die beruhigende Gewissheit, dass dieser wasserversessene Mann mit den blauesten Augen, die sie je gesehen hatte, ihr niemals gefährlich werden konnte. Mit dem könnte sie öfter ausgehen, nix würde passieren. Jedenfalls nichts, was über ein gemeinsames Essen und eine angenehme Plauderei hinausginge.

„Ehe ich es vergesse, wann genau ist mein Auto morgen fertig?", unterbrach sie seine Schwärmereien.

„Ach ja! Die hintere Bremse ist kaputt, und ein Ersatzteil muss besorgt werden. Sie werden bis morgen Nachmittag warten müssen, tut mir leid."

„Kein Problem", meinte Nora großzügig, „Kollege Hansen holt mich ab, wir fahren nach Parchim. Mit seinem Auto."

„Sehe schon, Sie werden bevorzugt behandelt. Noch ein Schluck?"

„Ich glaube, ich habe genug und möchte gehen." Nora winkte eine Kellnerin herbei und bat um die Rechnung. Ihr Kollege wollte seine Geldbörse zücken, doch Nora hinderte ihn am Bezahlen. „Sie sind eingeladen, das war der Deal von heute früh, und ich bestehe darauf."

„Wenn's sein muss. Dafür bringe ich Sie wenigstens bis vor die Pensionstür."

Nicht nötig, wollte sie sagen, unterließ es aber.

Donnerstag, 4. 8. – Nach Parchim

Über Landstraßen fuhren sie am frühen Morgen in Hansens Auto nach Parchim, vorbei an Wiesen und bestellten Feldern mit Mohnblumen am Wegesrand. Nora beobachtete ihren Chef erstaunt. Er hatte sein Jackett ausgezogen, wirkte entspannt und gut gelaunt. Ein dezenter Hauch von Eau de Toilette wehte zu ihr hinüber.

Nora wartete darauf, dass er ein Gespräch beginnen würde. Solange ihr Chef schwieg, konnte sie die Fahrt genießen und sich umschauen. Nach einer Weile legte Nora ihren Kopf in den Nacken. Der Himmel war grau wie in den vergangenen Tagen, aber wenigstens hatte der Regen aufgehört. Wenn sich die düsteren Wolken verzogen, zeigte sich ein blauer Streifen, und ein Hauch von Sommer lag über der Landschaft.

Ein Hüsteln von Hansen signalisierte Nora, dass er nun reden wollte. Als erstes fragte er, ob sie sich inzwischen ein bisschen eingelebt habe.

„Danke, alles ist gut. Und solange mir keine weitere Leiche vor die Füße fällt, ist es sogar super."

„Bleiben Sie mal schön auf dem Teppich. Apropos Schön. Sind Sie bei der Dame auf dem Laufenden?"

„Bis auf ihre Handydaten, ja", antwortete sie.

„Die Handys der Geburtstagsgäste von Katharina Eichler waren ausgeschaltet. War wohl eine Verabredung, damit es nicht ständig bimmelt und tönt. Fassen Sie mal zusammen, was wir über die Schön haben."

„Gern. Die Frau ist neunundfünfzig, unverheiratet, kinderlos und arbeitete gerade mal zwei Jahre nach dem Studium als Lehrerin. Zu DDR-Zeiten war sie im Kulturbund tätig. Einige Zeit nach der Wende wurde Susanne Schön Empfangsdame im Rathaus von Parchim. Sie lebt sehr zurückgezogen. In ihrem privaten Umkreis ist überhaupt kein Mann zu finden. Sie hat auch keine besonders enge Freundin. Sonntagnacht war sie nach dem Eklat mit Veronika Mann in dieser Gaststätte mit dem komischen Namen ...“

„Die heißt ,Burwitz'“, half Hansen ihr.

„Ah ja. Nach Aussage der Kellnerin redeten beide kaum miteinander. Es herrschte ,frostige Stimmung'. Nach dem Verlassen des Lokals ging Susanne Schön zu ihrem PKW, den sie weiter oben in der Puschkinstraße geparkt hatte. Von dort ist sie unmittelbar nach Parchim zu sich nach Hause gefahren und die Nacht über allein geblieben. Für das alles hat sie keine Zeugen.“

„Richtig“, meinte Hansen knapp.

„Ihr Verhältnis zu Veronika Mann bezeichnete sie als normal. Wir wissen jedoch von verschiedenen Seiten, dass die Beziehung zwischen beiden denkbar schlecht war. Die Begründung: unterschiedliche Charaktere, spontane und lebenslange Antipathie.“

„Zu nebulös“, bemerkte Hansen.

Nora nickte zustimmend. „Bleibt zu fragen: Warum folgte Susanne Schön der Mann in diese Kneipe? Sie hätte doch froh sein können, dass die Veronika von der Feier weg war.“

„Ist Ihre Aufgabe, das rauszufinden, Kollegin.“

„Und dafür müssen wir zu zweit nach Parchim?“

„Meine Entscheidung.“

Sie hatte nichts gegen seine Entscheidung. Weil Hansen erneut eine Sendepause einlegte, schweiften Noras Gedanken ab und landeten bei Thomas Weller. Sie mochte seinen norddeutschen Akzent und seine unverkrampfte lockere Art; wenn er auch manchmal damit übertrieb. Als sie sich vor der Pension gute Nacht wünschten, hatte er sie wieder auf sein Boot eingeladen. Da konnte er lange warten. Nicht ohne Not aufs oder ins Wasser. Das gehörte zu ihr, fast solange sie denken konnte. Selbst, wenn sie gewollt hätte, war es ihr unmöglich, denn ein Gefühl der Hilflosigkeit lähmte sie. Früher, als Daphne klein war, musste sie im Sommer ab und zu mit ins Freibad oder an eine offene Badestelle. Irgendwie hatte sie es immer geschafft, dass eine andere Mutter ein Auge auf Daphne warf. Damit sie selbst im Trocknen bleiben konnte. Oder Robert ging mit seiner Tochter baden, wenn er zwischen seinen Reisen und Aufträgen Zeit fand.

Sie telefonierte jeden Abend mit ihm. Wie sollte es werden, wenn sie in Schwerin blieb? Eine Wochenendehe auf Dauer? Irgendwann bräuchte sie eine Wohnung. Eine kleine billige, die sie sich neben der Wohnung in Berlin für eine Übergangszeit leisten konnten. Vielleicht auf dem Dreesch, einem großen Neubaugebiet aus DDR-Zeiten, wo es recht günstig sein sollte, wie sie von Weller gehört hatte, der selbst dort wohnte.

Hansen fing an zu pfeifen, nur ein paar Töne. Nora stellte verwundert fest, dass er die Fahrt genoss. Der fuhr anscheinend zum Vergnügen rum. „Alles in Ordnung?", fragte sie.

„Wenn's nach Parchim geht, immer. Sie werden das Gespräch mit Frau Schön führen. Allein."

„Dann hätte ich ja auch allein fahren können."

„Stör ich Sie?"

„Aber nein. Ich muss Ihnen was erzählen, Herr Hansen. Sie haben mich gestern gefragt, in welche Schule ich in Schwerin gegangen bin, inzwischen weiß ich es. Ich war auf der Gerhart-Hauptmann-Schule. In der zweiten Klasse war Veronika Rot meine Lehrerin. Es wäre ein Wunder gewesen, wenn ich sie in der Leiche nach so langer Zeit und den gegebenen Umständen erkannt hätte. Und den Nachnamen Mann konnte ich logischerweise nicht mit ihr in Verbindung bringen."

Hansen schaute sie überrascht an. „Hundertprozentig sicher, dass das Opfer *Ihre* Lehrerin war?"

„Leider bin ich das."

„Haben Sie Veronika Mann seit dieser Kinderzeit noch einmal gesehen?"

„Nein. Ich hatte in Berlin nach dem Umzug einige Anfangsschwierig-keiten. Beste Freundin und die Schulkameraden weg. Meine neuen Mitschüler hatten Probleme mit meinem Dialekt und ich mit ihrem. Im Lernstoff waren die Berliner auch weiter. Genug Stress für ein kleines Mädchen. Veronika Rot hatte ich bald vollständig vergessen."

„Sie waren nie wieder hier?"

„Nie wieder. Kommt mir heute auch komisch vor." Kurz musste Nora an die beiden Schwestern ihrer Mutter denken. Da hatte es doch Kontakt gegeben. Wieso war der so schnell verloren gegangen?

„Na, dann sollte die Tatsache, dass Frau Rot damals Ihre Lehrerin war, keine Rolle spielen."

„Sie werden das Team darüber informieren?"

„Keine unnötigen Geheimnisse. Ist meine Devise, Frau Graf. Dass Sie strafversetzt wurden, hat sich übrigens ohne mein Dazutun unter den Kollegen herumgesprochen."

Er ließ sie ein paar Minuten in Frieden, damit sie diese Nachricht verdauen konnte, und fragte unvermittelt, ob sie die Tageszeitung gelesen habe. Nora war dankbar für den Themenwechsel. Dass sich ihre Strafver-setzung herumsprechen würde, war normal.

„Schmierfinken", fluchte Hansen.

„Ja, fürchterlich." Nora hatte sich über die Schlagzeilen empört, die die gesuchten Jugendlichen als mutmaßliche Mörder vorverurteilten. „Wird Zeit, dass wir die Jungs endlich identifizieren können." Hansen verstumm-te für einige Sekunden, bevor er weiterredete: „Wenigstens an einer anderen Front haben wir Ruhe. Vor dem Mord erschütterte eine Verge-waltigungsserie die Stadt. Bisher drei Opfer. Haben Sie das mitgekriegt?

Bis zum Mord an Veronika Mann waren diese widerlichen Übergriffe das wichtigste Thema in den hiesigen Medien. Viel Panikmache. Die letzte Tat geschah vor drei Wochen, die Abstände zwischen den Taten wurden kürzer. Wenn's eine Serie ist, hätte er längst ..." Er blickte Nora vielsagend an. Sie schloss daraus, dass er mit einer Fortsetzung gerechnet hatte. „Die Frauen haben alle überlebt, und keine konnte konkrete Angaben zum Täter machen?", fragte sie.

„Ja, das eine ist Glück, das andere unser Pech."

„War aber kein Mord."

„Mir wäre trotzdem wesentlich lieber, wir hätten diesen Mistkerl endlich. Ich denke nämlich, dass es weitere Opfer gab, die sich nicht bei der Polizei gemeldet haben. Warum starren Sie eigentlich ständig zum Himmel? Werden wir von Drohnen verfolgt?"

„Blöde Angewohnheit von mir. Schade, dass das Wetter so kühl und wechselhaft ist. War es in Schwerin diesen Sommer überhaupt schon mal richtig warm?"

„Knapp is", nuschelte Hansen. Er überholte ein langsam fahrendes Auto und fing wieder an zu pfeifen.

„Vielleicht war es ein Tourist", mutmaßte Nora.

Hansen stutzte. „Wie? Ah ja, der Vergewaltiger. Meinen Sie?"

„Oder er ist krank geworden", sinnierte Nora.

Hansen überholte das nächste Auto, diesmal ein riskanteres Manöver. „Oder er ist tot, Opfer eines Autounfalls", stichelte sie.

Hansen grinste vor sich hin.

Nora konzentrierte sich auf die bevorstehende Befragung. In der Inspektion hatte sie ein Foto von Susanne Schön gesehen; die war allem Anschein nach eher ein sensibler Typ. Das war wohl der wahre Grund, warum Hansen wollte, dass sie mit der Frau sprach. Ein Mann von seiner derberen und direkten Art konnte solche Damen schon mal einschüchtern.

Als sie die Stadt erreichten, fragte Hansen Nora, ob sie als Kind jemals in Parchim war. Nora seufzte genervt auf. Immer diese lästigen Kindheitserinnerungen. „Ich weiß es nicht mehr. Sind Sie denn oft in Parchim?"

„Eher selten, kenne es aber wie meine Westentasche, bin hier geboren."

Susanne Schön

Nora erkannte die zierliche Frau mit glattem blondem Haar, wässrigen blauen Augen und hellem Teint hinter dem Empfangs-tresen im Rathaus von Parchim auf den ersten Blick als Susanne Schön. Ohne die Falten am Hals und die Altersflecken auf den Händen hätte Nora ihr niemals die sechzig Jahre abgenommen, die sie alt sein sollte.

Hansen stellte Nora vor. Er begründete Susanne Schön den erneuten Besuch der Kripo mit der nichtssagenden Formel, dass sie noch einige Details klären müssten. Susanne Schön bat eine Kollegin, sie zu vertreten, und kam hinter dem Tresen hervor. Sie trug trotz ihrer geringen Körpergröße ein bis zu den Füßen reichendes Kleid.

Zu dritt nahmen sie in einer ruhig gelegenen Besucherecke Platz. Auf ein Zeichen von Hansen begann Nora: „Wo waren Sie, als der Streit auf der Geburtstagsfeier anfing?"

„War im Bad. Bevor ich dahin bin, war noch alles in Ordnung. Als ich zurückkam, saß Veronika auf meinem Platz und damit neben Rita. Die beiden haben sich wie blöd angeschrien. Eine Bettgeschichte zwischen Veronika und Ritas Ex, darum ging's."

„Wussten Sie zuvor von dieser Affäre?"

„Nein, erst seit der Feier."

„Was können Sie mir zu Veronika Mann sagen? Was für ein Mensch war sie?"

Susanne Schön druckste herum. „Ehrlich, mir fällt es schwer, Veronika zu beschreiben. Wir waren nicht eng miteinander. Die positivste Eigenschaft von Veronika war vielleicht die Fähigkeit zu vergessen. Und die unangenehmste ihre übertriebene Ich-Bezogenheit, als wäre sie der Nabel der Welt. Ja, Veronika konnte einem schon auf die Nerven gehen." Sie sprach langsam und wählte ihre Worte vorsichtig.

„Haben Sie Veronika gehasst?", fragte Nora.

Susanne Schön schüttelte leicht ihren Kopf. „Niemals. Sie tat mir eher leid. Ich hätte es schrecklich anstrengend gefunden, so zu leben wie sie."

„Was genau meinen Sie damit?"

Als Antwort zuckte die Frau nur mit den Schultern.

„Ist ja allgemein bekannt, dass Ihr Verhältnis mit Veronika Mann gestört war, Frau Schön. Warum?"

„Wir waren sehr verschieden."

„Viele Menschen sind verschieden und würden trotzdem etwas mehr Anteilnahme oder Betroffenheit beim Tod einer guten Bekannten zeigen, erst recht bei einer ehemaligen Studienkollegin."

„Ach herrje, das Studium. Ist Jahrzehnte her. Und außerdem *bin* ich betroffen, auch wenn ich keine Heulkrämpfe kriege."

„Was ist passiert zwischen ihnen?"

„Was soll passiert sein." Frau Schön verschränkte ihre dünnen Arme vor der kaum vorhandenen Brust.

Wie ein Kind, dachte Nora, ein Kind, das in einem zu groß geratenen Kleid steckt. Eine Frau mit einem ungelebten Körper. Nora sah zu Hansen. Er hatte zwar angekündigt, dass sie das Gespräch allein führen sollte, aber dass er tatsächlich den Mund hielt, verwunderte sie. „Wie war das, konnte Frau Mann Sie auch nicht leiden, oder war das eine einseitige Antipathie, die von Ihnen ausging, Frau Schön?"

„Muss ich jeden mögen, der mir über den Weg läuft?", regte sie sich plötzlich auf, „es war mir wurscht, was Veronika über mich dachte. Wir hatten einfach keinen Draht miteinander."

„Warum sind Sie Veronika Mann dann in die Gaststätte hinterhergelaufen?"

„Das war nur wegen Katharina. Sie tat mir leid. War schließlich ihre Geburtstagsfeier. All die Mühe, die sie sich gemacht hat. Und dann haben die gestritten wie die Kesselflicker. Möchte wissen, was in die beiden gefahren ist, ausgerechnet bei Kati damit anzufangen. Ob Ritas Mann nun mit Veronika irgendwann geschlafen hat, wen interessiert's schon?"

„Worüber haben Sie mit Frau Mann im ‚Burwitz' gesprochen?"

„Wenig. Ich wollte Veronika nur zur Feier zurückholen, war zwecklos. Sie war zu wütend." Frau Schön fuhr energischer fort: „Veronika hatte Schiss, dass Rita Torsten von dem Seitensprung erzählt. Ich glaube, sie hatte richtig Angst. An Katharina dachte sie jedenfalls keine Sekunde."

„Frau Schön, Sie waren im Lokal Zeugin eines Telefongesprächs, das Veronika mit ihrem Mann führte. Ist Ihnen dazu noch was eingefallen?"

„Nein, das war ja kurz. Veronika sagte ihm nur, dass sie austrinke und dann nach Hause ginge."

„War Veronika dabei vielleicht aufgeregt oder verärgert?"

„Ganz normal, eher ein bisschen kühl."

„Wann sind Sie aus dem ‚Burwitz' weg?", wollte Nora wissen.

„Habe ich schon erzählt, das war um elf oder etwas später. Ich bin direkt zu mir nach Hause gefahren und war gegen zwölf da. Und dafür habe ich keine Zeugen, weil ich allein lebe."

„Okay. Ich komme noch mal auf Ihre Studienzeit zurück. Haben Sie sich damals eventuell besser verstanden?"

„Was?" Susanne Schön zwinkerte nervös mit den Augen. „Wieso fragen Sie das?"

Nora beschlich das Gefühl, dass die Zeugin mauerte. „Nun, Sie waren in derselben Seminargruppe."

„Ja, stimmt. Alles angehende Unterstufenlehrerinnen. Angeblich alle dasselbe Ziel vor Augen. In Wahrheit war dieses Studium für einige nur der Notnagel. Ich dagegen wollte immer Lehrerin werden, schon als Kind."

„Sind Sie aber nicht geworden", provozierte Nora sie bewusst.

„Doch! Zwei Jahre habe ich gebraucht, um zu begreifen, dass ich als Lehrerin für die unteren Klassen ungeeignet bin. Von da an hat es ein weiteres Jahr gedauert, um aus der Volksbildung rauszukommen. Ich habe mein Scheitern sehr bedauert, glauben Sie mir!"

Der erste echte Satz, dachte Nora. „Sie hatten psychische Probleme."

Eine zarte Röte überzog Susanne Schöns Gesicht. Sie starrte zu Hansen, der sie seinerseits beobachtete, und beschloss offenbar, ihn zu ignorieren. Zu Nora gewandt, schilderte sie die Qualen ihres Schullalltags. „Sie haben keine Ahnung, wie es ist, jeden Tag vor Schülern zu stehen, die spätestens in der dritten Klasse jeden Respekt vor den Lehrern verlieren, die nicht die geringsten Umgangsformen kennen. Die Kinder können keine Unterrichtsstunde lang halbwegs still sitzen und sich konzentrieren. Manchmal musste ich den ganzen Tag schreien, und nachmittags hatte ich keine Stimme mehr. Ich war oft krank." Susanne Schön senkte ihre Stimme. „Ich musste mich retten."

Das klang melodramatisch. Nora schlug einen leichten Ton an. „Nicht jede ist zur Lehrerin geboren." Sie lächelte, aber Susanne Schöns Miene blieb düster. „Es war mein Traum, Wissen zu vermitteln. Hätte vielleicht auch geklappt, wenn ich die richtige soziale Herkunft und Abitur gehabt hätte. Dann hätte ich an einer Uni studieren und die oberen Klassen unterrichten können. Für die Unterstufe passt der Mutti-Typ besser, und der geht mir ab. Es ist mir schwer gefallen, zu akzeptieren, dass ich meinen Traumberuf aufgeben muss."

Unvermittelt übernahm Hansen das Wort. „Frau Schön, Sie halten uns Vorträge über die Unterschiede zwischen Hochschul- und Fachschulstudium in der DDR, aber verheimlichen, was zwischen Ihnen und Frau Mann passiert ist, und warum Sie ihr Sonntagnacht gefolgt sind. Vielleicht sollten wir auf der Dienststelle weiterreden."

Nora fühlte sich überrumpelt. Warum diese Androhung? Bei der Schön würde sie ihrer Meinung nach nicht viel bringen. Die würde sich nur in ihr Schneckenhaus zurückziehen.

Susanne Schön protestierte zu Noras Überraschung vehement. „Sie wollen mich mitnehmen? Wieso denn! Was ich Ihnen sagte, ist die Wahrheit. Ich war keine Freundin von Veronika, das stimmt. Sie hat immer auf mich herabgesehen. Auf dieser Geburtstagsfeier wollte ich einmal wie mit einer Freundin mit ihr reden. Ein einziges Mal wollte ich mich einmischen und etwas zum Guten wenden. Aber das war ein Schlag ins Wasser."

Der Flirt geht weiter

Zurück in Schwerin, setzte Hansen Nora in der Nähe der Puschkinstraße ab. Sie sollte noch einmal mit der Kellnerin vom ‚Burwitz' sprechen, um den Wahrheitsgehalt der Aussage von Susanne Schön zu überprüfen.

Obwohl sich das Wetter gebessert hatte und man draußen sitzen konnte, wählte Nora einen ruhigen Platz im Inneren. Eine junge Kellnerin erkundigte sich nach ihren Wünschen, und Nora bestellte eine Gemüsesuppe. Sie gab sich als Polizistin zu erkennen und fragte die Bedienung, ob sie vergangenen Sonntag Spätschicht gehabt habe.

Die Kellnerin wiederholte, was sie bereits Noras Kollegen erzählt hatte. Besagte Frauen hätten sich nur eine gute halbe Stunde im Restaurant aufgehalten, die eine habe Wasser, die andere ein Glas Wein getrunken, und sie hätten kaum miteinander geredet.

Nora versuchte, Hansen zu erreichen, vergeblich. Wieder ärgerte sie sich über ihren Chef. Der hatte schon eine harsche Art, mit einer Zeugin umzugehen, und eine schnelle Kommunikation untereinander schien ihm auch entbehrlich.

Nora sah bei Susanne Schön keine Hinweise für eine Täterschaft. Klar, die Frau verschwieg, was die Feindschaft zwischen ihr und Veronika ausgelöst hatte, aber das war schon noch rauszukriegen. An den dünnen Armen der Zeugin waren Nora keine Verletzungen aufgefallen. Aber Veronika Mann hatte Hämatome an den Oberarmen gehabt. Sie war angegriffen worden, und es war zu vermuten, dass sie sich gewehrt hatte. Gegen eine zierliche Susanne Schön? Nein, die würde niemals von vorn attackieren, die würde sich von hinten anschleichen, den Überraschungsmoment ausnutzen, ein Tatwerkzeug mitbringen und offenes Gelände meiden.

Noras Handy meldete sich. Es war Katharina Eichler, deren neunundfünfzigster Geburtstag am Sonntag gefeiert worden war. Nora hatte sie während der Rückfahrt von Parchim kontaktiert und um ein zeitnahes Treffen gebeten. Nun teilte Frau Eichler ihr mit, dass sie in zwei Stunden zu Hause wäre. Nora wollte vorher telefonisch mit Rebecca zu sprechen, der Tochter von Rita Meyfarth, die ihrer Mutter für die Tatnacht ein Alibi verschafft hatte. Bevor sie deren Nummer wählen konnte, klingelte ihr Smartphone ein zweites Mal. Es war Thomas Weller. Im ersten Impuls wollte Nora den Anruf ablehnen, doch dann fiel ihr der Clio ein.

„Herr Weller, Neuigkeiten vom Auto für mich?"

„Hören sich an, als wären neuerdings *Sie* meine Chefin, Frau Graf. Ihr Auto ist fertig. Ich stelle es vor die Pension und gebe den Schlüssel der Wirtin. Die Papiere lasse ich im Auto." Nach einem kleinen Zögern fragte er: „Oder?"

Oder sich verabreden und essen gehen, hörte Nora heraus. „Wann sind Sie dort?", fragte sie.

„In ein paar Minuten, bin schon unterwegs."

„Okay, danke."

„Danke, was?"

„Ich meinte nur, dass ich mir das Auto gleich hole, Herr Weller. Vielen Dank für Ihre Mühe."

„Dann warte ich auf Sie."

Nora wollte widersprechen, tat es aber nicht.

Sie sah ihn schon von weitem, ihr Kollege wanderte vor der Pension mit den Händen in den Hosentaschen auf und ab. Er trug seine Standardausrüstung: eine helle Jeans, ein kleinkariertes kurzärmeliges Hemd mit

Jacke drüber und Sonnenbrille. Diesmal passte die Brille einigermaßen zum Wetter.

Bei seinem Anblick schlich sich ein Lächeln in Noras Gesicht. Sie verlangsamte ihren Schritt, um eine neutralere Miene bemüht. Sonst würde der Weller denken, dass sie ihn anhimmelte; sie hatten ja schließlich kein Date. Thomas Weller schien sich solche Gedanken zu sparen und kam ihr strahlend entgegen. „Das ging ja flott, Frau Graf. Ich hätte auch länger gewartet. Kein Grund zur Hetze."

„Wieso? Ich bin von Natur aus schnell."

Er händigte ihr die Papiere und den Autoschlüssel aus und wies auf die linke Straßenseite. „Ihr Auto steht zwei, drei Plätze weiter hinten. Probefahrt?"

„Nein, wenn Sie Ihren Kumpels vertrauen, tue ich es auch. Geben Sie mir die Rechnung, bitte."

„Ich sagte doch, die waren mir was schuldig."

„Das ist mir einerlei. Ich bestehe auf einer Rechnung, Herr Weller."

„Besorge ich Ihnen, wenn's sein muss. Wie wär's heute Abend mit einem …"

Nora fiel ihm hastig ins Wort. „Nein. Was Sie auch vorschlagen wollen, die Antwort ist nein. Obwohl ich dankbar bin für Ihre Hilfe. Ehrlich. Es war alles sehr nett von Ihnen."

„Warum wollen Sie dann nicht mit mir ausgehen?"

„Herr Weller, ich bin verheiratet, und wir waren erst gestern essen. Ich habe sowieso zu arbeiten. Werfen Sie die Rechnung einfach in den Briefkasten der Pension. Nochmals Danke."

„Ich habe das Gefühl, dass Sie Ihre Ehe nur vorschieben, um mir aus dem Weg zu gehen. In meinen Augen ein extrem schwaches Argument."

Stimmt, dachte Nora, aber es fiel ihr kein anderes von ähnlichem Gewicht ein. Ihr Herz schlug plötzlich aufdringlich. Peinlich, peinlich! Merkte der was? Amüsierte der sich etwa hinter seiner Brille über sie?

Nora rettete sich auf sicheres Terrain: „Äh, haben Sie eventuell was Neues von Holger Kleins Fall?"

„Möglich."

„Ja, und? Warum verschweigen Sie das?"

„Verhören Sie mich? Außerdem, wer von uns ist in der MOKO? Sie oder ich?"

„Sie haben recht, Herr Weller. Ich hatte nur seit gestern Abend noch gar keine Zeit, mich auf den Stand zu bringen. Und ich dachte, Sie haben bestimmt einen guten Draht zu Holger Klein", spekulierte sie aufs Geratewohl, „der wird Ihnen sicher einiges geflüstert haben."

„Kann Ihnen auch was zuflüstern. Zwei Einbrecher in der Lübecker. Gab keine Übereinstimmung der Einbruchsspuren in oberer und unterer Wohnung. Also zwei Einbrecher, und einer davon war auch noch ein Mörder. Zufrieden?"

„Das ist alles?"

„Zum Toten im Sack? Fragen Sie Holger, wenn Sie mehr wissen wollen. Mich würde was zu trinken glücklich machen. Ein Glas Wasser reicht fürs Erste." Die dunklen Gläser seiner Sonnenbrille versperrten den Blick in seine Augen. Nora konnte sie sich trotzdem gut vorstellen: Sie waren von einem irritierenden Blau und guckten leicht spöttisch. Okay, dachte Nora, spielen wir eben ein Spielchen. Etwas Zeit konnte sie dafür erübrigen.

Neues vom toten Mann

Nora ließ Thomas Weller erst in ihr Zimmer, nachdem sie sich überzeugt hatte, dass es schon hergerichtet war. Sie stellte eine kühle Flasche Wasser und zwei Gläser auf den Korbtisch im Erker und goss ein. Zwischen ihnen stand das Väschen mit den Plastikblumen, und Nora nahm es rasch vom Tisch.

„Hübsch haben Sie es", meinte ihr Kollege, nachdem er das Zimmer betrachtet und sich gesetzt hatte. „Und diese Aussicht auf den Pfaffenteich! Superb!"

Nora musste lachen. „Von wegen. Trinken Sie", forderte sie ihren Gast auf, „ist Wasser aus dem Kühlschrank. Oder möchten Sie was anderes?"

„Schon in Ordnung. Fernseher funktioniert?"

„Einwandfrei."

„Ein Manko hat diese Bleibe allerdings. Zu viel Straßenlärm."

Nora wurde ungeduldig. „Kommen Sie, Herr Weller. Was hat Holger Klein? Hat er eine heiße Spur?"

Er trank bedächtig sein Glas aus und sah sie lange an. „Die Toten fangen an, mich zu nerven. Seit Nora Graf da ist, kreuzen sie meinen Weg. Ich sage Ihnen, was ich vorausschauend Holger dazu aus den Rippen geleiert habe, wenn Sie aufhören mit Ihrem ‚Herr Weller', ‚Herr Weller'. Ich heiße Thomas, aber Freund und Feind nennen mich Tom. Können Sie das auch?"

Nora seufzte übertrieben auf. „Okay, *Tom*. War's das mit Ihren kleinen Erpressungen? Verraten Sie mir bitte endlich, was Holger Klein herausgefunden hat."

Er war zufrieden. „Wir verstehen uns. Ich habe geahnt, dass Sie mich wegen des Toten löchern würden. Also, habe ich mit Holger geredet. Der wunderte sich sehr, warum ich danach gefragt habe, denn seine Toten sind mir gewöhnlich relativ egal."

„Das kann ich mir denken."

„Holger ist übrigens verheiratet. Wussten Sie das?"

Nora war tatsächlich überrascht und schüttelte den Kopf.

„Und er hat zwei kleine Kinder", fügte Tom an.

„Freut mich für ihn. Wie ist nun der Stand der Dinge?"

„Mager. Die einzige lauwarme Spur im Fall Marcel Ziegler führt zu einigen sehr enttäuschten Kunden des Verstorbenen, die ihm die Pest an den Hals gewünscht haben, weil er sie falsch beraten hat. Das meinen die Kunden. Wertlose Anlagen, unredliche Kredite, überhöhte Hypotheken, der ganze Scheiß-Geldkram. Die Ehefrau beteuert hoch und heilig, dass Marcel Ziegler ein liebenswürdiger Papa und treuer Ehemann war, und seine Eltern sind voll des Lobes über ihren Sohn, der sich immer um sie gekümmert hat, wenn es was zu kümmern gab. Wenn man die Bankkunden mal außer Acht lässt, ist es schleierhaft, warum dieser Mann getötet wurde."

Alle Achtung, das war ja ein Höchstmaß an Interesse, das der Kollege am Fall Ziegler aufgebracht hatte. Und anscheinend alles ihretwegen. Nora war beeindruckt. „Raubmord ausgeschlossen?", fragte sie.

„Ja, bei der Leiche fand sich eine Börse, eine teure Armbanduhr und ein paar Scheine. Wie sieht's bei Ihnen aus? Den Schock überwunden, die eigene Lehrerin tot im Pfaffenteich gefunden zu haben?"

„Muss ja. Hansen habe ich gebeichtet, dass ich sie kannte. Wir waren vorhin in Parchim bei einer Zeugin." Sie unterbrach sich. „Darf ich Ihnen das überhaupt erzählen?"

„Dass Sie mit Hansen nach Parchim wollten, haben Sie gestern schon ausgeplappert. Ist doch kein Geheimnis."

„Sie sind mit Holger Klein enger befreundet."

„Was heißt enger, sind ab und zu mal zusammen losgezogen. Seit Holger verheiratet ist, hat er dafür keine Zeit mehr. Übrigens, wir könnten eine Spritztour mit dem Boot unternehmen, wenn Sie momentan keine Lust auf ein Essen haben."

Nora schüttelte entschieden den Kopf. Ein bisschen penetrant war Tom schon. Das konnte sie auch. „Kollege Klein hat also nur die enttäuschten oder betrogenen Kunden des Opfers. Wirklich magere Ausbeute."

„Eins hätte ich noch: Die Fasern an der Kleidung des Toten stammen weder vom Teppichboden am Fundort noch aus der Wohnung des Opfers."

„Also wurde Ziegler woanders umgebracht."

„So sieht's aus." Toms Blick schweifte durchs Zimmer. „Mögen Sie Elefanten?" Offenbar hatte er die kleine Holzfigur auf dem Nachtschränkchen entdeckt. Nora wurde die Situation zu privat. Mit Tom in einem Restaurant zu sitzen, war das Eine, mit ihm in ihrem Zimmer zu sein mit dem Bett im Rücken oder im Blick, das Andere. „Ich muss los", sagte sie.

Tom tat sehr betrübt. „Sie haben Ihr Auto wieder. Womit kann ich Sie nun von mir abhängig machen?"

Nachdem sie ihn hinauskomplimentiert hatte, rief Nora Rebecca an, die Tochter von Rita Meyfarth. Nora behauptete ihr gegenüber, vor wenigen Minuten mit deren Freund Daniel gesprochen zu haben. Und der habe jeglichen Zwist zwischen ihnen abgestritten. Kein Zoff, kein Grund für Rebecca, bei der Mutter zu übernachten. Rebecca knickte prompt ein. Nora schickte Hansen eine SMS mit der Info, dass Rita Meyfarth sich ein falsches Alibi von ihrer Tochter besorgt hatte. Sollte er entscheiden, wie weiter vorgegangen werden sollte. Sie legte sich aufs Bett, um ein paar Minuten zu schlafen. Der Holzelefant fiel ihr in die Augen. Komisch, dass Tom ihn bemerkt hatte. Nippes übersah ein Mann doch gewöhnlich. Tom, dachte sie, bevor sie einnickte, Tom ... ein schöner Name.

Sechs Monate zuvor – **Ein Knochenmarkspender wird gefunden**

Doktor Peters hastete über den langen Korridor in sein Behandlungszimmer. Die linke Hand steckte in der Tasche seines Arztkittels, in der rechten hielt er den Befund. In Gedanken war er halb bei Schwester Susan, mit der er in der Pause in der Cafeteria verabredet war. Wenn man so wollte, war das ihr erstes Date.

Bis dahin waren es noch etwa zehn Minuten. Die Zeit würde dicke reichen, um dem Ehepaar Ziegler den erfreulichen Befund mitzuteilen: Der Knochenmarkspender für die kleine Ella war gefunden. Im eigenen Vater! Sie würden strahlen, die jungen Eltern. Doktor Peters stellte sich ein glückliches Gesicht der Mutter vor, der er bisher nie ein Lächeln hatte entlocken können. Schwester Susan war für seinen Charme wesentlich empfänglicher.

In seinem Zimmer traf Doktor Peters Ellas Mutter allein an. War für den Arzt eher eine normale Situation, dass der Vater fehlte. Trotzdem erkundigte er sich. „Ist Ihr Mann wieder beruflich zu eingespannt?"

Frau Ziegler, die kerzengerade auf einem Stuhl saß, nickte nur. Doktor Peters wollte sie nicht länger warten lassen. Im Moment war einzig das Testergebnis wichtig.

„Es gibt eine gute Nachricht, eine sehr gute sogar", eröffnete er der jungen Frau. „Ihr Ehemann kommt als Spender in Frage. Wir brauchen zwar noch eine Feintypisierung, aber nach aller Erfahrung und mit ein bisschen Glück wird das Ergebnis das gleiche bleiben. Wir können schon morgen mit den notwendigen Vorbereitungen für die Transplantation beginnen. Na, was sagen Sie!"

Ein Strahlen ging über Janine Zieglers Gesicht. Freudig sprang sie auf, als wolle sie den Arzt umarmen. Doch bevor es dazu kam, ließ sie die Arme sinken, und ihr Lächeln erstarb.

Doktor Peters war etwas enttäuscht von dieser Reaktion. „Haben Sie mich verstanden? Ihr Mann kann Ihrer Tochter Knochenmark spenden. Ella wird vollständig gesund."

Frau Ziegler beugte sich vor und sah ihn zweifelnd an: „Mein Mann soll der Spender sein, den wir gesucht haben?"

„Ja, das ist ein Glücksfall, aber nicht ungewöhnlich. Angehörige ersten Grades sind oft ..." Die Mutter unterbrach den Arzt. „Sie müssen sich geirrt haben, Herr Doktor. Das ist absolut unmöglich."

„Setzen Sie sich doch, Frau Ziegler. Der Befund ist eindeutig. Es gibt keine Zweifel. Sie dürfen sich ruhig freuen. Was folgt, ist beinahe Routine. Ihre Tochter ist bei uns in den besten Händen."

„Kann es sein, dass der Befund verwechselt wurde?"

„Ausgeschlossen."

„Er muss falsch sein. Ich will einen neuen."

Doktor Peters wurde ungeduldig. Sein Date mit Schwester Susan war in Gefahr. „Ihr Ehemann ist der Vater von Ella und der passende Spender. Daran gibt es keinen Zweifel."

„Er ist nicht der Vater."

„Wie bitte?"

Frau Ziegler setzte sich langsam und holte hörbar Luft. „Mein Mann ist nicht der leibliche Vater von Ella. Deshalb ist es unmöglich, dass er der gesuchte Knochenmarkspender ist."

Doktor Peters zeigte ein überlegenes Lächeln. „Das Eine geht auch ohne das Andere. Ein Knochenmarkspender ist ein Knochenmarkspender, unabhängig davon, ob er nun der leibliche Vater ist oder nicht."

Frau Ziegler wurde eine Spur blasser im Gesicht, und Doktor Peters unterbrach sich. Dieses Gespräch würde länger dauern als von ihm gedacht. Sein Treffen mit Schwester Susan konnte er vergessen. Der Arzt brauchte ein paar Sekunden, den Unmut zu bekämpfen, den er in sich aufsteigen fühlte. Mit bemüht ruhiger Stimme sprach er auf die Mutter ein.

„Ich erkläre es Ihnen noch einmal. Sie sind sicher aufgeregt, das ist völlig normal. Also, nach den Laborergebnissen ist Ihr Mann als Knochenmarkspender geeignet. Das steht fest. Irrtum ausgeschlossen."

Irgendwie kam das nicht bei Janine Ziegler an. Sie wiederholte nur stotternd und verängstigt. „Aber er ist nicht der leibliche Vater, Herr Doktor. Es kann nicht sein, bitte, Herr Doktor, es ist unmöglich!"

„Nun, ich ging davon aus, dass Ihr Mann der leibliche Vater von Ella ist. Sie haben mir niemals Gegenteiliges erzählt. Soweit ich beobachten konnte, hat Ihr Mann ein sehr enges Verhältnis zu seiner Tochter. Er liebt sie, wie ein Vater es tun sollte. Das allein ist wichtig."

Frau Ziegler schüttelte den Kopf und wiederholte verbittert: „Er kann nicht der Vater sein, weil er es nicht sein darf!"

„Mit der Vaterschaft mag es ja sein, wie Sie es sagen. Das kann vorkommen, ist doch aber heutzutage kein Beinbruch. Es ist mir schleierhaft, warum Sie sich darüber dermaßen aufregen. Was genau ist denn Ihr Problem?"

Statt zu antworten, starrte die junge Mutter ihn nur an. Ihr Mund öffnete sich langsam wie zum Schrei, und sie wurde schneeweiß im Gesicht. Der Arzt ahnte, was passieren würde. Um zu helfen, sprang er aus seinem Stuhl auf und stieß dabei mit einem Knie gegen die Schreibtischkante. Der Schmerz war unerwartet und heftig, so dass Doktor Peters in seiner Bewegung innehielt. Er musste zusehen, wie die Frau vom Stuhl kippte und ohnmächtig auf dem Boden seines Behandlungszimmers liegen blieb.

Donnerstag, 4. 8. – Katharina Eichler

Am frühen Nachmittag saß Nora am runden Tisch im Wohnzimmer von Katharina Eichler. Es war solide eingerichtet, zum Teil mit antiquarischen Möbeln. Nora wurden Kaffee und Kuchen angeboten. Der Kaffee roch gut, der Kuchen sah lecker aus, und die Frau war Nora auf Anhieb sympathisch. Katharina Eichler war ein weiblicher Typ mit langen dunkelbraunen Haaren, die sie im Nacken mit einem schlichten Gummi gebändigt hatte. Die Augen waren wach, die Nase majestätisch. Einzig um den Mund deuteten Falten auf ein Alter jenseits der fünfzig.

Nachdem Frau Eichler sich zu ihr gesetzt und beide ein Stück Pfirsichtorte auf ihren Tellern hatten, fragte Nora nach der Auseinandersetzung zwischen Veronika Mann und Rita Meyfarth.

„Ich war in der Küche, habe mit meinem Mann telefoniert. Plötzlich herrschte laute Aufregung im Zimmer. Bin schnurstracks hin, aber die Situation war heillos verfahren. Rita und Veronika blafften sich an, vorsichtig ausgedrückt. Rita schrie, wir sollten alle wissen, dass Veronika eine Ehebrecherin war. Ja und dann rannte Veronika weg, tief beleidigt. Konnte ich verstehen."

„Und Susanne Schön ist ihr hinterher und danach verließ auch Rita Meyfarth die Feier. Wann war das?"

„Das muss nach zehn gewesen sein."

„Sie haben an diesem Tisch gefeiert?"

Frau Eichler bejahte und zeigte Nora, wer an welchem Platz gesessen hatte, damit sie sich die Runde besser vorstellen konnte. „Erst Veronika, daneben Susanne und dann Rita?", vergewisserte sich Nora, „ich nenne die Damen mal beim Vornamen, wenn Sie einverstanden sind."

Frau Eichler nickte zustimmend. „Ich gebe zu, das mit dem Sitzen war von mir eingefädelt. Weil zwischen Veronika und Rita in letzter Zeit gewisse Spannungen herrschten. Die beiden waren sich zu ähnlich. Zwei Alphaweibchen auf einem Fleck. Im Gegensatz dazu ist Susanne immer sehr zurückhaltend. Deshalb sollte sie ein wenig als Puffer wirken. Tja, mein Plan ist gründlich danebengegangen."

„Können Sie sich erklären, wieso Rita wegen dieser längst verjährten Bettgeschichte einen Streit vom Zaun brach?"

„Nein, wüsste ich selber gern. Rita tut es ja auch furchtbar leid. Passiert überhaupt viel. Dieser Einbruch bei Marikka ist auch so ein Ding. Sie waren die Kommissarin, die bei ihr war?"

„Ja. Wie geht es Frau Kiefer?"

„Marikka boxt sich durch. Ich werde sie nachher besuchen. Schmeckt Ihnen die Torte?"

„Oh ja, danke. Ist schön, dass Sie zusammen halten. Sie kennen sich alle vom Studium?"

„Ja, wir waren damals befreundet und sind es geblieben."

„Nun, das mit der Freundschaft war wohl sehr unterschiedlich. Die hat nicht bei allen die Jahre überdauert. Zum Beispiel bei Susanne Schön und Veronika und bei Rita und Veronika."

„Na ja. Wir fassen den Freundschaftsbegriff eben etwas weiter. Mein Geburtstag ist eine Art kleines Seminargruppentreffen. Zu den anderen Kommilitoninnen ist der Kontakt verloren gegangen."

„Waren Sie und Veronika eventuell Kolleginnen an derselben Schule?"

Katharina Eichler lachte auf. Es klang wie nach einer Enttäuschung. „Unsere ersten Lehrerinnenjahre haben wir gemeinsam verbracht, das stimmt. Wir waren beide auf der Hauptmann-Schule. Ein paar Jahre später habe ich ein Fernstudium in Potsdam gemacht, um Deutsch bis zum Abitur unterrichten zu können. Das hat dann auch alles geklappt, und ich konnte auf eine EOS wechseln, das heutige Gymnasium."

„Spielte Veronika eine Rolle bei diesem Schulwechsel?"

„Um Gottes willen, nein!" Sie hob ruckartig beide Hände, um diese Vermutung weit von sich zu weisen, und Nora konnte ihre Arme sehen. Die waren ohne irgendeine Verletzung, die auf eine körperliche Auseinandersetzung schließen ließe. Was anderes hätte sie auch sehr überrascht.

„Ich brauchte einfach eine neue Herausforderung", sagte Katharina, „und wollte nicht auf meiner ersten Stelle nach dem Studium hängen bleiben."

„Und Veronika ist auf der Hauptmann-Schule ‚hängen geblieben', um Ihre Worte zu verwenden?"

„Wenn Sie es so ausdrücken wollen, ja. Sie arbeitete dort bis zur Wende. Die Schule wurde geschlossen. Unfassbar, dass sie tot ist. Waren es diese Jugendlichen, die gesucht werden?"

„Wir suchen die Jugendlichen bisher nur als Zeugen. Wie war Veronika als Lehrerin? War sie beliebt?"

Diese Frage brachte Frau Eichler offenbar in Verlegenheit. „Ich kann ja nur was zu unseren gemeinsamen Anfangsjahren sagen. Da war sie keine bequeme Lehrerin, stellte hohe Forderungen, und für die, die nicht mitkamen, hatte sie wenig Verständnis. Die nannte sie gern ‚meine Pappenheimer', und denen konnte sie ganz schön zusetzen."

Nora deutete diese Bemerkung als Hinweis auf die Unbeliebtheit der Toten, zumindest bei einem Teil der Schüler oder bei einzelnen Schülern.

„Ich vermute, Sie haben mit Veronika oft über die Arbeit gesprochen. Hatte sie besonderen Ärger in letzter Zeit?"

„Nur das Übliche, Beschwerden wegen schlechter Noten und dergleichen. Heutzutage darf man ja nichts mehr als Lehrerin. Das sogenannte Elternrecht schränkt die Entscheidungsmöglichkeiten der Lehrer massiv ein. Und manche Eltern greifen auch mal schnell zu einer Klage. Mir ist das auch schon mit älteren Schülern passiert." Sie lachte zum zweiten Mal herb auf. „Möchten Sie noch ein Stück Kuchen?"

„Nein, danke. Hat Veronika Ihnen was über Schwierigkeiten in der Ehe erzählt?"

„Ach, herrje! Das habe ich befürchtet. Vroni ist tot. Was bringt es noch, über ihre Ehe zu reden?"

„Für mich mehr Klarheit. Reden Sie, bitte."

Was sie nun hörte, war Nora weitgehend bekannt. Aus der Ehe der Manns war nach fünfunddreißig Jahren die Luft raus. Beide waren gelegentlich fremdgegangen, der Ehemann allerdings häufiger.

Es gab immer wieder Phasen, in denen das Paar versuchte, ihrem Eheleben neuen Schwung zu verleihen. Sie verreisten und nahmen am kulturellen Leben der Stadt teil.

„Opernbesuche, zum Beispiel?", hakte Nora nach.

„Wenn's sein musste, auch eine Opernvorstellung, ja. Vroni mochte aber Schauspiel oder Musical lieber."

„Und dann besuchte ihr Mann Torsten allein die Oper. Er war bei ‚Aida', und Veronika war bei Ihnen. Wären Sie ihr denn böse gewesen, wenn sie mit ihrem Mann zur Oper gegangen wäre?"

„Natürlich nicht. Vroni meinte, es wäre mit Torsten geklärt. Kein Problem."

„Und die Kinderlosigkeit der Manns, war die gewollt?"

„Nein. Sie haben jahrelang versucht, ein Kind zu kriegen. Schließlich mussten sie sich mit der Kinderlosigkeit abfinden. Blieb ihnen ja auch nichts anderes übrig. Vroni hat furchtbar darunter gelitten."

„An wem lag's?"

Katharina schien unangenehm berührt. „Das ist ziemlich intim."

„Bei einem Mordfall ist nichts intim."

„Kann es wenigstens unter uns bleiben?"

„Ich tu mein Bestes."

Katharinas Blick ging zum Fenster, während sie erzählte. „Veronika hatte als junge Frau, bevor sie Torsten kennenlernte, eine Fehlgeburt mit einigen Komplikationen, und danach war's vorbei mit schwanger werden. Das hat sie Torsten allerdings erst einige Jahre nach der Heirat gestanden. Er war stinksauer."

„Nicht sehr einfühlsam von ihm."

„Nein, Sie verstehen mich falsch. Torsten war nur sehr enttäuscht darüber, dass Veronika jahrelang gelogen und ihn im Unklaren gelassen hat, warum sie keine Kinder bekamen."

„Die beiden sind aber zusammen geblieben."

„Man muss Krisen überstehen."

„Sie wissen gut Bescheid über die Manns." Nora schob den leeren Kuchenteller von sich. „Und Sie haben Kinder?", fragte sie Katharina.

„Einen Sohn und eine Tochter. Sind erwachsen. Wie sieht es bei Ihnen aus?"

Nora hielt sich mit Auskünften über ihr Privatleben Zeugen gegenüber prinzipiell zurück. Bei Katharina Eichler machte sie eine Ausnahme und erzählte ihr von Daphne und ihrem Berufswunsch, Polizistin zu werden. „Ich hoffe inständig, sie fängt im September endlich mit der Ausbildung an. Zeit wird es", sagte Nora. Die Frauen lächelten sich an, und für einen Moment vergaßen beide, dass Nora aus dienstlichem Anlass da war.

„Wo war eigentlich Ihr Mann am Sonntag?"

„Üblicherweise sucht er vor meinen Freundinnentreffen das Weite und fährt zu unserm Grundstück in Zietlitz. Rasen mähen oder sonst was tun. Hahn im Korb zu sein, gehört weniger zu seinen Lieblingsrollen."

„Verstehe." Nora sah zur Uhr. Es war nicht viel Zeit vergangen, trotzdem fühlte sie sich, als wäre sie seit Stunden in diesem Zimmer. Sie half Katharina Eichler, das benutzte Geschirr in die Küche zu bringen. Wenn wir Freundinnen wären, würde sie mir ein Glas Wein anbieten, dachte Nora.

„Trinken Sie einen Roten mit mir?", fragte Katharina.

„Ich muss nein sagen, weil ich im Dienst bin. Übrigens, wurde auf Ihrer Feier fotografiert?"

„Wollte schon jemand von Ihrer Truppe wissen. Erinnere mich nur an Rita, die fotografiert überall mit ihrem Smartphone. Sie überlässt mir manchmal ein paar Fotos."

Nora nickte. Ihr hätten diese Fotos bekannt sein müssen. Wieso machte Hansen aus denen ein Geheimnis? Nora überspielte ihre Wissenslücke, in dem sie das Thema wechselte. „Frau Eichler, richtig klar ist mir immer noch nicht, was zwischen Susanne und Veronika war. Sie sagten bei der ersten Befragung, Sie wären sehr überrascht gewesen, dass ausgerechnet Susanne Veronika nachlief und dass Sie das von Anfang an für ‚vergebliche Liebesmüh' hielten. Warum?"

Katharina überlegte einen Augenblick. „Stellen Sie sich uns als Klasse vor, Frau Kommissarin. Veronika und Rita würden nebeneinander in der ersten Reihe sitzen, Marikka direkt hinter ihnen, Linda ein Stückchen weiter hinten in der Nähe des Fensters, in selbstgewählter Isolation, aber unbedingt auf einem erhöhten Sitz, und Susanne säße in der allerletzten Reihe an der Wand. Veronika ließe sich niemals etwas von ihr sagen."

„Und wo wäre *Ihr* Platz in der Klasse?"

„Natürlich vorne, an der Seite des Lehrers, Klassensprecherin oder so", antwortete sie selbstbewusst.

„Sie kennen also keinen speziellen Grund dafür, warum die beiden sich aus dem Weg gingen?"

„Mir fällt da etwas ein. Vielleicht lag es an einem Vorfall während des Studiums. Irgendwie habe ich das Gefühl, dass diese alten Geschichten, die wir längst vergessen glaubten und denen wir keine Bedeutung mehr beimaßen, alle wieder hochkommen. Können Sie das verstehen, Frau Graf?"

Und ob sie das nachfühlen konnte. „Welches Ereignis meinen Sie genau?"

Erbschaft

Nora stieg langsam die Treppen von Katharinas Wohnung hinunter. In Gedanken war sie bei der Geschichte, die Katharina Eichler ihr soeben erzählt hatte. Veronika hatte Susanne während des Studiums den Freund ausgespannt. Das kam Nora aus ihrer eigenen Jugendzeit bekannt vor. Katharina bestand jedoch darauf, dass dieser Vorfall prägend für Susannes weiteres Leben gewesen sei. Sie wurde dadurch wie sie heute war. Nachtragend und in sich gekehrt, hatte Nora spontan gesagt, und Katharina hatte darüber geschmunzelt, bevor sie wieder ernst geworden war: „Veronika spielte nur mit dem Jungen und ließ ihn bald sitzen. Für Susanne war's die große Liebe."

„Hat sich Susanne irgendwann in einen anderen verliebt?"

„Wäre normal gewesen", seufzte Katharina, „aber Susanne war in dieser Frage sehr eigen. Für sie war's die Liebe ihres Lebens. Später hatte sie noch ein paar Beziehungen, doch sie hat sich nie wieder so tiefgründig verlieben können. Verstehen Sie? Keine Liebe, keine Ehe, keine Kinder."

„Und dafür gab Susanne Veronika bis zuletzt die Schuld?"

Katharina hielt das für möglich, beteuerte aber, dass Susanne niemals gewalttätig werden würde. Dafür lege sie jederzeit ihre Hand ins Feuer.

Wie seltsam manche Menschen waren, sinnierte Nora, während sie die letzten Treppenstufen erreichte. Sie musste einem Mann ausweichen, der die Treppe hoch spurtete, immer zwei Stufen auf einmal nehmend. Den unhöflichen Typen kannte sie doch! Wenn auch nur von einem Foto, das war Torsten Mann! Wollte der zu Katharina? Nora blieb stehen und horchte. Ja, wenig später hörte sie Katharinas Stimme, freundlich, erstaunt, fürsorglich. Dann schloss sich eine Tür, und es war still.

Nun gut, der Witwer suchte Trost bei einer engen Freundin seiner verstorbenen Frau. Nora konnte sich für ein, zwei Sekunden auch vorstellen, dass beide ein Verhältnis hatten. Doch, nein. Katharina wirkte glücklich in ihrer Ehe.

Draußen auf der Straße rief Nora ihren Chef an. Diesmal meldete er sich. Sie berichtete von ihrer Treppenbegegnung. Hansens Anweisung verblüffte sie: „Ich schicke Ihnen eine Streife, und dann bringen Sie den Mann zu mir." Warum, wollte Nora nachfragen, aber Hansen hatte schon aufgelegt.

Kurz darauf klingelte sie mit zwei Schutzpolizisten im Gefolge bei Katharina. Nora war es peinlich, auf diese Weise so schnell wieder bei Katharina aufzukreuzen. Die war bestürzt über Noras Anliegen, Torsten Mann mitnehmen zu wollen.

Nebenbei registrierte Nora, dass beide vollständig angezogen waren und auch sonst keinerlei Anzeichen für eine innigere Beziehung sprach. Nora fühlte sich erleichtert.

Sie fuhr dem Streifenwagen nach. Torsten Mann wurde in einen Verhörraum gebracht. Nora wollte von Hansen wissen, weshalb sie den Ehemann der Verstorbenen herbringen sollte.

Hansen tippte mit einem dicken Zeigefinger auf einen Kontoauszug von Veronika Mann. „Fast dreihunderttausend Euro! Wurden Veronika Mann heute gutgeschrieben und damit auch dem überlebenden Partner. Wenn das kein Motiv ist!"

„Echt. Von wem sind die?"

„Eine Tante von der Mann. Früher sagte man Erbtante. Aus dem Westen." Und murmelte: „Woher sonst."

„Was kann Torsten Mann dafür, wenn seine Frau erbt, äh geerbt hat?"

„Der wusste vom Geld. Erbe zu regeln dauert doch, bis alles genehmigt und überwiesen ist. Diese Zeit konnte er prima nutzen, um einen Mord zu planen. Von wegen ‚bin nach der Oper noch was trinken gegangen‘!"

„Torsten Mann sieht nicht aus, als hätte er Geld besonders nötig. War jedenfalls mein Eindruck von ihm. Er fährt einen Mercedes, hat ein Haus und kann sich bestimmt jede Menge Wünsche erfüllen. Oder hat er Schulden?"

Hansen wischte ihren Einwand beiseite. „Menschen sind gierig, auch wenn es ihnen materiell gut geht. Selbst wenn sie alles haben, was ein normaler Mensch zum angenehmen Leben braucht. Die Gier, liebe Kollegin, ist eine der Haupttriebfedern des Menschen", dozierte er und verstummte, bevor er hinzufügte: „Meinte schon der alte Marx."

Der hatte Marx gelesen? „Na, dann. Kann ich bei der Befragung dabei sein?"

„Nein. Was bei der Eichler rausgefunden?"

„Drei Dinge: Der Grund für die Verstimmung zwischen Veronika Mann und Susanne Schön liegt in der Studienzeit. Veronika hat der Susanne die große Liebe zerstört. Susanne hat ihr das nie verziehen. Aus diesem früheren Liebesdrama würde ich trotzdem kein Tatmotiv basteln wollen, auch wenn Susanne Schön es uns verschwiegen hat. Zweitens: In dieser Angelegenheit hat mich Katharina Eichler um Vertraulichkeit gebeten, die wir nach Möglichkeit wahren sollten. Veronika Mann hatte eine Fehlgeburt vor der Ehe und konnte danach keine Kinder mehr bekommen. Ihren Ehepartner hat sie darüber lange im Unklaren gelassen. Torsten Mann war bitter enttäuscht, denn sein Traum war eine große Familie."

„Aha!", bemerkte Hansen, eine Nuance zu triumphierend für Noras Geschmack.

„Wieso ‚aha‘? Torsten Mann wird sich mit der Kinderlosigkeit der Ehe abgefunden haben. Hatte Jahrzehnte dafür Zeit."

„Und drittens?", fragte ihr Chef.

„Veronika Mann war nach Katharina Eichlers Meinung bei leistungsschwächeren und widerspenstigen Schülern unbeliebt, weil die von ihr drangsaliert wurden. Manche haben sie vielleicht sogar gehasst."

Hansen winkte ab. „Ich hab meine Unterstufenlehrerin auch gehasst. Normaler Schulkram. Das war's?"

„Ich hätte noch was."

„Immer raus damit."

„Die Kellnerin vom ‚Burwitz' bestätigt die Angaben von Frau Schön. Und was ist mit den Geburtstagsfotos von Frau Meyfarth? Und ihrem falschen Alibi durch die Tochter Rebecca?"

Hansen quälte sich aus seinem Sessel. „Ja, ja, können Sie beides gleich selbst mit Frau Meyfahrt klären. Die sitzt in der ‚2'. Ich knöpfe mir erst mal den reichen Witwer vor."

Eine Geliebte

Mit Rita Meyfarth in einem kahlen grauen Raum sitzend, spürte Nora deutlich, wie sehr sie die Gesellschaft von Katharina Eichler genossen hatte. Doch sie bemühte sich, ihr ungutes Gefühl beiseite zu schieben. „Frau Meyfarth, ich riet Ihnen gestern, die Wahrheit zu sagen. Warum haben Sie sich von Ihrer Tochter ein falsches Alibi organisiert?"

Die Zeugin zeigte ihr wieder eine trotzige Miene. „Ich? Ich soll gelogen haben? *Sie* haben gelogen. Von wegen ‚mit Dany gesprochen'. Alles vorgetäuscht! Dürfen Sie das?"

Nora stutzte, dachte sich dann aber, dass es sich bei ‚Dany' um Rebeccas Freund Daniel handeln musste. Da hatte sie tatsächlich aus ermittlungs-taktischen Gründen, wie es so schön hieß, ein Gespräch vorgetäuscht. Solche kleinen Tricks gehörten zum Job. „Machen Sie sich darum keine Sorgen, Frau Meyfarth. Es hat alles seine Ordnung. Ist Ihnen eigentlich klar, dass Sie unter Mordverdacht stehen?"

„Ich?!"

„Ja, Sie. Ich will es Ihnen erklären. Ihr Tatmotiv ist Eifersucht und Rache. Veronika hat Ihre Ehe zerstört. Sie streiten mit Veronika deswegen heftig auf der Geburtstagsfeier. Sie folgen Veronika, als die wütend die Feier verlässt. Dann verliert sich Ihre Spur. Angeblich sind Sie zur Oper auf dem Alten Garten. Zeugen? Fehlanzeige. Dann sind Sie angeblich zu sich nach Hause. Zeugen? Nein, dafür eine Falschaussage von Rebecca. Sie haben Ihre Tochter darum gebeten. Das wirft kein gutes Licht auf Sie, Frau Meyfarth." Nora ließ ein paar Sekunden still verstreichen. „Ich fasse zusammen: Ein Motiv und die körperliche Fähigkeit, Frau Mann zu überwältigen und in den Pfaffenteich zu stoßen, hatten Sie, und auch die Gelegenheit. Denn entgegen Ihrer Behauptung haben Sie gesehen, dass Veronika mit Susanne Schön ins ‚Burwitz' ging, haben draußen auf sie gewartet und sind ihr einfach auf dem Nachhauseweg gefolgt."

„Ich hatte keine Ahnung, wo Vroni nach der Feier war! Das habe ich erst erfahren, als Vroni schon tot war!"

„Lügen Sie mich gerade wieder an? Ich glaube Ihnen kein Wort mehr."

„Aber ich sage die Wahrheit!"

„Wieso haben Sie sich von Ihrer Tochter ein Alibi besorgt, wenn Sie unschuldig sind?"

Rita raufte sich die Haare. „Ihretwegen, Frau Kommissarin", sagte sie kleinlaut. „Als Sie bei mir aufkreuzten, bekam ich Angst, verdächtigt zu werden. Das war ein Fehler, es tut mir leid."

„Es könnte Ihnen helfen, wenn Sie jemand gesehen hat in der Nacht. Überlegen Sie noch einmal gründlich."

Zur selben Zeit

Hansen knallte den Kontoauszug auf den Tisch. Torsten Mann wartete, ob noch etwas folgte, und als der Kommissar ihn nur bedeutungsvoll anschaute, beugte er sich langsam über das Schriftstück. „Das ist ein Kontoauszug von Veronika", stellte er fest. „Ist was damit?"

„Ihre Frau hat fast dreihunderttausend Euro von einer Tante aus Lübeck geerbt. Seit wann wussten Sie von diesem Erbe?"

Torsten Mann zuckte mit den Schultern. „Ein halbes Jahr vielleicht?"

„Wem gehört das Haus, in dem Sie mit Ihrer Frau wohnen oder wohnten?"

„Das ist doch Blödsinn, Herr Hauptkommissar. Ich habe meine Frau weder wegen dieses Geldes noch wegen des Hauses umgebracht. Ich bin kein Täter, sondern Leidtragender. Ja, das Haus, das gehörte Veronika, geerbt von ihren Eltern. Meine Konten werden Sie auch überprüft haben, nehme ich an. Mir geht es gut, Herr Kommissar, das heißt, Veronika und mir ging es finanziell gut. Auch ohne dieses Erbe. Damit das ein für allemal klar ist!"

„Der Teufel scheißt immer auf den größten Haufen. Mit dem Geld Ihrer Frau ist's fast ein Berg."

„Neidisch?"

Beide maßen sich mit Blicken. „Ist das alles, was Sie haben?", fragte Torsten Mann nach einer Weile.

„Gemach, gemach. Der Zustand Ihrer Ehe war nicht der beste. Ihre Ehe war zerrüttet, auch wegen der Kinderlosigkeit. Sie schliefen in getrennten Zimmern und haben sich gegenseitig betrogen. Sie wollten Ihre Frau loswerden und sich ihr Erbe unter den Nagel reißen. Sie warteten nur auf eine passende Gelegenheit. Und die kam Sonntagnacht. Sie haben die Oper vorzeitig verlassen, Ihre Frau angerufen, um zu erfahren, wann sie sich auf den Heimweg machte. Sie wussten, dass Ihre Frau am Pfaffenteich lang gehen würde und haben sie abgepasst. Um uns auf eine falsche Spur zu führen, haben Sie einen Raubmord vorgetäuscht. Wo ist der Schmuck geblieben? Im Pfaffenteich?"

„Lachhaft", fiel Torsten Mann ihm ins Wort. „Das Einzige, was Sie haben, sind Vermutungen und Spekulationen. Und deshalb werde ich mich empfehlen." Entgegen seiner Ankündigung blieb er aber sitzen.

„Was wollten Sie vorhin bei Katharina Eichler, Herr Mann?"

„Sie war eine enge Freundin meiner Frau. Für mich war es normal, sie zu besuchen. Zumal Veronika die letzten Stunden ihres Lebens bei ihr verbracht hat."

„Die zweite Opernkarte, die Karte für Ihre Frau", wollte Hansen wissen, „wo ist die abgeblieben?"

„Ich habe vergeblich versucht, sie vor Beginn der Vorstellung zu verkaufen. Ein Platz neben mir blieb frei, die Karte habe ich später weggeworfen."

„Warum haben Sie diese Karte nicht schon verkauft, als Ihre Frau lieber zur Geburtstagsfeier wollte?"

„War kein großes Thema. Endgültig hat sich Veronika erst kurz vorher für Katharina entschieden."

„Weil sie wieder einmal aneinander geraten sind", unterstellte Hansen.

„Nein, alles friedlich."

„Sie lügen."

„Dann verhaften Sie mich doch. Verhaften Sie mich, weil Sie glauben, dass ich meine Frau wegen dieser beschissenen dreihunderttausend Euro umgebracht habe!" Er tippte nun genauso heftig auf den Kontoauszug wie Hansen es zuvor getan hatte.

Der blieb ruhig. „Sie haben keine Zeugen für die Behauptung, bis zum Ende der Oper auf dem Alten Garten geblieben zu sein und auch nicht dafür, dass Sie nach der Oper noch was trinken waren. Oder können Sie mir inzwischen sagen, wo das gewesen sein soll?"

Torsten Mann sah schweigend am Kommissar vorbei und konzentrierte sich auf einen imaginären Punkt an der farblosen Wand hinter Hansen. Der fragte sich, ob der Witwer mit ihm ein Psychospiel anfangen wollte, um zu testen, wie lange er sich beherrschen konnte. Torsten Mann sprach jedoch nach wenigen Augenblicken weiter und hielt den forschenden Augen des Kommissars stand. „Eines will ich Ihnen mit aller Gewissheit sagen, Herr Hansen. Und wenn ich gläubig wäre, würde ich es bei Gott schwören: Ich habe Veronika nicht getötet, weder mit Absicht noch aus Versehen. Mich zu verdächtigen, ist absurd. Ich wünschte, Sie würden das endlich begreifen und Ihre Zeit nicht mit mir verplempern, sondern den wahren Täter suchen. Ich will Ihnen deshalb ein stichhaltiges Alibi nennen, das Sie hoffentlich überzeugen wird: Seit zwei Jahren liebe ich eine andere Frau. Sie heißt Henriette Waldorf und lebt in Wismar. Sonntagnacht habe ich die Oper in der Pause verlassen, bin mit dem Taxi zu unserem Haus gefahren und von dort mit meinem Auto zu Henriette. Bei ihr bin ich die Nacht über geblieben. Ach ja, und auf dem Weg bin ich auch noch einer Bekannten begegnet."

Hansens Stimmung hob sich schlagartig. Eine Geliebte! Der Klassiker schlechthin! Wenn eine Geliebte im Spiel war, sprach das für den Kommissar für ein zusätzliches Tatmotiv. Kaputte Ehe, neue Frau und ein erkleckliches Erbe dazu. Hansen rechnete damit, dass die Geliebte für Torsten Mann lügen würde. Aber ein falsches Alibi zu entlarven, hielt er für eine der leichteren Übungen.

Hansen und Nora trafen sich auf dem Korridor und brachten sich gegenseitig auf den Stand der Dinge. Rita Meyfarth und Torsten Mann waren sich Sonntagnacht in der Schloßstraße begegnet. Sie erkannten sich, grüßten einander, Rita beobachtete, wie Torsten in ein Taxi stieg; er sah im Rückspiegel, dass sie in Richtung Alter Garten unterwegs war.

„Trotzdem vage", meinte Nora dazu, „Rita könnte sofort umgekehrt sein, als er weg war. Haben wir den Taxifahrer? Bestätigt die Neue von Torsten Mann seine Angaben?"

„Der Fahrer wird gesucht, die Freundin befragt. Hab das schon in die Wege geleitet. Dauert einen Moment."

Sie schwiegen, bis Hansens Telefon läutete. Der Taxifahrer konnte sich gut an Torsten Mann erinnern, und Henriette Waldorf bestätigte, dass er in der Nacht ab halb zwölf bei ihr war.

Ein kleines Mädchen

Hansen ging schnurstracks zu Torsten Mann in den Verhörraum zurück. „Wusste Ihre Frau von Ihrer neuen Liebe?"

„Seit wenigen Wochen. Veronika hat merkwürdig reagiert. Ich wollte klare Fronten schaffen, doch sie, sie hat sich irgendwie einer Aussprache verweigert. Wir haben uns benommen, als wäre alles in Ordnung." Torsten zuckte verwundert seine Schultern. „Es hat sich in ihr etwas zusammengebraut, der große Ausbruch stand unmittelbar bevor. Und Vroni konnte wie ein Vulkan sein! Ja, zur Oper wollte sie verständlicherweise nicht mehr mitkommen. Ich war ganz froh drüber, wozu für die Leute unnötig Theater spielen. Und Vroni war sogenannte ernste Musik eh egal. Sie hätte nur mit einer Leidensmiene neben mir gesessen."

„Vergessen Sie gerade, dass Ihre Frau getötet wurde?", hielt Hansen ihm vor.

„Keineswegs, wie könnte ich!"

„Sie haben gelogen. Warum haben Sie uns Ihre außereheliche Beziehung verschwiegen?"

„Ich sah keine Veranlassung, mein Privatleben in allen Einzelheiten vor Ihnen auszubreiten."

„Was arbeitet Ihre neue Partnerin?"

„Sie ist Paartherapeutin." Torsten Mann ahnte Hansens nächste Frage voraus: „Nein, Vroni und ich waren keine Kunden bei ihr."

„Frau Waldorf ist deutlich jünger als Sie."

„Wollen Sie damit irgendwas andeuten? Ja, Henriette ist achtunddreißig, und wir lieben uns. Sie hat sicher bestätigt, dass ich in der Nacht bei ihr war. Was ist mit Rita Meyfarth? Haben Sie sich die mal richtig vorgenommen? Veronika hatte was mit ihrem Mann. Deshalb machte die Meyfarth tatsächlich Veronika für ihr Ehe-Aus verantwortlich. Wenn die

Meyfarth nicht gewesen wäre, wäre Veronika auf der Feier geblieben und könnte heute noch leben! Die Meyfarth ist schuld, die müssen Sie sich vornehmen."

„Wollen Sie mir meine Arbeit erklären?", ranzte Hansen ihn an.

„Ich hoffe nicht, dass ich das tun muss."

Dämlicher Hornochse, dachte Hansen verärgert. Sein Handy klingelte, er warf einen Blick aufs Display, dort stand ‚Johann'. Der Kommissar sagte zu Torsten Mann, er könne gehen, verließ den Verhörraum und nahm den Anruf an.

Zur selben Zeit

„Warum eiern Sie ständig um die Wahrheit rum, Frau Meyfarth? Sie schaffen sich dadurch Probleme und uns unnötige Arbeit."

Die Angesprochene fiel der Kommissarin ins Wort. „Hat Torsten bestätigt, dass wir uns in der Schloßstraße trafen und ich auf dem Wege zum Alten Garten war?"

„Das hat er. Ab jetzt will ich nur noch die Wahrheit von Ihnen hören. Und das ist keine Bitte!"

„Ja, ja, ja, wenn ich nur bald nach Hause kann."

„Veronika hatte keine Kinder. Wissen Sie, warum, Frau Meyfarth?"

„Nein, wieso sollte ich."

„Haben Sie Veronika nie gefragt, wieso sie keine Kinder hatte?"

„Doch, schon, wahrscheinlich. Vroni redete sich heraus. Zuerst war es zu früh, sie wollte die Zweisamkeit mit Torsten genießen, dann der Stress in der Schule, schließlich die unsichere Situation in der Wendezeit, und auf einmal war es zu spät."

Bei Nora stellte sich wieder das Gefühl ein, von der Zeugin belogen zu werden. Hatte die einen Grund, die Fehlgeburt mit ihren schlimmen Folgen zu verheimlichen, oder hatte sie wirklich keine Ahnung davon?

„Geben Sie mir Ihr Handy", verlangte Nora.

Widerstandslos reichte Rita ihr das Smartphone über den Tisch; sie hatte jeglichen Trotz aufgegeben.

Nora durchsuchte die Fotogalerie und fand Aufnahmen von Katharinas Geburtstagsfeier. Einige vom nachmittäglichen Spaziergang im Schlospark und ein paar vom gemeinsamen Anstoßen im Wohnzimmer. Veronika war oft an Katharinas Seite zu sehen, scheinbar gut gelaunt. Dass ihre Ehe kurz vor dem Aus stand, war ihr nicht anzumerken. Nora blätterte weiter und stieß auf etliche Schnappschüsse von Torsten Mann. Seltener waren Bilder von ihm mit Frau oder anderen Leuten, und dann war da eins mit einem kleinen Mädchen an seiner Hand. Höchstens drei Jahre alt. „Wieso haben Sie Torsten Mann so oft fotografiert?", fragte Nora.

Rita errötete. „Die Fotos sind alt. Haben nichts zu bedeuten."

„Ich denke schon. Haben Sie ein Auge auf ihn geworfen?"

Rita plusterte sich auf. „Sie spinnen ja wohl! Ich und verliebt wie ein Teenie! In den!"

„Wieso haben Sie Torsten Mann dann so oft fotografiert?"

„Habe nur vergessen, die Bilder zu löschen. Ist ja auch Privatsache."

„Hat noch jemand auf der Feier Fotos gemacht?"

„Nein. Sind ja auch immer dieselben Posen. Ich schicke Katharina ein paar Motive per Mail, wenn ich Zeit habe."

Nora fiel ein, dass auf ihrem Smartphone Schnappschüsse von den Schaulustigen am Tatort Pfaffenteich waren, die sie sich längst genauer ansehen wollte.

„Kann ich mein Handy zurück haben?", fragte Rita.

Nora hielt ihr ein Bild vor die Nase. „Wer ist dieses kleine Mädchen?"

„Ein Kind eben."

„An der Hand von Torsten Mann. Wer ist dieses Kind?"

Stur behauptete Rita Meyfarth auf Noras hartnäckiges Nachfragen, es handele sich um einen zufälligen Schnappschuss von einem Fest am Pfaffenteich. Torsten Mann liebe Kinder, und das kleine Mädchen musste das gemerkt haben. Es hätte ihn impulsiv angefasst. Ein bisschen zu viel Zufall für Noras Geschmack.

Nachdem Rita Meyfarth gegangen war und Hansen Torsten Mann entlassen hatte, zeigte Nora Hansen das bewusste Foto, das sie sich auf ihr Handy geladen hatte. Er fand die Erklärung plausibel, dass es spontan entstanden sein könnte. Nora ließ sich verunsichern. „Möglich, oder es ist von dieser Henriette."

„Die hat keinen Nachwuchs."

„Pech! Wir hätten Torsten Mann mit dem Foto ‚Mann mit Kind' konfrontieren können. Übrigens, seine Freundin könnte für ihn gelogen und ihm ein Alibi besorgt haben."

„Davon gehe ich aus. Uns anzulügen, ist heutzutage eine Art Volkssport geworden. Wie mich das manchmal anstinkt!" Hansen wischte sich mit der Hand über seine Glatze. „Von der Waldorf hätten wir viel früher wissen müssen! Ich habe sie für morgen früh einbestellt. Mal sehen, ob sein Alibi zu knacken ist. Dann sehen wir weiter. Im Moment haben wir von einem Alibi auszugehen. So einfach ist das."

„Möchte schon wissen, wer dieses kleine Mädchen ist."

„Morgen ist dafür auch noch Zeit", bemerkte Hansen.

Damit war Nora in den Feierabend entlassen. Aber sie wollte noch etwas loswerden. Sie hatte mit Marikka Kiefer, Rita Meyfarth, Susanne Schön und Katharina Eichler gesprochen. Bei keiner hatte sie das Gefühl gehabt, vor der Täterin zu stehen. Es fehlten auch belastbare Indizien, um eine von ihnen weiterhin ernsthaft zu verdächtigen, den Mord an Veronika Mann begangen zu haben. Auch wenn Rita Meyfarth und Susanne Schön dünne Alibis hatten.

„Herr Hansen, bis auf die Berlinerin Brandmann habe ich mir von allen Beteiligten an der Geburtstagsfeier ein Bild machen können. Wenn ich jemanden verdächtigen müsste, wäre es am ehesten Rita Meyfarth. Sie hatte Gelegenheit, Veronika aufzulauern und die Tat kräftemäßig zu begehen. Rita Meyfarth ist aufbrausend und hat einen Rochus auf die Mann. Ihr Tatmotiv könnte vielfältig sein: Eifersucht wegen des Seitensprungs ihres Ex-Mannes, Rache für die kaputte Ehe und unerwiderte Liebe. Trotzdem bin ich ...“

„Was höre ich? *Unerwiderte Liebe?*“

„Rita Meyfarth hat sich in Torsten Mann verguckt. Oder sie wollte den Spieß umdrehen, den Torsten in ihr Bett kriegen und ihrerseits der Ehe von Veronika schaden. Aber die Chance dafür war gering. Und mit dem Auftauchen von Henriette Waldorf in Torstens Leben quasi völlig passé.“

„Die Meyfarth als Mörderin?“, Hansen schüttelte seinen nackten Schädel, „die ist viel zu träge, und der fehlt die Raffinesse. Die Susanne Schön dagegen spukt mir als Möglichkeit im Kopf herum. In der schlummert mehr Wut und Frust, als oberflächlich zu erahnen ist. Die ist einmal in ihrem drögen Leben so richtig explodiert. Also, bei der könnte ich mir die Tat vorstellen.“

„Hm.“ Nora konnte sich bei der Schön überhaupt nichts vorstellen, am wenigsten einen Gefühlsausbruch. „Was ich eigentlich meinte, Herr Hansen. Diese Freundinnen sind irgendwie normal. Es gibt Eifersüchteleien, Sticheleien und Boshaftigkeiten, das ist alles kein ausreichender

Grund, um zu töten. Und die Damen Brandmann, Eichler und Kiefer haben ja auch ein stichfestes Alibi. Es bleiben uns nur Schön und Meyfarth. Aber meine Erfahrung und mein Gespür sagen mir, dass es keine von beiden war. Wir liegen mit dieser Geburtstagsrunde falsch."

„Und der fremdgehende Ehemann hat ein Alibi. Bravo! Wir stehen mit leeren Händen da. Wir haben rein gar nichts!"

„Oh doch, Chef. Wir haben Torsten Mann mit einem kleinen Mädchen. Vielleicht bringt uns das morgen weiter. Würde mich freuen, wenn Sie mich anrufen, falls sich in der Zwischenzeit was tut." Nora verabschiedete sich mit einem Handschlag.

Ein Badeunfall

Bevor sie einen Parkplatz in der Nähe der Pension ergattern konnte, musste Nora ein paar Mal am Pfaffenteich hin und her fahren. Schließlich glückte es. Nachdem sie sich umgezogen hatte, entschloss sie sich zu einem Spaziergang. Um den Pfaffenteich herumzulaufen, verbot sich von selbst. Der war erst mal tabu in ihren Augen. Nora ließ sich Richtung Markt treiben, wo sie die schön restaurierten Häuser betrachtete. Ein wenig in den Anblick des Doms versunken, zuckte sie zusammen, als ihr jemand auf die Schulter tippte. Katharina Eichler. Beide Frauen lächelten sich an. „Hallo, Frau Kommissarin. Auch endlich Feierabend?"

„Ja, ich brauche ein wenig Bewegung. Und Sie?"

„Ich will zu mir."

„Wenn es Ihnen recht ist, begleite ich Sie ein Stück", sagte Nora.

„Gern." Katharina Eichler war flott unterwegs, so dass Nora schneller laufen musste. Sie dachte an die Beschreibung, die Katharina von sich gegeben hatte: Eine, die immer vorne dran war, gewohnt, die Führung zu übernehmen. Katharina rückte auch gleich mit einer Frage heraus. „Warum haben Sie Torsten Mann mitgenommen? War ja eine Szene wie im Krimi. Mir war die Situation sehr unangenehm. Ist Torsten verhaftet? Er hat absolut nichts mit Veronikas Tod zu tun."

„Woher die feste Überzeugung?"

„Ich bitte Sie! Torsten hat Veronika betrogen, das ist wahr. Aber sie deswegen töten? Die beiden hätten sich ganz normal scheiden lassen können."

„Sie verteidigen Torsten Mann. Mögen Sie ihn?"

„Ich kenne ihn seit Jahrzehnten. Er ist in Ordnung. Ein angenehmer Mensch. Gebildet, zielstrebig, charismatisch. Wir sprachen gerade über den Streit zwischen Vroni und Rita, da klingelten Sie. Hat Torsten Ihnen denn wichtige Auskünfte geben können?"

Nora versuchte, sie mit Allgemeinplätzen abzuspeisen. „Ja, Torsten Mann hat Fragen beantwortet; es können sich aber jederzeit neue ergeben. Wussten Sie vom Geld, das Veronika geerbt hat?"

„Sie hat geerbt? Nein, davon höre ich zum ersten Mal. War es denn viel?"

„Entschuldigen Sie, Frau Eichler, das geht ins Dienstliche, und da stelle ich normalerweise die Fragen. Deshalb kann ich zum Erbe von Frau Mann nichts weiter sagen."

Nora zeigte Katharina das Handyfoto von Torsten Mann mit dem Mädchen. „Kennen Sie dieses Kind?"

Katharina betrachtete das Bild aufmerksam. „Das habe ich nie gesehen. Habe keine Ahnung, wer das sein könnte."

„Schade." Nora fiel auf, dass sie an Katharinas Wohnhaus vorbei liefen. Nur ein paar Meter weiter war das Weinhaus ‚Wöhler', in dem sie gestern mit Tom zu Abend gegessen hatte. War nett gewesen, aber ein zweites Mal wollte sie möglichst vermeiden. Sonst wurde es zu privat. „Hat Veronika Ihnen denn anvertraut, dass ihr Ehemann seit zwei Jahren eine feste Beziehung mit einer jüngeren Frau hat?", fragte Nora.

„Vroni war wütend und tief verletzt. Denn diesmal war es für Torsten was Ernstes. Vroni war noch unsicher, wie sie sich verhalten sollte. Sie bastelte an einer Strategie. Torsten die Hölle heiß machen oder stillhalten, in der Hoffnung, die Beziehung würde sich totlaufen. Na ja!"

„Warum haben Sie das verschwiegen, als ich am Nachmittag bei Ihnen war?"

„Ach, verschwiegen. Es fällt mir eben schwer, über Vronis Privatleben zu reden."

„Fiel beim Ehepaar das Wort Trennung?"

„Wir haben nur einmal drüber geredet. War ja alles sehr frisch. Und was hätte ich ihr raten sollen? Vroni nahm sich ja selbst jede Freiheit."

Inzwischen gingen sie fast im Gleichschritt. Katharina Eichler blieb vor einer Kirche stehen. „Wollen wir rein?"

Der barocke Backsteinbau kam Nora bekannt vor. War sie bei ihrer Ankunft am Sonntag an ihm vorbeigefahren? Im Inneren empfing sie ein intensiver Geruch nach altem Holz. Nora schaute sich ausgiebig um, bis sie bemerkte, dass Katharina sie beobachtete. „Setzen wir uns, Frau Graf. Sie sind keine Schwerinerin, oder?"

„Wieso denken Sie das?", entgegnete Nora leise.

„Sie sehen diese Kirche zum ersten Mal. Und ich höre es an Ihrem Dialekt. Berlin", sie lächelte Nora an, „ist ein anderer Schnack bei uns, nicht? Zu Ihrer Information, wir sind in der Schelfkirche und in der Schelfstadt."

„Komischer Name", flüsterte Nora und fand es plötzlich albern, weiterhin ihre Herkunft zu verheimlichen. „Sie haben recht, ich habe lange in Berlin gelebt, bin aber in Schwerin geboren und habe hier meine halbe Kindheit verbracht. Die Schelfstadt samt ihrem Gotteshaus ist damals leider komplett an mir vorbeigegangen."

„Oh, warten Sie nur ab, die Erinnerung wird schon zurückkommen. Warum flüstern Sie eigentlich?"

„Ich muss in Kirchen leise sprechen", bekannte Nora.

„Dann passe ich mich an."

Ein sympathischer Zug an Katharina. „Frau Eichler, ist Ihnen vielleicht noch etwas zu Veronika eingefallen? Irgendeine Begebenheit, die wir wissen sollten?"

„Ich habe mich seit heute früh an vieles erinnert. Ob es für Ihre Arbeit von Bedeutung ist, kann ich schwer beurteilen. Etwas besonders Schlimmes geschah am Ende unseres ersten Jahres als Lehrerinnen. Vroni war Klassenlehrerin einer zweiten Klasse und schwanger. Einer ihrer Schüler starb bei einem Badeunfall, zwei Tage vor Beginn der Sommerferien. Vroni wurde für den Tod mit verantwortlich gemacht. Es war eine furchtbare Geschichte für sie, nein, für uns alle, die ganze Schule. Zwei Wochen später verlor Vroni ihr Kind. Sie hat zwischen beiden Ereignissen immer einen Zusammenhang gesehen."

Badeunfall? Das Wort dröhnte in Noras Kopf. „Wo passierte das alles?"

„In Zippendorf am Strand. Wie gesagt, unmittelbar vor den Großen Ferien. Am nächsten Tag gab's Zeugnisse. Sehr tragisch."

„In welchem Jahr?", fragte Nora. Ihre Stimme zitterte, ihre Wangen hatten sich gerötet.

„Ja, wann war das?", sinnierte Katharina. „Ist lange her. Neunzehnhundertsechsundsiebzig waren wir mit dem Studium fertig, und das Unglück war ein Jahr später, also siebenundsiebzig."

Nora fühlte sich schlagartig um Jahrzehnte zurückversetzt. Dieser Badeunfall hatte ihre Kindheit überschattet. Hautnah hatte sie miterlebt, wie ihr Klassenkamerad starb. Sie und ihre damalige Freundin Tamara. Die schrecklichen Bilder von diesem Unglück, die sie jahrzehntelang verdrängt und über die sie nie mit jemandem gesprochen hatte, tauchten urplötzlich wieder auf. Begleitet von einem diffusen Schuldgefühl.

Nora bemühte sich, konzentriert zu bleiben. „Waren Sie in Zippendorf dabei?"

„Nein, ich habe meine Klasse durch den Zoo gescheucht. Blöde Idee von mir, war viel zu heiß."

„Und der Mann, äh, ich meine der Vater des Babys, wer war das?"

„Beim besten Willen, das habe ich vergessen", antwortete Katharina Eichler. „Nun will ich aber auch mal eine Antwort: Warum interessiert Sie das?"

„Alles könnte wichtig sein." Nora war es kalt geworden. „Wunderbar hier drin, bloß ein bisschen frisch", flüsterte sie und brachte ein müdes Lächeln zustande.

„Ja, wunderschön. Wir sollten nicht mehr flüstern, Frau Graf. Wir zwei Einheimischen. Ist schließlich *unsere* Kirche."

Nette Vorstellung. Nora empfand das dringende Gefühl, allein sein zu müssen. Unter einem Vorwand verabschiedete sie sich von Katharina.

Freitag, 5. 8. – Ein toter Junge

In der Nacht lag Nora lange wach. Sie fragte sich, ob es richtig war, diesen Job in Schwerin anzunehmen. Wie hatte sie sich einbilden können, ihrer Schweriner Vergangenheit völlig zu entgehen? Die lauerte doch an jeder Ecke! Auch, wenn sie fast vierzig Jahre her war. Erst fand sie ihre Lehrerin, tot, und nun kam dieser Badeunfall wieder hoch. Aus einem harmlosen und vergnügten Wandertag wurde von einer Sekunde auf die andere eine Tragödie. Das war für ihre Klasse ein furchtbarer Schock gewesen.

Wie hieß der Junge? Bernd? Ein hübscher kleiner Kerl, blondes Haar, blaue Augen, und einer der Besten in ihrer Klasse. Starb fast vor ihren Augen.

Nora stellte verwundert fest, dass sie nichts Genaueres zur Todesursache wusste. Alle redeten von Ertrinken. Hatte sie damals auf ihre Fragen keine Antwort erhalten, oder war sie zu feige gewesen nachzufragen? Ihre Familie war wenige Tage später nach Berlin gezogen. Die Bilder des Unglücks hatten sie lange Zeit verfolgt, und sie war froh, als sie endlich verblassten.

Veronika Mann glaubte ihr Leben lang an einen Zusammenhang zwischen diesem Unglück, der Fehlgeburt und ihrer Kinderlosigkeit. Das würde sie Hansen erzählen müssen.

Am Freitagmorgen war Nora eine halbe Stunde vor Dienstbeginn auf Arbeit. Auf dem Flur traf sie auf einen übernächtigten Holger Klein. Sein Haar war zerzaust, dunkle Bartstoppeln zierten seine Wangen, sein Hemd war zerknittert, als hätte er darin geschlafen.

„Wie geht's, Frau Graf?", grüßte er, halbwegs freundlich.

„Prima." Nora hatte keine Lust auf ein Gespräch mit ihm.

„Haben Sie sich ein bisschen eingelebt?"

„Ja, läuft. Und bei Ihnen? Neue Erkenntnisse in Ihrem Fall?"

„Es ist mühsam. Wir müssen diverse Banksachen, Verträge und dergleichen durcharbeiten und die Betroffenen befragen. Das dauert. Leider. Sind ja keine Experten dafür."

„Kein interessanter Kontakt bei Zieglers Handydaten?"

„Der Ziegler hatte sein Handy am Tattag zu Hause vergessen. Wieso fragen Sie, ist doch gleich Besprechung."

„Sie sind sicher überarbeitet, und ich bin bloß neugierig. Bei den Fingerabdrücken am Hocker in der Küche müssten Sie auch die von mir und Kollegen Weller finden", bemerkte sie.

„Ja, ja, halten Sie mich für einen Anfänger?" Er guckte verbiestert.

„Aber wo denken Sie hin. Sie haben alles im Griff. Arbeitet der Handwerker noch in dem Haus?"

Holger horchte auf. „Welcher Handwerker?"

„Na, der bei, bei dieser Nachbarin. Der das Bad renovierte. Sein Name ist mir unbekannt. Den müssten Sie auf einer Ihrer Listen haben."

„Selbstverständlich!" Er suchte das Weite; Nora folgte ihm einen Schritt. „Der Ziegler war jung und verheiratet. Möglicherweise hatte er eine Liebschaft mit einer Kollegin."

Holger reagierte unwirsch. „Das haben wir alles gründlich abgeklopft. Kein Anzeichen für ein außereheliches Verhältnis."

„In dem Alter wäre es aber nicht ungewöhnlich."

Ihr Kollege blieb genervt stehen. „Was hat denn das mit dem Alter zu tun! Außerdem war die Ehe des Opfers harmonisch und glücklich, bezeugen auch Nachbarn und Freunde. Dazu noch dieses kleine kranke Kind. Das schweißt zusammen."

„Welche Krankheit hatte das Kind denn?"

Holger schwieg verdutzt. „Echt! Muss ich nachsehen, ist mir im Augenblick weg vom Schirm."

Der war auch nicht auf der Höhe seiner Aufgabe, dachte Nora und fühlte sich gleich etwas besser. Sie sah Holger hinterher, der mit schlaksigen Schritten in sein Büro eilte, um ein Versäumnis nachzuholen: den Handwerker ausfindig machen und überprüfen.

Wie von Nora erhofft, saß Hansen bereits in seinem Büro. Sie wollte ihm vor der Morgenbesprechung mitteilen, was sie in der Schelfkirche von Katharina Eichler erfahren hatte.

Hansen bot ihr einen Stuhl an. Keine Geheimnisse, lautete sein Wahlspruch. Na dann mal los, sagte Nora sich. „Ich bin gestern Abend zufällig noch einmal Katharina Eichler begegnet, und sie brachte etwas Licht in die Umstände der Fehlgeburt von Veronika Mann. Es gab einen tödlichen Badeunfall unter der Aufsicht der damaligen Lehrerin Veronika Rot, ein Schüler starb. Ihr wurde wohl eine Mitschuld an seinem Tod gegeben, was unter Umständen wegen der psychischen Belastung zur Fehlgeburt führte. Das ist aber ..."

„Moment! Wann war das alles?"

„Sommer siebenundsiebzig."

Er winkte ab. „Lange her. Also, in der Kinderlosigkeit der Veronika Mann sehe ich kein Tatmotiv, Sie etwa?" Bevor Nora antworten konnte, grübelte er weiter: „Oder doch? Schließlich hat der Witwer neuerdings eine jüngere Freundin. Vielleicht war sein Kinderwunsch mit den Jahren immer mächtiger geworden?"

„Herr Hansen, bitte", unterbrach Nora ihn ungeduldig, „ich muss Ihnen noch etwas sagen. Der Junge, der starb, war mein Klassenkamerad. Ich war unmittelbar beim Unglück dabei."

„Tatsächlich! Warum höre ich dann erst jetzt von dieser Geschichte?"

„Weil ... wie Sie schon sagten, die Geschichte ist lange her." Und ich hätte sie am liebsten für immer vergessen, fügte sie für sich hinzu.

Hansen checkte seine Uhr. Ja, sie hatten noch ein paar Minuten bis zur Sitzung. „Dann mal alles auf den Tisch", meinte er, „wie lief dieses Unglück damals ab?"

„Das ist fast vierzig Jahre her."

„Ja, und? Den tragischen Tod eines Mitschülers behält man doch im Gedächtnis."

Noras Mund fühlte sich plötzlich trocken an. Sie wollte Hansen die Wahrheit sagen, aber es fiel ihr außerordentlich schwer, weil sie noch nie mit jemandem über dieses traumatische Erlebnis geredet hatte. „Herr Hansen, ich war damals ein Kind."

Hansen ließ sich gegen die Rückenlehne seines Chefsessels fallen. Nora wünschte, der würde unter seinem Gewicht zusammen brechen. Wäre ein Zeitgewinn. Aber das Mobiliar hielt stand. „Klartext, Frau Graf. Sie werden sich bestimmt an irgendetwas erinnern können."

„Nun ja, es geschah während eines Wandertages, wie es damals hieß, Ende der zweiten Klasse. Am nächsten Tag gab es Zeugnisse, dann die Sommerferien. Wir fuhren an den Strand von Zippendorf. Der Junge, der verunglückte, hieß Bernd, sein Nachname ist mir entfallen."

„Wo waren Sie zum Zeitpunkt des Unglücks?"

„Im Wasser."

„Sie planschten rum, und dieser Bernd, was tat er?"

„Er rannte ins Wasser und war auf einmal weg."

„Und weiter?"

„Nichts weiter. Worauf wollen Sie hinaus?"

Hansen klopfte ein paar Mal unruhig mit einem Kugelschreiber auf den Schreibtisch. „Da war doch mehr. Legen Sie endlich alles offen auf den Tisch."

„Das ist ein Problem für mich, ich habe damals zu wenig von allem erfahren. Die genaue Todesursache von dem Jungen, zum Beispiel. Herr Hansen, ich habe dieses traumatische Erlebnis verdrängt. Mein Gott, ich war damals acht."

„... und damit kein Kleinkind mehr. Wenn noch was ist, raus damit."

„Na, gut. Mir ist seit dem Gespräch gestern mit Katharina Eichler tatsächlich wieder Einiges eingefallen. Meine damalige Schulfreundin Tamara spielte eine Rolle. Sie hatte rotes Haar und war sehr wild, wie es sich gehört für ein Kind mit roten Haaren. Und sie hatte immer verrückte Einfälle. An dem betreffenden Tag kam sie auf die Idee, dass wir Ertrinken spielen sollten. Wir haben uns etwas von der Klasse, die in der Nähe des Rettungsturms saß, in Richtung Anlegesteg entfernt und sind ziemlich weit raus. Tamara fing an, rumzuzappeln und unterzutauchen. Ich wollte sie davon abhalten und habe dadurch wahrscheinlich alles nur verschlimmert. Vom Strand aus musste es ausgesehen haben, als wären wir wirklich in Not." Nora fühlte sich wie ein Schulkind, das sich vor den Eltern oder einem Lehrer für einen dummen Streich rechtfertigen musste. Aber nun wollte sie auch den Rest der Geschichte loswerden. „Bernd war uns am Strand gefolgt. Er setzte sich in den Sand, in die pralle Sonne und beobachtete uns. Es war ein sehr heißer Tag. Als er uns schreien hörte und hampeln sah, ist er ohne Nachzudenken sofort ins Wasser. Beim Reinrennen fiel er vornüber, tauchte unter und war verschwunden. Eine Riesenaufregung am Strand. Alle rannten durcheinander, Rettungsschwimmer versuchten, ihn wiederzubeleben. Vergeblich."

„Wurde das Kind obduziert?"

„Keine Ahnung. Wir sind ja ein paar Tage danach von Schwerin weggezogen, und ich habe nie mehr etwas von diesem Unglück gehört."

Hansen polterte. „Weil Sie nie jemanden danach gefragt haben! Ihre Eltern zum Beispiel. Sie sind schon lange bei der Kripo, warum sind Sie der Angelegenheit nie auf den Grund gegangen? Egal. Wichtig ist eigentlich nur, ob es einen Zusammenhang mit unserem Fall geben könnte. Ihre Meinung?"

„Spontan würde ich sagen, keine Bedeutung. Andererseits, Veronika Mann hat wegen dieser tragischen Geschichte vermutlich ihr Baby verloren und konnte keine Kinder mehr kriegen. Ein schwerer Schicksalsschlag."

„Ja, schon, aber die Mann hat sich dafür an niemanden gerächt, sondern *sie* wurde getötet."

„Genau." Nora verlor für eine Sekunde den Faden, doch dann hatte sie den Gedanken wieder. „Wollen Sie etwa andeuten, Veronika Mann wurde getötet, weil sie vermeintlich Schuld hat am Tod von Bernd? Halten Sie das für möglich?"

Hansen zuckte mit den Schultern.

Nora hakte nach. „Nach vierzig Jahren rächt sich ... wer? Die Mutter oder der Vater von ihm?"

„Wenn die überhaupt noch leben." Hansen seufzte auf und wischte sich Schweiß von der Stirn. „Wir brauchen Klarheit. Nach der Sitzung finden Sie raus, was mit den Eltern des Jungen ist, und wenn die leben sollten oder wenigstens einer von ihnen, fahren Sie hin und fragen nach der Todesursache. Und wenn Sie schon mal da sind, überprüfen Sie auch das Alibi für letzten Sonntag. Um die Akten zu dem Vorfall kümmern wir uns später."

Mit den Eltern ihres toten Klassenkameraden reden? Das fehlte ihr. Wie sollte sie denen in die Augen sehen? Nora wollte protestieren, wurde aber von ihrem Handy gestört. Robert! „Können ruhig annehmen. Wir sind sowieso fertig", meinte Hansen, schon halb im Gehen.

André Marlow

Kaum hatte Hansen mit der Besprechung begonnen, klingelte sein Telefon. Er sagte ‚ich komme' und verließ wortlos den Raum. Die Kollegen redeten wie auf Kommando laut durcheinander. Nora hielt sich zurück. Ihre Anspannung vom Gespräch mit Hansen wirkte nach. Ihr Chef würde das Team bestimmt über den Badeunfall informieren und dass sie daran beteiligt war. Kein aufbauender Gedanke. Andererseits fühlte Nora sich erleichtert, diese belastende Geschichte erzählt zu haben. Wenn Hansen sie nur nicht zum Besuch bei Bernds Eltern verdonnert hätte. Aber ihn aus persönlichen Gründen zu bitten, jemand anderen damit zu beauftragen, wäre unprofessionell.

Nora checkte ihr Smartphone und entdeckte zwei weitere Anrufe von Robert. Der war heute besonders anhänglich. Oder war was mit Daphne? Bevor sie ihn zurückrufen konnte, trat Holger Klein zu ihr. „Das Kind vom Ziegler ist ein Mädchen und heißt Ella. Es hatte Leukämie."

„Äh, ja?"

„Sie fragten mich vorhin, woran das Kind des Toten aus der Lübecker Straße litt, Frau Graf. Leukämie. Inzwischen ist es fast gesund. Dafür muss es nun ohne Vater weiterleben."

„Sehr traurig für die Mutter und die Kleine."

„Ja, und bevor Sie mich wieder mit dem Handwerker nerven, wir haben den Kerl ausfindig gemacht und überprüfen ihn gerade. Ich hoffe, Sie sind zufrieden", fügte er mit gezwungenem Lächeln hinzu und wollte sich entfernen. Nora zupfte ihn am Ärmel. „Geht's Ihren Kindern gut?"

Holger konnte eine Irritation nicht verbergen. „Woher wissen Sie?"

„Sie haben einen Fleck auf Ihrer Krawatte. Wie von Babybrei."

„Ich trage gar keine Krawatte." Trotzdem sah er an seinem Hemd hinab. Der war wirklich noch ein großer Junge.

„Viel Glück", sagte Nora zu ihm und wandte sich ab. Sie wollte endlich Robert anrufen. Weil es im Raum zu laut war, ging sie in den Flur hinaus und prallte dort auf Hansen. „Ah! *Sie* wollte ich. Mitkommen!"

Im Verhörraum saß ein junger, hagerer Mann, der gelangweilt um sich blickte. Er trug Jeans, Turnschuhe und ein verwaschenes T-Shirt. Blonde, ungepflegte Haare fielen ihm ins schmale Gesicht.

Nora stand neben Hansen hinter der Scheibe des Verhörraumes. Sie musterte den Jungen aufmerksam. Er tat ihr vom ersten Blick an irgendwie leid. Hansen hatte sie informiert, dass er beim Klauen im Supermarkt in der Marienplatz-Galerie erwischt worden war. Weil er bereits mehrmals Diebstähle und räuberische Überfälle allein oder gemeinschaftlich begangen hatte, hegten aufmerksame Kollegen den Verdacht, er könnte einer der gesuchten Jungs vom Pfaffenteich sein. Um das zu überprüfen, hatte Hansen Nora geholt. „Nun? Erkennen Sie ihn wieder?"

„Wie ist sein Name?"

„André Marlow. Erkennen Sie ihn?"

Nora nahm sich Bedenkzeit. „Ich glaube, der braucht was zum Essen."

Hansen wurde ungeduldig. „Konzentrieren Sie sich! Ist er einer der Jungs, die Sie Sonntag am Pfaffenteich gesehen haben?"

„Was hat er gestohlen?"

„Eine Pulle Wodka. Ziemlich dämlich."

„Wie alt ist er?"

„Neunzehn." Hansen drohte gleich zu platzen.

„Was sagt er, wo er Sonntagnacht war?"

„Ich will nur wissen, ob Sie ihn wiedererkennen, Frau Graf. Machen Sie schon. Antworten Sie!"

Wieso regte der sich so auf? „Ich war zu weit weg und habe kein Gesicht erkennen können. Deshalb ist es unmöglich, jemanden zu identifizieren. Lassen Sie ihn laufen."

Hansen blieb hartnäckig. „André Marlow ist ein junger Kerl, wie Sie ihn beschrieben haben, und er ist augenscheinlich ein Dieb und Wiederholungstäter. Und ein jugendlicher Dieb oder mehrere könnten Veronika Mann in der Tatnacht überfallen und eventuell sogar getötet haben."

„Haben Sie gestohlene Schmuckstücke bei ihm gefunden?"

„Nein, aber das hat nichts zu bedeuten. Der Schmuck ist längst bei irgendwelchen Hehlern."

„Wo war er Sonntagnacht?"

„Bei mir ist er stumm wie ein Fisch." Hansen hatte eine Idee. „Versuchen Sie es."

Der Junge hatte inzwischen seine Füße auf den Tisch gelegt. Erst nachdem Nora sie und seine Sneakers intensiv betrachtet hatte, bequemte er sich, die Beine herunter zu nehmen. Nora bedankte sich, stellte sich vor und sprach ihn höflich an. „Herr Marlow, bitte sagen Sie mir, wo Sie Sonntagnacht zwischen dreiundzwanzig Uhr und Mitternacht waren."

Er taxierte die Kommissarin und schwieg.

„Reden Sie, bitte. Oder wollen Sie stundenlang festgehalten werden?" Noras Stimme klang normal; sie wollte dem Jungen einfach klarmachen, wie seine Situation war. „Wenn Sie weiter schweigen, werden Sie Teil einer Mordermittlung."

Es funktionierte. André Marlow antwortete: „Mit Kumpels unterwegs."

„Wo?"

Er zuckte mit den Schultern.

„Wann?"

„Na, in der Nacht."

Nora lachte leise auf. „Wie dumm von mir. Ich fragte Sie nach Sonntagnacht, richtig. Wie heißen Ihre Kumpels?"

„Privatsache. Ich werde keinen anschwärzen."

„Schön. Sie wissen, welches Verbrechen Sonntagnacht geschah, ja?"

„Hey, mit dem Tod der Alten habe ich nichts am Hut. Bin hier nur gelandet, weil eine Flasche an meinen Fingern geklebt hat. Ist das neuerdings ein Schwerverbrechen?"

Nora glaubte nicht, dass der Junge in die Tötung von Veronika Mann verwickelt war. Der war ein kleiner Gelegenheitsdieb und kein Totschläger. „Wenn Sie kein Alibi vorweisen können, Herr Marlow, werden wir Ihr komplettes Leben auseinandernehmen. Wir suchen einen Mörder. Da können wir keine allzu große Rücksicht auf Ihre Befindlichkeiten nehmen. Also, wie heißen Ihre Kumpels, und wo haben Sie sich getroffen?"

Jack

„Das mit der Toten können Sie jemand anders anhängen. Ich hatte ein heißes Date."

„Den Namen Ihres Dates, bitte."

André Marlow grinste anzüglich. „Null Ahnung. Ein Gentleman genießt und schweigt."

„Seit wann sind ausgerechnet Sie ein Gentleman? Mit Füßen auf dem Tisch", erinnerte Nora ihn. „Machen Sie den Mund auf, sonst bleiben Sie vorläufig unser Gast."

„Nee, null Bock drauf. Ich bezahl die Flasche, okay?"

Nora setzte eine ernste Miene auf. „Ich rate Ihnen zu kooperieren, Herr Marlow, und bleiben Sie bei der Wahrheit. Wir ermitteln in einem Mordfall. Wird Ihnen das mal klar? Ich will keine Sprüche mehr von Ihnen hören. Mit wem waren Sie Sonntagnacht zusammen?"

„Mit niemand. Bin durch die Gegend, allein", räumte André Marlow ein.

„Sie bieten mir dauernd eine andere Variante an. Durch welche Gegend sind Sie denn? Die am Pfaffenteich?"

„Nee. Mit dem Mord habe ich nichts an der Hacke." Er stockte und rückte dann einen Namen raus: „Jack. Den sollten Sie fragen."

„Jack? Und wie weiter?"

André Marlow schwieg.

„Ist Jack ein Kumpel von Ihnen?"

Wieder Schweigen.

„Herr Marlow! Wer ist Jack? Wie ist sein vollständiger Name?"

Die Tür vom Vernehmungsraum wurde aufgerissen, und Hansen winkte Nora energisch heraus. Ungehalten über diese Unterbrechung folgte sie ihm. Sie war doch gerade an einem wichtigen Punkt der Befragung! „Was gibt's denn?", fragte sie unwirsch.

Hansen schob Nora in ein Büro, wo sie allein waren. „Wir brechen die Vernehmung ab, Frau Graf. Der Junge kann gehen."

„Wie bitte?! Abbrechen? Wir haben zum ersten Mal eine konkrete Spur zu den jungen Männern. Wir müssen diesen Jack finden."

„Jack oder Jo oder sonst wie ... Der Marlow lügt uns die Hucke voll und stiehlt uns die Zeit. Er soll sich verdrücken, oder wollen Sie in einem Mundraub ermitteln?"

Nora starrte Hansen entgeistert an. „Muss ich das verstehen?"

„War doch Ihr eigener Vorschlag, den Jungen laufen zu lassen. Sie hatten recht und basta."

Noras Handy brummte. Eine SMS von Robert: Wo steckst du? Warum meldest du dich nicht? *Weißt du, welcher Tag heute ist?* Na, logisch, es war Freitag, der fünfte August. Was sollte das?

„Wir machen mit der Teambesprechung weiter", sagte Hansen, „die Kollegen warten."

„Moment, bitte. Ich wollte den Marlow laufen lassen, *bevor* er diesen Jack erwähnte. Den müssen wir identifizieren, und dafür brauchen wir den Marlow."

Hansen fuhr ihr über den Mund. „Der Junge kann gehen und damit Schluss! Keine Diskussion!" Er drehte sich auf dem Absatz um und ließ sie stehen.

Nora war einigermaßen baff. Tagelang konzentrierte der Hansen alle Kräfte auf die Suche nach den Jugendlichen, und kaum hatten sie einen vielversprechenden Hinweis, ignorierte er ihn. Ohne ihr den kleinsten nachvollziehbaren Grund für sein Vorgehen zu nennen.

Hansen verschwand im Besprechungsraum. Nora schaute auf ihr Handy. Das Display zeigte Tag und Datum an. Freitag, der fünfte. Ein Unglückstag, schoss ihr durch den Kopf. Quatsch! Der fünfte August. Ihr Hochzeitstag! Wie konnte sie ihn vergessen. Ihr erster Impuls war, Robert anzurufen, aber dazu war sie zu aufgewühlt.

Nora verzog sich in ihr Büro. Hansen hatte sich merkwürdig verhalten. So blöd war der doch nicht, eine heiße Spur sausen zu lassen. Kannte er etwa diesen Marlow näher? Oder dessen Eltern? War er denen vielleicht etwas schuldig?

Wenn Hansen diesen Jack nicht finden wollte, dann würde sie es eben tun. Das Telefon auf ihrem Schreibtisch klingelte. Kassierte sie einen Anschiss, weil sie der Besprechung fern blieb?

„Was gibt's?", blaffte Nora in den Hörer.

„Alles Liebe zum Hochzeitstag, Schatz."

„Oh, Robert! Entschuldige den Ton, bitte, bin gerade furchtbar im Stress. Dir auch Glückwunsch, uns beiden. Schön, dass du anrufst. Ich habe an unser Jubiläum gedacht, aber du weißt ja, keine Zeit zum Anrufen."

Robert nahm ihr die kleine Notlüge ab, und sie vertrösteten sich auf den Abend. Nach dem Gespräch tippte Nora ‚Jack' in die Datenbank. Kein Treffer. Logisch, das war ein Spitzname. Mit welchen Namensvarianten sie es auch probierte, ein ‚Jack' war unauffindbar. Hatte Hansen richtig gelegen und der Marlow sich was ausgedacht, um sich wichtig zu machen oder um von sich abzulenken? Fürs Erste beendete Nora die Suche nach Jack. Sie überlegte, doch noch zur Besprechung zu gehen, aber irgendetwas in ihrem Inneren sträubte sich dagegen. Wie auch gegen ein Gespräch mit den Eltern von Bernd. Von denen kannte sie ja nicht mal mehr den Nachnamen.

Nora wählte die scheinbar leichtere Aufgabe: herauszubekommen, wer das Kind war, das Torsten Mann auf dem Foto an der Hand hielt. Sie rief ihn an, um zu erfahren, wo er sei.

„Noch Fragen von der Polizei? Wenn's unbedingt sein muss, Frau Kommissarin, finden Sie mich auf dem höchsten Punkt Schwerins."

Ella

Nora war sehr angetan vom Schweriner Fernsehturm, der noch einen Anflug von DDR-Patina trug. Die Frau, die den Fahrstuhl bediente, fragte, ob sie zur Aussichtsplattform oder zum Restaurant wolle. „Soweit hoch wie möglich", sagte Nora.

Der Aufzug zuckelte los. Kein Vergleich mit den superschnellen Aufzügen im großen Berliner Bruder. Aber es hatte auch was Gemütliches. Oben angekommen, wurde Nora von einer Kellnerin in Empfang genommen, an den Tisch von Torsten Mann geführt und nach ihren Wünschen gefragt. Nora bestellte eine Tasse Kaffee.

„Es gibt auch Kuchen und Eis", bemerkte Torsten freundlich und schüttelte Nora die Hand. „Sehr angenehm, Frau Graf. Mein Termin verspätet sich. Ich habe also ein paar Minuten für Sie frei."

Nora setzte sich ihm gegenüber. Ihr flüchtiger Eindruck bestätigte sich. Torsten Mann war ein gutaussehender Typ, groß, stattlich, mit intelligenten Augen. Gut vorstellbar, dass der keine Schwierigkeiten hatte, Frauen zu beeindrucken. Ob jünger oder älter.

„Ich hatte noch keine Gelegenheit, Ihnen mein Beileid zum Tod Ihrer Frau auszusprechen", begann Nora, „es tut mir aufrichtig leid."

„Danke. Was kann ich für Sie tun?"

Nora zeigte ihm das Foto von dem unbekannten kleinen Mädchen auf ihrem Handy. „Herr Mann, welches Kind halten Sie da an der Hand?"

Das Bild verunsicherte ihn keineswegs. Ein Lächeln breitete sich auf seinem Gesicht aus. „Woher haben Sie das?"

„Spielt keine Rolle. Wer ist das Kind?"

„Arbeiten Sie mit Herrn Klein zusammen?"

„Selbstverständlich."

Sie schwiegen, solange eine Kellnerin am Tisch hantierte und Noras Kaffee brachte. In der Zeit warf Nora einen Blick aus dem Fenster. Unterhalb des Turms erstreckte sich ein Neubaugebiet, der Große Dreesch, vermutete sie. In einem der Plattenbauten wohnte Tom. Nun ja, nicht die schönste aller Gegenden, aber vielleicht ruhig und praktisch und viel Wasser in der Nähe für den Bootsbesitzer. In der Ferne meinte Nora Teile des Schlosses zu erkennen.

Als der Kaffee vor ihr stand, wandte sie sich wieder Torsten Mann zu. Er sah sie stolz an. „Das Foto, ja. Also, das ist Ella. Meine - wie sage ich es am besten - meine uneheliche Enkelin. Kann man das so formulieren? Ich habe eine uneheliche Tochter, Janine. Und Ella wiederum ist deren Tochter. Wer hat mich denn abgeschossen?"

„Vielleicht eine Verehrerin." Nora stockte. Janine? „Heißt Ihre Tochter etwa Janine *Ziegler*?"

„Ja. Erstaunt Sie das?"

„Der Ehemann Ihrer Tochter ist Marcel Ziegler, ein Mordopfer?"

Torstens Lächeln verschwand: „Ja, sie ist mit ihm verheiratet gewesen. Das ist alles eine Tragödie. Janine leidet sehr unter dem Verlust. Aber *mein* Verhältnis mit Marcel war mehr formaler Natur. Wir hatten fast keinen Kontakt."

„Sein gewaltsamer Tod scheint Sie nicht besonders zu berühren", sagte Nora. „Wo waren Sie eigentlich Freitagabend ab einundzwanzig Uhr?"

„Soll das ein Witz sein? Wollen Sie allen Ernstes andeuten, dass ich etwas mit Marcels Tod zu tun haben könnte?"

„Es hätte Sie längst jemand nach Ihrem Alibi fragen sollen, Herr Mann."

„Oh, keine Sorge, Ihr Kollege Holger Klein hat mich heute früh darüber ausgequetscht. Um die Kommunikation in Ihrem Haus scheint es schlecht bestellt. Vorigen Freitag, als Marcel umgebracht wurde, war ich bei meiner

Freundin in Wismar bis zehn und bin von dort direkt nach Hause zu mir. Veronika lebte zu dem Zeitpunkt noch und hätte das bestätigt."

Nora hatte sich vor Torsten Mann blamiert; ihr fehlte wieder mal der aktuelle Stand der Dinge. Nun galt es, das Gesicht zu wahren. War zwar etwas peinlich, die Fragen von Holger Klein nachzubeten. Musste sie eben den Anschein erwecken, als würde das mit Absicht geschehen.

„Wieso haben Sie denn bisher verschwiegen, dass Sie eine uneheliche Tochter haben?"

„Das ist nicht richtig, Kollegin, oh, pardon, Frau Kommissarin natürlich. Ich habe immer auf alles geantwortet, was man von mir wissen wollte. Bis heute früh interessierte es niemand, ob ich ein uneheliches Kind habe. Thema war nur, dass Veronika und ich keine Kinder hatten."

„Herr Mann, Sie wissen, dass in einem Mordfall auch das Privatleben detailliert durchleuchtet wird. Wer ist die Mutter Ihrer Tochter?"

Torsten Manns Stimme nahm einen gereizten Ton an. „Ich wiederhole mich gern, um unser Gespräch kurz zu halten. Ich sehe nämlich das Auto meines Geschäftspartners dort unten einparken. Janines Mutter heißt Tamara Franke. Es war eine einmalige Sache mit uns. Und es war eine ungeplante Schwangerschaft. Ich habe von Janines Existenz erst erfahren, als sie schon fünf war. Was noch? Ah ja, Veronika habe ich von Janine erzählt. Wir alle, meine Frau, Tamara und Janine, haben dann einen Weg gefunden, mit der schwierigen Situation zurecht zu kommen. Das hat sich über die Jahre eingespielt. Ich habe Janine unterstützt und mich um sie gekümmert, soweit es mir möglich war. Ella ist mir ganz besonders ans Herz gewachsen. Sie war bis vor wenigen Monaten schwer krank. Leukämie. Gott sei Dank hat sie es überstanden. Frau Graf, Ihr Kaffee wird kalt."

Nora schob die unberührte Tasse beiseite. Tamara *Franke?* Das war doch auch der Name ihrer Schulfreundin Tamara. Sie musste sich vergewissern. „Ist Franke der Mädchenname von Janines Mutter?"

„Können wir ein anderes Mal über sie reden", bat Torsten Mann.

„Was ist schwierig an meiner Frage?"

„Die Schwierigkeit besteht darin, dass der Kunde, mit dem ich verabredet bin, gleich eintreffen wird. Ich muss Sie bitten, das Gespräch für heute zu beenden."

„Sie gehen erstaunlich schnell zur Tagesordnung über, Herr Mann. Ihre Frau ist keine Woche tot, und Sie machen weiter wie bisher."

„Was erlauben Sie sich!", presste er hervor. „Wenn ich nicht untergehen will, muss ich das Rad am Laufen halten. Ich arbeite selbstständig, und das ist ein hartes Geschäft. Die geringste Unsicherheit verscheucht meine Kunden."

„Das verstehe ich doch. Es ist schwer für Sie, diese Situation zu ertragen. Antworten Sie trotzdem: Ist Franke der Mädchenname von Janines Mutter oder der eines Ehemannes?"

„Es ist der Mädchenname. Was ist denn daran so wichtig?"

„War Tamara Franke eine Schülerin Ihrer Frau?"

„Ja, allerdings."

„Wie war das Verhältnis Ihrer Frau zu Tamara Franke und Janine?"

„Ich möchte nicht unhöflich erscheinen, aber ich fordere Sie auf zu gehen."

„Einen kleinen Moment noch. Wie lief's zwischen den dreien?"

„Sagte ich schon, wir haben uns arrangiert."

„Und die ungeschönte Version?"

„Was denken Sie denn! Veronika hat Tamara und Janine komplett ignoriert. Sie war außer sich, als sie erfuhr, dass ich ein Kind mit Tamara hatte. Wir hatten deswegen damals eine schwere Ehekrise. Aber, wie gesagt, das war, als Janine fünf war."

Er schaute nervös zum Fahrstuhl. „Schluss mit Ihrer Fragerei. Hören Sie auf, mich zu belästigen. Und lassen Sie meine Freundin Henriette Waldorf in Ruhe. Suchen Sie lieber den Mörder meiner Frau!"

Er war lauter geworden, und Gäste vom Nachbartisch schauten neugierig zu ihnen hinüber. Aus dem Fahrstuhl trat ein älterer Mann in einem gut sitzenden dunkelblauen Anzug.

Torsten Mann stand auf und gab seinem Gast ein Zeichen.

Zeit für Nora zu gehen. „Eine letzte Frage, Herr Mann. Wo haben Sie und Veronika sich kennengelernt?"

„Am Strand in Zippendorf. Sie überstrapazieren meine Geduld! Ein weiteres Wort, und ich werde mich über Sie beschweren", zischte er, während er gleichzeitig seinen Kunden anlächelte.

Torsten Mann streckte Nora seine Hand entgegen und wählte einen verbindlichen Ton. „Frau Graf, Sie waren selbstverständlich eingeladen. Es war mir eine Freude."

„Mir auch, Herr Mann, mir auch. Ich werde Ihr Angebot überdenken und melde mich gegebenenfalls bei Ihnen", verabschiedete sie sich wie eine potenzielle Geschäftspartnerin.

Wer ist der Spender?

Nora fuhr schnurstracks zur Kriminalinspektion. Hansens Büro war leer, und deshalb ging Nora weiter zu Holger Klein. Er deutete hinter sich. „Da hängt er, der Handwerker aus der Lübecker. Alexander Reuter."

„Sagen Sie mir lieber, seit wann klar ist, dass Torsten Mann der Vater von Janine Ziegler ist?"

Klein kratzte sich über seine schwarzen Stoppeln. „Sie haben die Frühsitzung versäumt, sonst wären Sie im Bilde. Frau Franke tat sich schwer, uns das Geheimnis um den Erzeuger von Janine zu lüften. Dauerte etwas, bis ich Sie überreden konnte, damit rauszurücken."

„Warum?"

„Die Dame hat ihren eigenen Kopf und pocht auf ihr Recht auf Privatleben. Und die Tochter Janine ist gegenwärtig kaum ansprechbar. Haben Sie Neuigkeiten?"

„Nein", log Nora. André Marlow und diesen Jack würde sie vorerst für sich behalten. „Wissen Sie, wo Hansen ist?", fragte Nora.

„Weg, glaube ich. Irgendwas Dringendes. Wieso? Ist was passiert?"

Nora schüttelte den Kopf als Antwort. Hansen wollte eigentlich die Geliebte von Torsten Mann befragen. Suchte er stattdessen doch den ominösen Jack?

Holgers Telefon klingelte, und er sprach eine Weile mit jemandem. Nora betrachtete in der Zeit Fotos vom Opfer Ziegler und seiner Familie an einer Pinnwand hinter Kleins Schreibtisch. Marcel Ziegler hatte ein kantiges Gesicht, dunkle Augen und braunes Haar. Neben seinem Porträt das einer melancholisch dreinschauenden jungen Frau, als Janine Ziegler ausgewiesen. Darunter das Bild eines Mädchens mit rötlichem Haar, das Nora aufgrund des Handyfotos wiedererkannte: Ella Ziegler.

Etwas abseits ein Foto von einem Mann Ende vierzig, schlank, blass, mit kurzem blondem Haar. Als ‚Alexander Reuter' gekennzeichnet. Das war also der Handwerker, der in der Lübecker Straße Bäder renoviert hatte. Nora kamen seine Augen irgendwie bekannt vor, dieses irre Blau. Doch sie sagte sich selbst, dass sie sich täuschen musste.

Schließlich die Fotos der Eltern von Marcel Ziegler und die der Eltern von Janine Ziegler: Torsten Mann und Tamara Franke. Unglaublich! Diese Tamara war unverkennbar ihre Kindheitsfreundin: das gleiche kräftige rote Haar, die stolzen, lebenslustigen Augen. Obwohl darauf vorbereitet, ein ehemals vertrautes Gesicht wiederzusehen, war es ein kleiner Schock für Nora; Tamara sah aus, als wäre sie gerade dreißig geworden. Nora rechnete, dass Tamara Anfang zwanzig gewesen sein musste, als sie mit dem Mann ihrer ehemaligen Lehrerin schlief und von ihm schwanger wurde. Schon pikant!

Nora setzte sich zu Holger Klein. „Tamara Franke war eine Freundin aus meiner Schweriner Kindheit", bemerkte sie in beiläufigem Ton.

Holger, der sich mit den Schriftstücken auf seinem Schreibtisch beschäftigte, blickte auf. „Nach meiner Meinung sind Sie zu eng an diesem Fall dran. Die tote Lehrerin war *Ihre* Lehrerin, und die Franke war *Ihre* Freundin. Bisschen viel persönliche Betroffenheit."

Nora setzte eine möglichst gleichgültige Miene auf. „Das ist doch alles ewig her, Herr Klein, daraus können Sie keine Befangenheit ableiten. Ich hatte zu beiden Frauen seit Jahrzehnten keinen Kontakt."

„Trotzdem. In Ordnung ist was anderes. Was sagt der Chef dazu?"

„Er weiß noch nicht, dass Frau Franke meine damalige Schulfreundin Tamara ist. Ist mir ja gerade eben erst klar geworden. Den Chef informiere ich selbstverständlich."

Holger guckte skeptisch. „Hauptsache, Sie pfuschen nicht in meinem Fall rum."

„Ist das Ihr Ernst?"

„War Spaß. Unser Chef erwähnte in der Sitzung einen lange zurückliegenden Badeunfall, für den Veronika Mann vermutlich mitverantwortlich gemacht wurde. Ein Schüler starb. Sie werden die Eltern befragen?"

Nora fragte sich, ob das alles war, was Hansen dazu in der Besprechung kundgetan hatte. Oder hatte Holger inzwischen wieder die Hälfte vergessen? Zum Beispiel die Tatsache, dass zwei Mädchen aus der Klasse an dem Unglücksfall beteiligt waren und sie eine davon war? Oder hatte Hansen das gnädigerweise für sich behalten? André Marlow und diesen Jack und ihre Meinungsverschiedenheit seinetwegen hatte Hansen offenbar unterschlagen. Von wegen ‚keine Geheimnisse im Team'!

„Ja, morgen werde ich mit den Eltern reden." Bei der Vorstellung, der Mutter und dem Vater von Bernd zu begegnen, wurde ihr beklommen zumute. Dieses Treffen würde sie so lange wie möglich vor sich herschieben. Schnell gab Nora ihren Gedanken eine andere Richtung. Tamara! Mit einem Wiedersehen konnte sie nicht warten, bis der Fall Ziegler gelöst war. „Herr Klein, Tamara Franke war damals meine beste Freundin. Kann also gut sein, dass ich sie treffen werde. Und eventuell auch ihre Tochter Janine."

„Genau das meinte ich", entrüstete sich Holger, „Ihre private Beziehung stört meine Arbeit, Frau Graf. Solange der Mörder des Schwiegersohns von Frau Franke frei herum läuft, halten Sie Abstand. Und das ist kein Spaß!"

„Was stört, wenn ich mit Tamara über alte Zeiten rede?"

„Soweit ich weiß, bleibt es bei Frauentratsch nie nur bei alten Zeiten!"

Nora täuschte Einsicht vor und wechselte das Thema. „Haben Sie mal drüber nachgedacht, Herr Klein, dass es zwischen beiden Fällen einen

Zusammenhang geben könnte? Torsten Manns Ehefrau und sein Quasi-Schwiegersohn sind ermordet worden, im Abstand von wenigen Tagen. Sollte das tatsächlich Zufall sein?"

„Das haben wir längst im Team diskutiert. Bei solcher Sichtweise müsste man auch von demselben Täter oder denselben Tätern und vergleichbaren Motiven ausgehen. Was sollte das sein? Wir haben dafür keine Anhaltspunkte. Sie etwa?"

„Nein. Aber vielleicht würde man welche finden, wenn man suchen würde."

„Reine Spekulation", wehrte er ab.

„Manchmal sind Gedankenspiele durchaus förderlich. Was ist mit den angeblich betrogenen Bankkunden? Ist jemand verdächtig?"

„Nein, die betroffenen Leute gehen eher vor Gericht als zu morden. Die wollen schließlich was von ihrem Geld zurück, und ein toter Bankangestellter dürfte da nicht hilfreich sein."

„Wie Sie meinen. Sonst noch was Wichtiges in der Besprechung?"

Holger Klein schob genervt seine Akten von sich. „Ich bin Leiter einer SOKO und nicht Ihr Assi", murrte er.

„Okay, aber gleichzeitig sind wir alle in *Hansens* Team, oder habe ich da was missverstanden? Es wäre sehr nett von Ihnen, wenn Sie mich auf den Stand bringen."

Holger lenkte ein und berichtete: Die Suche nach dem Auto, mit dem die Leiche zur Lübecker Straße transportiert wurde, verlief bisher ohne Erfolg. Wie im Familienauto der Zieglers gab es auch in den Pkws seiner Familie und der engsten Freunde und Arbeitskollegen keine verdächtigen Spuren.

Der Hocker in der Küche der Wohnung Lübecker Straße gehörte dem Handwerker Alexander Reuter. Er renovierte bis zum Mittwoch der vergangenen Woche das Bad in der Wohnung, in der die Leiche von Marcel Ziegler gefunden worden war. Den Hocker hatte er sich mitgebracht, um sich in seinen Pausen hinsetzen zu können, und nach Abschluss der Arbeiten vergessen. Alexander Reuter war siebenundvierzig Jahre alt, unverheiratet, kinderlos und polizeilich unauffällig geblieben. Sein Alibi für die Tatzeit am Freitag bestand aus einem Kneipenbesuch mit mehreren Kumpels. Die anderen Fingerabdrücke am Hocker stammten vermutlich von Mietern, für die der Reuter auch gearbeitet hatte. Keine Verbindung vom Reuter, vom Eigentümer der Wohnung und vom Makler zum Opfer Ziegler.

„Hatte der Reuter irgendeine Beziehung zu Janine Ziegler oder zu ihrer Mutter Tamara?", fragte Nora.

„Überprüfen wir noch", versicherte Holger und redete hastig weiter: „Interessant ist ein Telefongespräch zur ungefähren Tatzeit Freitagabend zwischen Torsten Mann und Tamara Franke. Beide sagten aus, sich über den Gesundheitszustand der Enkelin Ella ausgetauscht zu haben. Das Gespräch dauerte dreieinhalb Minuten. Nach dem Telefonat mit Frau Franke hat Torsten Mann sein Handy aus- und erst am nächsten Morgen wieder eingeschaltet. Ich habe ihn gefragt, warum er das tat."

„Ja, und?"

„Er sagte, er wollte einfach mal seine Ruhe haben. Ich habe überprüft, ob der Mann sich in den vorangegangen Nächten ähnlich verhielt, also, das Handy abends ausschaltete. Kein einziges Mal."

„Ungewöhnliches Verhalten in der Tatnacht. Sehr gut, Kollege! Ach, fällt mir gerade ein, wer war eigentlich der Knochenmarkspender für die kleine Ella? Jemand aus der Familie?"

Holger Klein eierte rum. „Spender bleiben anonym."

„In einem Mordfall?"

Aus Holgers ratlosem Gesichtsausdruck schloss Nora, dass er diese Frage bisher außer Acht gelassen hatte. Sie unterdrückte ihren Unmut darüber und sagte leichthin: „Was dagegen, wenn ich mit dem Arzt von Ella Ziegler spreche?"

„Und ob! Ich habe meine Leute dafür. Und überhaupt. Kümmern Sie sich um Ihre eigenen Aufgaben!"

Tamara

Nora wollte die Mittagspause nutzen, um Tamara endlich von Angesicht zu Angesicht wiederzusehen. Aus ihrer Ex-Schulfreundin war eine Friseuse geworden. Sollte der Zufall entscheiden, ob sie Tamara auf Arbeit antraf. Schnell noch ein Blick aus dem Fenster: die Sonne schien, sie konnte ohne Jacke los.

Auf der Treppe begegnete Nora ihrer Kollegin mit der tiefen Stimme, deren Namen sie ständig vergaß. Irgendwas mit ‚Rum' oder so. Nora deutete ein Nicken an, sagte ‚hallo' und wollte vorübergehen. Unerwartet sprach die Kollegin sie an: „Hallo, Frau Graf. Eine Henriette Waldorf will zum Chef. Ich finde ihn nirgends. Wissen Sie, wo er ist?"

Da hatte Hansen seinen Termin wohl völlig vertrieft. Nora bedauerte, sie hätte auch keine Ahnung.

„Ja, und nun?"

„Ich schlage vor, entweder Sie bitten Frau Waldorf um etwas Geduld oder Sie übernehmen die Befragung", entgegnete Nora freundlich.

„Frau Waldorf hat es überaus eilig. Und ich habe einen wichtigen Außentermin." Dabei zwinkerte sie nervös mit den Augen.

Die lügt ja noch schlechter als ich, dachte Nora, die will wahrscheinlich nur eine ungestörte Mittagspause. „Okay, dann rede ich mit der Zeugin. Wo ist sie?"

Die Frau mit dem Bass und sie hatten sich zum ersten Mal angelächelt. Es ging vorwärts, freute sich Nora, langsam, aber immerhin.

Henriette Waldorf war hübsch, dezent geschminkt, schick frisiert und elegant gekleidet. Zugleich irgendwie bemüht, interessanter zu erscheinen als sie vermutlich war. Noras Fragen nach ihrem Alibi und dem von Torsten Mann am vergangenen Sonntag beantwortete sie bereitwillig und ausführlich. Wenn sie aufhörte zu sprechen, beugte sie sich mit dem Oberkörper vor und sah Nora unverwandt an. Ihre Augen waren von einem intensiven Grün. Nora bemerkte, dass sie ihnen unwillkürlich auswich.

„Belügen Sie mich?", fragte Nora unvermittelt, nachdem Henriette Waldorf die Angaben von Torsten Mann mehrmals bestätigt hatte.

Henriette tat naiv. „Ich finde Sie sympathisch, Frau Kommissarin. Warum sollte ich Sie anlügen?" Ihre Stimme war betont ruhig, fast ein wenig einschläfernd.

„Sie müssen Ihre Aussage unterschreiben, und denken Sie auch daran, dass Sie eventuell bei einem Gerichtsverfahren aussagen müssen. Meineid ist strafbar."

„Ist mir bekannt. Lügen und Betrügen ist mein täglich Brot. Gerade deshalb haben Torsten und ich uns von Anfang an versprochen, immer bei der Wahrheit zu bleiben. Von ihm belogen zu werden, wäre für mich unerträglich. Nicht mal im Traum hätte Torsten seine Frau umbringen können. Er könnte niemals jemandem ein Leid zufügen." Sie schüttelte voller Abscheu ihren Kopf.

Henriette war bestimmt eine angenehme, unkomplizierte Partnerin für Torsten Mann. Noch dazu jung und fruchtbar. „Wie laufen Ihre Geschäfte, die Partnervermittlung?"

„Ich bin keine Kupplerin, ich berate Paare, meistens in Krisensituationen. Das ist ein himmelweiter Unterschied. Reich werden kann man damit nicht, aber davon leben. Ich kann genügsam sein, glauben Sie mir."

„Das sagt sich leicht, wenn der Partner ein dickes Erbe im Rücken hat."

Henriette lächelte mokant: „Torsten hat mich gewarnt, dass die Kripo versuchen wird, aus dieser Erbgeschichte ein Tatmotiv zu basteln. Sie liegen alle falsch, Frau Kommissarin, total falsch. Torsten war am späten Sonntagabend bei mir, darauf leiste ich jeden Schwur!"

„Die volle Wahrheit reicht. Wir sind hier bei der Polizei und nicht in der Kirche, und wir basteln auch keine Tatmotive. Sie können gehen, wenn Sie möchten. Sollten wir weitere Fragen haben, melden wir uns.“

Nach dem Gespräch mit Henriette Waldorf konnte Nora endlich zum Friseurladen fahren, in dem Tamara arbeitete. Durch die Fensterscheibe spähte sie in den Salon. Zwei Friseusen waren mit Kundinnen beschäftigt. Eine war klein und rundlich, die andere eher groß, attraktiv, mit langen roten Haaren. Tamara! Noras Herz pochte stärker. Tamara leibhaftig vor sich zu haben, löste ein diffuses Gefühl in ihr aus. Nora gab sich einen Ruck, betrat den Salon und setzte sich auf einen Wartestuhl. Sie beobachtete Tamara, die eine Kundin abkassierte. Das quirlige Mädchen von früher, das vor überschüssiger Energie sprühte, hatte sich in eine ruhige und selbstsichere Frau verwandelt.

Nora war gespannt, ob Tamara sie erkennen würde. Nervös zupfte sie an ihren Haaren. Die hatten seit Wochen keinen Friseur gesehen, Tamara würde das sicher sofort bemerken.

„Kann ich Ihnen helfen? Möchten Sie einen Termin vereinbaren?“

Da war sie! Nora stand auf. „Hallo Tamara, ich bin Nora. Weiß nicht, ob du dich an mich erinnerst, wir sind zwei Jahre in dieselbe Schulklasse gegangen. Nora Anselm war mein Name.“

Tamaras Berufslächeln verschwand für einige Sekunden, bevor sie Noras Hand nahm und ihr Gesicht vor Freude strahlte. „Nora! Ich bin sprachlos. Du? Tatsächlich. Du bist es!“

Sie nötigte Nora, wieder Platz zu nehmen. Bis zur nächsten Kundin hätte sie ein paar Minuten.

„Ich bin beruflich in Schwerin“, sagte Nora, „erst seit ein paar Tagen. Und du bist also Friseuse geworden?“

Tamara nickte. „Schön, dass du dich gemeldet hast. Und was machst du beruflich?"

„Ich bin bei der Polizei."

Eine ältere Kundin forderte Tamaras Aufmerksamkeit. Nora war dankbar für die Unterbrechung. Sie fühlte sich gehemmt; war doch schwieriger als gedacht, nach so langer Zeit wieder ein Freundinnen-Gefühl aufleben zu lassen.

Als Tamara zurückkam, schlug Nora ihr ein Treffen am Abend vor. Ginge es schon heute? Tamara zögerte. „Ist momentan sehr ungünstig. Morgen wäre besser oder am Montag, da habe ich frei."

„Okay. Kann sein, wir begegnen uns vorher."

„Was meinst du damit?"

„Tamara, ich bin in der Mordkommission, und ich weiß, dass dein Schwiegersohn getötet wurde. Tut mir echt leid."

Tamara trat unwillkürlich einen Schritt zurück. Ihre Miene versteinerte. „Ach, du bist bei der Kripo? Ausgerechnet. Wie bist du denn auf diese Idee gekommen?"

„Lange Geschichte. Wir finden bestimmt eine bessere Gelegenheit, über alles zu reden. Ich freue mich jedenfalls sehr, dich zu sehen."

Tamara nickte nachdenklich. Plötzlich zog sie Nora heftig an sich und umarmte sie. „Ach, Nora. Du wieder in Schwerin. Das hätte ich mir nie träumen lassen."

„Ich mir auch nicht. Aber die Umstände, furchtbar mit den zwei Toten, unsere Lehrerin und dein Schwiegersohn."

Sie lösten sich voneinander. „Schrecklich, das mit Marcel. Ich kann keine Nacht durchschlafen. Und deine Kollegen tun ein Übriges, Nora. Wir haben einfach keine ruhige Minute mehr zu Hause. Janine erschreckt sich bei jedem Klingeln zu Tode. Janine ist meine Tochter, weißt du. Was rede ich! Das wirst du wissen."

Nora nickte. „Es tut mir wirklich leid für euch."

„Habt ihr eine Spur?"

„Ich kann nicht mit dir drüber reden. Aber helfen könntest du mir vielleicht. Kennst du den vollen Namen von Bernd?"

„Unser Bernd?"

„Ja. Ich muss mit seinen Eltern sprechen."

„Warum? Wegen damals?", fragte Tamara.

„Ja. Ist Routine. Hast du den Namen?"

„Hm, du bist wirklich voll und ganz Polizistin. Immer dieses geheimnisvolle Getue. Als ob ihr schlauer seid als alle anderen. Bernd Koch, seine Mutter heißt allerdings inzwischen Reuter. Und entschuldige mich bitte, ich muss zu meiner Kundin."

Das war ein etwas holpriger Start gewesen, fand Nora, als sie wieder auf der Straße stand. Aber kein Wunder in dieser Situation. Tamara und Janine waren im Fokus polizeilicher Untersuchungen. Das allein war Nerven aufreibend genug. Und zur Krönung tauchte sie, Nora, die nach Berlin entschwundene Schulfreundin, ohne Vorwarnung auf. Noch dazu als Kommissarin. Ob sie es trotz allem schafften, wieder Freundinnen zu werden, so wie früher?

Unerwarteter Besuch

In der Inspektion war es ruhig. Es war Freitagnachmittag, und die meisten Kollegen hatten Feierabend. Nora mailte Hansen eine Nachricht über ihr Treffen mit Torsten Mann auf dem Fernsehturm. Bei dem Gespräch sei ihr klar geworden, dass die Schwiegermutter von Marcel Ziegler, Frau Franke, ihre ehemalige Schulfreundin Tamara sei. Die hätte sie heute für ein paar Minuten persönlich getroffen.

Dass Holger Klein sie ausdrücklich gebeten hatte, jeglichen Kontakt zu Tamara zu unterlassen, unterschlug Nora. Dessen Sorge, sie könne die Ermittlungen mit so einem kleinen Privatplausch gefährden, fand sie nach wie vor unbegründet.

Nora teilte Hansen ferner mit, dass sie die Befragung von Henriette Waldorf übernommen hatte. Die wäre bei ihrer Aussage geblieben. Nora hielt es für möglich, dass sie von Torsten Mann schwanger sei und schlug vor, ihre Vermögensverhältnisse zu überprüfen.

Als Antwort kam eine Rundmail von ihm: Sonnabend und Sonntag Dienst für alle. Nora hatte es befürchtet. Gewöhnlich machte ihr Wochenendarbeit wenig aus, aber diesmal war es besonders schade. Sie und Robert wollten am Wochenende ihren Hochzeitstag in Schwerin nachfeiern. Das konnten sie nun vergessen.

Eine zweite, nur an sie gerichtete Mail von Hansen folgte. Er dankte für die Infos und bot ihr an, den Nachmittag frei zu nehmen. Sich für den Rest des Tages aus dem Weg zu gehen, hielt der Chef nach der unerfreulichen Auseinandersetzung wegen des ‚Phantoms Jack' wohl für angebracht. Auch gut!

In der Pension rief Nora gleich ihren Mann an. Robert meldete sich leicht beleidigt: „Vorhin warst du ja sehr kurz angebunden. Was war denn?"

„Entschuldige, wenn ich etwas kratzbürstig war. Ich hatte Ärger mit meinem Chef." Stumm führte sie den Satz fort: Stell dir vor, der lässt einen wichtigen Zeugen ohne Not laufen und boykottiert damit seine eigene Arbeit.

„Was Dienstliches?", fragte Robert.

„Natürlich."

„Wo bist du?"

Beinahe hätte sie gesagt: zu Hause. Mein Gott! Sie fühlte sich, als wäre sie schon Wochen weg aus Berlin und hier schon ein bisschen heimisch. Robert kriegte das zum Glück nicht mit.

„Bin im Zimmer. Werde duschen, mir danach ein fürstliches Abendessen bereiten und einen kleinen Schwips antrinken. Das brauche ich heute."

„Tut mir leid, dass es ausgerechnet am Hochzeitstag Stress mit dem Chef gab. Dafür hast du hoffentlich einen entspannten Abend."

„Geb mir Mühe. Sag mir was Liebes, Robert." Es war ein weiterer Hochzeitstag, den sie getrennt verbrachten. Nora lauschte den übertrieben lieben Worten ihres Ehemannes. Er konnte schon charmant sein, wenn er wollte. Leider beeindruckte er mit dieser Gabe auch viel zu oft andere Frauen.

„Übrigens, Nora, ich fahre morgen früh nach München, zwei Tage wahrscheinlich. Ein lukrativer Auftrag."

„Morgen! Du wolltest mich doch Samstag besuchen. Ich dachte, wir feiern unseren Hochzeitstag nach." Im Grunde ihres Herzens war sie ein wenig froh, dass nicht sie es war, die das Treffen absagen musste. Arbeit ging bei ihnen beiden immer vor.

„Ich muss da runter, ist alles fest. Du hast bestimmt sowieso Dienst am Wochenende. Oder irre ich mich? Allein um deinen Pfaffenteich zu laufen, darauf habe ich keine Lust. Und wir können das Geld aus dem Auftrag brauchen, Nora. Sieht doch danach aus, dass wir demnächst zwei Wohnungen bezahlen müssen. Schatz, wir verschieben unsere Feier ein paar Tage. Dann können wir uns umso länger darauf freuen."

Im Schönreden war Robert unschlagbar. Nora musste lächeln. „Wenigstens Daphne will mich demnächst überfallen", erzählte sie, „sie ist neugierig auf Schwerin. Weißt du, wie es mit ihr und dem Freund läuft?"

„Nora, kannst du dir endlich mal merken, dass ihr Freund Jakob heißt. Noch wichtiger wäre, ihre Beziehung langsam mal zu akzeptieren."

„Es fällt mir schwer, ich gebe es zu. Hast du ihn schon mal gesehen?"

„Klar, hast es wohl vergessen. Du hast dich ja erfolgreich gedrückt. Der Mann ist wirklich nett und immerhin ein Kollege von dir."

„Das finde ich ja gerade merkwürdig. Noch dazu ist er zwanzig Jahre älter als Daffi." Sie hörte Robert auflachen. Das Alter von Daphnes Freund war ein Dauerthema zwischen ihnen. „Wo die Liebe hinfällt, Nora. Niemand kann sich gegen sie wehren."

„Du musst Daffi natürlich verteidigen. Außerdem kann man sich sehr wohl gegen eine Liebe wehren, die einem nicht gut tut."

„Daffi tut sie gut. Wir könnten beide neidisch werden, Nora. Dusch erst mal und hab einen schönen Abend, soweit es ohne mich geht. Und Vorsicht mit dem Schwips antrinken. Ruf mich an, bevor du an Dummheiten denkst. Wir reden dann noch ein bisschen verliebtes Zeug. Wie in alten Zeiten."

Ihr Abendessen war – entgegen ihrer Behauptung - eher bescheiden. Es bestand aus dunklem Brot, Tomaten und fettarmem Schinken. Dazu ein kühles Bier aus dem Kühlschrank. Danach setzte sich Nora in den Erker, knabberte Schokolade und trank spanischen Rotwein. Sie hatte eine

Flasche mit Schraubverschluss gekauft, weil sie vermeiden wollte, sich mit einem Korkenzieher herum zu quälen.

Es war nach neun, und allmählich wurde es dämmrig. Sie zündete ein Teelicht in einem dafür mitgebrachten Gefäß an und stellte es auf den kleinen Korbtisch. Nora rief endlich die Handyfotos vom Tatort Pfaffenteich auf. Leute, die den Kopf senkten, eine Frau hatte sich zur Seite gedreht, lange Haare verdeckten ihr Gesicht. Robert würde ihre Fotos in der Luft zerreißen: zu dunkel, schattig und unscharf. Na, diese Fotos würde sie Hansen unterschlagen. Der hatte seine Profis und konnte auf ihre Schnappschüsse verzichten.

Nora füllte ihr Glas nach; doch der Schwips ließ auf sich warten. Sie konnte nicht entspannen, zu viele Gedanken gingen ihr durch den Kopf. Morgen früh würde sie die Suche nach Jack ernsthaft in Angriff nehmen. Mit oder ohne Hansen. Und wenn es das Letzte war, was sie in Schwerin machte.

Tamara kam ihr in den Sinn. Die verlorene und wiedergefundene Freundin. Temperamentvoll wie eh und je. Für einen Neuanfang musste vielleicht erst der Mord an Tamaras Schwiegersohn aufgeklärt sein. Hatte die mit dem Mann ihrer Lehrerin geschlafen. Mit Absicht oder eher zufällig? Und war Torsten Mann bewusst gewesen, dass er seine Frau mit einer ihrer ehemaligen Schülerinnen betrog? Egal, änderte eh nichts mehr. Wenn Tamara allerdings den Torsten als Ehemann von Veronika gekannt hatte ... frech. Passte aber. Kein Wunder, dass Veronika das uneheliche Kind ihres Mannes mit einer vormaligen Schülerin ignorierte. Wie würde sie, Nora, sich denn verhalten, wenn Robert ihr ein Kind von einer anderen präsentierte? Na, nur nicht beschreien.

Irgendwer hatte von Liebe gesprochen ... ah ja, *tiefgründig verliebt*. Das war Katharina gewesen. Komisch, sagte man das überhaupt über die Liebe: *tiefgründig*? Früher hätte sie ihre Liebe zu Robert auch so beschreiben können, wenn ihr dieses Wort eingefallen wäre. Hochzeitstag hin oder her, sie hatten sich verändert. Früher hätte sie diesen besonderen Tag niemals vergessen, da konnten so viele Leichen ihren Weg kreuzen, wie sie wollten!

Torsten Mann und Tamara also. Ein Seitensprung mit Folgen.

Jetzt, über zwanzig Jahre später waren Torstens Ehefrau und Tamaras Schwiegersohn tot. Der Marcel starb am Freitag und wurde am Mittwoch von ihr gefunden; Veronika wurde Sonntagnacht ermordet und unmittelbar danach von ihr im Pfaffenteich entdeckt. Die eine Leiche wurde aufwendig und mühevoll versteckt, die andere gleichgültig im Wasser liegen gelassen. Der eine war ein jüngerer Mann, die andere eine ältere Frau.

Dass Holger Klein versäumte, den Knochenmarkspender für Ella zu ermitteln. Der war irgendwie überfordert mit seiner Aufgabe. Konnte Wesentliches nicht von Unwesentlichem unterscheiden, und delegieren war ein Fremdwort für den. Das musste Hansen doch erkennen.

Morgen würde sie mit den Eltern von Bernd sprechen. Oh je. Andere kritisieren und selbst feige sein.

Es klopfte an der Zimmertür. Nora konnte sich nur zwei Menschen vorstellen, die eventuell zu ihr wollten: ihre Wirtin oder Tom mit der Autoreparaturrechnung.

Ein Deal

Mit Hansen hätte Nora als Allerletztem gerechnet. Ihr Chef entschuldigte sich mit dürren Worten für die späte Störung; er hätte Dringendes mit ihr zu besprechen.

Das war ja wohl das Mindeste, dachte Nora, verstimmt über sein Eindringen in ihre heilige Privatsphäre. „Ein neues Opfer?", fragte sie ungläubig.

Er schüttelte den Kopf. „Darf ich trotzdem eintreten?"

Widerwillig ließ Nora ihren unwillkommenen Besucher ins Zimmer. Auf dem Tisch neben dem Kühlschrank standen noch die Reste des Abendessens. Auf dem Bett Klamotten. Selbst ohne diese Unordnung hätte sie niemals gewollt, dass Hansen, dieser zu dicke große Mann vor ihrem ungemachten Bett stand und sich bemüßigt fühlte, darüber hinwegzusehen.

Nora bot ihrem Chef einen Platz im Erker und ein Glas Wein an. Es wäre eine preiswerte, dennoch genießbare Sorte.

Hansen quetschte sich in den zweiten kleinen Korbsessel und leerte zügig sein Glas. „Sie haben eine schöne Aussicht", bemerkte er und schaute zum Pfaffenteich hinaus. „Fühlen Sie sich wohl in dieser Pension?"

Nora füllte sein Glas nach. „Sie wollten mir einen wichtigen Grund für Ihren Besuch nennen. Die Frage nach meinem Wohlbefinden war es nicht, oder?"

Hansen winkte ab. „Ich habe seit heute Vormittag darüber nachgedacht, ob ich Ihnen erklären soll, warum ich die Befragung von diesem Marlow abgebrochen habe."

„Ah ja, nett von Ihnen, das nachzuholen."

Ein Lächeln huschte über sein Gesicht. „Sie haben eine Neigung zum Sarkasmus, wie ich schon feststellte. Aber das ist im Augenblick nebensächlich." Er wurde ernst. „Bevor ich zu meinem Anliegen komme, noch eins. Meine Anwesenheit bei Ihnen ist rein privat, und Sie müssen mir zusichern, dass alles, was wir beide miteinander bereden, unter uns bleibt."

In einem Anflug von Übermut wollte Nora ihn zappeln lassen, doch weil er seine Stirn in tiefe Falten zog und einen zerknirschten Eindruck machte, lenkte sie ein. „Herr Hansen, sagen Sie mir einfach, was los ist. Kennen Sie Jack oder den Marlow?"

„Zuerst Ihre Zusicherung, dass Sie niemandem von diesem Gespräch erzählen. Absolut niemandem."

„Das hört sich ja bedrohlich an."

„Habe ich Ihr Wort?"

Musste sie wohl zustimmen, wenn sie erfahren wollte, was los war. „Okay."

„André Marlow bin ich nie zuvor begegnet. Aber ich kenne Jack, das ist … also, ich bin sein Vater." Er wich ihrem Blick aus und nahm einen weiteren kräftigen Schluck.

„Sie haben einen Sohn? Und der heißt Jack?"

„Jack ist sein Spitzname, eigentlich heißt mein Sohn Johannes." Hansen hielt für einen Moment inne. „Johannes ist einer der Jungs, die Sie Sonntagnacht am Pfaffenteich gesehen haben. Er und seine Kumpels haben Veronika Mann beraubt. Nicht getötet! Beraubt!"

Nora war schockiert. Da tat sich ein Abgrund auf. Der Sohn des Chefs in einen Mordfall verwickelt. Hansen räusperte sich. „Mein Sohn ist drogenabhängig, schon seit Jahren. Das belastet mich sehr, ist ein ständiger Albtraum. Und nun dieser dämliche Überfall. Johannes hat viel Dreck am Stecken, aber mit dem Tod von Veronika Mann hat er nichts zu tun, Frau Graf."

„Dann kann er sich ja stellen, er und die anderen."

„Ausgeschlossen! Johannes ist vorbestraft, mehrfach, und auf Bewährung. Wenn ein Mordverdacht auf ihn fällt ...“

Sein Jack stand bereits mit einem Bein im Knast. Und es fehlte nur noch ein Quäntchen, dass er tatsächlich dort landete. Der drogenabhängige Sohn im Gefängnis, weil er des Mordes verdächtig war! Nora konnte sich leicht vorstellen, in welch heikle Lage Hansen dadurch als Vater und leitender Ermittler geraten würde.

„Aber Sie haben doch Möglichkeiten, Ihrem Sohn beizustehen. Oder hat er kein Vertrauen zu Ihnen?“

„Selbstverständlich, sonst hätte er sich kaum an mich gewandt. Die Jungs haben Veronika Mann beraubt, das ist schlimm genug. Raub ist für sie die höchste Stufe, Mord oder Totschlag sind für sie absolut tabu. Sie haben der Frau Schmuck, Tasche und Handy geklaut und dann von ihr abgelassen. Frau Mann war völlig unverletzt. Keiner ist ihr nach.“

„Die Aussage eines Drogenabhängigen.“

„Wenn es um etwas anderes ginge, würde mich Johannes vielleicht belügen, aber nicht bei Mord und Totschlag. Hier habe ich keine Zweifel. Ich glaube ihm.“

„Hören Sie auf, Herr Hansen! Sie sind befangen, das wissen Sie doch selbst. Was erwarten Sie von mir?“

Er beugte sich näher zu ihr über den kleinen Korbtisch, der sie trennte. Sein dicker kahler Kopf wurde von dem Teelicht in einer beinahe diabolischen Weise beleuchtet. „Ich will, dass Sie mir helfen. Sie sind doch Mutter und würden wie ich zu ihrem Kind stehen. Jeder in der Dienststelle weiß, wer mit dem Namen Jack gemeint ist. Verstehen Sie? Er muss nur einmal erwähnt werden, und Johannes ist dran.“

„Vielleicht wäre es das Beste für ihn. Ihr Sohn ist offensichtlich gefährlich: Drogen, Raub ...“

„Aber er ist kein Mörder!“

„Dann soll er sich stellen."

„Das ist unmöglich. Im Gefängnis geht Johannes zugrunde. Er verkraftet keinen kalten Entzug. Ich werde das mit allen Mitteln verhindern."

„Und wie?"

„Dazu später." Er schien sich selbst zur Ordnung zu rufen, setzte sich wieder gerade hin und fuhr in formellen Ton fort. „Ich habe Ihnen eine Chance gegeben und Sie in die Mordkommission aufgenommen", meinte er, sie erinnern zu müssen. „Geben Sie meinem Sohn auch eine Chance. Das ist alles." Leiser fügte er hinzu: „Und bei dieser Badeunfall-Geschichte habe ich Ihren Namen auch weggelassen."

Wollte er etwa ihr kindliches Verhalten von damals mit den Untaten seines Sohnes von heute auf eine Stufe stellen? Er forderte sie auf, Dienstvorschriften zu missachten und die Kollegen zu belügen! Das war doch wohl eine ganz andere Nummer!

Trotzdem fing Nora an zu überlegen, ob es möglich wäre, Jack und mit ihm seine Truppe aus den Mordermittlungen rauszuhalten. Für ihren Geschmack existierten zu viele Mitwisser: Jacks Kumpels, die wahrscheinlich auch drogenabhängig und damit unberechenbar waren, und André Marlow und die von ihm angedeuteten Gerüchte in der Szene. Wie wollte Hansen das alles kontrollieren?

„Hat Jack die geklauten Schmuckstücke noch?", fragte sie.

„Sind längst verhökert und verschwunden."

„Um sich Drogen zu kaufen?"

Hansen zuckte mit den Schultern.

„Und das Protokoll der Befragung von Marlow?"

„Habe ich vernichtet."

„Na, toll", stöhnte Nora auf, „weiß Marlow, dass Sie der Vater von Jack oder Johannes sind?"

„Nein."

„War er beim Raub dabei?"

„Nein."

„Wieso nannte er dann Jacks Namen?"

„Keine Ahnung. Hat irgendwo was aufgeschnappt."

„Er ist keiner von den Kumpels Ihres Sohnes?"

„Nein, nicht direkt, hängt aber ab und zu mit welchen von der Clique rum."

„Das heißt, es könnte noch mehr Jungs geben, die was aufschnappen und weiter plappern."

Hansen wischte ihren Einwand beiseite. Okay, wir stecken unseren Kopf in den Sand, dachte Nora. „Und was genau wollen Sie von mir?"

„Zeit gewinnen, bis wir den oder die wahren Täter haben. Ich werde die Fahndung nach den Jungs runterfahren, und Sie vergessen Johannes für die nächste Zeit." Er verstummte, um dann zu ergänzen: „Sie können immer behaupten, nichts gewusst zu haben. Sie haben Marlow nie befragt. Und dieses Gespräch zwischen uns hat auch nie stattgefunden."

„Der Marlow wird sich aber an mich erinnern."

„Dem glaubt keiner. Also, wie entscheiden Sie sich?"

Obwohl nur knapp ein Meter Abstand zwischen ihnen war, war es zu dunkel geworden, um sich in die Augen sehen zu können. „Ich überlege noch. Wo ist Jack zurzeit?"

„In Rostock. Er wartet auf meinen Rückruf."

„Ihre Idee? Das mit Rostock?"

Hansen schüttelte seinen Kopf. „Johannes wohnt dort, in einer Art WG."

„Was ist mit Jacks Mutter?"

„Die beiden haben seit Jahren keinen Kontakt."

„Sie werden Ihre Frau trotzdem einweihen?"

„Nein, wir leben getrennt und haben uns nichts mehr zu sagen."

„Das tut mir leid."

Hansen sprach zögernd weiter, seine Stimme war schwach und rau. „In den Augen meiner Frau habe allein ich unsere Familie ruiniert. Bin an allem schuld. Hätte nur für meine Arbeit gelebt und den Jungen vernachlässigt, deswegen hätte er die Schule geschmissen und wäre auf die schiefe Bahn geraten. Dass Johannes schon jahrelang harte Drogen nimmt, will sie bis heute nicht wahrhaben."

„Mal angenommen, ich lasse mich auf diese Sache ein. Wie soll es laufen? Haben Sie einen Plan?"

„Als Erstes sollten *Sie* mit den Jungs sprechen. Ich habe bisher nur Johannes' Darstellung der Geschichte gehört. Sie sind objektiv und haben einen guten Blick für Menschen. Und nach diesem Gespräch können wir die Lage besser beurteilen. Die Truppe stünde morgen früh bereit."

„Wie nett", warf Nora ein.

„Als Treffpunkt schlage ich einen neutralen Ort vor. Sie befragen allein, ich bin in der Nähe."

„Der ganze Aufwand nur, um mich davon zu überzeugen, dass die Clique nichts mit der Tötung von Veronika Mann zu tun hat und ich meinen Mund halte? Richtig?"

„So könnten Sie es sehen."

„Dann können wir das Date auch lassen. Ich werde vergessen, dass Sie bei mir waren, ich werde vergessen, dass ich Jacks Namen gehört habe, ja, ich werde sogar den Marlow vergessen. Das sollte Ihnen reichen."

„Nein! Ich will, dass Sie die Jungs anhören. Vielleicht bin ich ja doch blind."

Oder er wollte nur jemanden in petto haben, dem er später den schwarzen Peter zuschieben konnte, dachte Nora, für den Fall, die jungen Männer wurden doch als Mörder überführt.

Sie suchte im Halbdunkel seinen Blickkontakt. Starrte er sie an oder nur vor sich hin? Beim Schein des flackernden Teelichts nicht zu erkennen. Nora wollte, dass Hansen aus ihrem Zimmer verschwand und musste sich entscheiden.

„Mein Plan für morgen früh sah vor, die Eltern von Bernd aufzusuchen. Wegen der Todesursache damals. War Ihr Vorschlag, Chef."

„Ich dachte, das hätten Sie längst erledigt. Die Befragung der Eltern können Sie ebenso gut morgen nach dem Treffen mit Johannes und den anderen erledigen."

Nora kämpfte mit sich. Hansen war – was seinen Sohn betraf – offenbar mehr als voreingenommen. Seinetwegen wollte er ohne Zögern die Ermittlungen manipulieren. Wenn sie sich auf diesen Deal einließ, waren einerseits neue Schwierigkeiten vorprogrammiert. Andererseits, wenn sie mit Jack redete, konnte das eventuell zur Aufklärung des Todes von Veronika Mann beitragen. „Na dann, hoffen wir eben, dass der Marlow die Klappe hält. Hat der übrigens ein Alibi für die Tatzeit?"

„Hab ich überprüfen lassen. Der ist in der Nacht irgendwann sturzbesoffen nach Hause und kann sich an nichts mehr erinnern."

„Toll. Okay, bin mit morgen früh einverstanden. Mehr kann ich nicht versprechen, aber bis dahin halte ich die Füße still."

Hansen hievte sich schwungvoll aus dem zu engen Sessel und wurde wieder zu einem gewaltigen Brocken von Mann. Seine Stimme hatte sich erholt und klang fest: „Ich bin Morgen um acht Uhr bei Ihnen. Um diese frühe Zeit werden wir am Treffpunkt ungestört sein. Gute Nacht. Und herzlichen Dank."

Nachdem ihr Chef weg war, zündete Nora eine große Kerze an, öffnete die zweite Weinflasche und goss sich ein. Sie setzte sich in den Erker und schaute zum Pfaffenteich hinüber. Die Uferbäume warfen stille und düstere Schatten auf ihn. Nein, mit dieser traurigen Stimmung durfte ihr Hochzeitstag nicht zu Ende gehen. Ein Gespräch mit Robert würde sie aufheitern. Nora griff zum Handy.

Samstag, 6. 8. – Am See

Hansen parkte neben einem dunkelroten VW mit Rostocker Kennzeichen. Das Auto hatte etliche Roststellen und eine beachtliche Beule am rechten Kotflügel. Auf dem Rücksitz lag eine ramponierte, billige Gitarre. Sonst war kein weiteres Fahrzeug auf dem kleinen, von hohen Bäumen umgebenen Parkplatz.

„Wo sind wir?", erkundigte sich Nora.

„Parkplatz Neumühler See."

Als Nora ‚See' hörte, war sie überrascht und ein wenig erschrocken. Im Augenblick sah sie nur Wald. „Warum dieser Treffpunkt?"

„Johannes kennt die Badestelle am See, an der wir uns verabredet haben, aus seiner Kindheit. Dort ist kaum jemand um diese Zeit, und er fühlt sich da sicher."

Vorteil für Jack, dachte Nora, bei mir ist es umgekehrt, ich fühle mich seit meiner Kindheit an offenen Gewässern immer unsicher.

„Ist das Jacks Auto?"

„Er hat keins, muss einem seiner Kumpels gehören. Kommen Sie!" Hansen stampfte los. Es ging geradeaus in einen Buchenwald hinein. Etwa fünf Minuten liefen sie stumm nebeneinander her. Nora ärgerte sich. Von hundert möglichen Orten wählte Hansen ausgerechnet einen See aus! Damit sein Sohn sich wohl fühlte. Fragte jemand nach ihren Gefühlen?

Hansen blieb stehen, der Weg gabelte sich. Nora tat noch einen Schritt nach vorn, und unvermittelt erblickte sie durch hohe Buchen hindurch das Wasser. Gleichzeitig vernahm sie lautes Gejohle, zweifelsfrei männlich. Da waren sie also. Hansen zeigte stumm nach rechts unten.

„Und wenn was schief läuft?", fragte Nora.

„Was soll denn schief laufen, Frau Graf. Johannes und seine Kumpels sind nicht gewalttätig, erst recht werden sie keine Polizistin angreifen, und außerdem bleibe ich in Rufweite."

Nach ein paar Schritten sah Nora, dass sie vom See fast dreißig Meter abschüssiges Ufer trennten. Sie war froh, Jeans und Turnschuhe angezogen zu haben. Falls sie beim Absteigen ins Rutschen geriete, würde das wenigstens keine allzu peinliche Nummer. Entgegen ihrer Gewohnheit trug sie heute auch einen Pferdeschwanz und hatte auf jegliches Makeup verzichtet. Wäre ja noch schöner, sich für den vorbestraften Sohn vom Chef und seine Clique herauszuputzen.

Nora hörte, wie etwas Schweres ins Wasser platschte. Ein Flecken hellen Sandes kam in Sichtweite. Nora überwand ihr mulmiges Gefühl und stieg die steile Böschung hinunter, indem sie sich vorsichtig von einem Baum zum nächsten bewegte. Unten standen zwei junge Männer mit blassen beharrten Beinen im flachen Wasser. Bei den Temperaturen! Nora kriegte schon bei ihrem Anblick eine Gänsehaut. Ein dritter hatte ein dickes Seil in beiden Händen, das an einem hoch überm Wasser hängenden Ast befestigt war. Er nahm mit dem Seil rückwärts Anlauf und schwang sich weit hinaus, um sich dann mit einem wilden Schrei ins Wasser zu stürzen. Ein leichtsinniger Spaß. Wer sollte helfen, wenn ein Unglück geschah? Sie jedenfalls konnte es nicht, und ob Hansen als Rettungsschwimmer taugte, war fraglich.

Ein dünner junger Mann mit Sonnenbrille saß auf einer in die Böschung gehauenen Stufe. Er erinnerte Nora an André Marlow. Auch so ein verhungerter Typ. Dieser hier trug eine abgeschnittene Jeanshose und ein verwaschenes T-Shirt. Er hielt den Kopf gesenkt, schien vollkommen in Gedanken versunken und malte mit einem Stock im schweren Sand. Nora wusste auf Anhieb, dass es Hansens Sohn war und setzte sich neben ihn.

„Hallo, Jack."

„Wo ist mein Alter?", fragte er, ohne aufzublicken.

„In der Nähe. Ich bin Nora Graf und möchte mit Ihnen und Ihren Kumpels über Sonntagnacht reden."

„Verraten Sie denen, dass mein Vater Bulle ist?"

„Hängt von Ihnen ab. Nehmen Sie bitte die Sonnenbrille runter."

Jack legte den Stock beiseite und zog die Brille in Zeitlupe vom Gesicht. Er kniff seine Augen zusammen, als hätte er die Brille seit Tagen ununterbrochen getragen.

Wie auf Kommando beendeten die anderen ihr sportliches Treiben und näherten sich zögernd.

„Sie wissen, worum's geht, ja?", begann Nora, „erzählen Sie mir genau, was Sonntagnacht am Pfaffenteich geschah."

Jack zeigte eine zweifelnde Miene. „Sie glauben uns eh nicht. Wozu der Scheiß!"

Genau, wiederholte sie für sich, wozu der Scheiß. Sie kniff ihre Augen wie Jack zusammen und schaute zum See. Nachdem die Jungs in ihren überlangen Badeshorts mit dem Springen aufgehört hatten, war er eine einzige glatte glitzernde Oberfläche. Der war bestimmt sehr tief und deshalb kalt, ging es Nora durch den Kopf. Dort lauerte Gefahr. Obwohl die Gegend sonst ganz schön war. Ab und zu schien ihr die Sonne ins Gesicht. „Ist das Ihre Gitarre im Auto, Jack?"

„Nee. Gehört Maik."

„Jack, ich will Ihnen allen helfen. Ich habe keine vorgefasste Meinung, also, sagen Sie mir ..."

„Können Sie uns duzen?"

„Klar, kein Problem. Sag mir die Namen deiner Kumpels."

„Maik, Joko und Paul."

„Ab wann wart ihr Sonntagnacht am Pfaffenteich?"

„Halb elf ungefähr."

„Wolltet ihr von Anfang an dorthin?"

„Ergab sich irgendwie."

„Du lebst in Rostock?"

„Ja, alle außer Paul."

„Du, Maik, Joko und Paul habt euch getroffen und seid ungefähr halb elf am Pfaffenteich gelandet. Wo genau?

„Südufer."

„Und dann?"

„War alles easy, bis die Alte auftauchte." Der Rest der Clique verfolgte die Befragung argwöhnisch.

Nora zeigte ein Foto in die Runde. „Die ‚Alte' heißt Veronika Mann. Seht sie euch an!"

Allgemeines Gemurre. „Was will die eigentlich von uns", maulte einer.

Jack richtete sich auf. „Halt deine dämliche Klappe!", befahl er, nachdrücklich genug, dass seine Kumpels verstummten.

„Das war die Frau", sagte Jack. Er war offenbar der Anführer.

„Nur zu", ermunterte Nora. „Wann tauchte Veronika Mann am Südufer auf?"

„Irgendwann später."

„Wo genau habt ihr euch aufgehalten?"

Ein anderer als Jack antwortete: „Na, wir waren rechts bei den Bänken, und die tauchte plötzlich ein paar Meter neben uns auf. Starrte ins Wasser."

„Ja, eh", sprang ihm ein zweiter bei, „wir wollten gar nichts von der. Die ist auch gleich weiter gegangen."

„Wohin?", fragte Nora.

„An dieser Freiluftkneipe vorbei und dann rechts", sagte Jack.

„Sie ist in die Alexandrinenstraße, und was habt ihr gemacht?"

Die Jungs drucksten herum.

Nora fasste zusammen, wie sich ihr das Geschehen darstellte: „Ihr seid ihr hinterher, habt die Lage gecheckt, ob sie wirklich allein war und habt sie überfallen und ausgeraubt."

„Hört sich ja echt schlimm an. Bei uns heißt das ‚abgezogen' und fertig. Die sah einfach nach Kohle aus. Überall Klunker."

„Und wessen Idee war das, sich die Klunker ganz aus der Nähe anzugucken?"

Allgemeines Schweigen.

„Klären wir das später", meinte Nora, „an welcher Stelle des Pfaffenteichs habt ihr sie überfallen?"

Keine Reaktion. Nora wurde sauer. Die begriffen wohl nicht, dass sie ihnen einen Gefallen tat. „Entweder ihr redet mit mir oder ich gehe!"

„Schon gut", meinte Jack, „hab bloß nicht mehr alle Einzelheiten auf dem Schirm. Wir sind ihr nach und an ihr vorbei zur Anlegestelle der Fähre, da, wo's hoch zum Bahnhof geht. Als sie auch dort war, haben wir ihr das Zeug weggenommen."

„Wie lief der Raub ab, wie habt ihr es angestellt?"

„Zwei von vorn, zwei von hinten", sagte Jack.

Seine Kumpels fingen an zu kichern. Einer krümmte sich vor Lachen. Jack nahm den Stock und schmiss ihn in seine Richtung.

„Hat die Frau sich gewehrt?"

„Ging zu schnell."

„Hat sie geschrien?"

„Die war nur baff und hat nach Luft geschnappt. War doch so, oder Maik?" Der war erschrocken wegen der direkten Ansprache und stotterte. „Die hat, die hat die Handtasche, fallen hat sie die gelassen."

„Aus der du dann Geld und Handy gestohlen hast?", fragte Nora.

„Aufbewahrt", widersprach der Junge.

„Ach, ja? Nennt man Diebstahl bei euch Aufbewahrung?"

„Ist doch wurscht, wie man das nennt. Wir, wir haben der Frau, Frau jedenfalls kein bisschen weh getan!", behauptete Maik.

„Genau! So war's!", stimmte der Rest ein.

„Ruhe!", befahl Jack.

„War sonst jemand in der Nähe?"

„Nee."

„Wie ging's weiter, als ihr den Schmuck und ihre Tasche mit Handy und Geld hattet?"

„Wir sind abgehauen, zurück zum Südufer."

„Und die Frau?"

„Die stand noch an der Anlegestelle rum und fing zu keifen."

„Ich stelle mir das Ganze anders vor", meinte Nora, „ihr vier habt Veronika Mann beraubt. Aber das war euch zu wenig, ihr wolltet einfach noch mehr Spaß. Die Frau war ein leichtes Opfer für euch. Ihr habt sie grob angerempelt, und als sie fiel und liegen blieb, habt ihr Panik gekriegt und sie in den Pfaffenteich geworfen. Dann erst seid ihr zurück zum Südufer, wo ihr euch gestritten habt, was werden soll."

Alle redeten aufgeregt durcheinander. „Nein, nein, nein!"

Jack wurde förmlich. „Wir sind mit dem Schmuck und dem anderen Zeug weg. Haben die Alte weder verfolgt noch in den Pfaffenteich gestoßen, Frau Graf."

Der konnte auch ordentliche Sätze bilden. Und ihren Namen hatte er sich gemerkt. Vater Hansen hatte ihn gut vorbereitet.

„Ich habe euch am Südufer gesehen. Das war kein harmloser Streit."

„Ich wollte nach Rostock", entgegnete Jack, „war zu heiß nach dem Ding. Die andern waren zu dämlich, um das zu begreifen."

„Wo ist der Schmuck?", fragte Nora.

„Vertickert."

„Das Handy?"

„Auch."

„An wen?"

Die Jungs schwiegen.

„Wie viel habt ihr bekommen?"

Schweigen.

Jack stampfte mit einem Fuß auf. „War's das?"

„Habt ihr von der Frau eine rote Sandale gestohlen?", fragte Nora.

„Nein. Was sollten wir damit? Ballett tanzen?"

„In welche Schule seid ihr gegangen?"

„Wieso?"

„Sag schon, wo."

„Dreesch."

Also keine Schüler von Veronika Mann.

Nora musterte die jungen Männer der Reihe nach. „Also, mal Klartext. Vorausgesetzt, ihr habt mir die Wahrheit gesagt, dann war das gemeinschaftlicher Raub. Dafür müsst ihr euch verantworten. Es wäre besser, ihr würdet euch stellen."

Laute Proteste. Die Jungs postierten sich im engen Halbkreis um Nora. Jack ließ die Sonnenbrille auf seine Nase rutschen, stand abrupt auf und reihte sich bei seinen Kumpels ein. Nora spürte, wie ihr der Angstschweiß auf die Stirn trat. Sie saß in einer Falle. Hinter ihr die sandige Wand, vor ihr die See. Sie hatte keine Waffe dabei und bis Hansen bei ihr sein würde …

Jack beugte sich über sie.

Koordinatorin

Immer näher rückte er. Noras Magen verkrampfte sich. Sie streckte Jack ihr Gesicht entgegen und flüsterte heiser: „Haut schleunigst ab, oder ich lasse euch an Ort und Stelle festnehmen."

Sie konnte erahnen, wie sich hinter seiner Sonnenbrille die Augen verengten. Er schnaufte in der Art seines Vaters und schubste Maik, der neben ihm stand, rüde beiseite. Jack sagte keinen Ton und schaute keinen von seinen Kumpels an. Er kraxelte mit affenartiger Geschwindigkeit den Abhang hoch; zögernd und schließlich im Eiltempo folgten ihm die anderen. Zweige knackten, unsicheres Lachen war zu hören und Hansens Stimme. Gab der sich etwa als Vater von Jack zu erkennen?

Nicht meine Sorge, dachte Nora und atmete auf. Mit einer Hand wischte sie den Schweiß vom Gesicht. Sie starrte auf den See. Der lag immer noch völlig still. Nora spürte das Bedürfnis nach Abkühlung und konnte sich sogar einen winzigen Moment lang vorstellen, ins Wasser zu springen. So weit war es mit ihr gekommen! Vor sich hin fluchend, kletterte sie die Uferböschung hoch. Unweit vom Abgang zur Badestelle traf sie auf Hansen, der sie ungeduldig erwartete. „Und?", fragte er.

„Ja, was und!", schimpfte Nora ungehalten, „was haben Sie Jack eben zugerufen?"

„Keinen Ton. Ich habe *Ihren* Namen gerufen. Und wie ist es gelaufen?"

„Ich brauche eine Minute, Chef." Nachdem Nora sich vom Aufstieg erholt hatte, fasste sie ihren Eindruck zusammen. „Ihr Sohn und seine Kumpels haben zugegeben, Veronika Mann überfallen und ausgeraubt zu haben. Den Schmuck und alles andere haben sie verkauft. Der Raub wäre damit geklärt. Sie bestreiten allerdings vehement, Veronika Mann Gewalt angetan oder sie gar getötet zu haben."

Hansen war erleichtert. „Ich bin froh, dass Sie mir und Johannes glauben."

„Mir wäre lieber, wir hätten es nicht mit Glauben, sondern mit belastbaren Beweisen zu tun. Wie dem auch sei. Die Jungs wirkten einigermaßen überzeugend auf mich. Was sie zu Sonntagnacht ausführten, war schlüssig. Trotzdem müssen wir den Raub melden und das zuständige Dezernat informieren." Auf Tom hinzuweisen, verkniff sich Nora.

Hansen schnitt ihr das Wort ab, während er energisch Richtung Parkplatz lief. „Denken Sie an unseren Deal, Frau Graf. Sie halten die Füße still, bis wir den Mörder oder die Mörderin von Veronika Mann haben. Das war die Absprache." Das stimmte zwar nicht ganz, doch Nora fehlte im Augenblick die Kraft für einen Streit. Sie wollte bloß raus aus dem Wald, weg vom See.

„Und was ist mit der Fahndung nach den Jungs, Chef? Mit welcher Begründung wollen Sie die abblasen?"

„Das schaffe ich schon", erklärte er und wechselte abrupt das Thema: „Sie kennen also Tamara Franke, die Mutter von Torsten Manns Tochter. Sie ist die wilde rothaarige Badenixe aus Ihrer Schulzeit. Und Sie haben die inzwischen gesprochen."

„Nur flüchtig und rein privat", betonte Nora ausdrücklich, „Tamara machte dicht, nachdem sie erfuhr, wo ich arbeite."

„Was haben Sie für einen Eindruck von ihr?"

„Tamara ist in gewisser Weise faszinierend für mich. Ich mochte ihre Haare damals. Und die sind heute noch einmalig. Tja, ansonsten ... sie scheint mit beiden Beinen fest im Leben zu stehen. Für mehr Eindruck war die Zeit zu knapp, Chef."

Hansen überlegte. „Wäre vielleicht hilfreich, wenn Sie engeren Kontakt mit ihr aufnehmen würden." Und er fügte hinzu: „Auf rein privater Ebene natürlich."

Nora verstand den Wink. „Natürlich", wiederholte sie.

Bis sie den Parkplatz erreichten, schwiegen beide. Der zerbeulte VW war verschwunden.

Hansen lehnte sich gegen den Kofferraum seines Autos. „Ich habe noch eine Bitte, Frau Graf. Aber zuvor eine Klarstellung: Holger Klein ist Leiter der SOKO Ziegler, und er bleibt es auch."

Aha, aus der Klein-Ecke wehte der Wind. „Hab nichts gegen Holger Klein", sagte sie.

„Schön zu hören."

„Und was ist Ihre Bitte?"

„Gleich. Damit Sie mich richtig verstehen. Ich habe durchaus daran gedacht, Ihnen den Fall Ziegler zu übertragen. Sie wären sicherlich die bessere Option gewesen, aber die Strafversetzung hängt Ihnen noch an. Ich will keine Unruhe, unnütze Diskussionen oder Eifersüchteleien in meiner Mannschaft."

„Deshalb gehen Sie lieber das Risiko ein, dass ein Mord unaufgeklärt bleibt. Verstehe."

„Nun mal sachte! Niemand ist fehlerfrei. Holger hat seine Schwächen, ist übereifrig, übersieht möglicherweise Details. Aber letztlich trage ich die Verantwortung. Kann sein, ich habe Holger zu früh mit dieser Aufgabe betraut", bekannte Hansen freimütig.

Nora wusste seine Offenheit zu schätzen. „Und was wollen Sie von mir?"

„Sie interessieren sich doch für beide Fälle. Wie wär's mit einer Art Vermittlerposition? Sie koordinieren die Zusammenarbeit zwischen beiden Truppenteilen. Obendrein hätten Sie eine gewisse Freiheit in Ihrem Handeln."

Das klang in Noras Ohren deutlich nach einem neuen Deal. Sie sollte verhindern, dass Holger Klein sich als Teamleiter blamierte. Und Hansen mit ihm. „Und als Koordinatorin würden die Kollegen mich ohne Bauchschmerzen akzeptieren?"

„Das wird schon klappen." Er fügte hinzu: „Solange Sie auf dem Teppich bleiben."

Bernds Eltern

Die Eltern von Noras tödlich verunglücktem Klassenkameraden Bernd waren seit vielen Jahren geschieden. Seine Mutter Ingrid hatte erneut geheiratet und hieß seitdem Reuter. Der Name ‚Reuter' war auch der Nachname des Handwerkers mit dem Hocker in der Lübecker Straße. Konnte Zufall sein, musste aber nicht.

Nora hatte sich telefonisch angemeldet. Sie wollte die Befragung der Mutter so knapp wie möglich halten. Auf drei Fragen brauchte sie eine Antwort: Todesursache von Bernd, Alibi für Sonntagnacht und eventuelle Kenntnis von einem Alexander Reuter.

Nora parkte in Lankow vor einem Neubaublock aus DDR-Zeiten. Bevor sie den Klingelknopf an der Haustür drückte, löste sie den Pferdeschwanz und malte etwas Gloss auf ihre Lippen. Damit sie weniger burschikos wirkte.

Die Haustür sprang mit einem Summen auf, und Nora stieg zwei Treppen hoch. Sie wurde von einer älteren Frau erwartet, die war klein, rundlich, mit wachen Augen. Nora stellte sich mit Dienstgrad vor. Ihren Vornamen verschwieg sie vorsorglich, für den Fall, er riefe bei der Mutter eine unschöne Erinnerung wach.

Nora wurde ins Wohnzimmer gebeten und traf dort auf Ehemann Hans Reuter. Auch er von kleiner Statur.

Nachdem der formelle Teil erledigt war, begann Nora: „Vielleicht haben Sie gehört, dass die ehemalige Lehrerin von Ihrem Sohn Bernd, Veronika Mann, früher Veronika Rot, Sonntagnacht umgebracht wurde." Nora beobachtete, wie sich das Ehepaar wortlos verständigte. Die wussten also Bescheid. Ingrid Reuter nickte denn auch. „Setzen wir uns und trinken einen Kaffee." Wie aufs Stichwort verschwand ihr Ehemann Richtung Küche.

„Machen Sie sich keine Mühe, bitte", versuchte Nora, ein gemeinsames Kaffeetrinken zu vermeiden. Sie wollte nur so lange bleiben, wie unbedingt notwendig. „Frau Reuter, bei unseren Ermittlungen sind wir auf den Unfalltod Ihres Sohnes ..."

Ein Klingeln an der Wohnungstür ließ Nora verstummen und Ingrid Reuter aus dem Zimmer huschen. Nora war allein und atmete tief durch; der Anfang war geschafft. Sie schaute sich um und entdeckte eine Ansammlung gerahmter Fotos an einer Wand. Und war sich ganz sicher, auf einigen Bernd zu erkennen. Er allein und er zusammen mit einem gleichgroßen blonden Jungen, der ihm zum Verwechseln ähnelte und beide mit den gleichen irre-blauen Augen. Bernd im Doppelpack?

Ingrid Reuter kehrte mit einem Gast zurück, und Nora ahnte, wen sie vor sich hatte: den Vater von Bernd. Er war schlank, hoch gewachsen und trug kurzes, trotz seines Alters noch blondes Haar. „Koch", sagte er streng und drückte Noras Hand ungewöhnlich fest.

Frau Reuter erklärte Nora das Erscheinen ihres Ex-Mannes. „Nachdem Sie sich angemeldet haben, Frau Hauptkommissarin, rief ich Norbert an. Er ist schließlich Bernds Vater. Oder haben Sie was gegen seine Anwesenheit?"

„Nein, nein, ich hätte Sie sonst getrennt aufgesucht." Nora fühlte sich ab dem ersten Moment unwohl unter den grimmigen Blicken des Ex-Mannes aus seinen sehr blauen Augen. Der führte sich auf wie der Herr des Hauses und riss das Gespräch an sich. „Verraten Sie uns mal den genauen Grund Ihres Besuches", forderte er.

„Wir durchleuchten gerade die Vergangenheit von Veronika Mann und benötigen dazu Informationen über die konkreten Umstände, die zum Tod Ihres Sohnes Bernd führten", erläuterte Nora.

„Wieso ist das plötzlich wieder wichtig für die Polizei?", fragte Ingrid Reuter.

„Der tragische Badeunfall Ihres Sohnes hatte möglicherweise Auswirkungen auf das Leben von Veronika Mann. Ich muss die genaue Todesursache wissen."

„Das glaube ich nicht", entfuhr es Ingrid Reuter.

„Ha!", machte Norbert Koch triumphierend, als würde für ihn eine seit langem gehegte Vermutung wahr.

Hans Reuter brachte den Kaffee. Ingrid Reuter stellte Tassen, Milch und Zucker auf den Tisch. Offensichtlich war sie froh, etwas Praktisches tun zu können.

Nora sprach Norbert Koch direkt an: „Was wollten Sie mit Ihrem ‚ha' eben andeuten?"

„Mir tut diese unfähige Lehrerin keine Sekunde leid. Sie trägt die Hauptschuld, dass Bernd starb. Verletzung der Aufsichtspflicht. Schäkerte mit den Rettungsschwimmern, statt die Kinder zu beaufsichtigen. Darf so jemand Lehrer sein?" Zornig funkelte er Nora an.

Ingrid Reuter beeilte sich, ihn zu beruhigen. „Norbert, die Frau Kommissarin tut nur ihre Arbeit." Und zu Nora gewandt: „Bernd hatte einen angeborenen Herzklappenfehler. Das war die offizielle Todesursache. Wir ahnten nichts, niemand wusste, wie krank er war." Ihre Stimme verebbte.

Nora war irritiert. „Bitte? Ein Herzfehler?"

„Wir hätten dafür gesorgt, dass Bernd operiert wird. Sein Herzklappenfehler wurde erst bei der Obduktion entdeckt. Er war angeboren."

Ihr Ex-Mann schaltete sich ein: „Man hätte Bernd retten können, wenn er gleich nach seiner Geburt entsprechend medizinisch untersucht und versorgt worden wäre. Aber die Ärzte waren genauso unfähig wie die Lehrerin!"

Ingrid Reuter legte ihre Hand auf den Arm ihres Ex-Mannes. „Lass gut sein."

„Nein, lass mich!", wehrte er sie ab, „die Kommissarin soll ruhig die volle Wahrheit hören! Es gibt nämlich noch mehr Schuldige an Bernds frühem Tod. Außer der Lehrerin die Ärzte, die Rettungsschwimmer und zwei Mädchen aus seiner Klasse, Nora und Tamara. Nie werde ich ihre Namen vergessen. Bernd ist ihretwegen völlig überhitzt ins Wasser. Ohne diese beiden Gören hätte Bernd sich niemals derart leichtsinnig verhalten. Die haben ihn provoziert und in eine Falle gelockt. Wenn seine Lehrerin besser auf ihn aufgepasst hätte, könnte er noch leben! Herzfehler hin oder her." Er wurde zunehmend wütend. „Niemand wurde für Bernds Tod zur Rechenschaft gezogen. Die Rot wurde vor die Parteileitung zitiert, und das war's. Sie wedelte mit den Hüften und durfte fein weitermachen. Sollte alles schnell ad acta gelegt werden!"

„Reg dich nicht auf, Norbert. Denk an dein Herz", warnte Ingrid Reuter ihn, „und den Mädchen kannst du nun wirklich keine Schuld geben, das waren doch noch Kinder. Mein Gott, zweite Klasse, acht Jahre alt." Entschuldigend sah sie Nora an. Die wurde von der Furcht gepackt, der Vater könnte sie als eine der von ihm beschimpften ‚Gören‘ wiedererkennen. Deshalb wollte sie zwischen ihn und sich körperlichen Abstand bringen und ging zur Wand rüber, nah an die Familienfotos heran. Unzweifelhaft Bernd, wie sie ihn in Erinnerung hatte. Bernd einzeln und Bernd doppelt. Und ein erwachsener Bernd. Ein ähnliches Foto hatte sie doch in Holgers Büro gesehen. Der Handwerker aus der Lübecker Straße!

Wut

Ingrid Reuter stellte sich zu Nora. „Das ist Bernds Zwillingsbruder Alexander. Sie waren unzertrennlich."

„Bernd war ein Zwilling? Das ist mir neu." Nora befürchtete, sich verraten zu haben. Hastig fragte sie: „Hat sein Bruder auch einen angeborenen Herzfehler?"

„Ja. Beide. Alexander ist operiert worden, nachdem das mit Bernd passiert war. Wenn man so will ... Bernds Tod hat ihm das Leben gerettet. Die Ärzte meinten später, ohne Behandlung hätten beide keine Chance gehabt, erwachsen zu werden."

„Das ist sehr traurig", sagte Nora, obwohl sie sich erleichtert fühlte. Bernd starb an einem Herzfehler, nicht wegen ihrer und Tamaras idiotischer Aktion im Schweriner See. Schluss mit den Selbstvorwürfen. Aber hätten sie beide sich nicht so dumm verhalten, hätte Bernd möglicherweise einige Jahre länger gelebt. Vielleicht wäre der Herzfehler ja auch auf weniger dramatische Weise entdeckt und behoben worden.

Obwohl Nora keinen gesüßten Kaffee trank, schaufelte sie sich Zucker in die Tasse. „Auf welche Schule ging Alexander?"

„Auf die Hauptmann, wie Bernd. Sie waren in Parallelklassen", antwortete Ingrid Reuter, „nach Bernds Tod bekam Alexander Schulprobleme und ist sitzengeblieben. Er versäumte zu viel Stoff wegen seiner Operation und der Reha und ... sein Bruder fehlte ihm."

„Alexander heißt Reuter mit Nachnamen. Warum?"

„Was soll denn das? Das gehört nicht hierher. Das war's, verdammt!", regte sich Nobert Koch erneut auf.

„Ist doch kein Geheimnis, Norbert." Zu Nora gewandt, erklärte die Mutter: „Ich wollte, dass wir alle einen gemeinsamen Namen tragen. Eben eine Familie." Ihre Stimme war leiser geworden, und sie vermied den Blickkontakt mit ihrem Ex-Mann.

Hans Reuter wagte sich vor: „Alexander ist handwerklich überaus begabt."

„Ja, das ist er", pflichtete die Mutter bei, „ein guter Junge ... nachdem er so viel durchgemacht hat. Er wurde vor wenigen Monaten ein zweites Mal operiert. Aber er rappelt sich immer wieder."

„Das freut mich", sagte Nora. „Kennen Sie einen Marcel Ziegler?"

Alle drei schüttelten ihren Kopf. „Wer soll das sein?"

„Ein junger Mann, den wir am Mittwoch in einer Wohnung gefunden haben, in der Ihr Sohn Alexander Handwerkerarbeiten ausführte. Ermordet. Hat Alexander den Namen Ziegler einmal erwähnt?"

Norbert Koch sprang auf. „Was unterstehen Sie sich! Wie können Sie meinen Sohn mit irgendeinem Ihrer Toten in Verbindung bringen. Verschwinden Sie!"

Zeit für ihren Abgang. Zwar begehrte Frau Reuter gegen ihren groben Ex auf, und Nora hatte noch nach den Alibis der Eltern fragen wollen, ließ es aber angesichts der angespannten Lage sein. Denn wenn es schlecht lief, würde sie sich für den Rest ihres Lebens für einen Herzinfarkt von Vater Koch verantwortlich fühlen müssen. Nora stand auf. „Danke fürs Gespräch. Auch für den Kaffee."

„Sie haben ihn gar nicht angerührt", bemerkte Ingrid Reuter enttäuscht.

Norbert Koch baute sich vor Nora auf. „Sie wollten doch bestimmt Alibis von uns haben. Deswegen sind Sie hergekommen. Ingrid, die Kommissarin will unsere Alibis! Sie denkt, wir haben diese Lehrerin umgebracht, weil sie Schuld am Tod von unserem Bernd hat."

„Woher wollen Sie wissen, was ich denke?", protestierte Nora halbherzig.

Er trat noch einen Schritt näher und schaute Nora voller Wut in die Augen. „Sagen Sie mir, zu welcher Zeit genau die Lehrerin starb, und ich sage Ihnen, wo ich war. Die Rot wurde nachts umgebracht, wenn ich mich recht entsinne. Da bin ich gewöhnlich zu Hause, ohne Zeugen, denn ich lebe allein." Er drehte den Kopf zu seiner Ex-Frau und rief laut: „Und du, Ingrid, wo warst du Sonntagnacht? Am Pfaffenteich, um die Rot umzubringen?"

„Norbert! Beruhige dich endlich!" Ingrid Reuter war das Verhalten ihres Ex-Mannes sichtlich peinlich. Zwecklos, ihr Ex war in Rage und tobte weiter: „Bin richtig froh, dass die Rot hops gegangen ist. Ja, das können alle hören! Ich werde der keine Träne nachweinen. Irgendjemand hat für späte Gerechtigkeit gesorgt. Falls Sie ihn finden, Frau Graf, werde ich mich persönlich bei dem bedanken!"

Streit mit Hansen

Feigling, beschimpfte Nora ihr Konterfei im Autorückspiegel. Dem Vater von Bernd gegenüber stehen und für sich behalten, wer sie war. Vielleicht hätte er die Konfrontation mit einer der ‚Gören' gebraucht, um seine Wut überwinden zu können. Oder wäre er handgreiflich geworden?

Abgesehen von dieser unschönen Vorstellung, war Nora erleichtert, die Begegnung mit Bernd Kochs Eltern überstanden zu haben. Für die war sie eine x-beliebige Kommissarin, die Fragen stellen musste, die ihnen leider weh taten. Nicht im Entferntesten konnten sie annehmen, sie wäre die Nora von damals.

Es musste ein Trost für die Eltern sein, einen zweiten Sohn zu haben. Aber wieso war der junge Alexander vollständig aus ihren Erinnerungen verschwunden? Wie Tamara wohl auf die immerwährende Wut des Vaters Koch reagieren würde. Wusste die von Bernds Herzklappenfehler? Spürte sie seit dem Badeunfall eine ähnliche Beklemmung, wenn sie sich einem offenen Gewässer näherte? Ein zweites Gespräch mit Tamara war angesagt, fand Nora. Holger Klein war dagegen, aber Hansen hatte sie fast dazu gedrängt.

In Gedanken noch beim zornigen Vater Koch, lief Nora in der Kriminal-inspektion gleich Hansen über den Weg. „Na, erholt?", fragte er jovial.

„Wie darf ich das verstehen?"

„Sie haben am See einen Hauch Farbe gekriegt, steht Ihnen."

Nora überhörte das angedeutete Kompliment. „Ich komme eben von den Eltern Koch, Chef. Nach deren Aussage starb ihr Sohn Bernd an einem Herzklappenfehler. Den hat übrigens auch Alexander Reuter, das ist Bernds Zwillingsbruder. Alexander Reuter war der Handwerker mit dem Hocker in der Lübecker."

„Den hat Holger Klein überprüft. Keine Auffälligkeiten", entgegnete Hansen.

„Gut. Alexander Reuter hatte kürzlich eine zweite Herz-OP. Deswegen wird er den Hocker mitgeschleppt haben, damit er sich bei Bedarf ausruhen konnte."

„Hört sich vernünftig an. Noch was?"

„Vater Koch pflegt seit Jahrzehnten seine Wut auf die vermeintlich Schuldigen am Tod seines Sohnes", berichtete Nora weiter, „er hat sich furchtbar über Veronika Mann, die Rettungsschwimmer und alle anderen aufgeregt. Und er hat kein Alibi für Sonntagnacht."

„Halten Sie für möglich, dass er was mit der Tat zu tun hat?"

„Vom Gefühl her, nein. Er ist Choleriker, immer schnell auf der Palme. Produziert viel heiße Luft."

„Wie alt ist der Mann?"

„Mitte siebzig."

„Genug Zeit, um sich mit dem Schicksal abzufinden. Haben Sie ihm gegenüber erwähnt, dass Sie als Kind beim Unfall dabei waren?"

Reine Neugier, dachte Nora, leicht angesäuert über diese überflüssige Frage. „Der Vater ist herzkrank, wahrscheinlich hat er den Zwillingen diese Schwäche vererbt. Ich wollte jede unnötige Aufregung vermeiden."

„Hm", machte Hansen von oben herab. „Der Badeunfall ist damit abgehakt", entschied er, „diese Spur ist längst kalt."

„Sind also keine Akten von damals aufgetaucht? Es war auch die Mutter eines Schülers als zweite Aufsichtsperson dabei und zwei Rettungsschwimmer."

Hansen fuhr ihr über den Mund. „Mag sein. Die Hauptmann-Schule wurde in der Wendezeit geschlossen, sind keine Akten zum Unfall mehr auffindbar. Auch in unseren Polizeiakten Fehlanzeige. Das war's."

„Dann hätte ich mir den Besuch bei den Eltern ja sparen können", meinte Nora.

Hansen näherte sich, und sein Ton wurde vertraulich. „Wieso denn. Sie müssen doch froh sein, keine Mitschuld am Tod Ihres Klassenkameraden zu haben."

Die körperliche Nähe zu Hansen war Nora unangenehm. Weil sie wollte, dass er von ihr abrückte, konterte sie: „Und wie fühlen *Sie* sich damit, das ganze Team anzulügen und die Ermittlungen um Ihren Sohn herum zu führen?"

Hansens Miene verfinsterte sich. „Nun mal sachte. Halten Sie sich an unsere Vereinbarung!"

„*Unsere* ist gut", zischte Nora ihn an. Sie spürte eine große Wut in sich aufsteigen, die sie regelrecht überwältigte. „Wenn ich mich recht erinnere, habe ich Ihnen nur zugesagt, mit Jack zu reden und basta! Glauben Sie, weil Sie mich in die MOKO geholt und zur Koordinatorin gemacht haben, werde ich ewig den Mund halten? Ihr Sohn und seine Gefolgschaft sind unverändert wichtige Zeugen in einem Mordfall. Bisher unsere einzige Spur."

Hansen fasste sie hart am Arm und zog sie ein paar Schritte weiter. Hektisch beobachtete er, ob Kollegen ihre Auseinandersetzung im Flur mitbekamen. „Kein Wort über Johannes in der Dienststelle, Herrgott noch mal!", fauchte er sie an, „verscherzen Sie es sich nicht mit mir. Ich bin der Einzige, der zu Ihnen steht. Hinter mir ist eine Grube, in die Sie fallen werden, wenn ich beiseitetrete. Verstanden! Wenn es genau nach Vorschrift geht, müsste ich Sie wegen Befangenheit längst vom Fall Veronika Mann abziehen. Und dann werden Sie sehr einsam sein, denn niemand von den Kollegen wird das bedauern." Endlich ließ er ihren Arm los, nachdem er noch einmal kräftig zugedrückt hatte.

Nora war unfähig zu reagieren; sie war weniger von Hansens Attacke als von sich selbst überrascht. Was war denn los mit ihr! Wieso provozierte sie den Chef? Woher diese plötzliche Aggressivität? Hatte Vater Koch sie angesteckt? Hansen entfernte sich wortlos mit schnellen Schritten. Schon komisch, dass der seinen massigen Körper so flott bewegen konnte, wunderte sich Nora, während sie ihm hinterher starrte. Sie merkte, wie heftig sie atmete. Waren die Kollegen wirklich alle gegen sie, wie Hansen behauptete?

Holger

Wieder einigermaßen gefasst, holte Nora vom Automaten zwei Becher Kaffee und deponierte sie auf ihrem Schreibtisch. Danach ging sie zu Holger Klein. In seinem Büro war die Luft stickig, und es roch nach Pizza. Nora verdrängte ihr aufkommendes Hungergefühl.

„Frau Graf, was verschafft uns die Ehre?" Holger Klein äugte misstrauisch zu ihr hinüber. Sie nahm an, dass Hansen ihn inzwischen über ihre Funktion als Koordinatorin informiert hatte.

Nora knipste ihr liebenswürdigstes Lächeln an. „Hätten Sie ein paar Minuten für mich? Ich brauche Ihre Hilfe, Herr Klein."

„Wobei?"

„Etwas Privates", deutete sie an und verließ den Raum. Wie erhofft, folgte Holger. In ihrem Büro reichte Nora ihm einen Kaffeebecher. „Vorsicht, ist heiß. Entschuldigen Sie den harmlosen Trick, Kollege, aber ich dachte, so wäre es besser."

„Was denn?" Er stellte den Becher ab, ohne getrunken zu haben.

„Sie wissen, der Chef erwartet von mir, dass ich auch im Fall Ziegler mitwirken soll. Ohne offiziell in Ihrem Team zu sein."

„Mir hat er das etwas anders gesagt", entgegnete er.

„Hansen hat sich vielleicht schwammig ausgedrückt", wischte Nora seinen Einwand beiseite. Sie behielt ihr Lächeln bei und fuhr verbindlich fort: „Hören Sie, Kollege, ich will kein Kompetenzgerangel. Ich will ein Miteinander, kein Gegeneinander, und scharf auf Ihren Job bin ich auch nicht. Wenn das anders bei Ihnen rübergekommen sein sollte, tut es mir leid." Sie trank ihren Kaffee, der inzwischen auf Trinktemperatur abgekühlt war. Holger Klein tat es ihr nach. „Okay", sagte er, sichtlich entspannt.

„Setzen wir uns", bat Nora. „Hat sich bei Ihnen eine neue Spur ergeben?"

„Eigentlich nur, dass Marcel Ziegler der Knochenmarkspender seiner Tochter Ella war. Ein sehr glücklicher Umstand für die Kleine."

„Das ist ja erstaunlich. Der eigene Vater! Wie furchtbar für die Familie, dass er ermordet wurde. Von wem haben Sie diese Information?"

„Von wem schon, von der Kindsmutter Janine."

„Persönlich?"

„Per Telefon, Kollegin, von der Kindsmutter und dem behandelnden Doktor. Befriedigt das Ihre Neugier?", antwortete Holger genervt.

Nora blieb gelassen. „Was halten Sie von einem persönlichen Gespräch mit dem Arzt?"

„Sie hackten gestern schon auf diesem Thema rum."

„Bei Ella handelt es sich immerhin um das Kind eines Mordopfers. Wie ist der Name des Arztes?"

„Doktor Peters. Aber ich sehe keinen Grund für ein zweites Gespräch, das Kind ist doch wieder gesund", erwiderte Holger.

„Richtig, das ist es. Hätten Sie was dagegen, wenn ich trotzdem persönlich mit Doktor Peters rede?"

„Tun Sie, was Sie nicht lassen können", lenkte Holger ein, „kann ich Ihnen eh kaum verbieten. Wo Sie Koordinatorin sind."

Nora überhörte die Spitze. „Sie werden ja noch sehr damit beschäftigt sein, das Leben von Janine Ziegler zu durchleuchten."

„Das habe ich bereits. Alles normal."

„Okay. Und das Leben von ihrer Mutter Tamara Franke? Auch alles normal?"

„Wir arbeiten daran. Tamara Franke ging auf dieselbe Schule wie Alexander Reuter, in Parallelklassen. Ihnen müsste der Reuter ja auch bekannt sein, Frau Graf."

Da hatte er mal logisch gedacht, musste Nora einräumen und stellte sich absichtlich naiv. „Wie kommen Sie darauf?"

„Tamara Franke war doch eine Freundin von Ihnen. Aus der Schulzeit ist zu vermuten. Sie waren alle drei auf derselben Schule, sind ja auch gleichaltrig."

„Ja, ja", wiegelte Nora ab, „ich war nur zwei Jahre auf dieser Schule, bin bald nach Berlin."

„Möchten Sie die Franke übernehmen?"

„Ich möchte Privates und Dienstliches strikt trennen. Dürfte in Ihrem Sinne sein."

Holger Klein signalisierte sein Einverständnis und fing an, herumzuzappeln. Untrügliches Zeichen, dass er gehen wollte. „Noch eines, Kollege. Ich war gerade bei den Eltern von dem verunglückten Bernd Koch. Der Junge litt an einem angeborenen Herzfehler, daran ist er letztlich gestorben. Alexander Reuter ist sein Zwillingsbruder. Auch mit Herzklappenfehler."

Im Gegensatz zu Hansen wurde Holger aufmerksam. „Ach, das ist mir neu. Wieso heißt der Alexander dann Reuter?"

„Seine Mutter hat zum zweiten Mal geheiratet, und Sohn Alexander hat ihren neuen Namen angenommen. Eine Familie, ein Name. Seitdem heißt Alexander Koch eben Alexander Reuter. Der Vater von beiden Jungs ist immer noch wütend auf die vermeintlich Schuldigen am Tod seines einen Sohnes. Und eine der Schuldigen, wenn man ihm folgt, war die Lehrerin Veronika Mann. Der alte Koch hat kein Alibi für die Tatzeit Sonntagnacht."

„Ist er verdächtig?"

„Hansen hat entschieden, dass die Badeunfall-Geschichte ad acta gelegt wird."

„Und Sie sind anderer Meinung?", mutmaßte er.

„Ja und nein. Ist nur ein vages Gefühl. Jemand könnte sich für Bernds Tod rächen, aber wieso sollte er jahrzehntelang mit der Rache warten?"

„Mörder folgen keiner Logik. Ergab sich bei den Eltern sonst was zum Handwerker Reuter?"

„Nein. Alle lobten Alexander über den grünen Klee wegen seiner handwerklichen Fähigkeiten."

„Das passt. Ich habe nichts gefunden, was den Reuter mit dem Mord an Marcel Ziegler in Verbindung bringen könnte."

Nora war mit ihrem ersten Auftritt als Koordinatorin zufrieden. Flüchtige Bedenken, weil sie Holger von ihrer und Tamaras Beteiligung an dem Badeunfall hätte erzählen müssen, wischte sie beiseite. Hansens Leitspruch ‚keine Geheimnisse im Team' hatte sich ja wohl mit dem Deal wegen Jack in Luft aufgelöst.

Janine

Nora wollte sofort mit Doktor Peters sprechen, bevor wieder irgendwas dazwischen kam. Sie vergewisserte sich, dass er an diesem Samstag Dienst hatte und fuhr ins Krankenhaus. Im Eingangsbereich stieg Essensduft in ihre Nase, und Nora genehmigte sich ein paar Wiener.

Danach machte sie sich auf die Suche nach seinem Arztzimmer. Obwohl Nora wusste, in welchem Haus und auf welcher Ebene Doktor Peters sein sollte, brauchte sie ein paar Minuten, ehe sie in dem weitläufigen Gebäude hinfand.

Während sie auf den Arzt wartete, beobachtete Nora das Treiben im Flur. Krankenschwestern, die Kaffee und Kuchen in die Zimmer brachten, und Besucher mit Blumensträußen.

Ihr Smartphone klingelte. Tom Weller. Nora freute sich über den Anruf, wollte es ihn aber nicht merken lassen. „Ja?", sagte sie distanziert.

„Hallo, Frau Graf. Noch auf Arbeit?"

„Ja. Und selbst?"

„Bei mir ist Wochenende. Haben Sie heute Abend schon was vor?"

Er wollte sich mit ihr verabreden. Ein zweites Treffen in so kurzem Abstand ginge schon etwas über reine Freundlichkeit gegenüber einer neuen Kollegin hinaus. Doch was sollte sie allein in der Pension?

Nora sah einen jungen Mann im Arztkittel auf sich zu steuern, das musste Doktor Peters sein.

„Wenn Sie wollen, rufen Sie mich bitte später an, Kollege, ich habe grade keine Zeit." Entweder Tom war hartnäckig und rief zurück, oder er gab auf. Nora bildete sich ein, es wäre ihr egal.

„Sie sind die Kommissarin?", fragte Doktor Peters.

Nora reichte ihm die Hand. „Hauptkommissarin Nora Graf."

„Ich bin beeindruckt." Der Arzt schloss sein Behandlungszimmer auf und bat Nora mit einer einladenden Handbewegung hinein. „Es geht also noch mal um Marcel Ziegler. Er war der Knochenmarkspender für seine Tochter Ella, das sagte ich Ihrem Kollegen, dem Herrn Klein. Setzen Sie sich doch, bitte. Was wollen Sie sonst noch wissen? Ich bin sehr beschäftigt. Außerdem fühle ich mich an meine Schweigepflicht gebunden."

„Daran will ich keineswegs rütteln. Wie steht es um Ella Ziegler? Ist sie vollständig geheilt, oder könnte irgendwann ein Rückfall drohen?"

„Wie gesagt, meine Schweigepflicht. Ich kann lediglich versichern, dass es Ella gut geht. Ich bin für die Zukunft sehr optimistisch."

„Ein Rückfall wäre aber im Bereich des Möglichen?", bohrte Nora.

Der Arzt faltete seine Hände und legte sie betont langsam auf seinem Schreibtisch ab. Der Mann war es gewohnt, mit hartnäckigen Fragen von Patienten und deren Angehörigen umzugehen. Den konnte niemand einfach so überrumpeln.

„Herr Doktor Peters, Sie haben Marcel Ziegler über einen längeren Zeitraum näher kennengelernt. Wie war Ihr Eindruck von ihm? Dürfen Sie mir wenigstens *das* verraten?"

„Herr Ziegler liebte seine Tochter, da bin ich mir sicher. Zu unseren Terminen erschien er eher selten. Lag möglicherweise an seiner Arbeit. Herr Ziegler war selbstbewusst. Manchmal wirkte er auf mich auch aalglatt." Doktor Peters zog belustigt seine Augenbrauen hoch und sagte vertraulich: „Kein Wunder bei einem Bankangestellten."

„Und das Verhältnis der Eheleute?"

Der Arzt seufzte. „Eine Ehe zu beurteilen, ist immer so eine Sache. Rundheraus würde ich es für fraglich halten, ob Frau Ziegler ohne ihren Ehemann wirklich schlechter dran ist. Er war ihr wohl nie eine große Stütze. Aber ich bin kein Psychologe oder Eheberater."

„Wir haben bisher nur Gutes über diese Ehe gehört. Können Sie Ihre Bemerkung konkretisieren, bitte?"

Doktor Peters begann, seinen Schreibtisch aufzuräumen. „Ich kann nicht ins Detail gehen. Sie werden das verstehen, Frau Graf. Am besten reden Sie selbst mit Frau Ziegler."

„Und über welche Details soll ich mit ihr reden?"

„Ich dachte, *Sie* sind die Kriminalistin." Er lächelte Nora an. Von dem erfährst du nichts, dachte Nora. Sie wollte gehen, doch der Arzt hielt sie zurück. „Nun ja, vielleicht ist es für Sie wichtig. Vor einigen Monaten ist mir mit Frau Ziegler etwas ziemlich Merkwürdiges passiert", begann er.

Eine knappe Stunde später klingelte Nora bei Janine Ziegler. Zu ihrer Überraschung öffnete Tamara die Tür. Mit unüberhörbarer Resignation begrüßte sie Nora. „Du, Nora. Ruhig hereinspaziert. Bei uns ist heute Tag der offenen Tür." An Tamaras rechtes Bein klammerte sich ein kleines Mädchen mit rötlich schimmerndem Haar: Ella. „Tut mir leid, wenn ich störe, Tamara. Ich möchte deine Tochter sprechen. Eine niedliche Enkelin hast du." Die Kleine staunte sie stumm mit Kulleraugen an. Tamara nahm ihre Enkeltochter auf den Arm und schaukelte sie.

Nora folgte Tamara in ein recht großes Wohnzimmer. Auf einer Couch lag eine junge Frau unter einer bunten Wolldecke. Das musste wohl Tamaras Tochter Janine sein. Als Nora näher trat, pellte Janine sich aus der Decke und richtete sich langsam auf. Doktor Peters hatte sie treffend beschrieben: mittelgroß, schmale Figur, blasses, sensibles Gesicht. Nora entdeckte keine Ähnlichkeit zwischen Mutter und Tochter. Jedenfalls keine rote Mähne.

„Guten Tag, Frau Ziegler. Ich bin Hauptkommissarin Nora Graf und würde mich gern ein bisschen mit Ihnen unterhalten."

Janine nickte erst, nachdem sie einen Blick mit ihrer Mutter gewechselt hatte. „Was dagegen, wenn ich bleibe?", fragte Tamara.

„Eigentlich schon. Ich möchte mit deiner Tochter allein sprechen. Wir können uns ja vielleicht später treffen."

„Keine Zeit, Nora. Ich muss mich um meine Familie kümmern. Bitte geh schonend mit Janine um. Marcels Tod hat sie sehr mitgenommen. Ich nehme Ella zu mir, dann seid ihr beide ungestört. Obwohl mir unbegreiflich ist, warum wir alles doppelt und dreifach erzählen müssen. Deine Kollegen haben uns doch schon Löcher in den Bauch gefragt."

„Ich beeile mich", versicherte Nora. Sie sah sich im Zimmer um: viel Spielzeug und Technik, wenige Familienfotos – und darunter kein einziges vom Ehemann Marcel.

Nachdem Tamara gegangen war, setzte sich Nora zu Janine. „Mein Beileid zum Tod Ihres Mannes."

Janine dankte ihr beiläufig; etwas anderes interessierte sie. „Sind Sie tatsächlich eine Schulfreundin meiner Mutter?"

Nora lächelte ein wenig verlegen. „Das stimmt. Ist allerdings ewig her, und wir haben uns völlig aus den Augen verloren."

„Haben Sie Kinder?"

„Ja, meine Tochter heißt Daphne. Ist etwas jünger als Sie. Frau Ziegler, ich komme mal gleich zur Sache, dann können Sie sich weiter ausruhen. Wie haben Sie Ihren späteren Ehemann kennengelernt?"

Janine zog ihre Beine zum Schneidersitz auf die Couch. „Komische Frage. Aber, bitte. Das erste Mal traf ich auf Marcel im Wartezimmer bei meiner Zahnärztin. Wir hatten beide Angst vorm Bohren und wechselten ein paar Worte. Nach zwei, drei Tagen stand er hinter mir beim Eisstand im Shopping-Center am Marienplatz. Das war der Anfang. Wir verabredeten uns, Kino und ..." Ihre Stimme zitterte leicht.

„Sie gingen tanzen", ergänzte Nora auf Verdacht.

„Bin ein Tanzmuffel."

„Es war keine Liebe auf den ersten Blick, oder?"

„Wieso fragen Sie das?"

„Nur so. Ist unwichtig. Sie heirateten und wurden von Marcel schwanger. Damit war Ihr Glück perfekt."

„Ja." Janine schnappte sich ein Kuscheltier ihrer Tochter und drückte es sich an die Brust.

„Der Tod Ihres Mannes hat Sie sicher sehr getroffen. Ich sehe allerdings kein Foto von ihm", bemerkte Nora.

„Ich konnte es nicht mehr ertragen", flüsterte Janine.

„Frau Ziegler, ich habe heute mit Doktor Peters gesprochen." Nora meinte, bei Erwähnung des Namens ein Zucken um Janines Mund zu sehen, konnte sich aber auch täuschen. „Frau Ziegler, warum haben Sie Doktor Peters gegenüber bestritten, dass Ihr Ehemann der leibliche Vater von Ella ist?"

Janine quetschte ihr Kuscheltier fester an sich. „Er ist ihr Vater", hauchte sie.

„Der leibliche?"

„Ja. Wieso? Glauben Sie etwa, ich liebe Ella nicht?"

„Selbstverständlich lieben Sie Ihre Tochter. Sie sind eine fürsorgliche Mutter. Mir ist da aber etwas unklar. Wieso haben Sie sich bei Doktor Peters wegen der Vaterschaftsfrage so aufgeregt, dass Sie zusammengebrochen sind? Wer sollte denn Ihrer Meinung nach der Erzeuger Ihrer Tochter sein?"

„Ich habe einen niedrigen Blutdruck, deshalb der Kollaps. Und wegen Marcel, das war, weil ich plötzlich dachte, ein anderer Mann könnte auch der Vater von Ella sein. Mit dem war ich kurz vor Marcel zusammen. Deswegen war ich verunsichert. Reicht Ihnen das?"

„Wie heißt dieser andere Mann?"

„Den Namen habe ich vergessen."

„Aber bei Doktor Peters mussten Sie auf einmal an diesen anderen Mann denken. So wichtig war er Ihnen immerhin. Und da wollen Sie seinen Namen vergessen haben?"

Janine blieb bei ihrer Version.

Nora informierte Hansen und Holger Klein über das Gespräch. Beide sahen keinen Anlass, an Janines Erklärung zu zweifeln. Nora dagegen glaubte ihr kein Wort.

Seitensprung

„Wohin fahren wir eigentlich?", fragte Nora Tom Weller.

„Na, zu mir", antwortete er, „haben wir doch gerade besprochen. Wir holen Ihre Autorechnung, und ich fahre Sie dann zur Pension."

Nora konnte sich nicht erinnern, dem Umweg über seine Wohnung zugestimmt zu haben. Möglicherweise hatte sie zu viel Wein getrunken und deshalb etwas missverstanden.

Tom saß braun gebrannt hinter dem Steuer seines Autos, als hätte er statt eines freien Tages einen zweiwöchigen Südseeurlaub hinter sich. Nora war froh, dass er sich wieder bei ihr gemeldet und sie ins ‚Wöhlers' ausgeführt hatte. Sie hatte das Essen und Toms Gegenwart genossen und von dienstlichen Dingen abschalten können. Doch nun im Auto musste sie wieder über Janine Ziegler grübeln, deren Verhalten ihr völlig unverständlich war.

Nora drehte sich zu Tom um: „Stellen Sie sich vor, Sie wären eine junge Frau. Sie wären verheiratet und werden schwanger. Und dann wird ihr Kind schwer krank und sie ... ja, es stellt sich heraus, dass der Ehemann ... hört sich komplizierter an als es ist, Tom. Also, es stellt sich heraus ..."

„Der arme Kerl ist nicht der Vater des Kindes", beendete er voreilig ihren Satz. „Das kann ich mir gut vorstellen. Davon abgesehen, kann ich mich schlecht in eine junge Frau hineindenken, Nora. Schon der Versuch würde mich überfordern."

Wieso sprach der sie mit Vornamen an? Ah ja, sie tat es ja auch. Na, egal.

Sie widersprach ihm. „Der Ehemann *ist* der leibliche Vater. Was die Ehefrau beim Arzt mit aller Macht bestreitet und später - also mir gegenüber – einfach so zugibt. Das ist merkwürdig. Verstehen *Sie* das?"

„Muss ich?"

„Sie hat vor der Ehe angeblich was mit einem anderen, denkt, von ihm schwanger zu sein und vergisst den Namen des Typen. Ist das normal?"

„Woher soll ich wissen, was Frauen sich von sexuellen Beziehungen merken?"

„Von wem die wohl schwanger sein wollte", fragte Nora laut. Sie hatte das Gefühl, nah an der Lösung des Rätsels zu sein. Für einen Augenblick glaubte sie, ein Glas weniger, und Janines Geheimnis würde sonnenklar vor ihr liegen.

Toms Wohnung in der Nähe des Dreescher Marktes war schlicht. Zwei kleine Zimmer, Küche, winziges Bad ohne Fenster. Sie war einfach eingerichtet. Im Wohnzimmer eine Sofalandschaft mit einem Tischchen davor, ein riesiger Fernseher, eine Palme und ein Esstisch mit Stühlen. Weder Teppich noch Gardinen machten den Raum gemütlich. An der Wand hinter der Couch hing die vergrößerte Fotografie eines Motorbootes. Unverkennbar Toms ganzer Stolz. Nora inspizierte den schmalen Balkon; der war leer, nicht eine Pflanze und keine Sitzgelegenheit. Sie ließ ihren Blick über die Häuser schweifen, alles Plattenbauten. Einzelne Fenster waren erleuchtet und wirkten in der Dunkelheit wie Ufos. Sollte sie sich hier eine Wohnung suchen? Die wäre wahrscheinlich günstig und zudem in der Nähe ihrer Arbeitsstelle. Aber vielleicht wäre die Gegend etwas trostlos.

Tom trat hinter sie und hauchte ihr seinen heißen Atem in den Nacken. Nora spürte ein Kribbeln im Bauch. Sie wusste für einen Moment nicht, was sie tun oder sagen sollte. „Schön hast du es", meinte sie leise.

„Platte ist Platte, hat Vor- und Nachteile", erwiderte er, „Weißwein?"

„Ein Wasser, bitte. Und die Rechnung, Tom." Beinahe hätte sie losgekichert. Ihr fehlte die Routine für solche Situationen. Was hatte sie sich gedacht, als sie unter diesem lächerlichen Vorwand mit in seine Wohnung fuhr?

Schnell drängelte Nora sich an ihm vorbei und hockte sich auf die vordere Kante des Sofas. Tom folgte, schaltete das Oberlicht im Zimmer aus und stellte ihr das gewünschte Wasser aufs Tischchen. Er setzte sich dicht neben sie und sah sie unverwandt an. Seine Augen waren dunkelblau geworden. „Willst du Musik hören?"

Dass ein anderer Mann als Robert mit ihr flirtete, war ungewohnt und aufregend. „Tom, ich denke, es ist besser, wir, also ich, ich sollte zu mir fahren. Ist schon spät."

„Ich fahre dich, nachher." Er küsste sie auf den Hals, aufs Ohr, auf die Wangen. Bevor er ihren Mund erreichte, schob Nora ihn sacht von sich. Er rückte wieder an sie ran und streichelte ihren rechten Arm, wobei er die Bluse leicht nach oben schob. Plötzlich hielt er inne. „Mit wem hast du dich denn geprügelt?", fragte er verwundert.

„Ach, bin gegen eine Schranktür gelaufen", wehrte sie verlegen ab. Von Hansens ruppigem Griff gestern war ihr ein kleiner blauer Fleck geblieben. Tom wiegte den Kopf zweifelnd hin und her und streichelte sie weiter. Ungläubiger Thomas, kam es Nora in den Sinn, und sie spürte eine Gänsehaut. Dabei war sie doch fest überzeugt gewesen, dass ein Mann wie Tom, mit seiner intensiven Beziehung zum Wasser, ihr niemals gefährlich werden konnte. „Ich habe Angst vor Wasser", sagte sie unvermittelt.

„Was?" Tom schaute verständnislos.

„Ich habe seit meiner Kindheit Angst vor Wasser, besonders vor dem Meer und vor Seen, na ja, und ins Schwimmbad gehe ich auch nur, wenn es unbedingt sein muss." Erwartungsvoll schaute sie zu ihm, als hätte er ein Heilmittel für sie. „Seit deiner Kindheit", wiederholte er, „heißt das, seit deiner Zeit in Schwerin?"

Sie nickte und erzählte ihm von Bernd und seinem Unfalltod und ihrem vagen Gefühl der Schuld. Obwohl sie nun wusste, woran ihr Klassenkamerad gestorben war, war dieses Gefühl nicht vollständig gewichen. Und ihre Angst vor Wasser auch nicht. Nach ihrer Beichte war Nora, als wäre sie eine Bürde los geworden.

„Deshalb deine Weigerung, auf mein Boot zu kommen, verstehe."

Das war alles? Er dachte nur an sein blödes Boot, während sie ihm ihr Herz ausschüttete?

„Das habe ich noch nie jemandem so erzählt."

„Es ist gut, dass endlich raus ist, was raus musste. Und danke, dass du dein Geheimnis ausgerechnet mir anvertraut hast. Mir, einem Wassermann." Er küsste sie auf den Arm und verstieg sich ins Philosophische: „Wasser ist ein freundliches Element, und wird auch für dich bald nichts mehr zum Fürchten, sondern zum Lieben sein." Seine Hand strich über ihren Rücken, und Nora spürte sie intensiv durch den leichten Blusenstoff.

„Hast du noch mehr Ängste?"

„Vor dir, aber nur ein bisschen", flüsterte sie.

Sein Schlafzimmer wurde von winzigen LED-Leuchten erhellt. Tom presste sich an ihren Rücken, seine Hände waren überall an ihrem Körper. Nora fühlte sich begehrt wie seit Ewigkeiten nicht. Ihre Haut kribbelte, ihr Atem wurde schwer. Er drängte sie zielstrebig zum Bett. Nora verlor das Gleichgewicht, und beide fielen aufs Laken. Wenn noch ein Rest Widerstand in ihr gewesen war, löste er sich blitzschnell auf. Sein Körper war straff und ohne Makel, fast überall gleichmäßig gebräunt und auf den Schultern mit zwei bunten Tattoos geschmückt. Nora wollte jetzt unbedingt mit Tom schlafen. Sie erwiderte seine Küsse und drückte sich an ihn, so fest sie konnte.

Sonntag, 7. 8. – Daphne

Tom brachte Nora eine Viertelstunde nach sechs zur Pension. Frisch geduscht und umgezogen, saß sie um sieben Uhr im Frühstücksraum. Mit einem Gesicht wie ein Unschuldslamm. Als hätte sie nicht so kurz nach ihrem Hochzeitstag ihren Mann betrogen.

Nora war allein im Raum; war anzunehmen, dass weitere Hausgäste an diesem frühen Sonntagmorgen noch schliefen. Nach der vergangenen Nacht wäre Nora auch gern länger im Bett geblieben. Sie hatte völlig vergessen, wie sehr sie sich nach Intimität gesehnt hatte, aber auch, wie anstrengend Sex sein konnte.

Als Nora die zweite Tasse Kaffee trank, kam ein Mann aus einem der Gästezimmer. Er grüßte sie freundlich und bediente sich am Büfett. Weil sonst niemand zu beobachten war, musterte Nora ihn. Seine Bewegungen waren ungewöhnlich kontrolliert. Seine Muskeln schienen das weiße, enganliegende T-Shirt fast zu sprengen. Irgendetwas an ihm reizte Nora. Der war zu selbstsicher und perfekt. Sie schätzte den Unbekannten auf maximal vierzig. Ein Sportler? Oder ein reiner Muskelmann dank Bodybuilding?

Wenn er auch keineswegs große Ähnlichkeit mit Tom aufwies, war der wieder in ihrem Kopf. Total verrückt von ihr, mit ihm zu schlafen! Mit einem Kollegen, den sie knapp eine Woche kannte. Aber schön war es gewesen, ganz anders als mit Robert und ... nein! Die Nacht mit Tom war ein Ausrutscher. Wiederholung ausgeschlossen! Sie hoffte nur, dass Tom ihr Abenteuer für sich behielt, auch seinem Kumpel Holger gegenüber.

Der fremde Mann setzte sich an einen Tisch, der für zwei gedeckt war. Er wollte wohl auch für zwei essen. Orderte Kaffee und Tee bei der Frau, die im Frühstücksraum bediente. Holte sich vom Büfett zwei gekochte Eier. Schmierte ein Marmeladenbrot und legte es auf den zweiten Teller, aß aber ein Schwarzbrot mit Käse. Die Teekanne stellte er zum zweiten Gedeck, schaute sich suchend um und stand auf. Ja, der hatte wirklich einen ungewöhnlich gut trainierten Körper.

„Entschuldigung, darf ich?" Der vermeintliche Bodybuilder deutete auf ihre Zuckerdose.

„Zucker ist ungesund", platzte es spontan aus Nora heraus. Er lächelte und sah sie mit klaren Augen durchdringend an. Nora fühlte sich ertappt. Merkte der etwa, dass sie Sex gehabt hatte? „Oh, bitte. Nehmen Sie ruhig."

„Sehr freundlich. Danke." Er drehte sich weg und gleich wieder zu ihr. „Entschuldigen Sie, Sie kommen mir bekannt vor."

„Sie mir aber völlig unbekannt", entgegnete sie hastig. Wollte der etwa mit ihr flirten, während seine Frau oder Freundin keine fünf Meter entfernt von ihnen aus den Federn kroch?

„Ich wollte mich nur vorstellen", er verstummte, weil sich die Tür seines Zimmers öffnete. Eine junge, verschlafen wirkende Frau mit dunkelbraunem kurzem Haar erschien in Jogginghose und Pulli. Als sie die beiden erblickte, strahlte sie übers ganze Gesicht. „Oh, wie schön, Mom!" Sie umarmte Nora und küsste ihre Wangen.

Nora wusste nicht, wie ihr geschah. Daphne! Und war dieser Muskelprotz etwa ihr Freund, der Polizist und Kollege? Und wieso hatte Daphne braune Haare? Wo war ihre natürliche Haarfarbe, die wie Bernstein geschimmert hatte?

Daphne löste sich von ihrer Mutter und hakte sich bei dem Typen unter. „Ihr habt euch schon bekannt gemacht?"

Der Mann reichte Nora seine Hand. „Wollten wir gerade. Jakob Sieben mein Name, sieben wie acht."

„Sag das doch nicht immer", kritisierte Daphne ihn leise und murmelte etwas verächtlich „sieben wie acht".

„Nora Graf. Freut mich. Ja, das ist wirklich eine Überraschung. Ich hatte keine Ahnung. Daphne, kann ich dich mal allein sprechen?"

Sie zog ihre Tochter auf die Treppe hinaus. Daphne folgte widerwillig, unaufhörlich plappernd. „Was ist denn, Mom? Ich wollte dich gestern anrufen, aber dein Handy war aus. Dad erzählte, du musst arbeiten, deshalb wollte ich dich in Ruhe lassen. Hast du etwa die ganze Nacht durchgeschuftet? Siehst völlig kaputt aus. Und heute hast du auch Dienst?"

Nora hatte plötzlich vergessen, worüber sie sich eigentlich bei Daphne beschweren wollte. „Deine Haare", sagte sie nur, „was ist denn mit denen passiert?"

„Schick, oder? Jakob gefällt es. Er meint, ich komme damit viel seriöser rüber."

„Er meint damit, dass die dunkle Farbe dich älter aussehen lässt", entgegnete Nora gehässig. Doch Daphne nahm es gelassen. „Mom, wie findest du ihn? Er ist toll, oder?"

„Ja, sehr toll. Was wollt ihr unternehmen? Es ist zwar Sonntag, aber ich muss auch heute los."

„Wir werden dich nicht in Beschlag nehmen, versprochen. Unsere Überraschung ist hoffentlich geglückt. Jakob ist ein penetranter Frühaufsteher und trotzdem immer gut gelaunt. Ich lege mich nach dem Frühstück wieder hin. Später ist eine Bus-Tour dran, Sightseeing. Also, was ich gestern Abend von der Stadt gesehen habe, toll. Warum waren wir früher nie zusammen mal in Schwerin?"

Nora tätschelte ihrer Tochter die Wangen. „War eben keine Zeit." Vielleicht hatte dieser Jakob tatsächlich recht. Mit ihren gefärbten Haaren kam Daphne zumindest etwas seriöser rüber. Aber ihr schönes Bernsteinhaar, das war nun hin.

„Schade, dass Dad ausgerechnet nach München musste", meinte Daphne.

„Ja, sehr schade", stimmte Nora zu und spürte Daphnes Mund auf ihrer Wange. „Bis später." Nora wandte sich zur Treppe. Daphne rief ihr hinterher. „Mom, du trägst nur einen Ohrring. Das ist schon lange out!"

Nora fasste sich unwillkürlich ans linke Ohr. Fehlanzeige! Den Stecker musste sie bei Tom verloren haben. Auch das noch. Sie entfernte hastig den zweiten Stecker und winkte zu Daphne hoch. „Bin vergesslich geworden!"

Kaum im Büro, meldete sich Noras Handy. Robert. Ah ja, sie hatten gestern vereinbart, dass er sie vor seinem Termin anrief. Nora ließ das Handy mehrmals klingeln, um ihre Aufgeregtheit in den Griff zu kriegen und sich auf ihn einstellen zu können.

„Guten Morgen, Schatz", grüßte Robert, „alles in Ordnung bei dir?"

Nora versuchte, möglichst unbefangen zu wirken, merkte aber, dass sie ein wenig nervös klang. „Ja, klar. Alles okay. Daphne ist mit Freund da, du hättest mich vorwarnen können. Ich habe mich ziemlich dumm benommen." Ausführlich erzählte sie ihm die Szene im Frühstücksraum. Während sie redete, wurde sie sicherer und ruhiger.

Als sie geendet hatte, lachte Robert. „Das kommt davon, Nora, du hättest dir wenigstens mal ein Foto von ihm angucken können. Strafe muss sein."

„Ja, mach dich ruhig lustig über mich. Weißt du, wie alt Jakob ist?"

„Ich glaube um die vierzig, plus ein, zwei Jahre."

Der war so alt wie Tom! „Und was sagst du zu Daphnes neuer Haarfarbe?"

„Daphne probiert sich eben ein bisschen aus. Gefällt sie dir?"

Nora wollte keinen Widerspruch, dieses Gespräch musste harmonisch verlaufen. „Doch, doch. Wie läuft's bei dir, alles im Plan?"

„Wo du es gerade ansprichst, Schatz, ich muss zwei Tage länger bleiben. Fahre also erst Dienstag zurück." Wahrscheinlich, weil sie schwieg, schob er nach: „Dafür gibt's mehr Geld."

„Wir nagen nicht am Hungertuch, Robert. So oder so. Also am Dienstag bist du zurück in Berlin. Schön. Ich meine, schade, dass unser Treffen geplatzt ist. Trotzdem, wünsche dir viel Erfolg."

Nach dem Telefonat schüttelte Nora über sich den Kopf. Wie abgebrüht von ihr. Redete mit Robert, als wäre nichts geschehen! Zum Glück hatte er keine Glaskugel, die ihm zeigte, in welchem Bett sie letzte Nacht mit wem gelegen hatte.

Nora bemühte sich, ihre Gedanken auf Janine Ziegler zu lenken. Aber entgegen ihrer gestrigen Annahme, bei nüchternem Verstand quasi spielend leicht zu erkennen, was Tamaras Tochter verbarg, kam sie keinen Schritt weiter. Sie war zu müde. Und Robert, Daphne, Jakob, Tom und ihr vermisster Ohrring schwirrten ihr im Kopf herum und taten ein Übriges.

Es klopfte. Weil nach ihrem ‚herein' die Tür geschlossen blieb, fühlte Nora sich bemüßigt, selbst zu öffnen und stand unverhofft Ingrid Reuter gegenüber. „Guten Tag, Frau Hauptkommissarin. Bin ich froh, dass ich Sie auch am Sonntag antreffe", sagte die Mutter von Bernd.

Nora outet sich

„Womit kann ich helfen?" Nora bot Frau Reuter einen Platz an. Die setzte sich zögernd. „Ach, ich bleibe nur ein paar Minuten. Ich wollte mich für Norbert, meinen Ex-Mann, entschuldigen. Er ist von Natur aus Choleriker und regt sich immer so leicht auf. Sie dürfen das nicht missverstehen, Frau Graf, bitte." Mit dunklerer Stimme sprach sie weiter: „Bernds Todestag ist etwas über einen Monat her. Wir besuchten sein Grab gemeinsam. Das war trotz der vielen Jahre, die vergangen sind, belastend. Und als wir vom Tod der Veronika Rot hörten, war es für uns, als wäre Bernd gerade gestorben. Ihr Besuch hat ein Übriges getan."

„Tut mir leid. Machen Sie sich wegen Ihres Ex-Mannes keine Sorgen, Frau Reuter", beruhigte Nora sie, „ein Kind zu verlieren, ist bestimmt das Schrecklichste, was Eltern passieren kann. Ich bin die Letzte, die dafür kein Verständnis hätte. Möchten Sie etwas trinken? Wasser oder Kaffee?"

Ingrid Reuter lehnte ab und schaute sich in Noras Büro um. „Ziemlich ruhig bei Ihnen", bemerkte sie, „ich dachte, bei der Kripo ist es hektischer. Ein ewiges Gehetze und Geschreie und mehr Technik, viel mehr Computer."

„Mein Büro ist noch provisorisch. Ich bin erst seit ein paar Tagen bei der Schweriner Kripo. Und heute ist ja auch Sonntag."

„Sie sind von auswärts?"

„Hier geboren, woanders gelebt und zurückgekehrt", fasste Nora knapp zusammen.

„Ja, Schwerin lässt einen nicht los. Als Bernd starb, haben wir überlegt wegzuziehen. Woanders völlig neu anfangen. Aber das war Alexander nicht zuzumuten. Er fehlte oft und lange in der Schule und brauchte seine Klassenkameraden. Für seinen Vater wäre ein Ortswechsel das Beste gewesen, denke ich manchmal." Und in vertraulichem Ton: „Norbert gab keine Ruhe, wollte unbedingt Schuldige finden. Er konnte nicht akzeptieren, dass Bernd wegen des Herzfehlers starb. Jemand *musste* schuld sein, verstehen Sie? Wenn's geht, alle zusammen. Die Lehrerin und die Rettungsschwimmer."

Nora unterbrach sie: „Kennen Sie die Namen der Rettungsschwimmer?"

„Nein, es waren zwei junge Kerle. Norbert weiß bestimmt was drüber. Er hat genauestens recherchiert, was in Zippendorf geschah, und ist ständig zur Schule. Bis man ihm Hausverbot erteilt hat."

„Ach! Was wollte Ihr Ex denn in der Schule erreichen?"

Ingrid Reuter seufzte auf. „Dieses Gespräch muss unter uns bleiben, bitte. Ich glaube, Norbert wollte, dass diese Rot aus dem Schuldienst entlassen wird. Als ob Bernd dadurch wieder lebendig geworden wäre. Die Rettungsschwimmer sollten nach dem Willen meines Ex-Mannes bestraft werden, die beiden Mädchen auch. Die Tamara hat in der Schule und später viel durchmachen müssen. Die andere war ja weg."

Nora spürte auf einmal einen ziemlich dicken Kloß im Hals. „Das war sicher alles sehr schwer für Sie, Frau Reuter", brachte sie raus. „Wissen Sie Genaueres über Tamara?"

„Ich habe den Kontakt zu ihr verloren. Sie war ein nettes Mädchen", erzählte Ingrid Reuter, „voller Energie und mit kräftigem rotem Haar. Sie hat Alexander sehr bei seinen Schulaufgaben geholfen. Wegen seiner OP hat er eine Menge Stoff verpasst. Leider musste er dann trotzdem ein Schuljahr wiederholen. Tamara wurde von der Rot drangsaliert, glaube ich. Und die Wende 89 hat sie aus der Bahn geworfen. Irgendwas war mit ihrer Tochter." Ingrid Reuter versuchte sich an einem Lächeln, das ihr nur halb gelang. „Was rede ich - das ist alles Vergangenheit. Man muss nach vorn schauen, immer nach vorn."

„Im Prinzip schon. Mich würde aber interessieren, was Sie eben andeuten wollten. Was war konkret mit der Tochter von Tamara? Können Sie sich erinnern?"

Frau Reuter schüttelte den Kopf. „Nur dunkel. Ich will auch keine Gerüchte in die Welt setzen. Vielleicht sollte die Tochter in ein Heim? Nein, keine Erinnerung. Sie müssen Tamara selbst fragen."

„Das werden wir. Gut, dass Sie gekommen sind." Nora gab sich einen Ruck. „Frau Reuter, ich bin Nora, die andere, die damals weg ist, nach Berlin. Ich war Tamaras Freundin." Nora sah Ingrid Reuter direkt in die Augen, auf alles gefasst. Frau Reuters Mimik blieb einige Sekunden lang starr, dann malte sich Erstaunen auf ihrem Gesicht. „*Die* Nora von damals? Sie? Bernds Freundin?"

Freundin von Bernd war ja wohl stark übertrieben. „Wir waren Klassenkameraden, mehr eigentlich nicht."

„Sie waren jedenfalls sein Schwarm. Jedes zweite Wort von Bernd damals war Nora. Nora hat dies gesagt, Nora hat jenes getan ... und *Sie* sind es. Dass ich das erlebe!"

„Moment, bitte. Bernd war ...?"

„Er war in Sie verliebt. Sein Geheimnis. Sie waren seine erste große Liebe. Na ja, von seiner Seite. Er hat sich nie getraut, es Ihnen zu sagen."

„Ja, aber ich, ich", stotterte Nora, „Tamara und ich, wir haben uns damals in Zippendorf sehr dumm verhalten. Wir waren im Wasser, wir haben ..." Ihr Telefon klingelte. Ein Kollege rief sie zur Besprechung. „Ich komme später", sagte Nora und legte auf. Sie wollte diese Beichte zu Ende bringen. „Um ehrlich zu sein, ich habe mir lange Zeit eine Mitschuld am Tod von Bernd gegeben. Erst von Ihnen habe ich von seinem Herzfehler erfahren, und es ist mir eine Last von der Seele gefallen. Trotzdem: Wenn wir beim Baden nicht blödsinniger Weise Ertrinken ge-spielt hätten ..."

„Nein, nein, reden Sie sich nichts ein, bitte. Sie waren damals ein achtjähriges Kind. Komplett schuldunfähig, so heißt das doch?" Sie hielt inne und schien zu überlegen, ob sie das, was ihr durch den Kopf ging, sagen sollte. Dann fuhr sie fort: „Wenn ich eine mögliche Mitschuld überhaupt in Betracht ziehen würde, wie mein Ex es tut, sehe ich die höchstens bei der Lehrerin und dieser Mutter."

„Welche Mutter?"

„Es musste ja eine zweite Aufsichtsperson beim Baden mit sein. Das war die Mutter eines Mitschülers. Sie holte für die Kinder Eis, als es passierte. Erinnern Sie sich an sie? Ich weiß nicht, ob das mit dem Eisholen in Ordnung war. Diese Vorschriften sind mir im Einzelnen unbekannt."

„Wissen Sie den Namen?"

„Nein, Norbert bestimmt." Ihre Stirn verdüsterte sich. „Aber besser, Sie stochern da nicht rum. Er regt sich nur auf. Gut, dass Sie gestern für sich behielten, wer Sie sind. Also, *die* Nora von damals. Und wenn es möglich ist, belassen Sie es dabei. Sonst, der Norbert ..." Irgendwie hielt sie ihre Stimme in der Schwebe.

„Es würde ihn zu sehr aufregen", ergänzte Nora den Satz. Frau Reuter nickte ernsthaft, und Nora drängte sich gleichzeitig eine Frage auf. Vorsichtig begann sie: „Frau Reuter, Ihr Ex-Mann verliert schnell die Fassung. Ich habe ihn ja selbst erlebt. Nehmen Sie es mir nicht übel, bitte. Aber halten Sie es für möglich, dass er der Lehrerin gegenüber handgreiflich geworden sein könnte und dabei ein Unglück geschah?" Ingrid Reuter reagierte wiederum anders, als Nora vermutet hätte. Sie machte eine wegwerfende Geste. „Nein, nein. Nobert hat zwar kein Alibi für den Sonntag, aber ich kenne ihn sehr gut. Glauben Sie mir, er ist völlig harmlos. Der und handgreiflich werden, lächerlich! Er kauft sich jeden Morgen eine Zeitung, nur damit er sich über irgendetwas ärgern kann. Das reicht ihm dann aber auch."

Sie nahm ihre Handtasche auf den Schoß als Zeichen, dass sie aufbrechen wollte. „Etwas anderes beschäftigt mich noch. Weil Sie sich gestern nach Alexander erkundigten und nach dem Toten in der Wohnung, wo er nach Feierabend werkelte. Kriegt Alexander deswegen Schwierigkeiten? Aufregung schadet ihm nämlich genauso sehr wie seinem Vater."

Motivsuche

Nora schlich sich in den Besprechungsraum. Diesmal waren wieder beide Gruppen der SOKO anwesend. Holger Klein berichtete, was sein Team seit Freitag über Tamara Franke recherchiert hatte. Anfang 1990 warf sie ihren Job als Krankenschwester hin, lebte danach von Sozialhilfe und wurde mehrmals mit Drogen erwischt. In dieser Zeit wurde sie schwanger und verschwieg den Namen des Vaters, auch nach der Geburt. Sie wollte das Kind für sich allein haben. Erst Jahre später hätte sie verstanden, dass Janine ihren Vater brauchte, offenbarte Torsten Mann seine Vaterschaft und ermöglichte ihm den Umgang mit seiner Tochter. Zu Veronika Mann hätte Frau Franke seit Ende der Schulzeit keinen persönlichen Kontakt mehr gehabt. Beide Frauen wären sich sehr bewusst aus dem Weg gegangen.

Auf ihre Beziehung zum Handwerker Alexander Reuter angesprochen, sagte die Franke aus, ihn vor Monaten zufällig irgendwo in der Stadt getroffen zu haben, und mehr als ,woher und wohin' hätten sie nicht geredet. Ihrer Tochter Janine war der Name ,Alexander Reuter' völlig unbekannt.

Zum Reuter selbst hatte Holger Klein kaum was Neues. Der Fliesenleger war ein geschätzter und zuverlässiger Handwerker, er habe keine eigene Familie, keine Freundin; seine freie Zeit verbringe er mit Schwarzarbeit, auch mal mit Kumpels und Computerspielen.

Janine Zieglers Leben verlief gradlinig. Nach dem Schulabschluss absolvierte sie eine Lehre in der Verwaltung und arbeitete danach in einem städtischen Versorgungsbetrieb. Sie hatte Marcel nach relativ kurzer Bekanntschaft geheiratet, die Ehe war nach Aussagen von Freundinnen und Arbeitskollegen harmonisch, und beide freuten sich über die Geburt ihrer Tochter Ella. Deren Krankheit war ein schwerer Schlag, hätte die Eltern aber enger zusammengeschweißt. Seit dem Tod ihres Ehemannes war Janine krankgeschrieben.

Holger machte eine Pause, damit Nachfragen gestellt werden konnten. Nora nutzte die Gelegenheit als Erste: „Die Ehe der Zieglers war nach dem, was ich gestern von Doktor Peters gehört habe, alles andere als harmonisch. Er ließ sich sogar zu der Behauptung hinreißen, Janine wäre es ohne ihren Mann unter Umständen besser ergangen. Wie soll man das verstehen?"

„Das ist doch eine Einzelmeinung. Der Arzt kennt diese Familie nur oberflächlich", erwiderte Holger.

„Möglich, und was ist mit Janines Zusammenbruch bei ihm?", hielt Nora dagegen, „was ist mit ihrer Panik, als es um die Vaterschaft von Ella ging? Warum bestritt sie so vehement, dass Marcel der leibliche Vater ist? Als ich sie gestern dazu befragte, behauptete sie das Gegenteil. Marcel sei der leibliche Vater von Ella und basta. Ihr Verhalten finde ich mehr als merkwürdig."

Holger räusperte sich. „Habe im Umkreis von Frau Ziegler niemanden auftreiben können, der Zweifel an Marcels Vaterschaft hat. Auch die beste Freundin Janines hat die nicht. Selbst wenn alle anderen lügen, die Freundin sollte die Wahrheit wissen, oder?"

Hansen ordnete an, Janine Ziegler und ihre Freundin einzubestellen, um beide erneut getrennt zu befragen. Außerdem wollte er einen Vaterschaftstest veranlassen, damit ein für alle Mal geklärt sei, wer der Vater von Ella war. „Sonst noch was?", wandte er sich an Holger.

„Ja, das Tatmotiv für den Mord am Ziegler. Im beruflichen Umfeld des Opfers konnten wir keinen realen Ansatzpunkt für ein Motiv finden. Ich denke, wir müssen die engere Familie stärker in Betracht ziehen. Als der Mord geschah, waren seine Eltern auf einer Kreuzfahrt in der Ostsee, und Geschwister gibt es keine. Die Ehefrau Janine und ihre Mutter Tamara liefern sich gegenseitig ein Alibi; beide wären bei Janine zu Hause gewesen. Selbst wenn dieses Alibi getürkt ist, bleibt Fakt, dass Janine zur Tatzeit von einem Nachbarn im Haus gesehen wurde. Zudem wissen wir definitiv, dass die eheliche Wohnung als Tatort auszuschließen ist. Unabhängig davon, wer Marcel Ziegler getötet hat, er muss höchstwahrscheinlich einen Komplizen oder eine Komplizin gehabt haben. Allein konnte wohl niemand den schwergewichtigen Ziegler in eine andere Wohnung schaffen. Das Auto, das zum Transport der Leiche benötigt wurde, suchen wir immer noch."

Nora bemerkte, dass die ältere Kollegin mit der ungewöhnlich tiefen Stimme, deren Name ihr immer entfiel, sie eingehend fixierte. Will die mir gleich irgendwas um die Ohren hauen, fragte sich Nora. Hansens Vorhaltung, dass keiner der Kollegen hinter oder neben ihr stand, wurmte Nora noch. Doch die ‚Frau mit dem Bass‘, wie Nora sie bei sich nannte, hatte ein anderes Anliegen. „Wir sollten die Tat rekonstruieren, um zu prüfen, ob sie notwendig von zwei Personen begangen worden sein muss", sagte sie und nickte Nora fast unmerklich zu.

„Und Alexander Reuter bei uns vernehmen", folgte prompt ein zweiter Vorschlag, „der Fliesenleger weiß mehr, als er zugibt."

Hansen griff die Vorschläge auf. Holger Kleins Truppe wurden beide Aufgaben übertragen; die Tatrekonstruktion sollte am Nachmittag stattfinden.

„Zur Familie von Marcel Ziegler im weiteren Sinne gehört auch Torsten Mann", ergänzte Nora, „Marcel Ziegler war der Mann seiner Tochter, also irgendwie sein Schwiegersohn. Wenn wir also eine Beziehungstat unterstellen, müssen wir auch ihn im Fokus behalten. Wie für den Sonntag, als seine Frau starb, hat Torsten Mann für den Freitag wieder nur ein Alibi von seiner neuen Freundin Henriette Waldorf."

„Torsten Mann hatte in der Tatnacht Ziegler noch einen Telefonkontakt", fiel Holger ein, „übrigens mit Ihrer Freundin Tamara Franke, Frau Graf."

Nora war sauer. Wieso posaunte der ihre Verbindung zu Tamara aus? Hansen widersprach Holger heftig. „Ich verbitte mir jede unsachliche Bemerkung! Das gilt für alle, auch für Sie, Herr Klein. Frau Franke ist keine *Freundin* von Frau Graf. Ihre lose Bekanntschaft liegt Jahrzehnte zurück und ist für unsere Arbeit absolut unerheblich!"

Holger schaute ob des Anpfiffes vom Chef betreten in die Runde. Beinahe tat er Nora leid. Er hatte ja keine Ahnung, dass Hansen sich allein wegen ihres Jack-Deals vor sie stellte.

Auf das Telefongespräch zwischen Torsten Mann und Tamara kam niemand mehr zu sprechen, weil Hansen zum Fall Veronika Mann überging.

Nachfragen zu den Jungs vom Pfaffenteich schmetterte Hansen mit dem Hinweis ab, sich vor allem auf den Witwer mit seiner Geliebten Henriette Waldorf konzentrieren zu wollen. Deren Partnerberatung liefe mehr schlecht als recht; ihr käme also eine Finanzspritze überaus gelegen, die ihr Torsten Mann aus dem Erbe seiner Frau leicht geben könnte. Ob Frau Waldorf eventuell schwanger sei, müsse ermittelt werden. Das könnte diese Spur noch heißer machen.

Schwanger von einem verheirateten Mann und fast pleite – ein guter Mix für ein Tatmotiv, dachte Nora.

Allmählich breitete sich in der Runde eine gewisse Lethargie aus. Einige schauten übertrieben häufig auf ihre Uhren; dabei war es erst später Vormittag. Auch Nora unterdrückte ein Gähnen. Hansen hatte ein Einsehen mit der müden Truppe. Er verschob die Befragung von Janine Ziegler und ihrer Freundin auf Montagmorgen und hatte diesmal auch eine Begründung für seinen Sinneswandel: er wollte das Ergebnis des Vaterschaftstests abwarten. Wer für die Rekonstruktion entbehrlich war, könne nach Hause gehen.

„Soll der Reuter auch erst morgen kommen?", fragte Holger nach.

„Den fertigen Sie heute ab", entschied Hansen.

Ein Dummy spielt Leiche

Holger Klein rannte mit in den Hosentaschen vergrabenen Händen in Noras Büro hin und her. Nora ahnte, warum er so in Brass war. Sie war der Anlass gewesen, dass er eben vor den Kollegen einen Rüffel von Hansen kassiert hatte. Trotzdem fragte sie ihn möglichst arglos nach dem Grund seiner Aufgeregtheit. Holger blieb stehen, zog seine Schultern hoch und suchte mit Nora Augenkontakt. „Immer noch keine Lust auf meinen Posten?"

Nora lachte los. „Warum sollte ich? War doch ordentlich vorhin. Aber auch ich möchte meinen Job behalten und ihn nicht wegen dieser Kinderfreundschaft verlieren. Das ist alles."

Seine Augen saugten sich an Nora fest. „Tamara Franke ist nun mal im Kreis der potenziell Verdächtigen. Das ist Fakt!"

„Wie Sie meinen. Aber konstruieren Sie keine Befangenheit, wo keine ist."

„Komisch, dass Hansen auf Ihrer Seite ist. Und ich frage mich, ob da was dahinter steckt, was ich wissen sollte?"

„I wo! Herr Klein, ich bin seit Montag im Team, also gerade mal eine Woche. Glauben Sie mir, ich habe andere Sorgen, als Ihnen den Job abzujagen."

„Und das wären?"

„Ich muss mein ganzes Leben neu ordnen. Das reicht mir."

Das schien ihn von ihrer Harmlosigkeit zu überzeugen. Er baute sich vor ihr auf und sprach jedes Wort überdeutlich aus. „Wozu rede ich mit dem Reuter jetzt noch mal?"

Nora überkam urplötzlich ein Muttergefühl für diesen Mittdreißiger. Dabei war das vom Alter her natürlich ein Ding der Unmöglichkeit. Sie zwang sich ein bisschen zu einem offiziellen Tonfall. „Herr Klein, ich arbeite überaus gern mit Ihnen zusammen, doch Ihren Job müssen Sie schon selber machen." Sie dachte an das leichtfertige Versprechen, das sie Ingrid Reuter gegeben hatte: Wenn ihr Sohn Alexander noch einmal vernommen würde, dann geschähe das aus reiner Routine. Hoffentlich erwies sich das als wahr.

„Das mit dem Reuter ist eine Schwachsinns-Idee", nörgelte Holger, als wäre Nora dafür verantwortlich, „ich habe mich noch mal ausführlich mit ihm beschäftigt. Keinerlei Hinweise auf irgendwas. Er ist absolut unverdächtig."

„War mal was zwischen Reuter und Tamara Franke?"

„Die ist doch viel zu alt für ihn!"

„Die beiden sind gleichaltrig", meinte Nora.

„Na eben."

Nora seufzte innerlich auf. Sie wollte allein sein. Ihr fielen vor Müdigkeit fast die Augen zu, und Holger Klein musste das nicht unbedingt mitbekommen. Erneut lief er vor Noras Schreibtisch unruhig auf und ab. „Dann muss ich noch die Rekonstruktion organisieren und überhaupt."

„Delegieren Sie einige Aufgaben", schlug Nora vor.

„An Sie etwa?"

„Habe leider gleich einen Termin", log sie.

„Sie sind mir vielleicht eine Hilfe!" Er wollte aus dem Zimmer stürmen.

„Ach, Kollege. Einen Tipp hätte ich. Gehen Sie mit Alexander Reuter behutsam um, er hat ein schwaches Herz."

Holger knallte die Tür von außen zu.

Gott sei Dank, endlich Ruhe. Nora überlegte, sich ein paar Stunden Schlaf zu gönnen. Die Rekonstruktion fand erst am Nachmittag statt, bis dahin wäre sie wieder fit. Wenn Hansen sie vermissen würde, könnte sie sich auf den zugesicherten Handlungsspielraum berufen.

Nora war einen Moment unaufmerksam und überhörte, wie Tom reinkam. Ihr Herz machte bei seinem Anblick einen kleinen Hüpfer. Da hatte sie ihn für eine Minute vergessen, und prompt tauchte er auf.

„Moin, moin", grüßte Tom freundlich, „wie geht es dir, Nora?"

„Guten Tag. Alles im grünen Bereich, ich wollte nur gerade weg, weißt du." Sie war etwas verwirrt. Wie sollte sie sich verhalten? Immer cool bleiben, Mom, würde Daphne sagen. Doch wie blieb man mit einem schlechten Gewissen cool? Tom hatte offensichtlich keine Probleme mit letzter Nacht und schien auch halbwegs ausgeschlafen. Jedenfalls sah er unverschämt ent-spannt aus.

„Wieso bist du auf Arbeit?", fragte Nora, „du hast doch frei."

„Die Welt ist im Großen wie im Kleinen ungerecht. Ich könnte faulen-zen, und du musst arbeiten. Um mit dir in einem Boot zu sitzen, wollte ich zur Abwechslung auch mal sonntags mein Hirn anstrengen." Er grinste sie verschwörerisch an. „Soweit es sich anstrengen lässt. Sehen wir uns heute Abend?", fragte er unvermittelt.

„Nein, ich habe Besuch von meiner Tochter."

„Verstehe. Wie wär's mit einem gemeinsamen Mittagessen?"

„Keine Zeit, tut mir leid."

„Und morgen?"

Nora schüttelte den Kopf. Wieso brachte sie es nicht übers Herz und sagte ihm klipp und klar, dass sie keine Wiederholung wollte? Ja, die eine Nacht war schön gewesen, aber sie war eine Ausnahme. Im Betrügen wollte Nora keine Routine erwerben. „Es wird keine Wiederholung von letzter Nacht geben, Tom."

„Was ist los?" Er war sichtlich enttäuscht.

„Seien wir ehrlich, das mit uns ist bloß passiert, weil wir beide angetrunken waren."

„Ich war *nicht* angetrunken!" Tom sprang wütend auf und stürmte zum Fenster. Nora starrte auf seinen Rücken und fühlte sich von ihm angezogen. Sie erinnerte sich an die Tattoos auf seiner Schulter ... seine starken Arme, sein gebräunter Körper ... der leidenschaftliche Sex mit ihm ...

„Nora, denkst du im Ernst, ich hopse quer durch alle Betten, wie es sich ergibt? Dann hast du dich gewaltig in mir getäuscht."

„Ich wollte dich nicht kränken, Tom. Ist dir zufällig ein Ohrstecker von mir in die Hände gefallen?"

„Wo?"

„Wo schon."

„Na dann, keine Angst, der wird sich finden. Wann können wir uns sehen?"

Er wollte tatsächlich eine Fortsetzung, das überraschte sie. „Eine Affäre zwischen Arbeitskollegen ist so ziemlich das Dusseligste, was passieren kann, weißt du doch selbst."

„Wir sind keine Kollegen. Jedenfalls keine engen. Wir hatten einen einzigen kompletten gemeinsamen Arbeitstag."

„Wir laufen uns ständig über den Weg."

„Deine Ausreden kannst du dir sparen. Warum behandelst du mich auf einmal wie einen Fremden?"

„Quatsch. Ich will aber meinem Mann auch morgen noch in die Augen sehen können. Ich will ihn nicht anlügen, verstehst du? Du wusstest von Anfang an, dass ich verheiratet bin."

Tom setzte sich und schlug einen lockeren Ton an. „Entspann dich, Nora. Ich will dir ja keinen Heiratsantrag machen."

„Nein, wir wollen nur spieln und ein bisschen Sex miteinander haben."

„Ein *bisschen* ist gut."

Nora zuckte hilflos mit den Schultern. „Ich bin verwirrt und ratlos, Tom. Meine Tochter ist mit ihrem Freund zu Besuch, sie haben ein Zimmer in meiner Pension. Falls ich Zeit habe, möchte ich sie mit den beiden verbringen. Außerdem brauche ich Schlaf. Und ich muss heute unbedingt wenigstens *einen* vernünftigen Gedanken zum Fall entwickeln. Wie steht's bei dir? Haben deine freiwilligen Überstunden schon Früchte getragen?"

„Möglich", deutete er an, „jedenfalls habe ich eine Idee."

„Sag!"

„Großes Geheimnis. Allein der Erfolg zählt. Soll ich dich irgendwohin fahren?"

„Nein, danke. Verrate mir lieber mal, warum du selbst bei Regen eine Sonnenbrille mit dir rumschleppst und auch trägst. Hast du Probleme mit deinen Augen?"

Er spielte den Beleidigten. „Für meine Augen interessierst du dich. Immerhin! Man muss nehmen, was man kriegt."

Stunden später und einigermaßen ausgeruht, beobachtete Nora vor dem Haus in der Lübecker Straße, wie sich eine Kollegin in ihrem Alter an einem Dummy mit Größe und Gewicht von Marcel Ziegler - 1, 85 Meter und 91 Kilo - abrackerte. Die Beamtin schaffte es mit Mühe, die Puppe aus einem Auto zu hieven und bis zur Haustür zu schleifen. Die halbe Treppe von der Haustür zur Wohnung erwies sich bereits als unüberwindbar. Der Versuch wurde durch einen kräftigen Kollegen wiederholt. Auch er konnte den Dummy allein kaum transportieren. Den Anblick, wie er versuchte, die schwere und unhandliche Puppe ohne Hilfe in der Ausbuchtung unter dem Küchenfenster zu verstecken, ersparte Nora sich. Sie ging hinaus und wartete auf Holger Klein. Es war offensichtlich geworden: eine Frau als Täterin musste unbedingt einen Komplizen gehabt haben, ein Mann vermutlich auch. War vielleicht klüger, nach einem Paar zu suchen, das gemeinsame Gründe für die Ermordung Marcel Zieglers hatte.

Holger Klein gesellte sich wenige Minuten später zu Nora. „Na", sagte er zufrieden, „geschafft, und nun ab in den Feierabend."

„Sie haben richtig gelegen. Es waren zwei Täter nötig, um die Leiche schnell und möglichst ohne Beobachtung durch Zeugen in die Wohnung zu bringen", sagte sie.

„War kein großes Ding." Er redete weiter. „Zwei Täter, das würde auch dem Obduktionsbericht entsprechen. Der Ziegler wird betäubt – von einer Frau. Der Klassiker schlechthin. Folgt der halbherzige Versuch, ihn mit einem Strick zu erdrosseln. Wahrscheinlich kam der Ziegler wieder zu Bewusstsein, und es gab einen Kampf. Irgendwie wurde er überwältigt und mit seinem Ledergürtel getötet, sehr zielgerichtet – spricht für einen Mann als Komplizen. Wir suchen ein Mörderpaar, was die Sache komplizieren oder vereinfachen könnte."

„Aber solange wir kein Motiv haben, können wir niemand der Tat verdächtigen", schaltete sich Nora ein, „oder schon jemand im Visier?"

„Frau Graf, ich weiß nur jemand, den wir definitiv ausschließen können: Alexander Reuter. Habe vorhin zum x-ten Mal nachgefasst. Es bleibt dabei, er hat ein Alibi, oder es lügen fünf Männer für ihn. Seine Herzoperation vor wenigen Monaten erwähnten Sie. Tamara Franke hat ihn im Krankenhaus mehrmals besucht. Das hat sie verschwiegen. Pardon, dass ich es erwähnen muss, aber Ihre Kindheitsfreundin, die ja keine ist, hat in diesem Punkt gelogen."

„Bin ich etwa ihre Mutter", entgegnete Nora.

„Haben Sie die gesprochen?"

„Die Mutter von Tamara?"

„Blödsinn, diese Tamara."

„Warum sollte ich. Würde auch niemals wagen, Ihre Ermittlungen zu stören."

Holger zierte sich etwas. „Na ja, Freundin hin oder her. Wir müssen das alles ja nicht so eng sehen. Falls es sich ergeben sollte, reden Sie mit der."

„Okay. In dem Fall werde ich Tamara Franke selbstverständlich auf die Krankenhausbesuche ansprechen. Ich hatte übrigens heute Vormittag Besuch von Frau Reuter. Sie erzählte, dass Tamaras Tochter eventuell im Heim war. Wissen Sie was dazu?"

„Nein, ist mir neu. Das hätte Frau Franke dann auch verschwiegen."

„Oder sie hat es einfach vergessen. Wir sollten da nachhaken, Kollege."

„Sie meinen, *ich* sollte nachhaken. Passiert morgen. Irgendwann muss ich mich auch um meine Kinder kümmern."

„Hat keiner was dagegen. Noch was zum Reuter?"

„Sein Verhältnis zum Vater, dem Norbert Koch", ergänzte Holger. „Dessen aufbrausender Charakter ging dem Reuter immer schon auf die Nerven. Ewig hat er an den Tod von Bernd erinnert und ihn dem Reuter als Vorbild vorgehalten. Die Ehe der Eltern war alles andere als glücklich, und nach dem bedauerlichen Tod des einen Zwillings wurde es noch schlechter. Schlussendlich Scheidung. Für den Reuter ist es absolut unvorstellbar, dass sein Vater sich zu einem Mord hinreißen lässt."

„Da bin ich seiner Meinung. Das war's?", fragte Nora.

„Wenn Sie wollen, können Sie gehen. Ich räume mit den anderen noch die Wohnung auf."

Nora schenkte ihm einen dankbaren Blick und trat auf die Straße hinaus.

Pflegschaft

Ihr Auto war zugeparkt von Einsatzfahrzeugen. Deshalb lief Nora zu Fuß ein paar Schritte die Lübecker Straße hinunter. Die frische Luft half gegen die Müdigkeit. Nora erinnerte sich, dass Rita Meyfarth in der Nähe am Platz der Freiheit wohnte. Die arbeitete beim Jugendamt und könnte wissen, was mit Janine Ziegler als Kind geschah. Warum auf Holger Klein warten, bis der Zeit fand, sich zu kümmern. Und Hansen wäre sowieso mit allem einverstanden, was sie unternahm. Sie könnte ihm auch vorschlagen, zum Nordpol zu fahren. Solange sie sich an den Jack-Deal hielt, hatte sie eine Art Freibrief.

Rita Meyfarth warf der Kommissarin zur Begrüßung an der Wohnungstür den Satz an den Kopf: „Ich habe über nichts gelogen!'

„Habe ich Sie derart erschreckt?", entgegnete Nora lächelnd.

„Bei Ihnen muss man vorsichtig sein." Rita ließ den unwillkommenen Gast in ihre Wohnung. Der Fernseher lief, eine Übertragung von den Olympischen Spielen: Dressur.

„Interessiert Sie Reitsport?", fragte Nora.

„Eigentlich kaum. Ich hoffe, dass endlich mal jemand von uns eine Medaille gewinnt. Haben Sie den Mörder von Vroni, oder was wollen Sie von mir?"

Die war aber schlecht drauf. Nora beschloss, ihr weiterhin eine freundliche Miene zu zeigen; vielleicht half es. „Wir ermitteln noch. Ich hoffe, Sie können mir ein paar Fragen beantworten."

Rita Meyfarth schaltete den Fernseher auf stumm und bot der Kommissarin einen Platz an. Nora rückte ihren Stuhl so, dass sie den Blick aufs Gerät versperrte.

„Na, dann mal los", sagte Rita forsch, „worum geht's genau?"

„Sie arbeiten doch seit der Wende beim Jugendamt, Frau Meyfarth. Hatten Sie Anfang der 90er Jahre dienstlich mit einer Tamara Franke und deren Tochter Janine zu tun?"

Rita wurde leicht rot und plusterte ihre Wangen auf.

Richtig geraten, dachte Nora, und warnte vorab: „Und ich will die Wahrheit hören, nichts als die Wahrheit."

„Über diese Janine? Was soll ich denn von der wissen?"

„War Janine irgendwann in einem Heim?"

„Keine Ahnung", behauptete Rita, „kann mir doch nicht jeden einzelnen Fall merken. Können Sie das?"

„Wenn es jemandem aus meinem privaten oder Freundeskreis beträfe, könnte ich das schon. Tamara Franke war eine Schülerin Ihrer langjährigen Freundin Veronika Mann." Und in harschem Ton: „Ich höre, Frau Meyfarth!"

Rita schüttelte ihren fülligen Körper einmal durch, als säße sie auf einer schwankenden Couch. Sie beruhigte sich. „Also gut. Kein Heim, Janine kam in eine Pflegefamilie. Diese Tamara wurde nach der Wende mehrmals mit Drogen erwischt. Sie hatte ständig wechselnde Männerbekanntschaften, war arbeitslos, und niemand wusste, wovon sie eigentlich lebte. Es wäre unverantwortlich gewesen, ein kleines Kind unter diesen chaotischen Umständen aufwachsen zu lassen. Als Janine zwei war, wurde sie in einer Pflegefamilie untergebracht, sehr liebe Leute. Damit war alles in Ordnung. Es geschah zum Wohl des Kindes, und das ist ja die Hauptsache."

„Wer hat darüber entschieden?"

Rita schwieg.

„Frau Meyfarth, ringen Sie sich einfach zur Wahrheit durch. Ich kann mir morgen auch die Akten besorgen."

„Die sind weg", fiel Rita ihr flüsternd ins Wort.

„Wer hat das veranlasst?"

Rita schwieg.

„Sie haben die Akten beseitigt? So! Sie haben die Wahl, Frau Meyfarth. Entweder Sie beantworten umgehend und wahrheitsgemäß meine Fragen, und Sie haben die Chance, davon zu kommen, oder ich informiere Ihre Vorgesetzten. Wollen Sie reden?"

Rita nickte.

„Antworten Sie möglichst mit ja oder nein. Wollte Veronika Mann, dass sich das Jugendamt um die Tochter von Tamara Franke kümmert?"

„Ja."

„Und Veronika Mann lieferte die Begründung dafür?"

„Ja."

„Drogen und Männer?"

„Ja."

„Das reichte, um Tamara die Tochter wegzunehmen?"

Rita zuckte die Schultern.

„Wäre das auch ohne Veronikas Zutun passiert?"

„Nein."

„Was war die Gegenleistung?"

„Nichts."

„Warum haben Sie dann gemacht, was Veronika wollte?"

Rita schwieg.

„Reden Sie!"

„Hier passt kein ja oder nein."

„Frau Meyfarth, bitte."

„Vroni war meine Freundin, und ich wollte ihr helfen. Torsten wollte sich scheiden lassen, weil sie keine Kinder kriegen konnte. Und Vroni hatte Tamara auf dem Kieker. Keine Ahnung mehr, warum, aber Vroni hat die gehasst. Dass die Franke schwanger wurde, war für Vroni ein großes Unglück. Bei Vroni klappte es ja nicht mit der Schwangerschaft. Es wurde alles noch schlimmer, als das Kind geboren war. Über ein Jahr lag Veronika mir in den Ohren, dass ich was unternehmen soll. Und das mit den Drogen war ja auch so. Es war alles ziemlich leicht. Die Zeiten waren chaotisch."

„Diese rachsüchtige Geschichte nur, weil Tamara Mutter wurde?"

„Mehr weiß ich nicht."

Nora war fassungslos. Veronika Mann hatte Tamara offenbar regelrecht verfolgt. Das stimmte mit der Aussage von Ingrid Reuter überein. Veronika hatte das Jugendamt auf Tamara gehetzt. Und Rita Meyfarth hatte mitgespielt.

„Wie lange blieb Janine in der Pflegefamilie?"

„Zwei Jahre, glaube ich. Höchstens."

„Was wusste Torsten Mann von der Pflegschaft?"

„Wieso der? Was hat der damit zu tun?"

„Er war der Vater von Janine."

„Ach, darauf wollen Sie hinaus. Aber damals, bei der Pflegschaft, hat Tamara immer behauptet, nicht zu wissen, wer der Vater sei. Stand auch so in der Geburtsurkunde: Vater unbekannt. Vroni erfuhr von der Vaterschaft ihres Mannes sehr viel später. Das war für sie ein Schock. Janine lebte da längst wieder bei ihrer Mutter."

Nora hatte genug gehört. „Konnten Sie eigentlich gut schlafen?", fragte sie.

Rita plusterte sich erneut auf. „Tamara bekam ihr Kind doch zurück! Ich habe verhindert, dass die Kleine von den Pflegeeltern adoptiert wurde, ja. Die wollten Janine nämlich unbedingt behalten. Vroni passte das, aber mir ging das zu weit."

„Sie befürchteten aufzufliegen. Das war wohl eher der Grund. Gab es irgendwann Konsequenzen?"

„Wieso sollte es. Ich habe nichts Unrechtes getan."

„Hören Sie auf. Ich finde Ihr Verhalten widerlich. Ein Kind der Mutter wegzunehmen aus purer Rachsucht. Sie sind doch auch Mutter. Hatten Sie kein Mitgefühl?"

„Tamara war eine Schlampe. Das war so. Trotzdem, vielleicht habe ich das Ganze etwas übertrieben, aber Vroni konnte sehr überzeugend sein."

„Ja, und als Dank betrügt Veronika Sie mit Ihrem Mann. Deshalb Ihr Wutanfall auf der Geburtstagsfeier?"

„Sie haben ja keine Ahnung, wie Vroni sein konnte. Im Nachhinein ist man immer klüger."

„Hat Tamara Franke mitbekommen, dass Veronika Mann hinter dieser Pflegschaft steckte?"

„Keine Ahnung."

„Noch eine Gedächtnislücke, Frau Meyfarth. Fällt Ihnen was zum Stichwort ‚Badeunfall in Zippendorf' im Zusammenhang mit Veronika Mann ein?"

„Nein, wieso?"

„Und der Name Bernd Koch, sagt der Ihnen was?"

„Nein."

„Wenn Sie davon nichts wissen, dann waren Sie keine Freundin von Veronika Mann." Diese Bemerkung entfuhr ihr als Retourkutsche, wegen der erneuten Verlogenheit der Zeugin.

Nora stand auf und sah auf Rita Meyfarths grauen Bubikopf hinab. Ein Anflug von Mitleid mit der Frau streifte sie. Mann weg, Kinder groß und auch weg, angebliche Freundin tot. Was blieb vom Leben? Tröge Jugendamtsarbeit und Fernsehen.

„Sind Sie noch krankgeschrieben?", erkundigte sich Nora.

„Ab morgen arbeite ich wieder."

„Ich finde allein raus", sagte Nora, weil Rita Meyfarth keine Anstalten machte, sie zur Tür zu bringen. „Übrigens, Torsten Mann hat eine Freundin, die über zwanzig Jahre jünger ist als er, und er plant eine gemeinsame Zukunft mit ihr, und das kleine Mädchen, das sie an seiner Hand fotografiert haben, das ist die Tochter von Janine, also quasi seine Enkelin."

Rita blickte trotzig zu ihr hoch. „Wieso erzählen Sie mir das?"

„Damit Sie ausnahmsweise mal wissen, was vor sich geht." Nora nickte der Frau zum Abschied zu.

Rita Meyfarth riss beide Arme hoch, haute sie mit aller Kraft auf ihre Couch und schrie: „Verschwinden Sie endlich! Hauen Sie ab!"

Abendessen

Am frühen Abend war Nora in der Pension. Sie griff sich den kleinen Holzelefanten, den Robert in ihr Gepäck geschmuggelt hatte, und legte sich so wie sie war aufs Bett. Unglaublich, wie Rita Meyfarth gehandelt hatte. Und sie brauchte keine Konsequenzen fürchten.

Nora seufzte. Eigentlich müsste sie Holger Klein und Hansen vom Ergebnis des Gesprächs mit Rita Meyfarth informieren. Schon allein, um Doppelarbeit zu vermeiden. Aber bis morgen wollte Holger ja sowieso alles ruhen lassen. Und Hansen hatte es nicht so mit der Vergangenheit. Der Badeunfall war für den ja auch abgehakt. Dabei hatte dieses Unglück möglicherweise mehr Auswirkungen auf das Leben der Beteiligten gehabt als bisher angenommen.

„Was meinst du denn", fragte Nora leise den Elefanten, doch er schwieg sie an.

Nora schloss die Augen und schlief auf der Stelle ein. Ein unbekanntes Geräusch schreckte sie auf. Mist, fluchte sie vor sich hin und sah, was sie geweckt hatte. Der Elefant war ihr aus der Hand auf den Boden geglitten, und dabei war ein winziges Teilchen von einem Stoßzahn abgesplittert. „Sorry, Kleiner", entschuldigte sich Nora und stellte ihn vorsichtig auf seinen Platz auf dem Nachtschränkchen.

Das Handy brummte. Daphne lud zum gemeinsamen Abendessen ein. Es wäre die letzte Gelegenheit, Jakob zu sehen, denn er müsse noch heute Nacht nach Berlin zurück. Wieso nur er? Wollte Daphne etwa länger bleiben und bei ihr im Zimmer übernachten? Und was verleitete Daphne zu der Annahme, sie wäre scharf drauf, ihren Jakob noch einmal zu treffen? Damit sie sich ein zweites Mal an einem Tag wie eine Idiotin vor ihm benehmen konnte?

Nora schrieb ihrer Tochter, sie müsse länger arbeiten und deshalb leider auf das gemeinsame Abendessen verzichten. Daphne solle Jakob Grüße übermitteln. Nora unterließ, sich nach Daphnes Plänen zu erkundigen. Wie sie ihre Tochter kannte, änderten die sich beinahe stündlich.

Kaum hatte Nora ihr Handy beiseitegelegt, spürte sie Hunger. Fast bereute sie ihre spontane Absage an Daphne, denn die Vorstellung, den Abend mit einer Stulle in der Hand vor dem Fernseher zu verbringen, war wenig verlockend.

Nora musste an Tom denken. Wie selbstbewusst der mit der Situation umging. Logischerweise hatte er als gutaussehender Single mehr Erfahrung mit Affären als sie. Gern hätte sie seine Stimme gehört. Sie könnte ihn anrufen und fragen, ob er ihren Ohrstecker gefunden hatte. Nein, blöde Idee, ihn damit an letzte Nacht zu erinnern. Nora wollte Tom aus ihren Gedanken verbannen und hatte einen Einfall, wie es gelingen konnte.

Eine Stunde später klingelte Nora bei Tamara Franke in der Severinstraße. Tamara war unfreundlich und versuchte, sie an der Wohnungstür mit dem Hinweis auf eine unaufgeräumte Wohnung abzuwimmeln. Nora fragte, ob sie essen gehen könnten. Darauf ließ Tamara sich ein. „Mein Lieblingsitaliener ist fast um die Ecke. Also, los."

„Wie geht's Janine?", fragte Nora unterwegs.

„Sie rappelt sich schon; braucht nur ein bisschen Zeit."

„Das hört sich hart an."

Tamara verzögerte ihren Schritt. „Was rätst du denn Angehörigen in solchen Situationen? Psychologische Hilfe in Anspruch nehmen?"

„Warum nicht", entgegnete Nora, „reden hilft manchen. Das muss man ausprobieren; es sind viele Wege möglich."

Tamara bog links ab; Nora las das Straßenschild ‚Lübecker Straße' und war über die Länge der Straße verwundert. Sie liefen etwa einhundert Meter geradeaus, durchquerten einen Eisenbahntunnel, und dann standen sie vor Tamaras ‚Italiener'. Das Lokal hieß „Brinkama's" und war gut besucht. An einer Wand eine langgezogene gepolsterte Bank mit kleinen Tischchen davor; Nora und Tamara setzten sich ans äußerste Ende einander gegenüber. Nora verzichtete auf ein gründliches Kartenstudium. Sie entschied sich schnell und bestellte ein Nudelgericht; Tamara nahm Pizza. Beide tranken Weißwein. Nachdem die Essensfrage geklärt war, breitete sich eine gewisse Verlegenheit zwischen ihnen aus.

Das Einzige, das Nora an Tamara vertraut war, waren ihre langen roten Haare. Eine Pracht, musste sie neidvoll feststellen. Überhaupt, Tamara war eine schöne Frau geworden und geblieben. Sie wusste, wie sie sich in Szene setzen konnte. Sie war kaum geschminkt, schlicht angezogen, enge Jeans und einen schwarzen kurzärmeligen Pulli. An ihrem Ringfinger prangte ein silberner Ring mit großem grünem Stein. Um ihren schlanken Hals eine passende Kette.

Tamara hob ihren Blick. „Beobachtest du mich?"

„Ich überlege, ob ich dich auf der Straße wiedererkannt hätte. Wäre nach so vielen Jahren schwierig, aber deine Haare hätten dich verraten."

„Wollen wir über meine Haare reden, Nora? Du willst doch was von mir. Du bist Kommissarin und kannst sicher nicht aus deiner Haut. Ist mir lieber, du redest mit mir als mit Janine. Die ist zu fertig. Bringen wir es hinter uns. Leg los."

„Du hast ein Tempo drauf. Lass uns erst was Warmes im Magen haben."

„Hier wird alles frisch zubereitet. Ein Weilchen werden wir wohl aufs Essen warten müssen. Die Zeit sollten wir nutzen. Was denkt ihr in der Mordkommission, wer könnte Marcel umgebracht haben?"

„Oh je, wenn wir das wüssten, hättest du es längst erfahren. Es müssen noch viele Spuren abgearbeitet werden."

„Ah ja? Und welche?"

Noras Handy klingelte. „Entschuldige, mein Vater. Ich geh mal ran, ja? Paps, was gibt's? Alles okay bei dir?"

„Ja, ja, Kind. Mir ist nur eingefallen, guck doch mal, was bei Uhle los ist."

„Bei wem soll was los sein? Uhle? Nie gehört."

„Uhle, Uhle", wiederholte ihr Vater eindringlich, „in einer der Engen Straßen. Frag mal jemanden oder sieh selber nach."

„Mach ich, Paps, hab grad keine Zeit, ich rufe morgen zurück, ja?" Sie wünschte ihrem Vater einen schönen Abend und beendete das Gespräch. Tamara hatte sich amüsiert. „Du kennst Uhle nicht mehr, Nora? Das sagt alles, du untreue Tomate und Berlinerin. An deinen Vater erinnere ich mich übrigens. Der war lustig, ah ja, und du hattest zwei kleine Brüder. Was treiben die?"

„Sind verheiratet, der ältere hat zwei Kinder, der jüngste noch keins. Ist alles einigermaßen paletti bei ihnen. Man sieht sich selten in Berlin. Und mein Vater kam mir nie lustig vor. Komisch, dass du das anders empfunden hast. Du kennst Uhle?"

„Ein stadtbekanntes Haus, ein teures Restaurant, leider seit Jahren geschlossen. Soll bald wieder öffnen. Deine Eltern werden dort manchmal gegessen haben, nehme ich an."

„Mein Vater hat nie über die Schweriner Zeit geredet. Meine Mutter ist seit langem tot. Hör mal, Tamara, warum ich dich auch treffen wollte. Ich möchte mich bei dir entschuldigen. Ich habe das Gefühl, ich hätte dich damals im Stich gelassen. Ich hätte mich wenigstens bei dir melden müssen. Tut mir leid", Nora stockte kurz, „ja, meine Feigheit."

Tamara schaute überrascht. „Mein Gott, hört sich an wie Beichte und Heiratsantrag in einem. Bin auch ohne dich zurechtgekommen."

„Klar, warst ja nie auf jemanden angewiesen. Trotzdem. Ich habe gehört, du hast ganz schön was abgekriegt damals. Unsere Lehrerin hat ihren Frust nach dem Unglück in Zippendorf hauptsächlich bei dir abgeladen."

„Von wem hast du das?"

„Ist doch wahr, oder?"

„Schwamm drüber. Die Rot war ein intrigantes Miststück. Nur auf den eigenen Vorteil bedacht. Wollte von ihrem Fehlverhalten bei Bernds Tod ablenken und alle Schuld auf uns beide schieben. Und weil nur noch ich erreichbar war … tja, immer rauf auf die böse Tamara. War wirklich eine schwierige Zeit. Hattest Glück, Nora. Ich hätte mich auch gern nach Berlin verdrückt."

„Hat dir denn niemand geholfen? Deine Eltern?"

„Meine Eltern sind beide tot. Sie starben bei einem Unfall ein halbes Jahr nach der Wende. Haben sich ein Westauto andrehen lassen, das sich auf der Autobahn als Schrotthaufen entpuppte und buchstäblich unter ihnen zusammenbrach."

„Das tut mir sehr leid", sagte Nora.

Tamara nickte. „Ja, danke. Aber damals waren sie natürlich für mich da. Auch einige Lehrer haben mir beigestanden und viele aus der Klasse. Unsere Lehrerin war ziemlich unbeliebt." Tamara schien sich an etwas zu erinnern. „Die Rot wollte mich sogar von der Schule schmeißen. Ich wäre ein schädliches Element oder so ähnlich, und würde den Klassenfrieden stören. Lachhaft! Wenn's nach der Rot gegangen wäre, hätt ich auch noch den Weltfrieden gefährdet! Fast wäre ich ihretwegen sitzengeblieben. Zu meinem Glück hatte die Schulleiterin ein Einsehen und stoppte die Rot."

„Na, Gott sei Dank."

„Da war ja auch noch der Vater von Bernd, der überall meine Bestrafung forderte. Dabei war die Rot allein schuld. Die geile Ziege hat mit den Rettungsschwimmern rumgemacht und sie von der Arbeit abgelenkt.

Besonders einen. Das war Torsten Mann. Wusstest du, dass die beiden sich genau an dem Tag kennenlernten?"

„Ich habe es vermutet. Obwohl, Veronika Rot war damals noch mit einem anderen zusammen und schwanger von ihm."

„Schwanger, Nora? Die hatte doch keine Kinder."

„Sie hat das Kind wenige Tage nach dem Badeunglück verloren. Veronika Mann war bis zu ihrem Tod überzeugt, dass sie wegen dieses Unglücks ihre Fehlgeburt hatte. Und die wiederum war der Grund für ihre Kinderlosigkeit."

Eine Kellnerin brachte ihnen das Essen. Blöder Zeitpunkt, ärgerte sich Nora.

Als sie wieder allein waren, hielt Tamara ihr Glas hoch: „Ich hatte die doofe Rot und den Unfall längst vergessen. Das ist Urzeiten her. Lass uns nicht mehr dran denken. Einverstanden?"

„Na ja", meinte Nora, „ich kann schlecht aus meiner Haut. Deine eigenen Worte."

„Für einen Moment wenigstens. Bitte! Auf uns. Stoß mit mir an."

„Auf uns", stimmte Nora halbherzig zu. Das Vergangene hatte sie und Tamara in irgendeiner Weise eingeholt und einfach ‚Schwamm drüber' war unmöglich.

Ihre Gläser stießen aneinander, und sie tranken. Ein Teller dampfender Nudeln stand vor Nora, Tamara hatte ihre Pizza. Beide fingen an zu essen. Nora wunderte sich ein wenig, wie offen Tamara ihr von den erlittenen Schikanen durch Veronika Mann erzählte. Wenn sie die unberechtigte Pflegschaft für Janine dazu fügte, ergab das alles zusammen ein erstklassiges Tatmotiv. Dagegen sprach, dass seitdem Jahrzehnte vergangen waren.

Herrjeh, sie konnte wirklich nicht aus ihrer Haut. Musste sie jeden verdächtigen?

„Schmeckt's?", fragte Tamara.

„Ausgezeichnet gewürzt. Kein Wunder, dass das dein Lieblingslokal ist. Obwohl, die Kombination Nudeln mit Leber ist schon ungewöhnlich für mich. Mit wem bist du denn sonst so hier?"

Ende einer Kinderfreundschaft

„Meist gehe ich mit einer Freundin essen, manchmal auch mit Janine", erwiderte Tamara.

„Und mit Torsten Mann?"

Tamara vergewisserte sich, dass niemand ihnen zuhörte. „Ist lang vorbei. Ich lernte Torsten als Schülerin kennen. Die Rot bestellte mich oft zu sich nach Hause. Standpauken und Strafarbeiten, getarnt als Nachhilfe. Torsten hat mir beigestanden, wenn er gerade da war. Nach der Schulzeit habe ich ihn jahrelang nicht gesehen. Spielst du auf unsere Janine an?"

„Wie war das zwischen euch?"

„Alles purer Zufall. Torsten trieb sich Anfang der 90er plötzlich da rum, wo ich auch zugange war. Ich glaube, in der Ehe hat's gekriselt. Er sah richtig knackig aus, hatte leichtes Spiel bei den Weibern. Ich habe es nicht drauf angelegt, es ergab sich irgendwie. Kennst du doch auch, oder?"

Kein Thema, über das Nora mit Tamara reden wollte. Sie lächelte ihrer Kindheitsfreundin zu. „Muss schwierig gewesen sein, Janine allein aufzuziehen."

„Ja, schon. Du hast auch eine Tochter. Daphne, richtig? Hat Janine mir verraten. Ist beinahe alles, was ich von dir weiß. Bist du verheiratet?"

Nora nickte. Nach der kurzen Nacht und dem langen Arbeitstag überkam sie eine plötzliche Müdigkeit, und der Wein vergrößerte ihre Sehnsucht nach erholsamem Schlaf. „Ja, verheiratet mit einem Fotografen. Kann dir noch was von mir verraten, Tamara. Stell dir vor. Bei meinem ersten Spaziergang in Schwerin war ich es, die Veronika Mann tot im Pfaffenteich fand."

Vor Schreck unterbrach Tamara die Bewegung ihrer Gabel zum Mund, und ein Stück Pizza fiel auf ihren Teller zurück.

„War mir natürlich nicht klar, dass die Tote unsere Lehrerin Rot war", schob Nora nach.

Tamara senkte ihre Hand langsam, sie schluckte heftig, obwohl sie gar keinen Bissen im Mund hatte. „Besser, du hast sie entdeckt, als wenn jemand Normales auf eine Tote gestoßen wäre. Du bist bei der Kripo und wahrscheinlich einiges gewöhnt."

„Ich Unnormale war es auch, die Marcels Leiche aufgestöbert hat."

Tamara stöhnte hörbar auf. „Mein Gott! *Du* hast Marcel gefunden! Das ist ja unglaublich. Tut mir leid für dich."

„Mir tut's um Marcel leid. Er war noch so jung. Und verheiratet und Vater. Manchmal, weißt du, manchmal finde ich meinen Beruf zum Kotzen."

„Ich esse, Nora. Und du redest von Leichen und ekligen Dingen. Bist du so abgebrüht, oder tust du nur so?"

„Ein bisschen Kaltblütigkeit gehört zu meinem Beruf. Aber wenden wir uns den Lebenden zu", sagte Nora und verputzte die letzten Nudeln, „Bernds Eltern zum Beispiel. Die habe ich gestern gesprochen. Ich habe ja immer gedacht, Bernd wäre gestorben, weil er unseretwegen im Wasser einen Hitzschlag bekam und ertrank. Weil er uns helfen wollte."

„Nora, er wollte vor allem *dich* vor dem Ertrinken retten."

„Blödsinn."

„Nein, das stimmt. Bernd war in dich verliebt. Weiß ich von seinem Bruder."

„Alexander Reuter. Wann hast du den das letzte Mal gesehen?"

„Keine Ahnung. Ist eine Weile her vermutlich. Warum?"

„Was hat man euch in der Klasse erzählt, woran Bernd starb?"

„Hör auf, in der Vergangenheit rumzuwühlen", bat Tamara, „wem nützt das? Ich kann drauf verzichten."

„Bernd würde heute genauso aussehen wie Alexander. Schon komische Vorstellung", meinte Nora.

„Also gut. Du willst wissen, was man uns von Bernds Tod erzählt hat. Erst mal gar nichts, weil gleich Ferien waren. Und danach herzlich wenig. Es hieß, er wäre überstürzt und überhitzt ins Wasser."

„Bernd wurde nach dem Unglück obduziert. Er hatte einen angeborenen Herzfehler. Deswegen starb er."

„Du meinst, er wäre auch ohne unsere doofe Aktion gestorben? Weil er den Herzfehler hatte?"

„Das weißt du doch alles längst, Tamara. Du hast Alexander vor Wochen im Krankenhaus besucht. Er wurde zum zweiten Mal am Herzen operiert. Und spätestens da hast du erfahren, dass er am gleichen Herzfehler litt wie sein Bruder Bernd. Warum lügst du mich und meine Kollegen an?"

„Ach, herrje!", entrüstete sich Tamara, „verhörst du mich? Weil ich einen Moment diese OP vergessen habe? Lächerlich." Tamara kramte aus ihrer Tasche eine Schachtel Zigaretten hervor, die sie aber umgehend wieder wegsteckte. Sie winkte einer Kellnerin und bestellte eine weitere Runde. Nora ließ es geschehen, obwohl sie genug hatte. Als der Wein vor ihnen stand, beschränkte sich Tamara auf ein simples ‚Prost!' und nahm einen kräftigen Schluck.

Nora nippte an ihrem Glas und grübelte, womit sie Tamara verärgert haben könnte. Oder interpretierte sie Tamaras Verhalten falsch? Immerhin, eine gewisse Nervosität war bei ihrer ehemaligen Schulfreundin festzustellen. Der plötzliche Wunsch nach einer Zigarette und ihr hektisches Trinken ... Ach, was, Tamara war nur etwas überreizt.

Tamara beendete das Schweigen: „Was hat denn der Herzfehler von Bernd und Alex mit den Toten zu tun? Verdächtigt ihr etwa Alexander?"

Nora antwortete geduldig: „Wir gehen einfach Spuren nach. Und Bernds Tod könnte mit der Ermordung von Veronika Mann zu tun haben. Dieser Badeunfall damals …"

„Ja, was?", unterbrach Tamara sie ungeduldig.

„Also, das ist reine Spekulation. Dazu wird offiziell nicht ermittelt, deshalb kann ich es dir erzählen."

„Ja, was, zum Teufel!"

„Weißt du, mir drängt sich der Gedanke auf, ob sich jemand für Bernds Tod gerächt hat. Du sagst ja auch, dass unsere Lehrerin Schuld oder Mitschuld an dem Unglücksfall hatte."

Tamara horchte auf. „Meinst du etwa, deshalb wurde die Rot umgebracht? Von Bernds Eltern oder von Alexander?"

„Seine Mutter kommt nicht in Frage, und sein Vater wünscht uns zwar immer noch die Pest an den Hals, aber nee. Bleibt nur Bernds Bruder Alexander."

„Hör mal. Damals, nach seiner ersten OP bin ich jeden Tag zu Alex ins Krankenhaus und habe mit ihm die Hausaufgaben gemacht. Ich war die Einzige aus der Schule, die immer für ihn da war. Er hat nie ein böses Wort zu mir gesagt oder von Rache geredet."

Nora verschanzte sich hinter ihrem Weinglas. „Das ist beruhigend. War ja nur so ein Gedanke, das mit Bernd."

„Vielleicht aber richtig. Meinst du, es könnte uns treffen wie die Rot? Eine gewisse", sie zögerte, „nun, eine gewisse Mitschuld an Bernds Tod könnte man auch dir und mir unterstellen. Huh, das ist echt gruselig."

Nora fand ihre Gedankenspiele auf einmal lächerlich. „Mir fällt außer den Eltern und Alexander aber niemand ein, der sich für Bernds Tod rächen wollte. Und weil es bei keinem von ihnen irgendeinen Tatverdacht gibt, ist das Ganze eine Sackgasse. Mal was anderes. Hast du Angstgefühle, wenn du schwimmen gehst?"

„Nein. Du?"

Nora nickte. „Seit dem Unfall, weißt du. Ich habe mich damals schrecklich schuldig gefühlt. Aber seit ich die wahre Todesursache kenne, habe ich zum ersten Mal Hoffnung, dass ich meine Angst vor Wasser überwinden kann."

„Freut mich für dich."

„Gab's mal Klassentreffen und warst du da?", wechselte Nora das Thema.

Tamara schüttelte den Kopf. „Sind nach der Wende alle auseinander gelaufen. Keinen Schimmer, wo die abgeblieben sind. Denkst du wirklich, es hat Sinn, nach so langer Zeit wieder Kontakt zu suchen? Das finde ich ziemlich naiv."

War das eine Anspielung auf sie beide? Na, dann war sie eben naiv, dachte Nora.

„Ich habe übrigens erfahren, dass deine Janine zwei Jahre in einer Pflegefamilie war. Schlimme Geschichte."

„Musst du auch noch damit anfangen. Du schnüffelst also doch in meinem Leben rum. Du kennst sicher auch die komplette Liste meiner Lover und in welcher Bettwäsche ich am liebsten schlafe." Tamara lachte krampfhaft und sah sich nach der Bedienung um.

Plante sie etwa ihren Abgang? „Tamara, hast du noch einen Moment", bat Nora. „Das ist keine Schnüffelei, sondern interessiert mich wirklich. Wusstest du, dass Veronika Mann die Drahtzieherin hinter dieser Pflegschaft war?"

„Nicht gleich. Hab es irgendwann geahnt. Und als ich Jahre später Torsten sagte, dass Janine von ihm ist und was uns vom Jugendamt angetan wurde, hat er Veronika zur Rede gestellt. Tja, die Alte musste alles zugeben. Wieder eine Ehekrise."

Tamara trank ihr Glas leer.

„Noch eine Runde?", fragte Nora aus reiner Höflichkeit.

„Danke, nein. Ich will nach Janine sehen. Uns beiden geht es nämlich ziemlich mies."

„Ihr macht euch große Sorgen um Ella. Fehlt ihr der Vater sehr?"

„Was denkst du denn. Natürlich."

„Und Janine? Vermisst sie Marcel?"

„Wie? Was willst du damit sagen? Spinnst du eigentlich?", fuhr sie Nora an. „Tauchst einfach nach Jahrzehnten auf und löcherst mich mit deinen Spitzfindigkeiten. Du warst auch bei Doktor Peters. Darfst du das alles? Wie kommst du dazu, den über Janine und Marcel auszufragen. Den werde ich verklagen. Der hat seine Schweigepflicht gebrochen!"

„Er war aber nicht *dein* Arzt. Wenn überhaupt, dann muss Janine ihn anzeigen."

Tamara funkelte sie wütend an. „Mir reicht's, Nora. Wenn du noch mal was von mir willst, musst du mich vorladen oder wie immer das heißt!" Sie schmiss zwei Geldscheine auf den Tisch und stürmte aus dem Lokal. Nora unterließ jeden Versuch, sie aufzuhalten. Eine Wiederbelebung dieser Kinderfreundschaft konnte sie vergessen.

Montag, 8. 8. – Späte Rache?

Nora knallte Hansen eine frische Zeitung auf den Schreibtisch. „Das haben wir nun davon, dass Sie Ihren famosen Sohn und seine Kumpels aus allem raushalten. Jetzt spekulieren die schon, ob junge männliche Flüchtlinge die mutmaßlichen Räuber sind, die Veronika Mann überfallen haben. Super gemacht, Chef!"

Hansen schob die Zeitung achtlos beiseite. „Es wird nichts so heiß gegessen wie's gekocht wird. Ich habe bereits eine Pressemeldung rausgegeben, dass diese Verdächtigungen von vorn bis hinten erstunken und erlogen sind."

Dass er lethargisch hinter seinem Schreibtisch sitzen blieb, regte Nora noch mehr auf. „Und damit soll ich zufrieden sein? Sie wissen doch, wie's läuft. Eine Gegendarstellung nimmt niemand zur Kenntnis. Die erscheint kleingedruckt auf der vorletzten Seite. Alles wegen Jack. Dieser Scheiß-Deal! Damit ist endgültig Schluss. Ich steige aus."

„Nun mal langsam, ja. Was kann ich dafür, wenn ein dämlicher Journalist Mist absondert. Ich habe Ihr Wort, oder sollte ich mich in Ihnen geirrt haben?"

Nora beugte sich wütend über seinen Schreibtisch: „Wenn sich wer geirrt hat, dann bin ich es!"

Bevor Hansen etwas entgegnen konnte, platzte Holger Klein in den Raum. Er sah erstaunt von einem zum anderen, nickte Nora bedeutungsvoll zu, sagte ‚Torsten Mann' und ‚acht Minuten' und verschwand wieder.

„Was war das?", fragte Hansen.

Nora atmete einmal durch, um sich zu beruhigen. „Holger Klein", antwortete sie knapp.

„Sehr witzig, Frau Kollegin. Welches Geheimnis haben Sie mit ihm?"

„Kein Geheimnis. Gestern Abend war ich mit Tamara Franke essen. Unser Treffen endete ziemlich abrupt. Ich wollte wissen, ob Tamara unmittelbar danach mit jemandem telefoniert hat, und wenn ja, mit wem." Sie verschränkte ihre Arme vor der Brust und kam auf ihr eigentliches Anliegen zurück. „Dieses Verschweigen der Räuberei von Jack und seiner Clique muss aufhören. Sofort! Sonst fällt uns die Sache bös auf die Füße. Ich spüre das."

„Ach! Die altbekannten undefinierbaren weiblichen Bauchgefühle. Was ist mit diesem Telefongespräch?"

„Sie lenken ab, Chef. Wann werden Sie die Kollegen über Ihren Sohn aufklären?"

„Sie lassen sich aber schnell einschüchtern. Wollen Sie mich verraten wegen *eines* dämlichen Artikels?"

„Große Worte, Herr Hansen. Verrat?! Mein Treffen mit Ihrem drogensüchtigen Sohn war ein Zugeständnis von mir, ein erster Schritt in Ihrem angeblichen Plan. Ich wüsste gern, wie der zweite Schritt aussieht."

„Setzen Sie sich endlich hin!", ranzte Hansen sie mit gesenktem Blick an.

„Sie haben keine Ahnung, wie es weitergeht, oder?" Hansens Schweigen bestätigte Noras Annahme. Auf was hatte sie sich nur eingelassen! „Also gut. Ich gebe Ihnen bis morgen Zeit, das Team über Jack und den Raub an Veronika Mann zu informieren. Das ist mein letztes Wort!"

Nora wandte sich ab. „Hiergeblieben!", brüllte Hansen, „setzen Sie sich!"

Ein paar Sekunden schwiegen sie. Hansen griff nach der Zeitung und warf sie in den Papierkorb. Er schnaufte ein paar Mal hörbar und begann: „Wir sollten uns nicht gegenseitig zerfleischen, wir sind aufeinander angewiesen." Engagierter fuhr er fort: „Frau Graf, Sie sind doch eine klar denkende und überlegt handelnde Person. Der zweite Schritt ... Wir tun, was wir am besten können sollten, nämlich akribische kriminalistische Arbeit. Ich will den Mörder von Veronika Mann und den von Marcel Ziegler, und Sie wollen das auch. Aber noch mal meine Frage nach dem Telefongespräch von Tamara Franke gestern Abend, was interessiert Sie so brennend daran?"

„Zum Teufel mit Ihnen", murrte Nora, um ihm dann doch ihren Gedankengang zu erklären. „Als ich Tamara nach Janine und Ella fragte, entstand eine gespannte Situation. Tamara ließ mich sitzen. Ich wollte wissen, ob sie sich in einer solchen emotional aufgeladenen Situation von jemandem Beistand holt. Sie tat es, und zwar bei Torsten Mann. Die beiden haben gestern Abend acht Minuten miteinander telefoniert. Fragt sich, worüber."

„Eine Vermutung?"

„Nur eine Spekulation", wehrte Nora ab.

„Wie Sie das nennen, ist mir wurscht. Reden Sie."

„Ich habe gestern Abend diese Rache-Theorie wegen des Badeunfalls wieder heraufbeschworen. Tamara nahm sie auf. Möglicherweise wollte sie Torsten Mann warnen. Er war einer der Rettungsschwimmer in Zippendorf und flirtete mit Veronika genau in der Zeit, als Bernd starb."

„An einem Herzinfarkt, oder?"

„So ähnlich, aber das weiß ja vielleicht nicht jeder."

„Der wütende alte Vater weiß es. Wen haben wir sonst als möglichen Rächer?" Die Andeutung eines ironischen Lächelns huschte um Hansens Mundwinkel. „Neben Tamara Franke und Torsten Mann wären auch Sie ein Opfer-Kandidat", schob er nach.

Nora musste zugeben, dass sie sich mit ihrer Rache-Idee völlig verrannt hatte. „Okay, keine späte Rache. Bleiben immer noch die Telefongespräche zwischen Torsten Mann und Tamara. Unter Umständen ist ihre Beziehung enger als gedacht." Nora zögerte. Sie war dabei, ihre Schulfreundin ernsthaft zu verdächtigen, konnte die Tatsachen aber auch nicht ignorieren.

„Veronika Mann hat Tamara während der Schulzeit schikaniert. Später hat sie mit Hilfe von Rita Meyfarth sogar dafür gesorgt, dass Tamaras zweijährige Tochter Janine für zwei Jahre in eine Pflegefamilie gegeben wurde. Tamara hat durch Torsten Mann von Veronikas hinterlistigem und verantwortungslosem Handeln ihr und dem Kind gegenüber erfahren. Ist alles natürlich schon etliche Jahre her. Aber wenn es einen aktuellen Auslöser gegeben hat, könnte das – alles zusammen genommen – als Motiv für einen Mord oder Totschlag im Fall Veronika Mann reichen. Wir müssen ihr Alibi für Sonntag noch einmal überprüfen.“

„Sie bringen ganz schön was durcheinander, Kollegin. Sie erläutern mir gerade, warum Tamara Franke ein Motiv für den Mord an Veronika Mann haben könnte. Damit wäre Ihre ehemalige Kinderfreundin eine Tatverdächtige im Fall Mann. Entschuldigen Sie. Langsam sind Sie mir auch zu persönlich verstrickt. Am besten wird sein, ich ziehe Sie von beiden Fällen ab. Die scheinen sich ja irgendwo zu kreuzen.“

„Moment, Herr Hansen. Ich habe lediglich einige Indizien aufgeführt, das sind keine Beweise. Wir haben keine Ahnung, was ein aktueller Auslöser sein könnte, und Tamaras Alibi kann sich als stichfest erweisen. Dann wäre alles anders, Chef.“

„Man kann es Ihnen nur wünschen, Kollegin. Ich hab noch was. Vaterschaftstest Ziegler. Ergebnis lautet, Marcel Ziegler war der biologische Vater seiner Tochter Ella. Hoffe, das hilft weiter. Und halten Sie mich auf dem Laufenden.“

Nachdenklich verließ Nora Hansens Büro. Die Vaterschaft von Marcel Ziegler hatte sich bestätigt. Wieso, verdammt, machte Janine dann so ein Theater darum?

Antje

Holger und Tom standen beieinander und redeten vertraulich miteinander, als Nora ins Büro des Kollegen trat. Sie wäre am liebsten auf der Stelle umgekehrt. Da das schlecht ging, flüchtete sie sich in ein forsches Auftreten. „Guten Morgen, zusammen. Das Alibi von Tamara Franke für Sonntagnacht, ist das wasserfest, Herr Klein?"

Tom zeigte eine erfreute Miene. „Sowas, meine ehemalige Partnerin. Moin, Frau Graf, wie geht's?"

„Alles bestens", antwortete Nora mit einem steifen Lächeln.

Tom zwinkerte seinem Kumpel Holger zu, sagte ‚freut mich' zu ihr und ließ beide allein.

Nora sah Holger prüfend ins Gesicht. Guckte der sie irgendwie anders als sonst an? Abschätzig, weil Tom ausgeplaudert hatte, dass sie mit ihm im Bett gewesen war?

Nein, Holger tat nur gelangweilt. „Das Alibi der Franke? Die war bei ihrer Tochter Janine. Das wissen Sie doch."

„Ich meinte nicht Freitagabend, sondern Sonntagnacht."

„Ja, da, also", er begann, in seinen Notizen zu blättern, „da war Tamara Franke bei ihrer Freundin Martina Einstein bis nach elf Uhr. Exakte Uhrzeit wusste keine zu sagen. Beide hatten angeblich einiges intus. Frau Franke gab an, vor Mitternacht zu Hause gewesen zu sein. Ist was mit dem Alibi?"

„Wo wohnt die Freundin?"

„In der Werderstraße. Sie wissen, wo die ist?"

„Ja. Wenn man von dort zu Fuß zur Severinstraße in der Paulsstadt will, wo Frau Franke wohnt, ist ein Weg am Pfaffenteich vorbei oder entlang doch sehr wahrscheinlich, oder?"

Holger nickte.

„Halten Sie dieses Alibi für stichfest?", fragte Nora.

Holger regte sich auf. „Ich? Wir haben Aufgabenteilung. Mein Team ist für den Fall Ziegler zuständig und nicht für den Fall der toten Lehrerin von Sonntagnacht. Oder hat sich was geändert?"

„Ist schon okay. Ich bin gestern nach der Rekonstruktion in der Lübecker Straße bei Rita Meyfarth vorbeigegangen. Sie arbeitet seit Anfang der 90er beim Jugendamt. Um es kurz zu machen: Janine war nicht in einem Heim, sondern für zwei Jahre in einer Pflegefamilie. Auf Initiative von Veronika Mann. Tamara Franke und Torsten Mann war das alles bekannt. Veronika Mann hat Frau Franke gehasst, glaube ich. Also, in dieser Beziehung könnte schon eine Menge Sprengstoff liegen, deshalb ist das Alibi von Tamara Franke wichtig. Ich werde es noch einmal checken."

„Tun Sie das. Hab übrigens auch den Mercedes von Torsten Mann in die KTU gegeben. Das ist das letzte Auto im Umkreis vom Ziegler, das für den Transport seiner Leiche in die Lübecker Straße in Frage kommen könnte."

„Zu wann haben Sie Janine Ziegler und deren Freundin einbestellt?"

„Um neun. Wenigstens hat sich geklärt, dass Ella kein Kuckuckskind ist, sondern der rechtliche Vater Marcel Ziegler auch der biologische ist. Damit liegt doch nichts Verdächtiges mehr gegen die Ehefrau Janine vor. Oder?"

„Ja und nein. Ich habe eine Bitte, Herr Klein. Ziehen Sie die Befragung der Freundin von Janine Ziegler vor."

„Warum zuerst die Schmittke?"

„Ja, also, Folgendes. Wegen der Schwangerschaft von Janine ..."

„Oh nein!", unterbrach Holger sie, „für mich ist das erledigt. Testergebnis ist Testergebnis. Falls es sich nur darum handelt, gehört die Schmittke Ihnen."

„Wenn's sein muss, gern." Nora lächelte ihm zu und verließ Holgers Büro.

Im Flur stieß sie fast auf Tom. Als hätte er hinter der Tür gelauscht. „Ich muss dich sprechen, Nora."

„Leider keine Zeit."

„Fünf Minuten, ja? Ich habe was für dich."

Sie standen sich in ihrem Büro am Fenster gegenüber. Tom nahm Noras Hand und drückte ihr den Ohrstecker hinein. „Das Corpus delicti." Er zog Nora an sich, sie wehrte ihn ab. „Danke, Tom. Aber ich will das nicht. Außerdem könnte jemand reinkommen oder uns von unten beobachten. Sonst noch was?"

„Ja, ein Kuss von dir, und ich verschwinde wieder."

„Herrjeh, Tom." Sie stupste ihn von sich. „Worüber hast du mit Holger Klein gesprochen?"

„Denkst du etwa, ich rede über dich? Kein Vertrauen zu mir?"

„Natürlich. Vergiss es", bat sie lächelnd, „ich muss mich auf eine wichtige Befragung vorbereiten."

„Bin schon weg. Wie geht's deiner Tochter?"

„Danke der Nachfrage. Ihr Freund ist zurück nach Berlin und war so nett, ihr noch eine Nacht in Schwerin zu spendieren." Das klang unfreundlicher als sie gewollt hatte. Wenn Tom merkte, dass sie sich über Daphnes verlängertes Wochenende ärgerte, käme er vielleicht auf die Idee, sie würde lieber mit ihm zusammen sein.

„Daphne gefällt es über die Maßen gut in Schwerin", fuhr Nora fort, „sie mag die alten Fachwerkhäuser, den Dom, die Kirchen und die Seen. Ich habe gestern Nacht mit ihr noch eine kleine private Stadtführung gemacht. Nun ja, und danach ist sie darauf verfallen, mir unbedingt eine Wohnung suchen zu wollen. Ich wette, sie hat die halbe Nacht vor ihrem Computer gesessen und Angebote studiert."

„Du hast eine kluge Tochter."

„Sie ist grundsätzlich leicht zu begeistern und dadurch manchmal etwas vorschnell. Ist ja noch völlig unklar, ob ich bleibe."

Ihr Handy klingelte; ein Anruf von Torsten Mann. Er wollte wissen, wann er seine Frau Veronika beerdigen könne. Nora versprach, sich zu erkundigen und ihn zu informieren. „Herr Mann, worüber haben Sie gestern Abend mit Tamara Franke gesprochen?"

Es dauerte ein paar Sekunden, bis er antwortete: „Überwachen Sie etwa mein Telefon?"

„Selbstverständlich! Dazu gibt es einen richterlichen Beschluss. Worüber haben Sie mit Frau Franke geredet?"

„Das geht Sie einen Dreck an!", blaffte er und beendete abrupt das Gespräch.

Nora zog ihre Augenbrauen hoch. Was war an Ihrer Frage Schlimmes?

„Da hast du wohl jemanden verärgert", meinte Tom.

Nora wählte Torsten Manns Nummer. Als seine Stimme fragte, wer dran sei, ratterte sie im Befehlston herunter: „Herr Mann, ich erwarte Sie in der Inspektion. Wenn Sie nicht bis zehn Uhr bei mir auf der Matte stehen, werde ich Sie in die Fahndung geben!" Zufrieden mit sich, lächelte sie Tom an. „Böse, böse Kommissarin", murmelte er anerkennend.

Just in dem Moment wurde die Bürotür schwungvoll von einer jungen Frau mit sonnverbranntem Gesicht aufgerissen. Sie stürmte auf Tom zu und klopfte ihm auf die Schulter. „Hallo, Tom!"

„Wer sind Sie?", fragte Nora.

Die Unbekannte reichte ihr über den Schreibtisch hinweg die Hand. „Oh, Verzeihung. Ich bin Antje Siggelkow, Kommissarin. Der Chef schickt mich zu Ihnen. Ich soll Sie unterstützen, Frau Graf. Freut mich."

„Und mich überrascht es. Ist mir völlig neu und Sie mir auch", erwiderte Nora spontan.

Tom nutzte die folgenden schweigsamen Sekunden, um sich zu verdrücken. „War ja alles geregelt", verabschiedete er sich von Nora. „Schön auf dem Teppich bleiben, Antje", raunte er der Neuen zu und verschwand.

„Ich dachte, der Chef hat Sie informiert", sagte Antje Siggelkow, „wird er bestimmt noch nachholen. Ich setze mich da hin, ja?"

Nora sah zu, wie sich ihre Kollegin am gegenüberliegenden Schreibtisch einrichtete. Die war im Alter ihrer Tochter, Anfang zwanzig, und offenbar ebenso temperamentvoll und vor allem hungrig. Antje Siggelkow hatte einen Laptop dabei, Schreibstifte, Block, Smartphone und einen Kaffeepott, auf dem ein großes rotes Herz prangte. Zum Schluss holte sie aus ihrer Umhängetasche ein Kuchenpäckchen. „Möchten Sie ein Stück?"

„Danke, kein Kuchen am Morgen", wehrte Nora ab.

„Schmeckt wie selbstgebacken." Antje ließ sich auf ihren Stuhl fallen. „Hat sich ja ganz schön was getan. Frau ist eine Woche in Urlaub und schon steht Schwerin Kopf. Zwei ungute Leichen. Mann oh Mann! Und Sie sind aus Berlin. Wollte ich auch wieder mal hin."

„Was wissen Sie vom Fall?", unterbrach Nora den Redeschwall.

„Ehrlich gesagt, nur das, was in der Zeitung stand. Bin erst gestern zurück aus Malle. Haben tatsächlich Typen aus Nordafrika was damit zu tun?"

„Aus den Fingern gesaugter Blödsinn." Nora registrierte, wie sich die Körperhaltung der Kollegin veränderte. Langsam schien die im Dienst anzukommen. Nora wollte diesen Prozess ein wenig beschleunigen. „Folgendes, Frau Siggelkow. Ich habe gleich eine Vernehmung. Sie bringen sich in der Zwischenzeit im Eiltempo auf den Stand der Dinge im Fall Veronika Mann. Klar soweit?"

Freundin Lea

Nora hatte vor der Befragung von Lea Schmittke nur ein paar Minuten, um sich aus den vorliegenden Infos ein Bild von Janines engster Freundin zu machen. Sie glaubte aber zu erkennen, dass sich mit Janine und Lea zwei Gegensätze angezogen hatten. Lea war temperamentvoller, zielstrebiger und höchstwahrscheinlich auch sozial kompetenter als Janine.

Nora kam schnell zu ihrem Anliegen. „Frau Schmittke, seit wann sind Sie mit Janine Ziegler befreundet?"

„Seit der Schulzeit."

„Sie sind richtig gute Freundinnen und reden über alles miteinander. Sie kennen deshalb sicherlich die Männerbekanntschaften, die Frau Ziegler vor Marcel hatte. Können Sie mir Namen nennen?"

„Bin keine Petze. Wir reden über alles, aber wir können auch den Mund halten. Wenn Sie Intimes wissen wollen, müssen Sie Janine ausquetschen."

„Im Moment sitzen *Sie* vor mir, Frau Schmittke. Wir brauchen Ihre Hilfe, um den Mord an Marcel Ziegler aufzuklären. Nennen Sie mir bitte den Namen des Freundes von Janine, bevor sie Marcel kennenlernte."

Lea zuckte mit den Schultern.

„Es gab doch irgendwelche Männerbekanntschaften?"

„Bah! Ein oder zwei. Längst vergessen."

„Hoffentlich erinnern Sie sich wenigstens, wann Janine Ihnen das erste Mal ihre Schwangerschaft anvertraute. War das vor oder nachdem sie mit Marcel Ziegler zusammen kam?"

„Marcel ist der Vater von Ella", antwortete Lea wie aus der Pistole geschossen.

„Das habe ich zwar gar nicht gefragt, aber Sie haben recht. Wir haben einen Vaterschaftstest veranlasst, um Gewissheit zu haben, von wem Ella ist."

„Ja, und?"

„Der Test bestätigt Marcel als leiblichen Vater von Ella."

„Sage ich doch!" Nach ihrer spontanen Antwort fing Lea an zu grübeln. „Echt?"

„Sie stolpern gerade über Ihre eigene Lüge, Frau Schmittke. Janine hat Sie gebeten, uns zu verschweigen, dass sie schon schwanger war, bevor sie Marcel kennenlernte. Wann bat Janine Sie um diesen Freundschaftsdienst?"

„Wenn Sie sowieso alles wissen, warum fragen Sie mich überhaupt. Janine rief mich letzten Samstag an. Zufrieden?"

An dem Tag war Nora bei Janine gewesen und hatte das deutliche Gefühl gehabt, von ihr angelogen zu werden. „Erzählen Sie mir, wann Janine wirklich schwanger wurde, Frau Schmittke."

Leas Mundwinkel zeigten nach unten. „Hätte ja nie gedacht, dass das mal wichtig wird." Sie schaute auf ihre Uhr. „Mein Chef versteht keinen Spaß, wenn ich zu spät komme. Frau Kommissarin, ich stehe hinter Janine, hundertprozentig. Ich habe ihr mein Wort gegeben. Fällt mir nicht leicht, das zu brechen. Aber bei Mord hört die Freundschaft eventuell auf." Sie brauchte noch einen winzigen Moment, um ihre letzten Skrupel zu überwinden. „Damals war das so. Als Janine schwanger wurde, kannte sie noch gar keinen Marcel. Sie behauptete, das Kind sei von einem One-Night-Stand. Machte aber ein Riesengeheimnis draus. Niemand durfte erfahren, dass sie ein Kind erwartete. Am wenigsten ihre Mutter. Obwohl eine Schwangerschaft ja nicht ewig geheim zu halten ist. Ich habe Janine damals versprochen, dass ich niemandem verrate, dass sie schwanger ist. Durfte ihr auch keine Fragen stellen. Wenige Monate später war Marcel plötzlich ihre große Liebe. Da sagte sie mir, Marcel wäre der Mann, von dem sie schwanger ist. Obwohl das ja nicht stimmen konnte. Also, damals jedenfalls konnte es nicht stimmen. Aber jetzt ist es doch so?" Lea schien verwirrt.

„Das klärt alles", meinte Nora. „Nannte Janine Ihnen damals den Namen von diesem angeblichen One-Night-Stand?"

„Nein. Und überhaupt. Diese Geschichte habe ich ihr nie geglaubt. Janine und ein One-Night-Stand! Selbst wenn ... den Namen von dem Kerl hätte Janine garantiert gewusst. Und seine Adresse. Und seine Schuhgröße. Verstehen Sie?"

„Was hat Janine Ihnen erzählt, wie sie Marcel kennenlernte?"

„Sie sind sich zweimal über den Weg gelaufen, und es hat gefunkt."

„Wo hat es gefunkt?"

„Zahnarzt und Eisdiele."

„Tja, es gibt Zufälle. Wo sind *Sie* Ihrem Mann begegnet, Frau Schmittke?"

„Ich? Auf Arbeit. Warum?"

„Bin schrecklich neugierig. Was für ein Mann war Marcel Ziegler?"

„Er sah klasse aus. Konnte sehr charmant sein und hatte was auf dem Kasten. War ein guter Fang für Janine, und mich hat gewundert, dass einer wie Marcel auf sie flog."

„Warum?"

Lea überlegte. „Na ja, die beiden waren sehr verschieden. Marcel war super aktiv, wahrscheinlich in jeder Hinsicht. Ah ja, ich erinnere mich. Einmal holte er mich abends von der Arbeit ab und wollte mit mir tanzen gehen. Hab ich natürlich abgelehnt. So eine billige Tour. Ist auch nie wieder vorgekommen."

„War Janine glücklich mit Marcel?"

„Ja, glaube ich schon. Aber ihr größtes Glück ist Ella."

„Wie ist das Verhältnis von Janine zu ihrer Mutter?"

„Tamara ist eine Überglucke. Beide wohnen auch noch in derselben Straße. Ich habe Janine oft gesagt, sie soll sich von ihrer Mutter emanzipieren. Nutzlos. Da half auch kein Mann an ihrer Seite."

Zurück in ihrem Büro, fand Nora Antje Siggelkow beim Aktenstudium vor. Ihr Kuchenpäckchen war kleiner geworden. In dem Alter konnte man ohne Reue essen.

Wieso schickte Hansen ihr jemand zur Unterstützung? Zweifelte der ernsthaft an ihren Fähigkeiten? Nee, nee, war naheliegender, dass er Antje als Spionin missbrauchte. Sie würde dem Chef arglos mitteilen, womit sich Frau Graf beschäftigte. Daran konnte er dann erkennen, ob sie, Nora, sich an seinen Deal hielt. Der musste doch wissen, dass sie dieses Manöver durchschaute.

Antje blätterte eine Seite um und blickte neugierig zu Nora. „Was erfahren bei der Befragung?"

„Ich denke schon. Eine Lüge. Ein Puzzleteilchen im Mordfall Ziegler."

„Und?"

Nora wollte sich nicht so schnell in die Karten gucken lassen und lenkte ab. „Sie haben sich auf Mallorca schrecklich verbrannt, Frau Siggelkow. Sie sollten schleunigst was dagegen unternehmen."

„Ach, das."

„Einen Sonnenbrand müssen Sie ernst nehmen. Seit wann gehören Sie zu Hansens Team?"

„Zwei Jahre."

„Ist das immer schon Ihr Büro?"

„Nein. Aber wenn ich mit einer erfahrenen Kollegin in einem Raum sitze, kann ich viel lernen."

Und wir kennen vielleicht beide denselben Mann besser, als es sich für Kolleginnen schickt, dachte Nora plötzlich. Antje war fast genauso braungebrannt wie Tom, sie hatte ihn geduzt, an der Schulter berührt, und er hatte ihr im Vorbeigehen etwas zugeflüstert. Was das wohl gewesen war. Nora deutete auf Antjes Aktenstapel: „Wie weit sind Sie?"

„Torsten Mann und sein Erbe, dreihunderttausend Euro. Ein starkes Motiv."

„Das hat er", bestätigte Nora, „dazu kommt noch, dass er sich von seiner Frau wegen einer anderen trennen wollte. Und diese andere hat ihm ein Alibi für die Tatnacht gegeben. Frau Siggelkow, gönnen Sie sich eine Pause und erledigen was für mich, bitte. Es ist dringend."

„Sehr gern. Schreibtischarbeit ist sowieso etwas öde. Soll ich der Neuen wegen des Alibis für Torsten Mann auf den Zahn fühlen?"

Nora hatte eine andere Aufgabe für Antje. Sie wollte, dass ihre junge Kollegin eine Idee überprüfte: Hatte Veronika Mann aus anhaltendem Hass auf Tamara Franke ihre Freundin Rita anstacheln wollen, auch für Tamaras Enkelin Ella eine Pflegschaft einzufädeln?

Kaum war Antje aufgebrochen, rief Hansen zu einer kurzen Besprechung. Zu Beginn informierte er, dass er wegen des tendenziell ausländerfeindlichen Artikels im Zusammenhang mit dem Mord an Veronika Mann von der Tageszeitung eine Gegendarstellung gefordert hatte. Dann sah er sich suchend um: „Wo ist Frau Siggelkow?"

„Beim Jugendamt, mit Rita Meyfarth sprechen", antwortete Nora. „Sie soll herausfinden, ob Veronika Mann Frau Meyfarth drängte, auch gegen Ella Ziegler vorzugehen. Mit anderen Worten: Ob die Mann versuchte, die Pflegschaftsgeschichte zu wiederholen."

„Das Ergebnis sofort an mich. Davon abgesehen, ich hoffe, Sie und Frau Siggelkow kommen miteinander zurecht. Berichten Sie mal weiter, Frau Graf."

„Ja, also", begann sie zögernd, „ich habe eben mit der besten Freundin von Frau Ziegler gesprochen. Es ist quasi klar, Janine Ziegler war wahrscheinlich bereits schwanger, bevor sie Marcel kennenlernte."

„Quatsch. Das Kind Ella ist von Marcel Ziegler. Punkt. Aus! Wir haben den Test. Darüber gibt's keine Diskussion", ereiferte sich Holger.

Nora stutzte. „Ja, der Test. Der ist korrekt. Ich will auf was anderes raus. Die Panik von Janine bei Doktor Peters, als sie Marcels Vaterschaft bestritt. Stimmt mit der Aussage von Lea Schmittke überein, dass Janine schon schwanger war, bevor sie Marcel kennenlernte. Demnach kann Marcel nicht der leibliche Vater von Ella sein, ist es aber laut Laborergebnis." Sie schaute in die Runde und schwieg verlegen. Sich so verworren auszudrücken, war gar nicht ihre Art.

Die Kollegen sahen sich verwundert an, zwei fingen an, miteinander zu tuscheln.

„Ich meine, dass Janine selbst keine Ahnung hatte, dass Marcel der leibliche Vater war", versuchte Nora, ihre Gedanken zu ordnen, „sie hat das nur für die Familie und Freunde behauptet, um den Schein zu wahren oder warum auch immer. In Wahrheit jedenfalls dachte sie, von einem anderen schwanger zu sein. Nein, sie war hundertprozentig überzeugt, jemand anderes sei der Vater von Ella. Ein anderer als ihr Mann musste es sein. Sonst ergibt ihre Panik beim Arzt keinen Sinn."

„Wer soll dieser andere Mann sein?", wollte die ältere Kollegin mit dem Bass wissen. Beifälliges Gemurmel.

„Darüber rede ich gleich mit Janine. Ja, und Torsten Mann ist danach dran. Er erkundigte sich übrigens, wann die Leiche seiner Frau freigegeben wird."

„Die kann er haben", sagte Hansen.

„Wieso vernehmen Sie Torsten Mann? Sie mischen sich schon wieder in meinen Fall ein, Kollegin Graf", protestierte Holger und schaute Zustimmung heischend zu Hansen. Weil der es vorzog, seine Schuhspitzen zu betrachten, redete Nora weiter: „Torsten Mann steckt in beiden Fällen drin. Außerdem soll ich ja koordinieren. Ich muss los, will Janine nicht warten lassen."

Torsten

Torsten Mann und seine Tochter Janine saßen vor Noras Büro steif und wortlos nebeneinander. Ein gesund wirkender, großer, ausreichend genährter Mann neben einer schmächtigen Frau mit tiefen Ringen unter den Augen. Janine blieb apathisch, als Nora sie begrüßte. Torsten dagegen sprang auf: „Guten Tag, Frau Graf. Erst bestellen Sie mich auf diese unschöne Art ein, und dann lassen Sie mich warten wie einen Deppen! Ich protestiere gegen diese Vorgehensweise!"

„Dieses negative Gefühl kenne ich; nehmen Sie es einfach hin, es geht vorüber." Nora winkte einen Kollegen herbei, der auf den Witwer aufpassen sollte. Der reagierte ungehalten. „Ich kann keine Zeit mit Warten verplempern, nicht eine Minute."

Nora schenkte ihm ein verbindliches Lächeln und führte Janine Ziegler in einen Verhörraum.

„Möchten Sie ein Glas Wasser?"

Janine lehnte ab, rutschte auf dem harten Stuhl herum und suchte einen Platz für ihre Hände. Nora übte Geduld, bis Janine sich wenigstens äußerlich etwas beruhigt hatte. „Es wird nicht lange dauern, Frau Ziegler. Ich habe nur eine einzige Frage, und dann können Sie gehen."

„Und welche?"

„Verstehen Sie sich gut mit Ihrem Vater?"

„Das ist alles?" Janine atmete auf. „Oh, mein Vater ist schon okay. Er ist immer für mich da. Und er kümmert sich rührend um Ella."

„Schön. Wie geht es Ella?"

„Sie ist gesund, wenn Sie das meinen. Und ich bete jeden Tag, dass das so bleibt." Der Gedanke an ihre Tochter brachte ein wenig Leben in ihre Augen. Doch damit war es vorbei, als Nora sie aufforderte, von ihrem Ehemann zu erzählen.

„Von Marcel? Was soll ich zu ihm sagen?"

„Nun, sie beide waren verheiratet. Gewöhnlich teilt man mit seinem Mann sein Leben, seinen Alltag, seine Gedanken, Wünsche und Ängste. Man lernt sich in- und auswendig kennen. Und man kann den anderen beschreiben, kennt seine Stärken und Schwächen. Was für ein Mensch war Marcel?"

Janine wurde eine Spur blasser und presste ihre Lippen aufeinander.

„Antworten Sie. Irgendetwas wird Ihnen doch einfallen. Hatte Marcel zum Beispiel ein Hobby, eine Vorliebe für ein bestimmtes Essen? War er lustig? Konnte er sich Witze merken? Fuhr er gern Auto? War er treu oder ...“

„Hören Sie auf damit. Hören Sie sofort auf! Marcel ist tot. Er ist und bleibt tot!" Fast tonlos formten ihre Lippen noch ein paar Worte. Und das ist auch gut so, meinte Nora von ihnen ablesen zu können. Dieser Ehemann wurde kaum vermisst. Deshalb auch kein Foto von ihm in der Wohnung?

Nora war inzwischen überzeugt, auf der richtigen Spur zu sein. Janine war Opfer einer Vergewaltigung geworden. „Sind Sie froh, dass Marcel nicht zurückkommen kann?"

Janine schlang beide Arme um sich. In ähnlicher Weise hatte sie gestern einen Teddy an sich gepresst. „Ich habe Ihre Fragen beantwortet und will gehen.“

„Von wegen beantwortet. Sie haben kein einziges Wort über Marcel verloren. Ihre Freundin Lea dagegen hat ihn als gut aussehend, umgänglich und intelligent beschrieben. War Marcel so?"

Janine schwieg.

„Und von Doktor Peters weiß ich, dass Marcel ein ausgesprochen liebevoller Vater war", fügte Nora an.

Janine wurde weiß im Gesicht. „Mir ist schlecht, ich muss aufs Klo",
presste sie hervor. Nora befürchtete, die junge Frau würde bei ihr
kollabieren wie bei Doktor Peters. Schnell führte sie Janine zur Toilette
und hörte, wie sie sich übergab. Sollte sie einen Notarzt rufen? Janine
lehnte heftig ab; von Ärzten hätte sie genug. Nora wollte ihr ein paar
Minuten Ruhe gönnen. Sie sorgte dafür, dass sich eine Kollegin im
Verhörraum um Janine kümmerte.

Nora ging zu ihrem Zimmer, in dem Torsten Mann und ein Kollege
stumm beieinander saßen.

Nora dankte dem Kollegen, der daraufhin den Raum verließ. Sie lehnte
sich gegen Antjes Schreibtisch, auf dem Kopien der Ermittlungsakten im
Fall Mann ausgebreitet waren. „Was ist mit meiner Tochter?", fragte
Torsten, „was wollen Sie von ihr? Wo ist Janine? Wieder zu Hause?"

„Nun mal langsam, bitte. Ihre Tochter ist besonders sensibel und nicht
sehr belastbar. Der gewaltsame Tod ihres Mannes hat sie schwer getroffen;
vermutlich steht sie noch unter Schock."

„Ist ja wohl mehr als verständlich. Deshalb sollten Sie Janine in Frieden
lassen."

„Würde ich gern. Ich glaube aber, Ihre Tochter lügt uns an. Sie verbirgt
irgendetwas Schreckliches vor uns. Und damit meine ich nicht den Tod
ihres Ehemannes."

Torsten lachte gekünstelt auf. „Ich bitte Sie, Frau Graf, was sonst sollte
Janine derart aus der Fassung bringen als der Mord an Marcel?"

„Sagen *Sie* es mir."

„Bin ich zum Rätselraten hergekommen?" Er versuchte, locker zu
klingen, doch seine Nervosität war unüberhörbar. Der richtige Zeitpunkt
für Nora, um ihren Verdacht auszusprechen. Ein gewagter Schritt, denn
wenn sie sich irrte, konnte das unangenehme Konsequenzen haben. „Herr

Mann, ich habe Grund zur Annahme, dass Janine vor der Ehe schwanger wurde und zwar als Folge einer Vergewaltigung. Marcel Ziegler war der Täter, und deswegen wurde er getötet."

Torsten zuckte wie vor einem unerwarteten Schlag zurück. „Also, wirklich, eine perverse Phantasie haben Sie, Frau Graf. Lernt man das bei der Polizei? Sie sind auf einer vollkommen falschen Fährte. Janine wurde nicht vergewaltigt, das wüsste ich ja wohl, ich bin Ihr Vater, und sie vertraut mir."

„Ja, Sie sind Janines Vater. Ob Sie allerdings wissen, was Janine passiert ist und wie es in ihr aussieht, das bezweifle ich. Es würde Janine helfen, wenn die Wahrheit auf den Tisch käme, nur so kann sie ihr Trauma überwinden."

„Was reden Sie für einen Schwachsinn!" Torsten stand auf, zupfte an seinen Hemdsärmeln herum und zwang sich zur Ruhe. „Ich höre mir Ihre aberwitzigen Hirngespinste keine Sekunde länger an. Von wegen vergewaltigt! Wenn Sie solche Gerüchte in die Welt setzen, zeige ich Sie an."

„Wenn's der Wahrheitsfindung dient, nur zu." Nora nahm Antjes Platz ein und schob ein paar Akten durcheinander. „Dies ist unsere Arbeit, Herr Mann, lauter trockenes Papier sollte man meinen. Doch dahinter verbergen sich Schicksale, Verstrickungen, Lügen, Hass und ..."

Torsten unterbrach sie: „Leidenschaft, ja? Was soll das?"

„Sie wussten, dass Ihre Frau Veronika das Jugendamt auf Tamara Franke hetzte und dafür sorgte, dass Janine als Kleinkind in einer Pflegefamilie untergebracht wurde."

„Ja, und?"

„Wie haben Sie das erfahren?"

„Von Veronika selbst. Nachdem Tamara mich in meine Vaterschaft eingeweiht und ich Umgang mit Janine hatte, äußerte sie irgendwann die Vermutung, dass Veronika hinter der Pflegschaft steckte, natürlich ohne

Beweis. Ich habe meine Frau zur Rede gestellt und sie hat ... gestanden, würde es bei Ihnen heißen, ja? Und weiter? Streit, Stress, Ehekrise, steht das auch in Ihren Akten?"

„Haben Sie Tamara gesagt, dass ihr Verdacht richtig war?"

„Ja, nach einigem Zögern. Sie hat ziemlich gelassen reagiert."

„Und wie haben *Sie* reagiert außer Streit, Stress und Ehekrise?"

„Wollen Sie irgendwas Konkretes andeuten?"

Nora tat, als beschäftige sie sich erneut mit den Akten. Torsten haute mit einer Faust auf den Schreibtisch. „Denken Sie etwa, dass ich Veronika wegen dieser alten Geschichte umgebracht habe? Das war in den 90ern. Können Sie rechnen? Das ist über zwanzig Jahre her!"

„Herr Mann, setzen Sie sich doch wieder. Ich versichere Ihnen, ich kann rechnen. Zwanzig Jahre sind eine lange Zeit. Aber Sie müssen auch zugeben, dass Sie genug Gründe hätten, um Ihre Frau zu töten. Sie haben eine jüngere Geliebte, Sie wollen die Scheidung, und Ihrer Frau fällt ein ziemlich großes Erbe zu. Dazu Veronikas Hass auf Tamara, die Mutter Ihres einzigen Kindes. Tja, alles in allem - können Sie sich vorstellen, wie das für uns aussieht? Aber Sie brauchen sich keine Sorgen zu machen. Sie haben doch ein Alibi für die Tatzeit von Ihrer neuen Partnerin. Mir geht es heute auch vorrangig um den Tod von Marcel, Ihrem Schwiegersohn, Herr Mann. Und nun möchte ich von Ihnen endlich wissen, worüber Sie vorige Freitagnacht per Handy mit Tamara Franke geredet haben."

„Das sagte ich Ihnen bereits. Ich erkundigte mich nach Ella."

Nora widersprach entschieden. „Falsch! *Sie* erkundigten sich nach gar nichts. Frau Franke hat nämlich Sie angerufen. Angeblich, um Ihnen zu sagen, dass es Ella gut geht. Und gestern Nacht hat Tamara Sie auch angerufen. Hat Sie Ihnen diesmal auch mitgeteilt, dass es Ella gut geht?"

„Ist das verboten? Ella ist unsere gemeinsame Enkelin. Sie liegt mir am Herzen."

„Das glaube ich Ihnen. Alles andere ist gelogen. Tamara wird Ihnen erzählt haben, dass ich mit ihr im ‚Brinkama's‘ gegessen habe. Und dass dieser Abend etwas unschön endete. Tamara war sehr wütend auf mich. Und kaum drei Minuten, nachdem sie weg ist aus dem Lokal, wählt sie Ihre Nummer. Um Ihnen zu versichern, dass mit Ella alles in Ordnung ist? Und darüber reden Sie acht Minuten lang? Für wie blöd halten Sie mich?“

„Das würde ich mir nie erlauben.“ Torsten räusperte sich und sah steif an seiner Kleidung herunter, als hätte er sich im Büro der Kommissarin beschmutzen können. „Frau Graf, ich bin zu jeglicher Kooperation bereit, wenn sie hilft, den Mörder meiner Frau zu finden oder den von Marcel. Trotzdem verbitte ich mir, dass die Polizei mich herumkommandiert, wann ich wo zu sein habe. Und ich verbitte mir Ihre Unterstellungen. Wagen Sie nicht, Janine mit Ihren Vergewaltigungsfantasien zu belästigen. Ansonsten werde ich meinen Anwalt einschalten!“

„Ich arbeite immer gern und effektiv mit Anwälten zusammen“, meinte Nora dazu. „Wie weit würden Sie denn gehen, um Tochter und Enkelin zu schützen?“

„Sehr, sehr weit. Aber ich würde niemals jemanden töten. Unter keinen Umständen.“

„Herr Mann, die Sachverhalte sind folgende. Janine und ihre Mutter geben sich gegenseitig ein Alibi für Freitagnacht, in der Marcel ermordet wurde. Das ist ein schwaches Alibi. Janine hat unbestritten das stärkste Motiv, Marcel zu töten, weil er sie vergewaltigt hat. Aber nur ein Paar hätte diesen Mord begehen können. Ein Paar, das ein gemeinsames Motiv hatte. Da fallen mir nur Janines Mutter Tamara und Sie ein, Herr Mann. Ging's vielleicht darum in dem Telefongespräch in der Nacht zum Freitag? Eine Verabredung zum Mord?“

„Das ist ungeheuerlich. Sie werfen mit Anschuldigungen um sich und haben keinerlei Beweis!“ Er wandte sich zur Tür und traf auf Antje. „Nanu, Besuch“, rief sie aus und tauschte mit Nora einen schnellen Blick.

Torsten wollte an der jungen Frau vorbei, doch Antje wich keinen Millimeter. „Sind *Sie* der Mann mit den dreihunderttausend Euro?"

„Frau Siggelkow, Herr Mann möchte uns verlassen", Nora tat, als rüge sie Antjes Verhalten, „und er darf das. Noch hat er für jede Tatnacht ein Alibi."

„Meinen Sie die Gefälligkeitsalibis seiner Geliebten?", fragte Antje.

„Dafür haben wir leider keinen Beweis", meinte Nora bedauernd.

„Also, das ist doch die Höhe", entrüstete sich Torsten, „ich werde mich über Sie beschweren. Über Sie beide!"

„Das wollte ich immer schon mal, dass sich einer über mich beschwert. Dann nimmt der Chef mich endlich ernst." Antje verschränkte ihre Arme vor der Brust und stellte sich herausfordernd vor dem Mann auf.

„Ich habe Veronika nicht umgebracht. Und was soll das mit dem Gefälligkeitsalibi", regte er sich auf, „und von Ihnen lasse ich mir schon gar nicht an die Karre fahren!" Er fuchtelte mit einer Hand vor Antjes Gesicht herum.

„Ach, übrigens, Herr Mann", sagte Nora ruhig, „Sie können Ihre Frau beerdigen, wenn Sie möchten. Die Leiche ist freigegeben."

Torsten guckte sie entgeistert an, schubste die junge Kommissarin beiseite und lief mit langen Schritten davon.

„Gut reagiert", lobte Nora Antje, die spontan vor ihr Haltung annahm und zum Schein salutierte. „Was erfahren beim Jugendamt?"

Antje verdrehte genervt die Augen. „Eine überaus charmante Dame, diese Rita Meyfarth. Veronika Mann hat der mehrmals mit der Ella in den Ohren gelegen. Ihre Mutter, die Janine Ziegler, wäre psychisch gestört und unfähig, sich um ein krankes Kleinkind zu kümmern und deshalb müsse das ihr weggenommen werden. Die Rita hat sie abblitzen lassen. Das Kind lebe in geordneten familiären Verhältnissen, und die psychische Störung der Mutter sei eine bloße Behauptung. Danach gab's einen tiefen Riss in der Freundschaft. Hatten Sie das erwartet?"

„Diese Intrige mit Ella hatte ich befürchtet. Und das war mal meine Lehrerin."

„Echt? Und wie geht's weiter?", fragte Antje ungeduldig.

„Bestellen Sie Frau Meyfarth ein und nehmen Sie ihre Aussage zu Protokoll. Aber vorher besorgen Sie mir bitte die Akten zu den Vergewaltigungsfällen in Schwerin."

„Warum?"

Herrje, musste sie ab sofort jeden ihrer Schritte vor Antje erläutern und begründen?

„Der Chef hat Ihnen sicher von meiner Aufgabe als Koordinatorin erzählt. Ich möchte einfach umfassend im Bilde sein."

Janines Geheimnis

Janine Ziegler hockte blass und eingefallen auf einem Stuhl im Vernehmungsraum. Nora empfand Mitleid mit Tamaras Tochter, die eine doppelt schwere Bürde zu tragen hatte.

„Wir müssen noch einmal reden", sagte Nora.

„Ich will nach Hause, zu Ella."

„Sie ist in guten Händen, Frau Ziegler. Wie war das, als Sie erfuhren, dass Marcel Knochenmarkspender für Ella sein konnte. Haben Sie da selbst einen Vaterschaftstest organisiert, oder haben Sie Doktor Peters darum gebeten?"

„Ich will meine Mutter sprechen."

„Wissen Sie, was mich wundert? Warum fragen Sie nicht, wann Sie Ihren Ehemann beerdigen dürfen?"

„Sie sind doch eine Freundin meiner Mutter. Ich will, dass sie herkommt."

„Frau Ziegler, Sie sind eine erwachsene Frau und haben eine Tochter. Wieso rufen Sie nach Ihrer Mutter wie ein kleines Kind?"

„Ich sag nichts mehr!"

„Langsam ist Zeit für die Wahrheit, Janine, es ist zu viel passiert." Nora stockte. „Janine, ich habe lange über Sie nachgedacht. Und über Marcel und ihre Beziehung. Ich habe folgenden schlimmen Verdacht: Sie sind vor der Ehe von Marcel vergewaltigt worden. Ist das richtig?"

Janine starrte Nora fassungslos an und schwieg.

„Reden Sie bitte mit mir, Janine. Marcel hat Sie vergewaltigt. Deswegen wurde er getötet. Und Sie wissen, wer das getan hat."

Janine raffte sich zu einer Antwort auf. „Das haben Sie erfunden", sagte sie mit tonloser Stimme, „niemand hat mich vergewaltigt."

„In Schwerin sind in den letzten Monaten drei weitere Frauen Opfer des gleichen Verbrechens geworden. Davon haben Sie sicher gehört. Janine, warum haben Sie sich nicht bei der Polizei gemeldet?"

„Sagte schon, niemand hat mich vergewaltigt. Hören Sie auf. Bitte!"

„Es muss furchtbar für Sie gewesen sein, als Sie nach dem Vaterschaftstest erkannten, was Marcel Ihnen angetan hat. Sie konnten unmöglich weiter schweigen; Sie haben sich endlich Ihrer Mutter anvertraut. Haben Sie gemeinsam beschlossen, Marcel zu töten? Sie und Ihre Mutter?"

„Nein, nein, nein! Mama und ich, wir waren zusammen zu Hause bei mir."

„Ein Geständnis würde Ihnen helfen, Janine, glauben Sie mir. Ich habe schon oft ..."

Die Tür des Vernehmungsraumes wurde von Hansen aufgerissen: „Frau Graf, auf ein Wort."

Hansen überfiel Nora noch auf dem Korridor mit einem lautstarken Wortschwall. „Was denken Sie sich. Sie posaunen einfach irgendwelche Theorien in die Welt hinaus. Vergewaltigung! Haben Sie dafür Beweise? Ich denk, mich tritt ein Pferd. Warum sagt mir keiner was?"

Offenbar hatte er den zweiten Teil der Befragung von Janine im Nebenraum mitgehört. Ihr Vorgehen war zwar nicht ganz korrekt gewesen, trotzdem empfand Nora seinen lautstarken Auftritt als unangemessen. Die Frau mit dem Bass ging vorüber und beobachtete beide neugierig. Ein Schauspiel für andere wollte Nora vermeiden und deshalb fragte sie unvermittelt: „Wie geht es Jack?"

Hansen blieb der nächste Wutausbruch im Halse stecken. Er schubste sie in sein Büro und knallte die Tür von innen zu. „Kein Wort über Johannes in diesem Haus!"

„War nur eine harmlose Frage, Chef." Zu irgendetwas musste der Deal mit ihm doch gut sein und sei es, um ihn ein bisschen in Schach zu halten. „Herr Hansen, ich habe berechtigten Grund zur Annahme, dass Janine Ziegler vor der Ehe von Marcel vergewaltigt und er deswegen getötet wurde. Und ich gehe sogar so weit zu behaupten, dass er der gesuchte Serien-Täter ist oder war."

„Seit wann?"

„Wie meinen Sie?"

„Seit wann haben Sie diese Vermutung?"

„Das hat sich irgendwie zusammengeschoben. Konkreter wurde es erst nach dem heutigen Gespräch mit Lea Schmittke, der Freundin von Janine. Lassen Sie mich alles erklären."

„Ich bitte darum. Schießen Sie los!"

„Okay. Janine wurde vergewaltigt. In der Folge wurde sie schwanger. Sie lernte Marcel kennen, dem sie beichtete, von ihrem Vergewaltiger schwanger zu sein. Janine hielt es wahrscheinlich für sehr großzügig, dass Marcel sie trotzdem heiratete und Ella als sein Kind anerkannte. Auf der Suche nach einem Knochenmarkspender für die erkrankte Ella wurde auch Marcel routinemäßig getestet. Es stellte sich heraus, dass er als Spender geeignet war. Als Janine das von Doktor Peters eröffnet wurde, erlitt sie einen Kreislaufkollaps, weil sie fälschlicherweise annahm, nur der leibliche Vater könne ein Spender sein. Und deshalb käme Marcel ja nicht in Frage. Obwohl Doktor Peters sie über ihren Irrtum aufklärte, musste Janine sich Gewissheit verschaffen. Sie machte einen Vaterschaftstest. Marcel war der leibliche Vater von Ella. Janine hatte ihren Vergewaltiger geheiratet. Das konnte sie psychisch nicht verkraften und vertraute sich in ihrer Not ihrer Mutter an. Mag sein, beide überlegten, zur Polizei zu gehen oder sich woanders Hilfe zu holen. Oder Tamara verfiel gleich auf die Idee, Marcel aus Rache zu töten. Vielleicht fühlten sich beide Frauen auch von

Marcel bedroht. Lange konnten sie ihm ja nicht Normalität vorspielen. Ich vermute, dass Torsten Mann zumindest bei der Beseitigung der Leiche mitgeholfen hat. So oder ähnlich muss es gewesen sein, Chef, denn nur so macht alles für mich einen Sinn. Meine Theorie wird allerdings nur durch die Aussage von Lea Schmittke, der Freundin von Janine, gestützt. Janine und Torsten Mann mauern. Ich bin mir aber sicher, Janine wird reden und alles bestätigen."

„Ist das Ihre Vorstellung von professioneller Arbeit? Einfach so mal eine Theorie zusammen basteln und ohne Beweise in die Welt setzen? Hat man Ihnen das in Berlin beigebracht? Na, gute Nacht."

„Herr Hansen, wir haben endlich ein Motiv, warum Marcel Ziegler umgebracht wurde. Janine ist meiner Meinung nach zu zart besaitet und psychisch zu sehr am Boden, um dieses Verbrechen begangen zu haben. Und sie hat auch ein Alibi." Nora holte noch einmal tief Luft, bevor sie ihren Verdacht gegen Tamara aussprechen konnte. „Aber Janines temperamentvolle Mutter Tamara wäre in der Lage zu töten." Nora fügte hinzu: „Torsten Mann wäre ein möglicher Helfer. Passt auch zu den gehäuften Kontakten zwischen beiden in letzter Zeit und dass er in der Tatnacht, nachdem Tamara ihn angerufen hatte, sein Handy ausschaltete."

Nora erwartete einen zweiten Anschiss von Hansen. War ja alles noch vage und kein Beweis. Sie waren auf Geständnisse angewiesen, um den Fall zu lösen.

Den Hinweis auf Torsten Mann überhörte Hansen scheinbar, den auf Tamara jedoch registrierte er aufmerksam. „Damit wäre Ihre Freundin auch im Fall Marcel Ziegler eine Tatverdächtige." Diese Vorstellung ließ seine Wut vorübergehend abkühlen. „Ich denke, es wird wirklich Zeit, Sie von den aktuellen Ermittlungen abzuziehen."

„Und ich denke, es wird höchste Zeit, Tamara Franke festzunehmen und Ihre Wohnung zu durchsuchen."

„Damit ich mich blamiere? Wir brauchen wenigstens belastbare Indizien. Nein, nein, Sie sind raus.“

Nora gab sich einsichtig. „Wie Sie meinen. Ich gehe davon aus, dass Kollegin Siggelkow meine Aufgaben übernimmt. Ich werde sie über den Stand der Dinge umfassend informieren; natürlich auch über unseren Jack-Deal.“

Hastig fiel Hansen ihr ins Wort: „Nun mal nicht das Kind mit dem Bade ausschütten. Wenn ich es genau betrachte, Ihre Beziehung zu der Franke ist ja doch eher weitläufig und locker. Aber kein weiteres Wort mit irgendjemandem über Ihre Vergewaltigungstheorie“, verlangte er von Nora, worauf sie gestand, bereits Torsten Mann mit ihr konfrontiert zu haben. Natürlich habe er alles abgestritten.

Hansen wurde vor Ärger puterrot im Gesicht und schnappte nach Luft wie ein Fisch auf dem Trockenen. Nora nutzte seine Sprachlosigkeit, um ihm noch einmal haarklein zu erklären, warum sie Marcel Ziegler für den gesuchten Vergewaltiger und Tamara für seine Mörderin hielt. Doch Hansen hörte kaum hin und blieb bei seiner Meinung: „Alles Spekulationen. Kein einziger Beweis. Stattdessen schmeißen Sie mit Tatverdächtigen nur so um sich. Dabei haben Sie genug anderes zu tun. Haben Sie das Alibi der Franke für Sonntag überprüft?“

„Ich hatte noch keine Zeit dafür. Herr Hansen, geben Sie mir eine Chance, an Beweise zu kommen. Wenn ich die Befragung von Janine Ziegler fortsetze, wird sie reden. Sie muss sich einfach alles von der Seele reden. Sie muss!“

„Das ist Holger Kleins Fall, und Sie besinnen sich auf Ihre eigentliche Aufgabe: das war koordinieren, ich buchstabiere es Ihnen auch gern noch mal, verdammt! Habe ich mich verständlich ausgedrückt?“

„Und Janine?“

„Die Befragung übernimmt Kollege Klein. Keine Diskussion.“

Nora konnte es kaum fassen, Hansen wollte ausgerechnet Holger Klein auf Janine loslassen. Diesen Stümper!

„Sie sind ein sturer Mensch", sagte Nora leise, „wollen unbedingt Ihren Kopf durchsetzen. Ihr Favorit Holger Klein wird alles verderben. Janine wird sich in ihr Schneckenhaus zurückziehen und Ende. Bin gespannt, wie Sie Ihre erfolglosen Ermittlungen morgen vor der Presse rechtfertigen wollen."

„Die dämliche Journaille kann mich mal."

„Und der oberste Chef auch?"

Hansens Gesichtsfarbe ging wieder in Richtung dunkelrot. Er setzte zu einem neuen Wutausbruch an, und Nora dachte, das war's mit ihrer Zeit in Schwerin. Aber diesmal wollte sie keinen Schritt zurückweichen, keinen Millimeter. Das hatte sie in Berlin um des lieben Friedens willen einmal gemacht, und es hatte sie nach Schwerin verschlagen. Von hier aus ging es für sie nicht weiter.

Bevor Hansen ein Wort rausbringen konnte, meldete sich sein Handy. Der Anruf bereitete ihm offensichtlich Vergnügen, denn Nora konnte beobachten, wie er sich entspannte. Zu ihrer Überraschung verteidigte Hansen ihre Arbeit dem Anrufer gegenüber als korrekt und mit ihm abgesprochen. Nora ahnte, wen ihr Chef am Ohr hatte: Torsten Mann. Wenig später beendete Hansen das Telefonat mit einem polternden „Sie können mich mal!". Er lehnte sich in seinem Sessel zurück und grinste Nora an. „Solche Momente entschädigen mich für Vieles in diesem Job. Sie haben also auch Herrn Mann verärgert, Kollegin. Seit wann hören Sie denn sein Telefon ab? Habe ich den Antrag abgesegnet? Das muss ich wohl vergessen haben." Er rieb sich mit einer Hand über den Schädel. „Die Berliner Kollegen sind bestimmt froh, die Gräfin mit ihren waghalsigen Alleingängen los zu sein. Na dann, vorwärts. Und Ihre Vergewaltigungstheorie ziehe ich erst in Betracht, wenn Sie irgendwas Handfestes haben."

Tamara führt sich auf

Nora war unschlüssig, wie sie weiter vorgehen sollte. Wie sollte sie Hansens ‚vorwärts' verstehen? Janines Befragung fortsetzen oder zuvor mit Holger über ihre Vermutungen reden?

Eine Frau mit langen roten Haaren rannte sie beinahe um. Tamara!

„Willst du zu mir?", fragte Nora.

„Nein, zu Janine. Wo ist sie?"

„Gut, dass du da bist", Nora bemühte sich um einen freundlichen Tonfall, „wir müssen miteinander reden. Zu Janine kannst du danach."

Widerwillig folgte Tamara Nora. „Wieso wird Janine verhört? War das deine Idee?"

„Janine ist uns noch ein paar Antworten schuldig, das ist alles. Kein Grund zur Aufregung."

„Natürlich rege ich mich auf, ich bin ihre Mutter. Janine liegt am Boden, und ihr habt nichts Besseres zu tun, als auf ihr herum zu trampeln. Ihr solltet euch schämen. Janine hat nichts mit Marcels Tod zu tun. Wieso wird sie trotzdem festgehalten wie eine Verbrecherin?" Tamara schüttelte ihre rote Mähne.

„Beruhige dich, bitte. Janine ist immerhin die Ehefrau eines Mordopfers. Unser Vorgehen ist durchaus im Rahmen. Also, komm runter und setz dich. Möchtest du einen Kaffee?"

„Nein, danke." Tamara entdeckte auf Antjes Schreibtisch das geschrumpfte Kuchenpaket. „Also, ihr macht es euch gemütlich, während unschuldige Leute ..." Sie verstummte, auf die ausgebreiteten Akten starrend.

Nora musste verhindern, dass sie Interna mitbekam und führte Tamara schnell zu ihrem eigenen Arbeitsplatz. „Setz dich endlich", sagte sie streng, „je länger du mich aufhältst, desto länger muss Janine warten."

„Eigentlich wollte ich mich bei dir entschuldigen, Nora, weil ich mich gestern unmöglich benommen habe. Von wegen anzeigen und so. Nachdem ich aber von Torsten gehört habe, dass du ihn und mich verdächtigst, Marcel ermordet zu haben, gibt's nichts mehr zu entschuldigen. Das ist ja wohl das Letzte! Ich hoffe nur, du verschonst Janine mit dieser abartigen Verdächtigung."

„Du hast ein Motiv, Marcel zu töten, Tamara. Du wolltest deine Tochter vor diesem Verbrecher Marcel retten und sie rächen. Und du wolltest Ella vor diesem Vater schützen. Undenkbar, dass sie mit dem Vergewaltiger ihrer Mutter aufwachsen sollte."

„Stopp! Hörst du dir mal zu, Nora? Torsten hat recht, du bist von dieser abscheulichen Idee besessen. Aber du hast keinen Beweis, weil es keinen gibt. Wir sind schlicht und einfach unschuldig. Krieg das mal in deine Birne."

„Ich glaube, Janine weiß alles. Deshalb willst du sie unbedingt so schnell wie möglich nach Hause holen. Bevor sie uns sagen kann, was genau passiert ist. Aber Janine ist kein Kind mehr, du kannst nicht über sie bestimmen."

„Janine ist kurz vorm Zusammenklappen. Allein deshalb will ich sie nach Hause bringen. Oder braucht sie erst ein ärztliches Attest, dass sie gehen darf?"

„Janine ist traumatisiert. Du, Torsten und Janine, ihr müsst endlich den Mund aufmachen!"

„Pah, damit du dich besser fühlst? Es gibt nichts zu gestehen. Einen Kaffee würde ich jetzt gern trinken, wenn ich länger auf Janine warten muss."

„Ist aus. Außerdem ist dies ein Dienstzimmer und kein Wartezimmer für Besucher." Nora sah Tamara prüfend ins Gesicht. „Mal ein anderes

Thema. Wo warst du vorige Sonntagnacht zwischen dreiundzwanzig Uhr und Mitternacht?"

„Das ist der Sonntag, an dem die Rot ermordet wurde? Ich war bei meiner Freundin Martina, ist euch bekannt."

„Martina sagte aus, ihr hättet ziemlich viel getrunken, und an einen genauen Zeitpunkt, wann du von ihr weg bist, konnte sie sich nicht erinnern. Deine Freundin wohnt in der Werderstraße, du in der Severin-straße. Bist du zu Fuß nach Hause?"

„Du misstraust mir wohl in allem und jedem. Ja, ich bin zu Fuß los. Ich kann schnell laufen, solltest du noch wissen. Ich war immer schneller als du."

War kein Platz mehr für Kindheitserinnerungen, dachte Nora. „Auf deinem Nachhauseweg bist du am Pfaffenteich vorbei. Du hättest zufällig auf Veronika Mann treffen können."

„Hätte, hätte, Fahrradkette! Bin niemand begegnet. Wo ist die Olle umgebracht worden? In der Zeitung stand was von der Anlegestelle der Fähre. Stimmt das?", fragte Tamara.

„Beschreibe mir bitte deinen Heimweg."

„Von der Werder- in die Hospitalstraße runter zum Pfaffenteich, am E-Werk vorbei, Spieltordamm, dann zur Wismarschen Straße, durch den Bahnhof und hoch zu mir in die Severinstraße. Hätte ich da auf Veronika stoßen können?"

Wenn das die Wahrheit war, eher unwahrscheinlich, dachte Nora. „Hat dich auf dem Weg irgendwer gesehen?"

Tamara lachte auf. „Um die Zeit? Wir sind in Schwerin, da sind die Bürgersteige um Mitternacht längst hochgeklappt."

„Nun, ganz so schlimm ist es nicht. Es waren Leute unterwegs, die von der Oper kamen."

„Ich hab niemand gesehen."

„Schade. Wegen dieser Pflegschaft für Janine. Hast du Veronika Mann mal zur Rede gestellt?"

„Reimst du dir zusammen, ich hätte die Rot deswegen umgebracht? Ist alles Schnee von gestern. Die Rot hat genug Ärger mit Torsten gekriegt. Da hat er zum x-ten Mal an Scheidung gedacht. Und ich hatte Janine zurück. Ich habe ein Kind und ein Enkelkind, mein Leben lang, und sie keins. Das war mir Rache genug. Und nun will ich zu Janine. Ist das endlich möglich?"

„Weißt du, dass Veronika Mann auch versucht hat, Janine Ella wegzunehmen? Sie wollte Janine das antun, was sie auch dir angetan hat."

„Was?! Die war ja irre, die Alte. Total irre. Die hätte eine Therapie gebraucht. Das ist doch kein Leben mit so viel Hass und Boshaftigkeit."

„Dann ist ja schön, dass du deine bösen Seiten immer voll im Griff hattest." Kaum gesagt, ärgerte Nora sich über ihren Sarkasmus. Auf diese Weise würde sie nichts erreichen. Wie zum Beweis sprang Tamara auf. „Spar dir deine blöden Sprüche! Bleib in deinem muffigen Büro sitzen, ich gönn dir auch Kaffee und Kuchen, aber verpiss dich aus unserem Leben!" Sie schritt zur Tür, aufrecht und stolz und drehte sich noch einmal um. „Wärst du bloß in Berlin geblieben!"

Nora blieb betroffen zurück. Warum musste ihr passieren, ausgerechnet Tamara schwerer Verbrechen zu verdächtigen? Tamara, den einzigen Menschen, den sie aus Schweriner Kindertagen kannte, den sie verloren und wiedergefunden hatte, dem sie sich trotz aller vergangenen Zeit verbunden fühlte. Aber sie war mit Haut und Haar Polizistin und konnte nicht einfach eine Spur aufgeben. Ach, es war doch schon eher eine breite Schneise, die zu Tamara führte.

Zippendorf

Zu Noras Überraschung war der Verhörraum leer. Von wegen: Die Befragung Janines führt Holger Klein weiter. Hansen hatte sie gehen lassen. Es war vorbei.

Nora rief den Chef an und hinterließ ihm auf seiner Mailbox, dass sie sich ab sofort von den Ermittlungen wegen ihrer privaten Beziehung zu Frau Franke zurückzog. Ihr Jack-Deal würde weiterhin gelten.

Es war Mittagszeit. Nora ging in die Kantine, entschied sich für das vegetarische Gericht und setzte sich an einen freien Tisch am Fenster. Hansen meldete sich nicht. Nora merkte, wie verärgert sie war. Wenn sie beim Einbruch geblieben wäre, hätte sie mit Tom arbeiten und sich jeden Tag über seine Sonnenbrille mokieren können, aber dienstlich hätte es keine Konfrontation mit Tamara gegeben. Und die ständigen Auseinandersetzungen mit dem Sturkopf Hansen wären auch passé.

Auf einmal erschrak Nora und verschluckte sich beinahe. Tom steuerte zielstrebig auf sie zu.

„Hallo, Frau Graf", grüßte Tom laut und fügte leiser hinzu: „Wir bleiben in der Öffentlichkeit beim Sie, ja?"

„Ich bin total schlecht drauf. Gehen Sie mir lieber aus dem Weg, Kollege."

Er setzte sich ihr gegenüber. „Was ist passiert?"

„Nichts. Wollen *Sie* sich kein Essen holen, Herr Weller?"

Tom grinste breit. „Das mit dem *Sie* ist uncool. Hab noch keinen Hunger. Ich habe einen kleinen Anschlag auf dich vor, äh auf Sie, Kollegin. Wenn Sie fertig sind, geht's los."

„Ich habe für private Spielchen gerade überhaupt keinen Sinn, Tom. Dafür habe ich heute keinen Nerv, lass es sein, lass bitte alles sein."

Tom nahm einen lehrerhaften Ton an. „Ein paar Minuten werden Sie für mich erübrigen müssen. Darauf bestehe ich."

Nora raunte ihm über den Tisch zu: „Du bist unmöglich." Es war ihr etwas unheimlich, wie Tom es schaffte, dass sie sich ruckzuck besser fühlte und ihren Frust über Hansen vergaß. „Willst du mich entführen? Oder womit willst du mich sonst überraschen?"

„Wenn ich's verrate, wär's ja witzlos. Iss ruhig auf, ich kann warten."

Nora entdeckte Antje an der Kantinentür, die in den Raum spähte, auf beiden Armen einen dicken Stapel Ordner. Nora suchte Blickkontakt mit ihr, und daraufhin verdrückte sich Antje.

Die Akten zu den Vergewaltigungsfällen konnte sie gleich zurückschicken. Wozu die noch durchsehen, nachdem sie sich von den Mordfällen verabschiedet hatte? Andererseits wären die Akten ein guter Vorwand, um Tom mit seiner Überraschung sitzen zu lassen. Aber die Neugier siegte. Nora schob den Teller beiseite. „Was hast du vor?"

Wenige Minuten später las Nora auf einem Verkehrsschild „Zippendorfer Strand" und bereute, dass sie sich hatte breitschlagen lassen. Als Tom auf einen größeren Parkplatz in unmittelbarer Strandnähe fuhr, blieb Nora im Wagen sitzen, während er - mit obligatorischer Sonnenbrille auf der Nase - eine Decke aus dem Kofferraum holte und sie sich über die Schulter warf. Nora guckte, ob er ein Köfferchen oder ähnliches in der Hand hatte, in dem Essen für ein Picknick versteckt sein könnte, und atmete erleichtert auf, als dem nicht so war. Er öffnete die Beifahrertür und bat sie auszusteigen. Nora wollte protestieren, im Auto sitzen bleiben oder umgehend zurückfahren. Doch sie ließ sich von Tom an die Hand nehmen und zum Strand führen. Dort nötigte er sie, ihre Schuhe auszuziehen. Es war windstill und einigermaßen warm, obwohl sich die Sonne hinter hohen Schleierwolken versteckte. Einige Badegäste lagen im Sand, Kinder planschten im Wasser.

Nora betrachtete das Treiben argwöhnisch. Mit jedem Schritt zum Ufer hin wurde ihr unbehaglicher. Endlich reagierte sie und löste ihre Hand aus seiner. „Was soll das, Tom? Ist das etwa deine Überraschung?"

Er verstaute die Sonnenbrille sorgfältig in seiner Hemdtasche und blinzelte sie an. „Bloß ein bisschen abkühlen. Wir machen nur ein paar Schritte im Flachen."

„Ich verzichte gern."

„Ist doch klasse hier. Fast wie an der Ostsee. Strand, Sonne, unendliche Weite ..." Mit einer ausladenden Armbewegung umfasste er den See und die Landschaft, als wären sie sein Besitz.

„Hast du schon vergessen? Ich habe Angst vor Wasser. Ich geh auf keinen Fall da rein!" Sie drehte sich um und marschierte Richtung Parkplatz. Tom hielt sie auf. „Nora! Die eigentliche Überraschung ist was anderes. Großes Ehrenwort."

Wider Willen musste Nora lächeln. Tom war manchmal wirklich noch ein Junge.

„Dort gleich am Steg liegt mein Boot, mein ganzer Stolz. Sieh es dir wenigstens an."

Erst wollte er sie in den See zerren, und dann sollte sie noch über einen wackligen Steg aufs Boot? Dachte er ernsthaft, sie könnte so ihre Phobie in Nullkommanix überwinden?

Tom nutzte ihr Zögern, umarmte sie stürmisch und küsste sie auf den Mund.

„Wenn uns jemand sieht", rügte sie ihn lahm.

„Und wenn schon. Ist schließlich Freizeit. Los, komm!" Nora überließ ihm erneut ihre Hand, und er zog sie weiter, bis ihre Füße das kühle Nass spürten. Natürlich wusste sie, dass dieser Spaziergang am Ufer entlang völlig ungefährlich war. Es gab kaum Wellen. Sie fühlte sich zunehmend hilflos. Es wurde schlimmer, als ihr bewusst wurde, dass sie genau in die Richtung gingen, wo Bernd gestorben war. Am liebsten wollte sie einfach weglaufen. Sie konnte förmlich spüren, wie Angst ihre Beine hochkroch. Drei Kinder rannten mit lautem Geschrei an ihnen vorbei und spritzten Nora nass. Sie sah ihnen nach. Acht bis zehn Jahre, zu dick und unvorsichtig, dachte Nora über sie und blieb stehen. „Genug, Tom. Ich kann nicht mehr. Außerdem ist die Mittagspause vorüber. Ich muss zurück und du auch."

„Du erinnerst dich an damals, an das Unglück? Ja, ich merke schon, es packt dich wieder. Krasse Geschichte, aber sie ist lange her, Nora. Du musst drüber wegkommen."

„Das werde ich, später. Lass uns gehen, bitte."

Tom gab nach. Auf dem Parkplatz öffnete er alle Autotüren, damit die stickige Luft aus dem Fahrzeug weichen konnte; Nora wartete nicht ab und setzte sich sofort ins Auto. Tom folgte und rückte nach einer kurzen Weile wie beiläufig mit einer dienstlichen Bitte heraus. „Nora, ich habe doch von der heißen Spur bei meinen Einbrüchen erzählt. Ich habe da jemanden im Visier. Wenn ich dir den Namen sage, wirst du mich hassen."

„Sehr witzig, Tom. Wer ist es?"

„Alexander Reuter."

„Bernds Bruder?" Das konnte ja wohl nur ein Irrtum sein.

„Ja, Bruder und gleichzeitig Handwerker mit Hocker in der Lübecker. Dessen Foto bei Holger hängt. Fast überall, wo er gewerkelt hat, ist eingebrochen worden. Er hat die Gegebenheiten ausspioniert und sich

Tage nach Abschluss seiner Arbeiten die Beute geholt. Sozusagen als Zusatzlohn."

„Das glaube ich nicht. Alexander. Niemals!"

„Kennst du ihn persönlich?"

„Nein. Ich weiß lediglich, dass er herzkrank ist und vor ein paar Wochen operiert wurde. Und seine Mutter ..." Sie verstummte. Die war genug gebeutelt. Der eine Sohn tot, und der andere sollte ein Dieb sein?

„Was ist mit der Mutter?"

„Was soll sein. Hast du den Reuter vernommen? Hat er gestanden?"

„Das ist ja mein Problem. Für mich ist kein Rankommen an ihn. Gegen ihn spricht das mehrfache Zusammentreffen von Handwerksarbeiten und Diebstählen. Sonst habe ich", er grinste Nora an, „nur mein Bauchgefühl. Deshalb muss ich zu einer List greifen." Tom rutschte noch näher an sie ran, und Nora befürchtete eine neue Kussattacke. „Welche List?"

„Du", hauchte er an ihrem Hals, „du als ehemalige Schulfreundin seines Bruders könntest ihn mal besuchen und sich in seiner Wohnung etwas umsehen."

Nora lachte auf. „Warum besorgst du dir keinen Durchsuchungsbeschluss?"

„Keine Chance, zu wenig belastbare Indizien. Machst du's?"

„Nein."

„Bitte, bitte!"

„Sag mir, warum du auch ohne Sonne ewig mit dieser prolligen Sonnenbrille rumläufst."

„Darf ich die Antwort auch verweigern? Suchst du ihn auf?"

„Nein. Hab selbst jede Menge Arbeit und Probleme am Hals."

„Quatsch!", Tom wurde ärgerlich, „du hast Bammel vor ihm, weil du Angst vor deiner Vergangenheit hast. Du benimmst dich wie ein Kleinkind. Von wegen erfahrene Kriminalistin."

„Na, du musst es ja wissen."

Beide schwiegen während der Rückfahrt. Als sie die Inspektion erreichten, blieben sie im Auto sitzen, als hätten sie es verabredet. Tom hatte sich beruhigt. „Unser erster Streit, Nora. Am Beginn unserer hoffentlich wunderbaren ... Freundschaft. Übernimmst du den Reuter?"

„Nein."

Wieder schwiegen sie eine Weile. Tom trommelte mit den Fingern am Lenkrad rum. „Der Ausflug war vielleicht eine blöde Idee von mir", räumte er ein, „weil ich wollte, dass du deinen hübschen Fuß auf mein Boot setzt. Deshalb dieser spontane Überfall. Bist du mir böse?"

„Nein."

„Hm. Höre ich heute noch was anderes von dir als nein?"

„Tom, kann es sein, dass du vergisst, dass ich verheiratet bin?"

„Ehe hin oder her. Sie ist ein Grund, aber kein Hindernis. Wie lange ist deine Tochter noch da?"

Das geht dich gar nichts an, wollte Nora antworten; sagen hörte sie sich etwas anderes, während sie ausstieg: „Keine Ahnung. Sie ist erwachsen. Hab noch einen schönen Tag."

„Der Reuter ist ab vier zu Hause", rief Tom ihr nach.

Wo ist Jack?

Auf ihre Mitteilung vom Rückzug aus den Mordermittlungen auch zwei Stunden später noch keine Reaktion von Hansen. Nora schrieb Abschlussberichte. Vor ihr stapelten sich die Akten der Vergewaltigungsfälle. Es juckte sie in den Fingern, die durchzugehen. Vielleicht gab es einen Hinweis, der zu Marcel Ziegler passte. Oder eine DNA-Spur, die man mit seiner abgleichen konnte. Ob Antje Hansen von den Akten berichtet hatte? Nora schaute zu ihr hinüber.

Die junge Kollegin blätterte mit unschuldigem sonnverbranntem Gesicht in Unterlagen zum Mann-Fall; ihr Kuchenpaket nahm nur noch ein winziges Plätzchen auf ihrem Schreibtisch ein.

Nora fragte, ob sie jemand vermisst hätte. Antje schüttelte den Kopf.

„Kein Anruf vom Chef bei Ihnen?", vergewisserte sich Nora.

„Nein. Herr Hansen ist weg."

„Und Holger Klein?"

„Der ist auch verschwunden."

„Na, prima."

Antje strich sich auf eine Art durchs Haar, die Nora stark an Daphne erinnerte. Zeit zu erfahren, was das Töchterchen trieb. Nora tippte eine SMS: „Wo bist du?"

Daphne antwortete: „Auf der Fähre"

Sie tuckerte auf dem Pfaffenteich rum, statt sich in Berlin um ihre Ausbildung zu kümmern? Nora checkte mit dem Smartphone, dass am Nachmittag ein Bus nach Berlin fuhr, und schrieb: „Bus 16.30, Hauptbahnhof"

Die Antwort lautete: „Sorry, wir haben heute Abend eine Wo-besichtigung, 18.00 Treff Klöresgang, Kuss". Einige Smileys waren angehängt.

Daphne organisierte ungefragt Termine für sie? Nora rief ihre Tochter an, konnte sie aber nicht davon abbringen, eine weitere Nacht zu bleiben. Sie hatte die Wohnungsbesichtigung geregelt und mit der Pensionswirtin ausgedealt, dass sie bei ihrer Mutter schlafen konnte, ohne dass zusätzliche Kosten entstanden. Einen Streit in Antjes Anwesenheit wollte Nora vermeiden, deshalb lenkte sie ein. Bis zum Treff um sechs waren ja noch einige Stunden Zeit.

Das Handy summte. Hansen? Nein, Tom. Er schickte ihr die Adresse vom Reuter. Nora war von seiner Hartnäckigkeit genervt. Nie hätte sie sich auf ihn einlassen dürfen; Tom behandelte sie ja schon wie eine abhängige Geliebte. Sie bemerkte, dass Antje immer wieder zu ihr rüber sah. „Ist was?"

Antje druckste herum. Sie wolle nicht missverstanden werden und deshalb lieber die Klappe halten. „Raus mit der Sprache", forderte Nora.

„Vorsicht vor dem Weller."

„Wie meinen Sie das?"

„Na ja, ist bekannt, dass der jedem hübschen Rock nachläuft."

Nora konnte Antje anmerken, wie begierig sie war, weiter über Tom zu tratschen. Dass sie überhaupt damit angefangen hatte, beunruhigte Nora. Antje kannte sie knapp einen Tag und sollte schon mitgekriegt haben, dass zwischen ihr und Tom was lief? Weil beide in der Kantine an einem Tisch gesessen hatten? Oder hatte sie jemand in Zippendorf beobachtet?

„Sie scheint er auch zu mögen", sagte Nora und lächelte möglichst unbefangen.

„Wie gesagt, alles Weibliche, was zwei ordentliche Beine und einen hübschen Po hat. Aber er ist schon in Ordnung."

„Wir haben zwei Tage zusammen gearbeitet, daher kennen wir uns." Damit sollte dieses Thema vom Tisch sein, bevor es sich festsetzte und ausweitete, hoffte Nora und kehrte die Vorgesetzte heraus. „Ich habe eine

Aufgabe für Sie, Frau Siggelkow. Fahren Sie nach Wismar und finden Sie heraus, ob die Freundin von Torsten Mann schwanger ist."

Die Büros von Hansen und Holger Klein blieben auch in der nächsten Stunde verwaist. Kollegen äußerten sich alle ähnlich: die Chefs hätten Wichtiges zu erledigen. Genaueres wusste keiner. Nora startete einen erneuten Versuch bei Hansen auf dem Handy, endlich meldete er sich und ranzte sie an: „Was soll diese Nachricht von Ihnen? Sie wollen aufgeben?"

„Nein, ich will mich von den Fällen *zurückziehen*. Das halte ich für das Beste. Und Sie, Herr Hansen, waren vorhin ähnlicher Meinung. Ich fühle mich in diesen Mordfällen durch die Verwicklung von Tamara Franke zu persönlich betroffen. Das könnte objektive Ermittlungen erschweren."

„Nichts da! Sie bringen die Fälle zusammen und zum Ende." Er verstummte kurz und schnaufte in Noras Ohr. „Johannes ist verschwunden."

„Untergetaucht?"

„Richtig verschwunden, weg. Das hat er noch nie gemacht."

„Wo sind Sie?"

„In Rostock. Ich weiß mir langsam keinen Rat mehr."

„Jack ist bestimmt schon häufiger abgehauen, oder?", versuchte Nora, ihren Chef zu beruhigen.

„Noch nie!", brüllte er sie an. „Und Ihren Rückzieher vergessen Sie, verstanden! Vorwärts, Gräfin!" Er legte auf.

Nora schaute ratlos auf ihr Handy. Bei allem Verständnis für Hansens Sorge um Jack – Nora fand es unbegreiflich, wie der Chef beim gegenwärtig kritischen Stand der Ermittlungen seine Privatangelegenheiten in den Vordergrund stellen konnte. Musste sie wohl oder übel die Dinge selbst weiter vorantreiben und endlich Nägel mit Köpfen machen.

In Holger Kleins Büro herrschte Betriebsamkeit. Schwer, aus dem Stimmengewirr herauszuhören, worum es ging. Bevor Nora jemanden ansprechen konnte, tippte ihr die Kollegin mit dem Bass auf die Schulter. „Ein Problem?"

„Nein, nein, ich wollte, also ich brauche einen Durchsuchungsbeschluss. Entschuldigen Sie, wie war noch mal Ihr Name, bitte?"

„Gesine Romer. Kann ich helfen?"

Mit einer Geste bat Nora die Kollegin, mit in den Flur zu kommen. Nora war zwar von Hansen zur Koordinatorin ernannt worden, doch ohne konkrete Befugnisse. Deshalb erklärte sie Gesine Romer in aller Kürze, warum Marcel Ziegler ihrer Meinung nach getötet worden war und wo. Um diese Theorie zu untermauern oder zu widerlegen, müsste die Wohnung von Tamara Franke durchsucht werden. Dort war vermutlich der Teppich zu finden, auf dem Marcel Ziegler umgebracht wurde. Weil weder Hansen noch Holger Klein im Augenblick greifbar wären, müsste jemand anderes den Beschluss beantragen.

Gesine Romer schaute Nora unverwandt an. „Sie meinen, ich soll das tun?"

Nora setzte eine zuversichtliche Miene auf. „Sie haben das sicher schon öfter für Herrn Hansen erledigt."

„Der Chef ist also einverstanden?"

Nora zögerte mit der Antwort. „Ich denke schon. Ja, ich bin ziemlich überzeugt."

„*Ziemlich* ist ziemlich dünn", meinte Gesine.

„Hundertprozentig", schob Nora nach.

Gesine verdrehte die Augen und brummte: „Worauf lasse ich mich nur ein."

Alexander Reuter

Gesine Romer wollte Nora Bescheid geben, sobald sie das Okay für die Hausdurchsuchung bei Frau Franke hatte.

Nora las in der Zwischenzeit in den Spurenakten der Vergewaltigungsfälle. Sie entdeckte, beim letzten Opfer war Täter-DNS gefunden worden. Diese Spur musste nur noch mit Marcel Ziegler abgeglichen werden, dann hätten sie Gewissheit, ob er der Serien-Vergewaltiger war. Großartig! Wenn Hansen nur endlich erreichbar wäre, um den Vergleich anzuordnen.

Und wo blieb Antje? Die war seit drei Stunden unterwegs. Und das für eine kleine Befragung in Wismar?

Noras Blick fiel aufs Handy und dabei auf die Adresse von Alexander Reuter. Na gut, sie könnte Tom den Gefallen tun. Es war 16:30 Uhr, und der Reuter sollte zu Hause sein. Also los.

Nach den Fotos von Alexander, die Nora bei seiner Mutter und im Büro von Holger gesehen hatte, erwartete sie, auf einen schlanken, halbwegs gutaussehenden Mann zu treffen. Doch einzig Alexanders blasses Gesicht und die kurzen blonden Haare entsprachen ihrer Vorstellung. Alexander war ein drahtiger Mann, der älter aussah als er war. Nora fand ihn auf Anhieb sympathisch; Bernd wäre ihm als Erwachsener wahrscheinlich sehr ähnlich gewesen. „Hallo, ich bin Nora Graf. Ich kannte Ihren Bruder Bernd, wir waren in derselben Klasse", stellte sie sich vor.

„Ich weiß von meiner Mutter, wer Sie sind. Sie arbeiten bei der Kripo und waren Bernds Schwarm."

Toll, dachte Nora pikiert.

Alexander winkte sie herein. Undefinierbarer Lärm empfing Nora. Im Flur entdeckte sie selbstgebaute Regale, und auch im Zimmer konnte das eine oder andere Möbelstück gut von Alexanders Hand stammen. Auf einem Holzregal etliche DVDs und Autozeitschriften. Der Fernseher war Ursprung der lauten Geräusche; es lief kein Film, wie Nora zuerst annahm, offensichtlich ein Spiel. Alexander schaltete es aus.

Nora setzte sich auf einen größeren gepolsterten Stuhl. „Sie wundern sich bestimmt, dass ich Sie aufsuche, Herr Reuter. Ich habe gehört, Sie wurden vor kurzem wieder am Herzen operiert. Wie geht es Ihnen?"

Er lächelte verlegen. „Gut soweit. Wollen Sie mich auch was wegen Tamara fragen?"

„Nein, nein, mein Besuch ist mehr privat. Ich wollte nur", sie verstummte und setzte den Satz in Gedanken fort: mal gucken, ob ich in deiner Wohnung Diebesgut finde. Herrje, warum fiel es ihr so schwer zu lügen! „Ich wollte nur ... Kann ich ein Glas Wasser haben, bitte?"

Alexander verschwand Richtung Küche, und Nora inspizierte das Zimmer. Ein schmales Glasschränkchen war ihr schon beim Betreten besonders aufgefallen. Darin allerhand Nippes, ungewöhnlich für einen Männerhaushalt. Nora traute ihren Augen kaum. Dort stand eine Porzellantänzerin. Sah aus wie Meißner. War das etwa eine der gestohlenen Figuren aus Marikka Kiefers Wohnung? Sollte Tom mit seiner Vermutung recht haben und Alexander Reuter ein Dieb sein?

„Bitte." Alexander stand plötzlich neben ihr, mit einem Glas Wasser in der Hand. Nora ignorierte es. „Teures Hobby", sagte sie mit Blick auf die Dinge hinter Glas.

„Geerbt. Sind Sie wirklich gekommen, um sich nach meiner Gesundheit zu erkundigen?", fragte er misstrauisch.

„Doch, schon, aber ich wollte dich auch wiedersehen, ich darf du sagen, ja? Wir sind schließlich gleichaltrig und auf dieselbe Schule gegangen. Und du bist außer Tamara die einzige Person in Schwerin von damals, die ich noch kenne." Das klang ein wenig hilflos und hoffentlich glaubhaft. Alexander schien beeindruckt. „Schwer, wieder Leute zu treffen, was?"

„Die meisten gehen auf Abstand, wenn ich erzähle, dass ich bei der Kripo bin. Bei dir ist das bestimmt leichter. Einen Handwerker hat jeder gern im Haus."

Alexander ging einige Schritte von der Vitrine weg. Als er merkte, dass Nora vor dem Schränkchen verharrte, kehrte er an ihre Seite zurück. „Suchst du was Bestimmtes?"

„Nein, nein, ich gucke nur. Ein sehr schönes Stück, diese Tänzerin. Darf ich sie mir mal aus der Nähe ansehen?" Ohne eine Antwort abzuwarten, nahm sie die Figur in die Hand: tatsächlich Meißner. Herrje, wie doof war der, geklaute Sachen offen herumstehen zu lassen? Nora lächelte arglos. „Wie viel muss ich zahlen, wenn sie mir aus der Hand fallen sollte?"

Alexander wurde eine Spur blasser und schwieg. Nora musste an sein schwaches Herz und seine besorgte Mutter denken. Natürlich war da auch Tom, der Alexander schon auf der Spur war. Wenn sie Bernds Bruder vor Tom warnte, würde sie Tom verraten, und wenn sie Alexander an Tom verriet, würde Frau Reuter möglicherweise einen weiteren großen Kummer ertragen müssen. Die Gesundheit ihres Sohnes könnte im Gefängnis ernsthaft Schaden nehmen. Nora war ein paar Sekunden unschlüssig. Dann drückte sie Alexander die Tänzerin vor die Brust und ließ sofort los. Einen Moment zu früh für Alexander. Die Figur schlug auf den Holzfußboden und zerbarst in viele Stücke.

„Shit!" Nora war erschrocken. „Das tut mir furchtbar leid. Wie blöd von mir. Aber keine Angst, ich bin versichert."

Alexander rührte sich endlich. „Ist egal, war eh nicht echt." Er lief weg, um was zum Auffegen zu holen. Wenig später hockte Nora neben ihm auf dem Fußboden und half, die Scherben aufzukehren. Im Stillen musste sie über sich den Kopf schütteln. Was trieb sie bloß? Schützte sie einen Dieb, weil er Bernds Bruder war? Wie sollte sie Tom in die Augen schauen? Eindringlich sagte Nora zu Alexander: „Schaff das weg, alles. Und lass in Zukunft die Finger davon." Alexander starrte sie verblüfft an.

„Glotz nicht so, denk an deine Mutter", sagte Nora und ging an dem auf dem Boden hockenden Alexander vorbei zur Tür.

Eine Schwangerschaft

Der Staatsanwalt lehnte es angesichts der dürftigen Indizienlage ab, einen Durchsuchungsbeschluss für Tamaras Wohnung auszustellen. „Ich habe den Chef schon informiert", sagte Gesine zu Nora, „er ist wieder da und will Sie auf der Stelle sprechen."

Als Nora eintrat, schaute Hansen Richtung Fenster, verzog keine Miene, und bot ihr auch keinen Platz an. „Das war wohl nix mit dem Durchsuchungsbeschluss."

Keine Anzeichen von Wut bei ihm; für Nora ein schlechtes Omen. „Haben Sie erfahren können, wo Jack ist?"

Hansen deutete ihre Frage offenbar als Ablenkungsmanöver und ging darüber hinweg. „Ich hatte Ihnen untersagt, diese Vergewaltigungstheorie weiter zu verfolgen."

„Nein, Sie wollten, dass ich die Fälle zu Ende bringe. Das versuche ich. Der Durchsuchungsbeschluss für die Wohnung von Frau Franke ist dafür dringend notwendig."

„Ruhe!", brüllte er.

Okay, der war noch der Alte.

Hansen stierte weiter aus dem Fenster. Nora meinte, einen unbekannten leidenden Zug in seinem Gesicht zu entdecken. Dass sein Sohn spurlos verschwunden war, traf ihn schwer. „Wollen Sie Johannes in die Fahndung geben?"

„So was Dämliches. Noch mehr tolle Ideen?"

„Ja. Es existiert eine Täter-DNS, die am letzten Vergewaltigungsopfer sichergestellt werden konnte. Wenn wir sie mit der DNS von Marcel Ziegler abgleichen, hätten wir Gewissheit, ob er der Täter war."

Hansen griff zum Telefon. „Wann kommt er?", rief er in den Hörer und legte auf, nachdem er offensichtlich eine Auskunft erhalten hatte. „Holger

Klein ist in ein paar Minuten da. Wegen der DNS rede ich mit ihm. Für Sie ist Feierabend."

„Werden Sie den Vergleich anordnen?"

„Ich denk drüber nach, und nun lassen Sie mich allein."

Antje saß an ihrem Schreibtisch. Nora hätte schwören können, ihre junge Kollegin war in den Stunden ihres Wegbleibens schöner geworden, regelrecht aufgeblüht, wenn das überhaupt möglich war. Leider musste sie Antjes frohe Laune trüben und kritisierte: „Einmal Wismar und zurück, das hat ziemlich lange gedauert."

„Stau", erklärte Antje.

„Zwischen Wismar und Schwerin?"

„Ja, seltsam. Habe dafür eine Neuigkeit von Henriette Waldorf. Die ist schwanger. Anfang vierter Monat. Hat sie nach einigem Zögern gestanden. Sie hatte Angst, wir würden ihren Torsten deswegen noch mehr verdächtigen, seine Frau umgebracht zu haben."

„Allerdings", meinte Nora, in Gedanken bei Hansen. Es tat ihr leid, dass sein Sohn abgetaucht war. Vielleicht sollte sie Hansen Hilfe anbieten. Alexander ging ihr auch durch den Kopf. Den hatte sie total verwirrt zurückgelassen. Und wenn sie sich mit der Porzellanfigur geirrt hatte? Nein, die stammte zweifellos aus Marikka Kiefers Vitrine. War nun sowieso futsch. Sie musste sich genau überlegen, was sie Tom von ihrem unorthodoxen Besuch bei Alexander erzählen würde. Hoffentlich hielt der darüber den Mund. Wenn Tom rausbekam, dass sie Alexander gewarnt hatte, wäre er stinksauer und würde künftig einen Bogen um sie machen oder sie sollte mit ihm ins Bett. Aber eine Fortsetzung der Bettgeschichte wollte sie ja vermeiden. Obwohl, im Moment spürte sie Sehnsucht nach ihm.

„Was wird mit Torsten Mann? Erneut vorladen?" Antje erwischte Nora auf dem falschen Fuß. „Torsten Mann?", vergewisserte sich Nora.

Antje nickte.

„Das wird der Chef entscheiden. Herr Mann hat uns die Schwangerschaft seiner Freundin verschwiegen. Nun ja. Dass die Waldorf ein Kind erwartet, ändert wenig an der Lage. Finde ich zumindest. Er erbt von seiner Frau, er bekommt ein Kind. Dem geht's irgendwann richtig prima." Weil Antje sie irritiert ansah, fügte Nora hinzu: „War nicht so gemeint. Habe einfach gewaltige Zweifel, dass der seine Frau getötet hat."

„Irgendwas ist eigenartig an dem", meinte Antje. Sie wickelte das letzte Stückchen Kuchen aus und schaute es begehrlich an.

Es war eine Viertelstunde vor sechs. Wenn sie den Besichtigungstermin mit Daphne einhalten wollte, musste sie langsam los. Hansen hatte sie in den Feierabend geschickt, sie konnte reinen Gewissens gehen. „Falls der Chef was von mir will, Frau Siggelkow, richten Sie ihm bitte aus, dass er mich jederzeit anrufen kann. Bis morgen."

Wohnungsbesichtigung

Von der Wismarschen Straße in die Martinstraße. Nora war stolz auf sich. Sie hatte die Tiefgarage gefunden, ohne sich zu verfahren. Einigermaßen pünktlich war sie auch. Daphne schickte im Minutentakt SMS, wo ihre Mutter bliebe. Der Klöresgang war fast direkt gegenüber auf der anderen Seite der Wismarschen. Sehr zentral gelegen, ein Pluspunkt für die Wohnung. Und sicherlich laut, ein Minuspunkt.

Eine junge Frau in engen weißen Hosen, knallbuntem Pulli und mit kurzem braunem Haar steuerte auf Nora zu. Was will die denn von mir, dachte Nora den Bruchteil einer Sekunde, bis sie Daphne erkannte. „Herrje, deine Haare!" Nora konnte sich schwer an den neuen Look ihrer Tochter gewöhnen.

„Mom! Komm schnell, die Maklerin wartet schon."

Nora verpasste Daphne erst mal eine kleine Standpauke. „Was denkst du dir dabei, mich von der Arbeit abzuhalten und über meinen Kopf weg irgendwelche Termine zu organisieren. Außerdem ist völlig unklar, ob ich in Schwerin bleibe und es sich lohnt, eine Wohnung zu mieten. Und wenn, würde ich das vorher schon gern mit deinem Vater besprechen."

„Dad ist bestimmt dafür."

Nora gab nach. Aber eine 4-Zimmer-Wohnung. Was sollte sie damit?

Daphne lief mit der Maklerin durch die leeren Räume, Nora folgte den beiden langsam. Sie war froh, dass sie kein Interesse heucheln musste. Eine vage Furcht beschlich sie, wieder auf eine Leiche zu stoßen. Aber wenn etwas Schreckliches in der Wohnung darauf wartete, entdeckt zu werden, würden die beiden vor ihr drüber stolpern.

„Mom! Sogar ein Gästeklo und das Bad mit Wanne und Dusche. Und zwei Balkons. Wie findest du's?", rief Daphne.

Nora musste zugeben, dass die Wohnung in Ordnung war. In der Mitte sowas wie ein Atrium, von dem alle Räume abgingen. Zum Klöresgang hin ein kleiner Austritt und zur Rückseite des Hauses ein größerer Balkon mit einer miesen Aussicht auf Dächer und Schornsteine.

Daphne hakte sich bei ihrer Mutter unter. „Du bist so schweigsam. Ist doch gut und genug Platz, oder?"

„Und wozu der viele Platz?"

„Wohnzimmer, Schlafzimmer, Besucher- und Kinderzimmer", zählte Daphne auf.

„Für wen das Kinderzimmer?"

„Für mich", freute sich Daphne, „für mich und Jakob, und das Besucherzimmer für Dad."

„Dein Vater schläft bei mir", sagte Nora spontan und fühlte sich wie eine Lügnerin. „Die Wohnung ist zu teuer und zu groß. Davon abgesehen, ich kann auf die Schnelle keine Entscheidung treffen."

Daphne schmollte ein bisschen und versprach der Maklerin, sich bald bei ihr zu melden.

Nach der Besichtigung bummelten Nora und Daphne durch die Geschäfte am Marienplatz. Sie erledigten kleinere Besorgungen, und Nora schenkte ihrer Tochter ein T-Shirt. Dann ging es zurück zur Pension. Ein Blick in ihr Zimmer, und Nora wusste, warum sie wollte, dass Daphne abreiste. Ihre Tochter hatte den Inhalt von Koffer und Tasche im ganzen Raum verstreut und auch das Bett voll belegt. Dass Daphne für zwei Tage Klamotten mit sich schleppte, als würde sie Wochen bleiben, wunderte Nora nicht.

Nora räumte einen Platz auf dem Bett frei, zog ihre Tochter zu sich und nahm sie in den Arm. „Daphne, Liebes, ich habe dich wirklich sehr gern bei mir, aber zur Zeit ist es ungünstig. Wir haben einen komplizierten Mordfall, ich habe viel zu arbeiten und muss mich dabei voll konzentrieren können."

„Kannst du doch. Ich beschäftige mich schon selbst."

„Klar. Es ist bloß so. Ich mache mir Sorgen um dich. Was ist mit deiner Ausbildung? Ist das endlich alles fest?"

„Ja."

Der zögernde Unterton in Daphnes Antwort alarmierte Nora. Von wegen! Daphne verschleppte die notwendigen Schritte und Prüfungen so lange, bis es für dieses Jahr zu spät sein würde. Nora fuhr mit einer Hand durch Daphnes kurzes Haar. „Fehlt dir Jakob?"

„Für Jakob ist es okay, wenn ich noch einen Tag bleibe. Ich ruf Dad an. Bin gespannt, was er zur Wohnung meint."

„Dein Vater ist beschäftigt, der hat seinen Kopf voll. Daphne, Kind, ich halte es für das Beste, wenn du morgen nach Berlin zurückfährst und dich schleunigst um deine Ausbildung kümmerst. Außerdem will ich mein Bett für mich. Wir haben das letzte Mal zusammen in einem Bett geschlafen, da warst du vier. Heute Nacht geht, aber das sollte es dann auch gewesen sein. Du fährst morgen früh."

„Was ist denn mit dir los, Mom!" Beleidigt fing Daphne an, ihre Habseligkeiten einzusammeln. „Jakob bezahlt mir ein Zimmer, keine Sorge, ich werde dich nicht behelligen!"

Eine halbe Stunde später saßen Nora und Daphne im Restaurant ‚Wöhler'. Das gemeinsame Essen war Noras Friedensangebot. Nach einigem Gezerre hatte sie sich mit Daphne geeinigt. Sie würde die eine Nacht bei ihrer Mutter verbringen und mit dem Bus am nächsten Vormittag die Heimreise antreten.

Dienstag, 9. 8. – Alarm in der Nacht

Schlaftrunken tastete Nora nach ihrem Handy, als es nachts um halb zwei klingelte. Die Schlaftablette, die sie genommen hatte, um an Daphnes Seite schlafen zu können, entfaltete gerade ihre ganze Wirkung.

Daphne ließ sich vom Handyklingeln nicht stören; sie schnarchte leise weiter. Der Mond schien matt in den Erker. Ein Auto fuhr geräuschvoll um die Straßenecke. Nora hatte das Gefühl, dass dieser Moment trotz des Kraches sehr heimelig sein könnte. Welcher Idiot rief mitten in der Nacht an? Nora hielt sich das Display vors Gesicht. Hansen! Oh je, was Dienstliches. „Ja, Chef?", flüsterte sie.

„Diesmal hat jemand anderes die Leiche gefunden, Frau Graf … Aber Sie kennen die Tote", schob er nach.

Nora schreckte hoch. „Keine Scherze. Wer ist es?"

Hansen zögerte: „Tut mir leid für Sie. Es ist Tamara Franke. In ihrer Wohnung. Adresse bekannt, nehme ich an. Kommen Sie her, bitte." Er legte auf.

Tamara? Das war ein Irrtum, nein, kein Irrtum, Tamara war tot, und wenn Hansen anrief, war sie keines natürlichen Todes gestorben. Verdammt, warum Tamara?

Automatisch begann Nora sich anzuziehen und stellte sich dabei in der Dunkelheit ziemlich ungeschickt an. Wegen Daphne wollte sie kein Licht machen. Als sie endlich fertig war, tastete sie den Tisch im Erker nach dem Autoschlüssel ab und stieß an ein Glas, das zu Boden fiel und zerbrach. Nora fluchte. Daphne wurde wach und blinzelte ihre Mutter mit schläfrigen Augen an. „Mom? Du stehst schon auf?"

„Schlaf weiter. Ich muss weg."

Daphne krabbelte aus dem Bett. „Warte, ich will mit."

„Auf keinen Fall!"

Zehn Minuten später fuhr Daphne Nora zum Tatort. Nora fand es unter den Umständen vernünftig, sich von der Tochter chauffieren zu lassen. Die hatte am Abend nur wenig getrunken und auch keine Schlaftablette genommen.

Vor dem Haus in der Severinstraße, in dem Tamara wohnte, versperrte ein Pulk Polizeiautos den Zugang. Daphne ließ das Auto stehen und lief ihrer Mutter hinterher. Nora schickte sie kurzangebunden zum Wagen zurück.

Aus Tamaras Wohnung drang durch die offene Tür bis ins Treppenhaus lautes, hemmungsloses Schluchzen. Janine kauerte zusammengekrümmt auf dem Wohnzimmerteppich, ihr schmaler Körper wurde heftig von Weinkrämpfen geschüttelt. Ein Arzt war bei ihr, und eine Beamtin versuchte, sie zu beruhigen. Nora widerstand dem Impuls, Janine in die Arme zu nehmen. Sie musste erst wissen, was los war.

Hansen und Holger Klein standen im Schlafzimmer beieinander. Ein Spurensucher hockte vor dem Heizkörper, der an einer Stelle blutbefleckt war. Ein zweiter inspizierte den Kleiderschrank. Tamaras Leiche lag rücklings auf dem Bett. Ihre Beine waren gespreizt und berührten den Boden. Slip und Jeans hingen ihr in den Kniekehlen. Die Leiche war von Kollegen mit einem dünnen Tuch vom Kopf bis zu den Oberschenkeln bedeckt worden.

Hansen bemerkte Nora. „Da sind Sie", knurrte er in einem Ton, als wolle er sich für das, was Nora gleich sehen musste, entschuldigen. Nora hob das Tuch an. Es war ein schrecklicher Anblick für sie. Über Tamaras rechte Gesichtshälfte lief von der Stirn bis zum Hals eine Blutspur. Ihre Bluse war zerrissen, der BH verrutscht. Ein längerer Stofffetzen war fest um den Hals gezogen. Um Tamara herum einige zerwühlte Kissen.

Nora hatte genug gesehen, und Hansen gab ein Zeichen zum Abtransport der Leiche. „Tja", meinte Holger zu Nora und zwinkerte nervös vor sich hin.

Es fiel Nora schwer, einen Gedanken zu fassen; sie war geschockt. „Wer hat Tamara gefunden?"

„Janine, die Tochter. Taucht mitten in der Nacht bei der Mutter auf, weil sie schlecht geschlafen hat. Apropos Schlaf, eine Mütze davon könnte ich auch noch gebrauchen."

Typisch Holger Klein. Wollte der etwa mit Smalltalk anfangen? Nora war froh, dass Hansen die Lage sachlich schilderte. „Janine traf bei ihrer Mutter gegen eins ein, sie besitzt einen Schlüssel und hat ohne zu klingeln aufgesperrt, weil sie ihre Mutter nachts nicht erschrecken wollte. Der Grund für ihren Mitternachtsbesuch ist nebulös; sie wäre von einer bösen Vorahnung geplagt gewesen oder hatte Angst, allein zu sein oder Ähnliches. Ella, ihre Tochter, hatte sie dabei. Die schläft jetzt bei einer Nachbarin. Ich glaube, aus Janine bekommen wir in den nächsten Stunden kaum was raus, der Notarzt hat ihr eine Beruhigungsspritze verpasst. Ich will sie aus dieser Wohnung haben. Einer muss sie nach Hause bringen und organisieren, dass bis morgen früh jemand bei ihr ist. Ein Drama reicht für heute Nacht."

„Das mit Janine kann Daphne übernehmen", schaltete sich Nora ein, „sie hat mich hergefahren. Daphne ist in Janines Alter, sie wird mit ihr zurechtkommen und kann die Nacht über bei ihr bleiben."

„Wer, zum Teufel, ist Daphne?", fragte Hansen.

„Ah ja, das ist meine Tochter. Sie hat mich hergefahren und sitzt im Auto. Zu allem bereit."

„Was hat denn Ihre Tochter an meinem Tatort zu suchen?", herrschte Hansen sie an.

„Daphne fängt im Herbst mit einer Polizeiausbildung an. Sie ist zuverlässig, Chef, und könnte uns helfen. Die Kollegin da draußen ist jedenfalls überfordert." Unfreiwillig fügte Nora hinzu: „Und ich habe irre Kopfschmerzen."

Hansen zog seine Stirn in Falten. „Ja, gut, weiter. Es gibt bisher keine Zeugen, niemand von den Nachbarn, die wir erreichen konnten, hat was Auffälliges bemerkt. Unsere Frau Doktor geht davon aus, dass Tamara Franke mit jemandem gekämpft haben muss. Dabei stürzte sie gegen den Heizkörper und verletzte sich, deshalb das Blut dort. Folgendes könnte danach geschehen sein: Tamara wurde aufs Bett geworfen, vielleicht in der Absicht, sie zu vergewaltigen. Als das misslang, schnappte der Täter sich eine Bluse, die irgendwo rumgelegen haben muss, zerriss sie und versuchte, die Franke zu strangulieren. Das dauerte ihm wohl zu lange, deshalb griff er sich ein Kissen und erstickte sie. Tatzeit vermutlich zwischen zweiundzwanzig und dreiundzwanzig Uhr."

Nora hatte angestrengt zugehört, und während Hansen den mutmaßlichen Tathergang schilderte, wurden ihre Knie weich wie Pudding. Sie reckte ihren Hals, um irgendetwas zu tun. Auf keinen Fall wollte sie, dass Hansen oder Holger ihr die Schwäche ansahen. „Ist das alles?", fragte sie.

„Für den Augenblick, ja." Hansen bückte sich und hob etwas vom Boden auf. Es war ein schmaler, dunkler Kamm, wie ihn Männer benutzen. Hansen steckte den Kamm in eine Tüte der Spurensicherung.

„Ich sehe mich mal in der Küche um", ließ sich Holger vernehmen und stakste davon.

Hansen berührte Nora leicht am Arm. „Es tut mir leid für Sie. Na, Sie zittern ja. Ist Ihnen übel? Fahren Sie nach Hause."

„Es geht schon. Wurde Tamara vergewaltigt?"

„Unwahrscheinlich. Sieht eher aus, als wolle uns jemand für blöd verkaufen."

„Keine Einbruchsspuren?"

„Nein. Spricht dafür, dass Frau Franke den Täter selbst in die Wohnung gelassen hat. Das würde bedeuten, dass sie ihn gekannt haben muss."

Nora bemerkte, wie der Kollege der Spurensicherung, der Tamaras Kleiderschrank durchsuchte, einige Schuhkartons aus dem Schrank holte. Er kippte ihren Inhalt auf den Fußboden, und zum Vorschein kam auch eine einzelne rote Sandale. Sehr ähnlich derjenigen, die der toten Veronika Mann an einem Fuß gefehlt hatte!

Überfall

Es konnte schnell festgestellt werden, dass die rote Sandale Veronika Mann gehörte. „Was bedeutet das?" Nora guckte Hansen groß an, der verlegen schwieg, und sie redete hastig weiter. „Ja, der Schuh, der könnte Tamara vom wahren Mörder Veronika Manns untergeschoben worden sein." Sie konnte selbst kaum glauben, was sie da von sich gab. Tamara hatte genug Gründe, ihre Lehrerin zu hassen. Das hatte sie doch selbst herausgefunden! Und Tamara konnte auf dem Nachhauseweg von ihrer Freundin gut auf Veronika Mann getroffen sein. Dann folgte ein gehässiges Wort aufs andere, ein Gerangel, ein Schubser zu viel ...

Dass ein Beweisstück von der Tat mitgenommen und absichtlich oder gedankenlos behalten wurde, kam gelegentlich vor.

„Wen halten *Sie* denn für den Mörder von Veronika Mann?", fragte Hansen behutsam.

Nora blieb stumm. Holger Klein, zurück aus der Küche, wendete die Plastetüte mit der roten Sandale begeistert hin und her und fand kein Ende. Seiner Meinung nach war nun der Fall der Toten aus dem Pfaffenteich gelöst und Tamara Franke als Täterin überführt.

Nora wollte an die frische Luft. Den Kollegen war sie sowieso keine große Hilfe, denn allein die Vorstellung, in Tamaras Sachen rumzuwühlen, verstärkte ihre Übelkeit.

Nora ging am Wohnzimmer vorbei, aus dem Janine inzwischen verschwunden war. Hansen hatte zugestimmt, dass Janine die Nacht über von Daphne betreut wurde. Am Morgen sollte eine andere Hilfe besorgt werden, falls Janine sie brauchte.

Draußen ließ Nora sich erschöpft auf einer Treppenstufe nieder und wünschte einen Augenblick, Daphne mit ihrem munteren Geplapper wäre bei ihr und würde sie ablenken.

Wenig später setzte Hansen sich neben sie. „Soll ich Ihnen einen Kaffee organisieren?" Ohne ihre Antwort abzuwarten, rief er Holger zu, er solle zwei Becher Kaffee besorgen.

Einmal Assi, immer Assi, dachte Nora flüchtig.

„Eh ich es vergesse", sagte Hansen, „das Ergebnis vom DNA-Abgleich Marcel Ziegler mit den Spuren vom letzten Vergewaltigungsfall haben wir heute Vormittag; die Kollegen geben ihr Bestes. Holger Klein veranlasst die Untersuchung von Tamaras Wohnzimmerteppich. Stimmen die Fasern mit denen an der Kleidung vom Opfer Ziegler überein, wurde er mit ziemlicher Sicherheit in dieser Wohnung getötet."

Nora spürte, dass Hansen sie musterte. Es kam wirklich dicke für sie. Ihre Kindheitsfreundin war mutmaßlich eine zweifache Mörderin. Furchtbar! War Tamara umgebracht worden, weil sie Veronika Mann ermordet hatte? Oder hatte ihr Komplize im Fall Ziegler sie auf dem Gewissen?

Holger brachte die Kaffeebecher, blieb ein paar Sekunden bei ihnen und verschwand wieder, als niemand ihn ansprach.

Nora pustete auf den heißen Kaffee. Dabei war es – wie zum Hohn – ihre erste laue Sommernacht in Schwerin.

„Fehlt uns der Komplize", meinte Hansen, „Sie hatten doch jemanden im Visier. Torsten Mann?"

Nora nickte. „Wir haben einen Fehler gemacht. Nein, das alles ist mein Fehler. Ich hätte Tamara gestern festnehmen müssen, dann wäre sie noch am Leben."

„Unnütze Gedanken. Zeitverschwendung. Gehen Sie schlafen, Kollegin, Sie brauchen bald wieder einen klaren Kopf."

„Ich fahre zu Torsten Mann und bringe ihn zur Inspektion."

„Das ist voreilig", mahnte Hansen, „wir sollten die Auswertung aller vorhandenen Spuren und die Obduktionsergebnisse abwarten."

Nora fiel ihm aufgeregt ins Wort. „Im Warten sind wir Weltklasse, oder wie! Denken Sie, ich kriege heute Nacht ein Auge zu, wenn ein Mörder frei herum läuft? Wollen Sie die Verantwortung übernehmen, wenn noch jemand sterben muss? Meine These von der Vergewaltigung Janines als Motiv für die Tötung Zieglers ist richtig. Und Torsten Mann war der Mittäter. Die paar Stunden, bis wir die Ergebnisse haben, können wir ihn bei uns festhalten."

Beide standen auf und sahen sich in die Augen. „Vielleicht haben Sie recht", meinte Hansen, „wenn Sie überzeugt sind, das tun zu müssen, dann tun Sie es. Ich halte die Stellung. Übrigens, wussten Sie, dass gestern der sogenannte Welterschöpfungstag war? Der bezieht sich natürlich auf anderes, aber irgendwie passt er auch zu uns, finde ich."

Nora fuhr zur Dr.-Hans-Wolf-Straße, in der Torsten Mann sein stattliches Haus hatte. In Höhe des Pfaffenteiches bog sie regelwidrig nach links ab. Eile war geboten. Keine Minute später sah sie von weitem Blaulicht und eine Reihe Polizeiautos. Direkt vor Torsten Manns Anwesen. War der etwa auch ermordet worden?

Hektisch stoppte sie ihren Wagen und lief zum Haus. Der Erste, auf den sie traf, war merkwürdigerweise Tom. Für einen Augenblick vergaß Nora, dass Tamara tot war und freute sich, ihn zu sehen. Doch schon im nächsten Moment verdüsterte sich ihre Stimmung wieder, und sie überfiel Tom mit Fragen: „Was ist los? Ist Torsten Mann was passiert?"

Tom führte sie ein Stückchen beiseite. „Was suchst du denn an einem Ort, an dem es weit und breit keine Leiche gibt?"

„Gott sei Dank!"

Tom erzählte, dass Torsten Mann gegen Mitternacht einen Raubüberfall gemeldet hatte. Bei ihm wurde die Terrassentür eingeschlagen und die Wohnung teilweise verwüstet. Er war von einem vermummten Angreifer mit einem Messer attackiert und an Kopf und rechtem Arm verletzt worden. Vorsichtshalber sei er zur besseren Versorgung im Krankenhaus.

„Lebensgefahr?", fragte Nora.

„Nein. Du kannst dich beruhigt ins Bett legen." Er rückte näher an sie ran. „Würde am liebsten mitkommen, muss leider weiter arbeiten."

Vom Mord an Tamara hatte Tom offensichtlich keinen Schimmer. Nora klärte ihn auf. „Nach Lage der Dinge hat Tamara Franke Veronika Mann umgebracht. Du weißt, das war unsere gemeinsame Lehrerin. Nun ist Tamara selbst in ihrer Wohnung ermordet worden. Sollte aussehen, als wäre ein Vergewaltigungsversuch eskaliert. Vermutlich absichtlich eine falsche Spur. Ich verdächtige Torsten Mann. Wann, nochmal, soll er überfallen worden sein?"

„Halt mal! Du meinst, Torsten Mann hat Tamara umgebracht? Das ist ja total verrückt. Und es ist unmöglich. Er ist selbst Opfer eines Angriffs geworden und liegt verletzt im Krankenhaus."

„Wann wurde er überfallen?"

„Hab ihn nicht selbst gesprochen. Als ich ankam, war er schon abtransportiert. Wie ich erfahren habe, geschah der Überfall nach seinen Angaben zwischen zehn und halb elf. Der Notruf ging bei uns aber erst wenige Minuten vor Mitternacht ein. Torsten Mann erklärte die Diskrepanz mit einer längeren Bewusstlosigkeit nach dem Niederschlag durch den Räuber. Als er wieder zu sich kam, war der Angreifer über alle Berge, und die Wohnung durchwühlt. Ob was fehlt, konnte er nicht angeben. Er hat an den ganzen Tathergang nur eine verschwommene Erinnerung."

„Weil alles falsch und gelogen ist. Tom, versteh doch! Tamara Franke wurde zwischen zehn und elf getötet. Und genau in dieser Zeitspanne wurde Torsten Mann überfallen und war danach bewusstlos? Der will uns weismachen, dass er ein Alibi für diese Zeit hat. Aber wir fallen nicht drauf

rein. Ich informiere Hansen und sorge dafür, dass der Mann im Krankenhaus bewacht wird."

Als Nora ihre Telefonate beendet hatte, wollte Tom sie zu ihrem Auto
bringen, doch Nora lehnte ab. Obwohl es inzwischen nach drei war, waren
die Kopfschmerzen verflogen, und sie fühlte sich einigermaßen fit. „Nun
bin ich schon mal da, Tom. Wenn du einverstanden bist, würde ich mich
gern ein bisschen umschauen." Tom hatte keine Einwände und begleitete
sie zur Rückseite des Hauses, wo sie die kaputte Terrassentür begutachtete.
Sie folgte Tom ins Wohnzimmer. Es war hell erleuchtet und bot ein Bild
der Verwüstung. Sicher schwer festzustellen, ob Gegenstände fehlten.
Aber Geld und Schmuck? Von Tom erfuhr Nora, dass der verbliebene
Schmuck von Veronika Mann im oberen Schlafzimmer aufbewahrt wurde,
und bis dorthin hätte es der Einbrecher nicht geschafft. Nach Toms
Meinung wurde der Täter von der Anwesenheit des Hauseigentümers
überrascht, denn nach dem Tod der Ehefrau hielt sich Torsten Mann über
Nacht meistens bei seiner neuen Freundin auf. Seine Gewohnheiten
könnten ausspioniert worden sein.

„Und wieso ist Torsten Mann ausgerechnet dieses Mal zu Hause geblieben?"

„Das musst du klären, wenn du es unbedingt wissen willst."

Er wies auf einen Blutfleck, ziemlich weit unten an einer Wand. „Lass
ich prüfen, ob der von Torsten Mann stammt."

Nora ging in die Küche. Auf den ersten flüchtigen Blick hatte dort ein
Vandale gehaust, doch bei genauerem Hinsehen bemerkte Nora, dass die
Verwüstung nur oberflächlich war. Es waren Kochtöpfe auf den Boden
geschmissen und ein paar Teller und Besteck wahllos in alle Richtungen
geworfen worden. Das war mit wenigen Handgriffen zu reparieren. Nach
diesem Eindruck betrachtete Nora auch das Wohnzimmer mit anderen
Augen. Ein, zwei Vasen waren zu Bruch gegangen, Bücher aus einem Regal

herausgerissen und ein paar Kleinmöbel umgeworfen worden, aber sonst? „Wo ist der Computer von Torsten Mann?"

„Treppe höher in seinem Arbeitszimmer. Da ist alles okay."

Nora zeigte zur kaputten Terrassentür. „Ein Stein?"

„Nach seiner Aussage, ja."

„Und wo ist das gute Stück?"

Tom grinste. „Das frage ich mich auch. Es müsste nach den Regeln der Schwerkraft im Zimmer liegen. Wenn's hell wird, suchen wir noch mal den Garten ab."

Ein verdächtiger Kamm

Nora und Tom saßen nebeneinander auf einer Holzbank im dunklen, hinteren Teil von Torsten Manns Garten, weit weg von den Kollegen, die immer noch mit der Spurensuche beschäftigt waren. Neugierige Nachbarn spähten über die Hecken und verzogen sich nach und nach wieder in ihre Häuser.

Es war früh um halb vier, und wieder wurde Nora von Müdigkeit übermannt. Nur Toms Anwesenheit hielt sie davon ab, auf der Stelle einzuschlafen. Sie griff nach einer Wasserflasche, die Tom ihr besorgt hatte und streifte dabei unabsichtlich seine Hand. Tom deutete das auf seine Weise, zog sie ein wenig an sich und küsste sie auf die Wange. Für einen Moment verschlug es Nora die Sprache, hastig trank sie kleine Schlucke Wasser und tat, als wäre nichts gewesen.

„Das war kein Einbruch, Tom, oder?"

„Schon möglich. Übrigens, warst du bei Alexander Reuter?"

„Warum sollte ich? Weil er *vielleicht* ein Dieb ist? Hab wirklich andere Sorgen." Tom ins Gesicht zu lügen, war das I-Tüpfelchen dieser Nacht. Nora seufzte laut und registrierte nebenbei, dass Tom was vom Rasen aufhob. „Sieh mal, Nora. Gerade gefunden." Er drückte ihr etwas in die Hand: einen winzigen Elefanten aus Rosenquarz. „Der soll dir Glück bringen, Nora."

Sie musste lächeln; Tom mit seinen Ideen. „Danke. Ich bin dann mal weg, mir ein bisschen Schlaf gönnen."

Er druckste herum. „Ja, natürlich schlafen. Aber an deiner Stelle würde ich vorher Torsten Manns Anziehsachen sicherstellen. Für alle Fälle. Es müssten ja Spuren vom Angreifer auf seinem Hemd sein, wenn's einen gegeben hat."

Nora folgte Toms Rat. Das Krankenzimmer von Torsten Mann wurde bewacht. Nora grüßte den Kollegen und ging hinein. Um drinnen etwas sehen zu können, ließ sie die Tür ein wenig offen. Torsten Mann schlief in einem Blümchen-Krankenhauseinheitshemd. Er hatte eine breite weiße Binde um den Kopf, und der rechte Arm war bandagiert. Hemd und Hose lagen zusammengeknüllt über einem Stuhl; am Boden die Schuhe. Fast geräuschlos stopfte Nora die Kleidung in eine mitgebrachte große Plastetüte und huschte aus dem Zimmer. Eine Nachtschwester schaute neugierig um die Ecke, doch als Nora mit ihrem Ausweis winkte, verdrückte sie sich wieder.

Um acht Uhr saß Nora hinter ihrem Schreibtisch. Sie wusste, dass sie einen furchtbaren Anblick bot, mit dunklen Ringen unter den Augen und strähnigen Haaren. Das Ergebnis von zu wenig Schlaf, zu langem Grübeln und Zeitnot. Sie hatte Torsten Manns Klamotten noch in der Nacht zur KTU gebracht. Ungeduldig wartete sie auf die Ergebnisse.

Antje kam zehn Minuten nach ihr, grüßte freundlich und stellte einen Dahlienstrauß auf die Fensterbank. Nora schwante, was als Nächstes passieren würde. Und tatsächlich – Antje packte ein Kuchenpaket aus und stellte Nora ungefragt ein Stückchen Stachelbeerkuchen hin. „Danke", sagte Nora, „mein Lieblingsobst. Als ob Sie es geahnt hätten."

„Habe gehört, dass Sie eine Nachtschicht hinter sich haben. Ich hat's im Urin, dass mit dem Torsten Mann was nicht stimmt. Aber ein Mörder? Ich hol uns Kaffee, ja?"

Nora nickte. So war Antje ein paar Minuten aus dem Büro, und sie konnte Daphne anrufen. Die schilderte ihrer Mutter die Lage. „Hi, Mom. Janine schläft noch, und ihre Ella habe ich zu einer Nachbarin gebracht. Wie geht's dir?"

„Sag mir lieber, wie es *dir* geht. Ich habe ein schlechtes Gewissen deinetwegen. Hab dich einfach verdonnert, Janine zu betreuen."

„Nein, nein. Ich wollte es ja auch und finde es toll, wenn ich dir helfen kann. Soll ich Janine wecken?"

„Ein paar Minuten geben wir ihr noch. Gegen neun holt sie ein Wagen ab. Du kannst nach Hause fahren." Nora stockte. Würde Daphne sie richtig verstehen? Sie meinte natürlich Berlin. „Du schaffst den Vormittagsbus, Daphne. Ist sicher das Beste. War ja auch anstrengend für dich."

„Bin Schlimmeres gewöhnt", prahlte Daphne.

„Fährst du?"

„Mal sehen. Kuss."

„Warte, Daffi. Kein Wort mit Janine zum Ablauf der Nacht oder über ihre Mutter."

„Bin doch keine Anfängerin, Mom. Wenn jemand schweigen kann, dann ich."

Nora hatte es gut getan, mit ihrer Tochter zu sprechen. Sie probierte den Kuchen, und ehe sie sich versah, hatte sie ihn aufgegessen.

„Selbstgebacken?", fragte sie Antje, die mit zwei Kaffeebechern zurückkehrte.

„Von meiner Mutter, die arbeitet in einer Konditorei. Ich kann jeden Tag Kuchen haben, wenn ich will. Erzählen Sie mir von letzter Nacht?"

Nora berichtete Antje knapp von den Ereignissen. Danach erkundigte sie sich im Krankenhaus nach Torsten Manns Befinden und erfuhr, dass er vernehmungsfähig sei. Sie packte Handschellen und Waffe in ihre Handtasche. „Muss nur mal kurz beim Chef vorbei", sagte sie und war aus dem Zimmer, bevor Antje sich an sie hängen konnte.

Aus einem schnellen Abstecher bei Hansen wurde nichts. Es schien, als hätte er auf sie gewartet. „Na, da ist ja unsere Gräfin."

Holger Klein und Gesine Romer waren anwesend, und Nora, die sich über die Gräfin-Anrede ärgerte, grüßte alle mit einem steifen „guten Morgen".

„Die ersten Ergebnisse sind da." Hansen wedelte mit einigen Papieren herum. „Zuerst das vorläufige Obduktionsergebnis Tamara Franke. Unser Verdacht hat sich bestätigt. Keine Vergewaltigung, auch keine versuchte. Dafür der Versuch, sie mit dem Fetzen einer ihrer Blusen zu strangulieren. Todesursache war eindeutig Ersticken. Dazu wurde ein Kopfkissen von ihrem Bett benutzt. Weiter zu Marcel Ziegler. Die fremde DNA-Spur vom letzten Vergewaltigungsopfer ist mit der DNA vom Ziegler identisch. Damit dürfte klar sein, dass der Ziegler der schon länger gesuchte Serien-Täter ist. Janine war wohl auch sein Opfer, wie Frau Graf vermutete. Die Vernehmung von Janine Ziegler wird dazu hoffentlich mehr Gewissheit bringen. Wir haben jedenfalls ein Motiv, warum Marcel Ziegler umgebracht wurde. Tatort war höchstwahrscheinlich Tamara Frankes Wohnung; an Zieglers Kleidung waren Fasern von ihrem Wohnzimmerteppich und auf dem Teppich Blutspuren von ihm."

Hansen hielt inne und strich sich mit einer Hand über den Schädel. „Tamara Franke ist nun selbst Opfer geworden. Sie hatte aber eine beachtliche kriminelle Energie. Wir müssen davon ausgehen, dass sie Veronika Mann tötete. Nach einem Streit, in dem es um die Machenschaften der Mann gegen Janine und deren Tochter Ella ging. Nun zur Frage, wer der Franke beim Mord an Marcel Ziegler geholfen hat. Wie wir nach der Tatrekonstruktion wissen, brauchte sie dringend einen Komplizen, sei es nur, um seine Leiche in die leerstehende Wohnung in der Lübecker Straße zu schaffen. Das Auto dafür fehlt ja wohl immer noch." Er sah fragend zu Holger.

„Ja und nein", meinte Holger dazu, „ich habe herausgefunden, dass Torsten Mann an jenem Freitag mit einem Mietwagen unterwegs war. Hab ich von einem seiner Geschäftspartner. Und dieses Auto ist gerade in der KTU. Kann sein, dass mit ihm die Leiche vom Ziegler transportiert wurde. Es wurde allerdings in der Zwischenzeit professionell gereinigt."

„Ja, man kann nicht alles haben. Zum Komplizen der Franke", fuhr Hansen fort, „der seinerseits mutmaßlich die Franke beseitigt hat. Aus Furcht, sie könnte ihn verraten. Wir haben auch einen zweiten Kandidaten dafür …"

Nora fiel ihm ungeduldig ins Wort. „Der Komplize war Torsten Mann, der Vater von Janine. Tamara hat Freitagnacht mit ihm telefoniert. Danach hat der Mann sein Handy abgeschaltet, damit wir später, das heißt hier und heute, nicht nachvollziehen können, wo er sich zur Tatzeit Ziegler aufhielt. Er hat Tamara gestern getötet, aus genau dem Grund, den Sie nannten, Chef. Wie ich von der Stationsärztin erfahren habe, ist er vernehmungsfähig. Ich will dann gleich zu ihm."

„Gemach, gemach, Frau Graf. Torsten Mann kann kaum der Mörder von Tamara Franke sein, wenn er zur Tatzeit selbst überfallen wurde."

„Ja, wenn! Ich bin sicher, der Überfall auf ihn gestern Nacht, der war getürkt", sagte Nora, „Kollege Weller hat dafür Hinweise, denen er heute weiter nachgeht. Die Kleidung von Torsten Mann wird analysiert. Wir müssen sein Haus durchsuchen. Kann sein, wir finden dort den Ledergür-tel, mit dem Marcel Ziegler stranguliert wurde."

„Wow", machte Holger und verdrehte die Augen.

„Wer ist denn nun Ihr Kandidat für den Mord an der Franke, Chef", mischte sich Gesine ein.

„Wenigstens eine hört mir zu", murrte Hansen, „der Kamm, den wir gestern unterm Bett der Franke gefunden haben, führt uns geradewegs zu Alexander Reuter. Ein sehr, sehr alter Schulfreund von der Franke. Er hat kein Alibi für die Tatzeit gestern. Er sitzt schon in der ‚2‘, um uns zu erklären, wie sein Kamm unter das Bett des Opfers geriet.“

„Alexander Reuter? Der ist doch kein Mörder!“ Nora sagte das mit Nachdruck und erntete von Holger Widerspruch. „Der ist natürlich unschuldig, weil er auch ein Freund aus Ihrer Kinderzeit ist.“

„Sie sind fies.“ Das war Nora rausgerutscht und ihr sofort peinlich. Persönliche Beleidigungen von Kollegen waren ihr normalerweise fremd. Entschuldigend suchte sie Blickkontakt mit Gesine Romer; die lächelte still vor sich hin. Hansen dagegen zog seine Stirn in Falten und schaute irritiert zu Nora.

„Noch was?“, fragte er.

Gesine meldete sich. „Allerdings. Alexander Reuter hat für den Tattag Ziegler ein überzeugendes, mehrfach geprüftes Alibi. Also, der Komplize beim Mord Ziegler kann er definitiv nicht gewesen sein.“

Genau, dachte Nora, wenigstens eine sah die Angelegenheit wie sie.

„Was anderes ist es mit dem Mord an der Franke“, redete Gesine weiter, „sein Kamm lag nun mal unter dem Bett. Möglicherweise hatten die beiden ja was miteinander zu laufen.“

„Meine Meinung“, bekräftigte Holger.

Nora fand es weiterhin abwegig, Alexander zu verdächtigen, aber eine Diskussion kostete nur Zeit. Sie wollte so schnell wie möglich zu Torsten Mann.

Hansen verteilte die Aufgaben. „Frau Romer spricht mit Janine Ziegler, Holger Klein mit dem Reuter. Und Sie, Frau Graf, fahren ins Krankenhaus und befragen Torsten Mann. Ich veranlasse die Durchsuchung der Wohnungen von Reuter und Mann. Und vom Weller will ich Meldung, falls feststeht, dass der Überfall nur vorgetäuscht war.“

Verhaftung

Nora rief bei der KTU an. Danach nahm sie Kontakt mit Tom auf. Trotz intensiver Suche war in Torsten Manns Garten kein Stein gefunden worden, der zu den Beschädigungen der Terrassentür passte. Tom hatte auch sonst keine Spuren von einem Räuber identifizieren können. Kein Nachbar habe Hilferufe gehört. Tom bestärkte Nora in der Annahme, Torsten Mann habe den Überfall auf sich inszeniert.

Der Beamte vor Torsten Manns Krankenzimmer war Nora unbekannt. Sie wies sich als Kollegin aus und betrat das Einzelzimmer. Der Verletzte hatte Besuch von Henriette Waldorf, seiner Freundin. Sie saß neben dem Bett, an dessen Fußende frische Klamotten lagen, und hielt ihm die heile linke Hand.

Nora grüßte beide freundlich. „Wie geht es Ihnen?"

Torsten antwortete ungehalten: „Wie soll es mir wohl gehen? Meine Ehefrau wird ermordet, ich werde brutal überfallen, schwer verletzt, mein Haus wird verwüstet. Und im Krankenhaus wird meine Kleidung geklaut! Man ist nirgends mehr sicher. Obwohl ich ja bewacht werde wie ein Schwerverbrecher. Haben Sie wenigstens den Mistkerl, der mich angegriffen hat?"

Nora holte sich einen Stuhl ans Bett und setzte sich. „Ihre Kleidung wird untersucht, das ist üblich bei einem Vorfall dieser Art. Und der Kollege vor der Tür dient Ihrer Sicherheit, solange der Angreifer flüchtig ist. Wäre es möglich, dass ich allein mit Ihnen reden kann?"

„Ich habe keine Geheimnisse vor Henriette."

„Ich schon." Nora sah Frau Waldorf in die Augen. „Wären Sie so nett?"

Henriette drückte die Hand ihres Partners, lächelte ihm aufmunternd zu und verließ das Zimmer.

„Was soll das Theater", beschwerte sich Torsten, „Henriette weiß alles von mir, und sie kann alles hören."

„Nehmen Sie Rücksicht auf Ihre Freundin, sie ist schwanger. Ich möchte vermeiden, dass sie sich unnötig aufregt. Nun zu Ihnen. Warum waren Sie gestern Nacht bei sich zu Hause statt bei Frau Waldorf?"

„Erstens geht Sie das nichts an. Zweitens hatte ich Papierkram zu erledigen. Drittens muss ich die Beerdigung von Veronika organisieren. Reicht das?"

„Schildern Sie mir einmal genau den Ablauf des Überfalls", bat Nora.

„Warum das denn! Ich habe wahnsinnige Kopfschmerzen. Außerdem sagte ich einem Ihrer Kollegen schon gestern, dass meine Erinnerung begrenzt und lückenhaft ist. So ist es immer noch. Ich bin bewusstlos gewesen. Seitdem liegt über allem ein nebliger Film."

„Interessant. Sie sprachen gestern von einem vermummten Täter, einem Mann, der Sie mit einem Messer angriff. Wie lief das ab?"

„Wie schon! Der kam auf mich zu und stach mit dem Messer auf mich ein. Von vorn. Er traf mich am Kopf, nein, zuerst am Arm, tiefe Schnitte, ich wollte weg, der griff mich und schleuderte mich an die Wand. Dann bin ich ohnmächtig geworden."

„An welche Wand schleuderte er Sie?"

„Im Wohnzimmer."

„Ja, da gibt es zwei unverstellte Wände. An welche sind Sie geflogen?"

Torsten schwieg für ein, zwei Sekunden. „Woher soll ich das in meinem Zustand noch wissen."

„Fasste der Angreifer dazu den verletzten Arm an?"

„Wieso?"

„Er muss Sie irgendwo gepackt haben, um Sie stoßen zu können."

„Ich glaube, er hat mich von hinten geschubst."

„Ach, das wissen Sie, ja?"

Torsten schwieg.

Nora deutete auf seinen rechten Arm. „Wurden die Verletzungen fotografiert?"

„Warum sollten sie!" Sichtlich verärgert stützte er sich mit dem linken Arm hoch. „Wenn Sie hergekommen sind, um mich zu drangsalieren, dann gehen Sie. Ich brauche Ruhe." Er fasste sich an den Kopf. „Ich bin Opfer eines Verbrechens geworden. Jemand wollte mich umbringen. Den sollten Sie suchen, statt mich zu belästigen."

„Bleiben Sie ruhig, Herr Mann. Wer sollte Sie denn Ihrer Meinung nach töten wollen? Ich denke, Sie sollten ausgeraubt werden."

„Alles getarnt. Als Raub, Einbruch, Diebstahl getarnt. Begreifen Sie endlich. Ich sollte sterben wie Veronika!"

„Aber warum denn?" Nora stellte sich absichtlich naiv. Sie ahnte längst, worauf Torsten hinaus wollte.

„Jemand hat Rache an Veronika genommen, weil ihr beim Baden dieses Schulkind gestorben ist. Und ich war damals Rettungsschwimmer. Alles wegen dieses Badeunfalls. Das haben Sie doch selbst zu Tamara gesagt." Er blinzelte Nora wütend an.

„Das war eine Überlegung unter vielen, und sie war falsch. Herr Mann, leider habe ich keine guten Nachrichten für Sie. Letzte Nacht ist Tamara Franke ermordet worden."

„Was Tamara? Ist Janine in Ordnung? Und Ella?"

„Ja, beiden geht es den Umständen entsprechend. Wir haben in der Wohnung von Tamara Franke einen Schuh Ihrer Frau Veronika gefunden. Und zwar dieselbe Sandale, die an der Leiche gefehlt hat. Daraus und aus anderen Indizien ziehen wir den Schluss, dass Tamara Ihre Ehefrau getötet hat. Der Badeunfall spielt dabei überhaupt keine Rolle." Das stimmte zwar nur bedingt, doch für Details war später noch genügend Zeit. Sie beobachtete, wie Torsten auf die Todesnachricht reagierte; er starrte wortlos an die weiße Zimmerdecke.

„Ich habe eine zweite schlechte Nachricht für Sie", sagte Nora, „ich kaufe Ihnen den Quatsch von einem Überfall mit Mordabsicht nicht ab."

Ursprünglich wollte Nora mit der Festnahme von Torsten Mann warten, bis alle Beweise gegen ihn vorlagen. Einem Impuls nachgebend, holte sie die Handschellen hervor, und ehe Torsten realisierte, was mit ihm geschah, hatte sie ihn mit der linken, gesunden Hand am Bett fixiert. „Herr Mann, ich nehme Sie vorläufig fest wegen des dringenden Verdachts, Tamara Franke ermordet zu haben. Und wegen des Verdachts, zusammen mit Tamara Franke Marcel Ziegler getötet zu haben."

Torsten rang um Fassung. „So ein Unsinn. Wieso sollte ich Tamara töten?"

„Sie mussten Tamara beseitigen, weil sie Ihnen gefährlich wurde. Tamara ist impulsiv und unberechenbar. Das wurde Ihnen immer mehr klar. Sie haben mit ihr gestritten, und Tamara wird Ihnen dabei verraten haben, dass sie Veronika tötete. Warum sie Veronika hasste, dass brauche ich Ihnen nicht zu erklären, Herr Mann. Als Tamara tot war, haben Sie Spuren vertuscht und es für uns so aussehen lassen, als hätte sie jemand vergewaltigen wollen. Alles umsonst."

Torsten zerrte an der Fessel herum und versuchte, sich zu befreien. „Sind Sie verrückt geworden?! Ich bin unschuldig, selbst ein Opfer", schrie er, „machen Sie mich los!"

Henriette Waldorf stürzte mit dem Wachmann im Gefolge ins Zimmer, und als sie ihren Geliebten gefesselt erblickte, blieb sie mit offenem Mund stehen.

„Henriette, das ist alles ein Missverständnis, Liebes, ich kann dir alles erklären. Frau Graf, ich will einen Anwalt!"

„Immer der Reihe nach. Zuerst verabschieden Sie sich anständig von Ihrer Freundin. Bis zum Wiedersehen kann eine Weile vergehen."

Ein Geistesblitz

Nora suchte die behandelnde Ärztin von Torsten Mann und zeigte ihren Polizeiausweis. „Wie schwer ist Herr Mann verletzt?"

Der Blick der Ärztin huschte zwischen ihren Fingernägeln, ihren Schuhen und der Kommissarin hin und her. „Er zeigt Symptome einer Gehirnerschütterung und hat Schnittverletzungen am Arm."

„Wie schlimm ist die Wunde an seinem Kopf?"

„Sie könnte die Ursache für die Gehirnerschütterung sein."

„Ja, schon. Ich drücke mich unklar aus, tut mir leid", meinte Nora, „also, andersherum. Sehen Sie Anzeichen dafür, dass Ihr Patient sich selbst verletzt haben könnte?"

Mit dieser Vermutung hatte sie das Interesse der Ärztin geweckt. „Wie kommen Sie darauf?"

„Ich habe meine Gründe. Wäre es möglich?"

„Nun, ich habe auch meine Gründe, um darüber zu schweigen. Was anderes. Soll ich *Sie* mal durchchecken? Sie machen keineswegs einen fitten Eindruck auf mich, Frau Kommissarin. Essen Sie regelmäßig und trinken genug?"

„Zu wenig Zeit. Ich bin voll damit beschäftigt, einen Mord aufzuklären. Wenn ich wüsste, ob die Kopfverletzung von Torsten Mann eine längere, mindestens eine Stunde andauernde Bewusstlosigkeit bewirken konnte, wäre mir sehr geholfen, und ich könnte mir ein Brötchen aus der Kantine holen."

Nora rief Hansen an. Sie fasste zusammen, was sie von der KTU, Tom und der Ärztin erfahren hatte. Sie gab nur Stichworte weiter, die würden ihm genügen: An Torsten Manns Kleidung keine Fremdspuren eines möglichen Angreifers; sein unbeschädigtes Oberhemd, dessen rechter

Ärmel bei einer Messerattacke Risse aufweisen müsste; die merkwürdig falsche Platzierung eines Blutfleckes an seiner Wohnzimmerwand. Ein Einbruch und Angriff, wie der Mann ihn geschildert hatte, war nach Tom Wellers Einschätzung mit den Spuren im Haus in keiner Weise in Übereinstimmung zu bringen.

„Die Ärztin hält eine längere Bewusstlosigkeit aufgrund der Verletzungen für äußerst unwahrscheinlich", führte Nora weiter aus, „die Gedächtnislücken sind vorgetäuscht, das Alibi von Torsten Mann geplatzt. Zu guter Letzt flüchtet er sich in die Legende, dass er umgebracht werden sollte, weil er damals als Rettungsschwimmer beim Badeunfall von Bernd Koch versagt hat. Also, Chef, wir müssen ihn dringend aus dem Verkehr ziehen."

Von Hansen vernahm sie statt einer Antwort zuerst ein Schnaufen. Dann versprach er, in wenigen Minuten zurückzurufen.

Zur selben Zeit

Janine Ziegler verweigerte jede Aussage.

„So funktioniert das nicht", warnte Gesine Romer, „auch wenn Sie schweigen, Frau Ziegler, werden Sie trotzdem wegen Beihilfe zum Mord an Ihrem Ehemann Marcel belangt. Es liegt für uns auf der Hand, dass Sie vom Mordplan Ihrer Mutter Tamara gewusst haben müssen. Als Sie durch die Tests Gewissheit hatten, haben Sie sich ihr anvertraut und endlich erzählt, was Marcel Ihnen Schreckliches angetan hat. Er hat Sie vergewaltigt, wovon Sie gegen Ihren Willen schwanger wurden. Später hat er sich als liebevoller Vater eines nicht von ihm gezeugten Kindes und verständnisvoller Ehemann präsentiert. Quasi nebenbei wurden weitere Frauen seine Opfer. Sie wussten, dass Ihre Mutter handeln würde, Frau Ziegler, und so war es auch. Tamara hat beschlossen, Marcel zu töten, weil *Sie* sonst kaputt gegangen wären."

Janine blieb unbeweglich sitzen.

„Sie haben Ihrer Mutter ein falsches Alibi gegeben. Und das Handy von Marcel haben Sie ihm am Morgen des Tattages entwendet. So war er nach seinem Feierabend für Sie unerreichbar. Dadurch hatten Sie später eine Ausrede, warum Sie so lange mit einer Vermissten-Meldung warteten. Wer hat geholfen, Marcel umzubringen? Ihr Vater Torsten?"

Janine raffte sich zu einer schwachen Reaktion auf und schüttelte den Kopf.

„Sie müssen ins Mikro sprechen, Frau Ziegler. Laut und deutlich, bitte. Was wissen Sie vom Mord an Veronika Mann?"

„Wieso?"

Gesine fragte mit ihrem tiefsten Bass: „Was wissen Sie davon?"

„Nichts." Janines Augen füllten sich mit Tränen.

„Frau Ziegler, Ihre Tochter Ella wird ohne Familie in einem Heim aufwachsen. Ihr Vater ist tot, Sie im Gefängnis, Oma Tamara ist tot, und Opa Torsten wird auch einsitzen. Wie furchtbar für die Kleine. Ach, ich vergaß, es gibt ja die Großeltern von Marcels Seite. Soll Ella bei denen leben?"

Janine unterbrach die Kommissarin mit heiserer Stimme. „Wieso soll mein Vater ins Gefängnis?"

Gesine schwieg ein paar Sekunden, bevor sie Janine sagte, dass Torsten Mann der mutmaßliche Mörder von Tamara war.

„Nein, das hat er niemals getan!"

„Wir wissen noch nicht den genauen Grund, warum er sie tötete. Torsten Mann ist möglicherweise klar geworden, dass Tamara seine Ehefrau Veronika umbrachte, und er wollte sich rächen. Oder beide gerieten aneinander, weil die Polizei ihnen auf der Spur war, und einer hatte Angst, der andere würde ihn verraten. Das wissen wir noch nicht."

„Mein Vater ist unschuldig."

„Torsten Mann war vielleicht nicht von Anfang an in die tödlichen Pläne zur Ermordung Marcels eingeweiht. Aber er hat bei der Tat geholfen und die Leiche in seinem Mietauto transportiert. Den Ledergürtel, mit dem Marcel erwürgt wurde, den haben wir im Haus Ihres Vaters Torsten sicherstellen können. Mit den Fingerabdrücken der beiden Männer drauf. Ringen Sie sich endlich zur Wahrheit durch, Janine, damit können Sie Ihre Situation verbessern."

Janine wischte sich Tränen aus dem Gesicht. „Das ist alles Marcels Schuld. Er war ein böser Mensch. Durch und durch böse. Es war nicht nur die Vergewaltigung. Er hat mich bedroht. Mich und Ella. Als ich wusste, wer er war, konnte ich nicht mehr mit ihm leben. Ich bin mit Ella zu meiner Mutter. Er wollte mich töten, mich und Ella. Uns alle." Janine schluchzte heftig auf. „Ich bin froh, dass er weg ist. Mit seiner Leiche können Sie machen, was Sie wollen. Meinetwegen sperren Sie mich ins Gefängnis. Aber Ella darf nicht zu seinen Eltern."

Zur selben Zeit

Alexander Reuter atmete heftig.

Holger Klein trampelte unter dem Tisch mit den Füßen. Er wollte den Verdächtigen am liebsten anbrüllen, damit der gestand. Er fürchtete aber, der Reuter könnte sich während des Verhörs über Gebühr aufregen und einen Herzinfarkt erleiden. Dann wäre er, Holger, schuld. In Blitzesschnelle sah Holger seine Karriere wegen Alexander Reuter den Bach runter gehen. Deshalb zwang er sich, den Verdächtigen betont ruhig anzusprechen. „Hören Sie. Unter dem Bett, auf dem die Leiche von Tamara Franke lag, haben wir einen Kamm gefunden, der Ihnen zuzuordnen ist." Holger schob den Kamm, der in einer Plastetüte steckte, zum Reuter über den Tisch. „Erkennen Sie ihn?"

„Ja."

„Wie kam der unter das Bett von Frau Franke?"

„Null Ahnung. Den habe ich seit Tagen gesucht. Wahrscheinlich habe ich ihn verloren. Ich verliere oft Dinge oder vergesse sie."

Holger wurde sauer. Wollte der Reuter seine Intelligenz beleidigen? „Sie haben den Kamm verloren und zufällig landet der im Schlafzimmer einer ermordeten Frau?"

„Da will mir jemand was anhängen. Erst die Leiche in der Lübecker Straße und jetzt mein Kamm bei Tamara. Ich habe in der Lübecker gearbeitet, war aber längst fertig, als der Tote dort versteckt wurde. Ich bin kein Mörder!"

„Sie arbeiteten bis zwei Tage vor besagtem Freitag in der Lübecker?"

„Ja, bis Mittwoch."

„Und haben Ihren Stuhl in der Wohnung vergessen?"

„Den Hocker, ja."

Holger hatte einen Geistesblitz. Er meinte zu verstehen, auf welche Weise der Kamm vom Reuter unter Tamaras Bett gelangte. Es war relativ banal: der Reuter verlor ihn in der leeren Wohnung, und der Mörder von Tamara entdeckte ihn, als er dort die Leiche versteckte. Er nahm ihn für alle Eventualitäten mit, ohne wissen zu können, wem er gehörte. Um die Kripo notfalls auf eine falsche Spur zu locken, denn an einem Kamm haftete immer irgendeine DNA.

Holger fühlte sich zum ersten Mal voll und ganz als Kommissar, als er folgenden Satz von sich gab: „Hauen Sie ab, Mensch."

Alexander war verdutzt über den schnellen Sinneswandel des Kommissars, ließ sich aber nicht zweimal sagen, dass er gehen durfte. Erleichtert schloss er die Tür des Verhörzimmers hinter sich und traf auf einen freundlich lächelnden Beamten, der eine Sonnenbrille auf der Stirn trug.

Tom fasste Alexander leicht am Arm. „Ich glaube, wir müssen uns mal unterhalten, Herr Reuter."

Tante Uschi

„Die Fälle sind abgeschlossen", so Hansen am Telefon zu Nora, „ich lass Torsten Mann auf die Krankenstation im Gefängnis überführen. Sind Sie noch im Krankenhaus?"

„Auf dem Weg zur Inspektion."

„Halt! Wir beide treffen uns am Schloss." Hansen legte auf.

Am Schloss? Hörte sich an wie ein Date. Unwillkürlich schaute Nora aus einem Fenster im Krankenhausflur. Ja, die Sonne schien, und der Himmel war blau. Und ihr Magen meldete mit einem leisen Grummeln, dass es Zeit war, etwas zu essen. Nora trat auf die Straße. Was für eine herrliche Luft! Wettermäßig hatte sich der Tag gemausert; es wurde tatsächlich Sommer in Schwerin. Sie prüfte ihr Aussehen im Taschenspiegel. Oh je! Die Ärztin hatte recht gehabt. Sie war viel zu bleich und diese Ringe unter den Augen. Vielleicht sollte sie sich eine Sonnenbrille kaufen?

Nora stellte ihr Auto auf dem Parkplatz am Schloss ab und lief Richtung Schlossbrücke. Warum dieser Treff? Wegen Jack? Ihr Handy klingelte, auf dem Display stand „Hansen".

„Okay, bin da, Chef. Wo sind Sie?"

„Auf dieser kleinen Landzunge im See, rechts vom Marstall, dort, wo vorn ein einzelner Baum steht. Sehen Sie den? Da bin ich." Herrje! Musste der sie wieder ans Wasser schleppen!

Er war von weitem zu erkennen. Ein einsamer, etwas zu massiger Mann mit sonnbeschienener Glatze auf einer Bank. Nora beeilte sich. Außer Atem setzte sie sich zu ihm. Hansen umfasste mit einer Armbewegung die Gegend, ähnlich wie Tom es in Zippendorf getan hatte. „Na, wie finden Sie diese Aussicht? Dieser wunderbare Blick aufs Schloss. Das ist einer meiner Lieblingsplätze in Schwerin."

„Sie wollten mir Ihren Lieblingsplatz zeigen?"

„Ich will, dass Sie sich ein bisschen entspannen. Das mit der Franke ist sicher schwer für Sie. Und ich wollte Ihnen sagen, dass ich froh bin, dass Sie in meinem Team sind."

„Hören Sie meinen Magen knurren? Sie hätten mich zum Essen einladen können, Chef", erwiderte Nora, verwundert über seine lockere Stimmung. Sie dagegen hatte das Gefühl, dass gerade irgendetwas schief lief, die nächste Katastrophe schon im Anmarsch wäre.

„Sie passen in unsere Truppe", sprach er munter weiter, „ein Maßstab ist unsere Gesine Romer. Sie haben einen Draht zu ihr. Wer mit der kann, kann mit jedem und jeder. Und aus Holger wird mit Ihrer Hilfe in absehbarer Zeit noch ein richtig guter Kriminalist."

„Schön. Was kann ich für *Sie* tun?"

„Als Kind war ich oft an genau dieser Stelle. Früher hat man hier gebadet. Ich hatte eine Tante Uschi, die hat mich immer hergeschleppt."

„Ich hatte auch eine Tante Uschi", sagte Nora halblaut vor sich hin.

Hansen überhörte es. „Tante Uschi war ein Unikum. Sie ist mit mir zu jedem Rummel. Fast jedes Los, das sie kaufte, hat gewonnen."

„Das hat meine Tante Uschi auch gekonnt."

Hansen ließ einen anerkennenden Pfiff los. „War Ihre auch Witwe mit so einem peinlichen BH, mit dem sie stolz rumlief und auch ins Wasser ist?"

Nora zeichnete die Form des Büstenhalters in die Luft: ein spitzer Kegel. Er nickte grinsend, und Nora lachte auf. „Nee, dit kann doch nich waah sein", berlinerte sie.

„Leider ist Tante Uschi viel zu früh gestorben." Er sprach abgehackt weiter: „Zu viel Leid in ihrem Leben. Die Männer tot. Kein Kind. Der Alkohol."

Diese Geschichte kam Nora bekannt vor, trotzdem weigerte sie sich, eins und eins zusammen zu zählen. Hansen vergewisserte sich: „Wie hieß Ihre Mutter mit Mädchennamen?"

„Glagow."

„Meine auch. Und mit Vornamen?"

„Aber, Chef. Glauben Sie ernsthaft, dass wir beide verwandt sind?"

Er zuckte belustigt mit den Schultern.

„Oh, nein. Wäre fast drauf reingefallen. Ist das ein Scherz zu meiner Aufmunterung?"

Hansen pfiff vor sich hin.

Nora begriff. „Seit wann wissen Sie es?"

„Hatte von Anfang an so eine Ahnung. Außerdem, wenn jemand in Schwerin geboren ist ... Die Stadt ist klein und mein Parchim um die Ecke. Gewissheit gewann ich Freitagabend bei einer Flasche Rotwein und beim Blättern in alten Fotoalben. Da tauchte auf Familienbildern ab und zu ein kleines dünnes Mädchen auf. Irgendwann ist sie aus meinem Leben verschwunden. Meine Mutter hieß Elke. Ihre eine Schwester war die ulkige Tante Uschi, und die andere hieß Ruth. Tante Ruth hatte ein Mädchen Nora und zwei nervige Jungs, die immer mit dem älteren Berthold toben wollten."

„Berthold?!"

„Damals nannten Sie mich Bert oder Berti, je nach Gefühlslage. Also, Gräfin, sieht aus, als könnten wir wieder du sagen."

„Nich Ihr Ernst, oder? Soll ich Sie etwa Berti nennen?"

Beide schauten sich kurz an, bevor jeder mit seinen Blicken das Weite suchte. Nora fixierte das Schloss, während ihre Gedanken kreuz und quer gingen. Entspannen sollte sie sich. Wie denn? Sie saß beinahe *in* einem See und neben ihrem Cousin!

Und Tamara war tot.

Hansens Handy summte. Er äugte aufs Display. „Unbekannte Nummer", murmelte er und nahm den Anruf an. „Ja, der bin ich. – Was? – Wie geht es ihm? – Ich komme. – Ja, sofort!" Er legte auf und atmete heftig. „Johannes. Mein Albtraum wird wahr. Er hat eine Überdosis erwischt und liegt auf der Intensivstation im Rostocker Krankenhaus. Ich muss zu ihm." Hansen erhob sich zu voller Größe. „Aber, Gott sei Dank, er lebt."

„Jack schafft das ganz bestimmt. Ich wünsche es euch von Herzen."

Flucht

In der Mecklenburgstraße aß Nora eine ‚Original Thüringer Bratwurst‘, die ihr von einem südländischen Mann mit goldenem Hut kredenzt wurde.

Das war ja wohl ein Witz: Sie und Hansen Cousin und Cousine? Und in welcher Beziehung stünde sie dann zu Jack? Wäre sie eine Art Nebentante oder Neben-Großtante? Sei es wie es sei, diese Verwandtschaft musste vor dem Team vertuscht werden, vor Holger Klein besonders. Ein gefundenes Fressen wäre das für den, vielleicht auch für die Polizeioberen. Nora sah schon ihren Job in Schwerin deswegen gefährdet. Nein, sie würde Hansen alias Berti darauf einschwören, dass er die Klappe hielt, war sicher in seinem Sinne.

Als Nora aufgegessen hatte, rief sie Tom an. „Hallo, Nora“, begrüßte er sie und sprudelte los. „Rate mal, wen ich gefasst habe!“

Nora hatte eine Ahnung, stellte sich aber dumm.

„Den Alexander Reuter! War ganz einfach. Er ist gleich umgefallen. Weil er Angst hatte, wegen Mordes an der Franke in den Knast zu wandern. Lieber gab er zu, ein Dieb zu sein. Es war ein Kinderspiel. Endlich ein Erfolg, Nora. Wo bist du?“

„Ist er verhaftet?“

„Der Reuter war voll geständig und kooperativ, obwohl wir in seiner Wohnung merkwürdigerweise kein Diebesgut gefunden haben. Von dir weiß ich aber, wie es gesundheitlich um ihn steht. Deshalb haben wir vorläufig auf eine Festnahme verzichtet. Und was treibst du?“

„Warte mal. Hat der Reuter sonst was gesagt?“

„Was meinst du? Wo bist du überhaupt?“

„Bin auf dem Weg zum Parkplatz am Schloss und dann zur Inspektion. Wir können uns in zwanzig Minuten in der Kantine treffen, wenn du willst.“

„Will ich. Weswegen hattest du mich angerufen? Ich bin dir ja sehr uncharmant über den Mund gefahren", meinte Tom.

„Torsten Mann ist wegen Mordes festgenommen. Reden wir gleich drüber, bis dahin."

Kaum war das Gespräch vorüber, klingelte Noras Handy. Sie dachte, Tom hätte was vergessen und sagte nur ‚ja'.

Es war eine Hiobsbotschaft, die ihr ein Beamter übermittelte. Torsten Mann war geflohen!

„Wie das denn! Wann ist es passiert?", fragte Nora.

„Als er in die Krankenhausabteilung nach Bützow gebracht werden sollte. Ihm konnten wegen der Verletzung am Arm keine Handschellen angelegt werden. Hat wohl einen Kollaps vorgetäuscht, einem Kollegen die Waffe entwendet und den anderen damit bedroht."

„Wo war das?" Nora wurde ungeduldig.

„Hier in Schwerin vor dem Krankenhaus. Er konnte noch bis in die Altstadt verfolgt werden. Fahndung läuft auf Hochtouren. Holger Klein hat die Leitung, weil Bert Hansen nicht erreichbar ist."

„Okay, halten Sie mich auf dem Laufenden", bat Nora.

Nora rief Holger an, doch seine Nummer war ständig besetzt. Sie versuchte es bei Hansen; sein Handy war aus. Ja klar, der war auf der Intensivstation bei seinem Sohn.

Wo konnte Torsten Mann Zuflucht suchen? Bei Janine oder seiner Freundin, oder wollte er zum Auto, das vor seinem Haus stand? Aber nein, da hatte Holger bestimmt eine Streife hingeschickt. Und Janine war in Polizeigewahrsam und damit in Sicherheit.

Nora beauftragte Antje zu checken, ob Torsten oder seine Henriette über eine Immobilie verfügten, die sich als Versteck eignete; ein Ferienhaus oder eine Garage zum Beispiel. Oder ob er ein Boot hatte. Danach schickte Nora Tom eine SMS, dass sie in der Stadt bliebe wegen der Flucht von Torsten Mann.

Während sie auf eine Nachricht wartete, lief sie kreuz und quer durch die Altstadt. Immer wieder schaute sie aufs Handy, aber keine Meldung. Hatte der Flüchtige sich in Luft aufgelöst? Von Antje schließlich die Info, dass weder Henriette Waldorf noch er ein Wochenendhäuschen oder Boot besaßen. Antje war in Kontakt mit Holger. Henriette war in Wismar, ihr Handy wurde überwacht. Sie war in großer Sorge um Torsten, hatte aber keine Idee, wo er sich aufhalten könnte.

Nora war erneut am Schloss gelandet und überlegte, zur Dienststelle zu fahren. Sie geriet in einen Trupp ausländischer Touristen. Für eine Sekunde dachte sie, den Haarschopf von Torsten Mann zu sehen. Ein Irrtum. Nora schaute zur Landzunge hinüber, wo sie vor kurzer Zeit mit Hansen gewesen war. Ihrem Cousin. Wenn sie das ihrem Vater erzählte!

An der Anlegestelle der Weißen Flotte war Betrieb. Auf dem Oberdeck eines Dampfers bereits zahlreiche Fahrgäste. Ein Grüppchen hastete zum Schiff, das offensichtlich ablegen wollte. Ein Mann mit Krückstock und Mütze humpelte als Letzter hinterher.

Nora wandte sich ab. Doch merkwürdigerweise geisterte ihr der Alte auf dem Weg zum Parkplatz im Kopf herum. Ein alter Mann mit Gehhilfe? In Schwerin ein alltägliches Bild. Nora war in Gedanken und deshalb umso erstaunter, als sie Tom erblickte, der ihr mit langen Schritten entgegen kam. Mit Sonnenbrille auf der Nase und Pistolenhalfter an der Hüfte. „Ich dachte, du könntest vielleicht meine Hilfe brauchen." Nora war gerührt, erwiderte aber trocken, sie könne sehr gut selbst auf sich aufpassen.

„Der Mann ist bewaffnet", entgegnete Tom.

„Ich auch. Und ich kann bestimmt besser mit dem Schießeisen umgehen als er."

Noras Handy meldete sich. Daphne. „Rate, wo ich bin, Mom!"

Mein Gott, Daphne hatte sie ja völlig vergessen! „Kind, bist du im Bus nach Berlin?"

„Nö. Heute ist so schönes Wetter. Ich sonne mich. Alles easy, Mom. Geht es Janine gut?"

„Ja, sie ist in Ordnung. *Wo* sonnst du dich?"

„Auf einem Schiff. Schade, dass du arbeiten musst."

Bei Nora klingelten plötzlich alle Alarmglocken. „Bist du etwa auf dem Dampfer, der gerade abgelegt hat?"

„Woher weißt du?"

Auf einem Dampfer

Nora erzählte Tom hastig, dass sie befürchtete, Torsten Mann könne auf demselben Schiff sein wie Daphne. „Ein Mörder! Wir müssen sofort was unternehmen. Ich ruf die Wasserschutzpolizei."

„Erst mal den Kopf einschalten." Tom schaute zum sich entfernenden Schiff hinüber, setzte dann seine Sonnenbrille ab und blickte Nora ernst an. „Bist du sicher, dass dieser Typ da drauf ist?"

„Eine starke Ahnung. Da war ein Mann mit Krücken." Vor Aufregung brachte sie keinen vernünftigen Satz heraus. „Und meine Daffi! Wenn ihr was passiert, das kann ich mir nie verzeihen."

„Schön ruhig bleiben. Also, du hast einen Mann mit Krücken gesehen und weiter?"

Nora versuchte, sich zu konzentrieren. „Er ging zwar an Krücken, aber er hatte keinen alten Körper. Ja, das war's, was falsch war. Wo fährt dieses Schiff hin?"

„Seen-Rundfahrt, zum Ziegelinnensee und zurück zum Schloss. Dauert ungefähr anderthalb Stunden."

„Kein Stopp?"

„Einen am Speicher. Aber was will der Mann auf dem Dampfer? Da sitzt er doch wie in einer Mausefalle."

„Moment, Tom. Wo ist dieser Speicher?"

„Am Ziegelinnensee, ein Hotel auf der rechten Seite."

„Irre ich mich, oder wohnt Torsten Mann auf der anderen Seite des Sees?", wollte Nora wissen.

„Man könnte es so sehen."

„Vielleicht ist das sein Plan. Er könnte am Speicher aussteigen und zu Fuß zu seinem Haus."

„Idiotischer Plan. Sein Haus ist ziemlich weit weg und wird observiert."

„Der Mann ist verletzt und in Panik. Der denkt nicht mehr vernünftig. Deshalb auch der Fluchtversuch auf einem Ausflugsschiff. Wir brauchen Kontakt zum Kapitän."

„Wir schicken ihm ein Foto von Torsten Mann aufs Handy, und er kann checken, ob er wirklich an Bord ist", schlug Tom vor.

„Das ist zu riskant. Wenn der Kapitän sich auffällig verhält? Nein, das ist mir zu gefährlich. Der Mann ist bewaffnet, und es sind sehr viele Menschen an Bord."

„Dann geben wir eben Alarm für den Einsatz eines Sonderkommandos, ohne Gewissheit, ob wir recht haben. Besser einmal umsonst ausgerückt als einmal zu wenig", meinte Tom schließlich.

Nora dachte an Daphne. Wenn sie ihr das Foto des Flüchtigen schickte ... Daphne war zwar spontan und risikobereit, aber sie konnte auch überlegt handeln. Nein, sie würde Daphne ohne Not in Gefahr bringen. Aber war es besser, sie ahnungslos zu lassen? Tom schien denselben Gedanken zu haben. „Wie schätzt du deine Tochter ein? Kann sie jemanden beobachten, ohne selbst aufzufallen?"

Nora musste sich entscheiden. Wenn sie Daphne fragen könnte, würde die „cool, Mom" sagen. „Gut, ich schicke ihr das Foto." Sie stockte. „Ja, Tom?" Er nickte.

Ihre SMS an Daphne mit dem Foto enthielt auch die dringende Aufforderung, sich absolut ruhig zu verhalten und keinen Alleingang zu unternehmen.

Angespannt warteten beide auf Antwort. Jede Minute, die verging, fühlte Nora sich elender. Wenn sie sich irrte. Wenn gerade Schreckliches geschah? Endlich Nachricht von Daphne: „Mann an Deck, mir gegenüber, trinkt Kaffee. Was soll ich tun?"

NICHTS!!! Schrieb Nora eilig zurück.

Tom informierte Holger Klein, wie sich der Gesuchte verkleidet hatte und dass er sich auf dem Ausflugsschiff „MS Schwerin" befand. Und dass zufälligerweise auch Noras Tochter an Bord war.

Nora und Tom waren bereits vor Ort am Ziegelinnensee, als Daphne ihrer Mutter meldete, es gäbe ein technisches Problem. Deshalb verzögere sich die Ankunft am Speicher.

Alles lief, wie mit Holger Klein abgesprochen. Der Kapitän würde erst auf Weisung der Polizei am Speicher anlegen. Das SEK war angefordert und im Anmarsch.

Nora erhielt von Antje die Nachricht, dass Henriette Waldorf in Wismar mit einem Rettungswagen ins Krankenhaus gebracht worden war. Wahrscheinlich habe sie sich wegen der Flucht von Torsten Mann heftig aufgeregt und ängstige sich nun sehr um das Kind in ihrem Bauch.

Auch das noch, dachte Nora, bemüht, weiterhin neben Tom wie eine harmlose Spaziergängerin zu wirken. Doch Interesse für die schöne Gegend zu heucheln, ging über ihr Vermögen. In ein paar Minuten musste sie eventuell auf ein schwankendes Schiff. Wieso auch flüchtete der Kerl ausgerechnet aufs Wasser? Aber wichtiger als ihre Angst war, dass Daphne und den Ausflüglern nichts passierte. Nora fühlte den Elefanten von Tom in ihrer Hosentasche und berührte ihn ein paar Mal. Der sollte ja angeblich Glück bringen.

„Alles in Ordnung?" Tom sah Nora aufmunternd an. „Mach dir keine Sorgen wegen deiner Tochter. Die wird den Kerl im Auge behalten und rechtzeitig in Deckung gehen, wenn das SEK übernimmt. Sie schafft das, kommt doch nach dir."

„Woher willst du das wissen? Gib mir deine Sonnenbrille", forderte sie, „ich brauche sie zur Tarnung. Torsten Mann kennt mich."

Viertel vor eins näherte sich das Schiff im Schneckentempo der Anlegestelle. Tom lümmelte auf dem Ponton herum, als wäre er ein Gast, der zusteigen wollte, während Nora sich etwas abseits hielt. Das SEK sollte längst da sein; Nora wurde nervös. Das Anlegemanöver konnte nicht länger verzögert werden, ohne dass Passagiere unruhig würden und Torsten Mann Verdacht schöpfen könnte.

Sie rief Holger an, der inzwischen auf dem Weg zum Speicher war. Das SEK müsse jede Minute eintreffen. Er wusste auch, woher der Geflüchtete Mütze und Krückstock hatte. Die seien einem gehbehinderten Rentner am Vormittag in der Altstadt entrissen worden.

Der Dampfer lag nun keinen Meter von der Anlegestelle entfernt. Fahrgäste lehnten über der Reling. Noras Herz machte einen Sprung, als sie glaubte, Daphne zu erkennen. Spontan gab sie ihre Deckung auf und lief zu Tom. Der umarmte sie stürmisch und drückte ihren Kopf an sich, dass ihr fast die Luft wegblieb. „Was soll das?", keuchte sie.

„Der Typ darf dich auf keinen Fall erkennen. Sei still!"

Einige Sekunden verharrten sie in der Pose eines Liebespaares. Ein paar Ausflügler oben klatschten; galt das ihnen? Nora spürte Toms Mund an ihrem Ohr. „Schluss mit der Warterei. Ruf den Kapitän heimlich an. Er soll anlegen, und wir beide gehen an Bord!"

Geiselnahme

Nachdem das Schiff angelegt hatte, erklärte Tom dem Kapitän, er und seine Kollegin würden aufs Oberdeck gehen und dort den bewaffneten Täter festnehmen. Sowie sie oben seien, solle er mit seinen Leuten beginnen, die Gäste umsichtig vom Schiff zu bringen.

Nur aus Angst um Daphne ließ Nora sich auf diese ungeplante Aktion ein. Ihre Tochter in der Nähe eines Mörders!

Tom packte ihre Hand und zog sie entschlossen vorwärts. An Bord herrschte eine entspannte Stimmung. Auf dem Oberdeck unterhielten die Leute sich, genossen Sonne und Aussicht. Einige aßen Kuchen oder Würstchen mit Brot, und die meisten tranken etwas. Nora entdeckte Daphne ziemlich weit vorn in Bugnähe. Sie saß mit dem Rücken zu ihr. Nora fluchte innerlich. Sie hatte Daphne eine SMS geschickt, sie solle das Schiff verlassen, sowie es anlegte. Wieso brachte Daphne sich nicht in Sicherheit?

Schräg gegenüber ihrer Tochter verbarg ein groß gewachsener Mann sein Gesicht unauffällig-auffällig mit einer Mütze, neben ihm lehnte ein Stock. Hinter den beiden hielt sich niemand mehr auf.

Tom tastete sich den schmalen Mittelgang entlang auf Torsten Mann zu, Nora dicht hinter ihm. Plötzlich entstand Unruhe. Offenbar war Schiffspersonal dabei, die Gäste von Bord zu lotsen; es wurde laut.

Nur zwei Personen verharrten von allem scheinbar unberührt auf ihren Plätzen, Daphne und Torsten Mann.

Als Tom einen Augenblick später fast auf Höhe der beiden war, stieß Torsten Mann den Stock weg, sprang auf und war mit einem Satz bei Daphne. Er zerrte sie hoch, zog sie wie ein Schutzschild vor sich und hielt eine Pistole an ihre Schläfe. Daphne wurde schlagartig kreideweiß im Gesicht.

Schreie erfüllten die Luft. Autoreifen quietschten. Das SEK! Nora schlug das Herz bis zum Hals. Sie und Tom entsicherten ihre Pistolen und richteten sie auf Torsten Mann. „Waffe runter!", rief Tom. „Lassen Sie die Frau los! Herr Mann, die Waffe runter, Sie haben keine Chance."

„Mir doch egal, ich drück ab. Haut ab, oder ich drücke ab!"

Nora riss sich die Sonnenbrille vom Gesicht, zwängte sich an Tom vorbei und sprach auf Torsten ein. „Geben Sie auf. Sie machen alles nur schlimmer. Legen Sie die Waffe auf den Boden und lassen Sie die Frau frei."

„Verschwinden Sie, Frau Graf. Ich habe eine Geisel und nichts mehr zu verlieren!"

„Torsten, Henriette ist im Krankenhaus. Ihr und dem Baby geht es schlecht. Wenn Sie aufgeben, können Sie zu ihr. Das verspreche ich Ihnen. Seien Sie vernünftig. Henriette braucht Sie."

Nora spürte, wie sich Tom in ihrem Rücken und im allgemeinen Tohuwabohu davongeschlichen hatte. Was hatte er vor? Daphne war in Torsten Manns Armen gefangen. Würde er tatsächlich auf sie schießen?

„Alles nur Trick. Ich will freies Geleit für mich und die Geisel! Verschwinden Sie, alle! Auch das SEK! Weg, alle weg!"

„Okay, okay. Es geschieht, wie Sie wollen. Bleiben Sie ruhig. Sie bedrohen eine junge Frau, genauso alt wie Ihre Tochter Janine." Nora trat als Zeichen des Einlenkens zwei Schritte zurück, holte tief Luft und rief so laut sie konnte: „Alle Leute von Bord, auch das SEK. Alle weg und nicht schießen!"

„Werfen Sie Ihre Waffe über Bord, Frau Graf!", forderte Torsten Mann.

Nora tat, was er wollte und stand mit erhobenen Händen vor ihm. „Torsten! Besinnen Sie sich. Sie haben doch bisher noch niemanden absichtlich umgebracht."

„Warum haben Sie mich dann verhaftet? Tamara ist die Mörderin meiner Frau. Und sie wollte Marcel töten, nicht ich. Ich hatte ja gar keine Ahnung von der Vergewaltigung und allem. Und dass Tamara tot ist, war ein scheußlicher Unfall. Hätten Sie Ihre Arbeit richtig gemacht, Frau Graf, wäre die durchgeknallte Tamara längst im Knast. Alles, was hier passiert, ist allein Ihre Schuld!"

„Von wegen! Wenn Sie sich gleich nach dem Tod von Marcel gestellt hätten, wäre Ihre Strafe überschaubar geblieben. Und Tamara würde leben."

Daphne ächzte, als ob sie keine Luft mehr kriegte. Nora versuchte, sie durch intensive Blicke zu ermutigen. Etwas musste geschehen. Auf einmal tauchten Tom und zwei SEK-Leute neben dem Steuerhaus auf. Lautlos schlichen sie sich in Torsten Manns Rücken.

Damit der davon nichts bemerkte, redete Nora weiter auf ihn ein. „Sie müssen aufgeben! Lassen Sie die Frau endlich frei! Nehmen Sie mich als Geisel, wo Sie doch der Meinung sind, dass ich an allem schuld bin."

Auf Torstens Stirn perlte Schweiß, seine Augen traten unnatürlich weit vor. Für Nora Anzeichen einer beginnenden Panik. Tom signalisierte, dass sie bereit waren.

Nora nahm all ihren Mut zusammen und hoffte, sie fand die passenden Worte. „Die Frau, die Sie mit der Waffe bedrohen, heißt Daphne. Sie ist meine Tochter. Mein einziges Kind."

Torsten Mann war tatsächlich verblüfft und fing an, mit dem Oberkörper hin und her zu wackeln. In diesem Moment wurde er von einem SEK-Mann von hinten angesprungen, zu Boden gerissen und überwältigt. Dabei fiel ein Schuss. Nora fing Daphne auf.

Epilog

Nora saß im Erker und trank eine Tasse ihres Lieblingstees. Auf dem Tischchen vor ihr die kleinen Elefanten, rosarot und neu von Tom und hölzern und etwas älter von Robert. Ob die sich vertrugen?

Aus dem Bad drang das Rauschen der Dusche. Daphne schrubbte sich zum wiederholten Male. Als sei die Erinnerung an ihre Geiselnahme wegzuwaschen. Nora seufzte. Wenn sie ihrer tapferen Tochter nur helfen könnte.

Robert hatte geschimpft, weil sie Daphne in Gefahr gebracht habe. Na ja, später entschuldigte er sich. Inzwischen war er auf dem Weg nach Schwerin. Wie auch Daphnes Freund Jakob.

Zum Glück war auf dem Dampfer niemand ernsthaft verletzt worden. Unter die Mordfälle konnte nun ein Schlussstrich gezogen werden. Verrückt, was ihr in der kurzen Zeit seit ihrer Ankunft alles passiert war. Schönes und Böses. Sie war zurück in dem Beruf, der ihr Herzenssache war. Sie hatte eine Kindheitsfreundin gefunden und sie auf tragische Weise wieder verloren. Eine Wunde aus der Kindheit konnte geheilt werden - ihre vermeintliche Mitschuld an einem tödlichen Unfall.

Morgen würde sie Janine und Ella besuchen. Janine kam wahrscheinlich ungestraft davon. Wie Jack, wenn er die Überdosis überlebte. Sie hoffte, sie musste ihren Cousin Hansen nicht erst an den Jack-Deal erinnern, damit er alles tun würde, um Janine das Gefängnis zu ersparen. Ella sollte eine Chance haben, wenigstens bei ihrer Mutter aufzuwachsen.

Die „Petermännchen-Fähre" legte gerade an. Die würde sie auch bald mal benutzen. Nach dem gefährlichen Einsatz auf dem Schiff wäre das ein Klacks für sie.

Draußen glitzerte der Pfaffenteich friedlich in der Sonne. Leute spazierten an seinem Ufer. Alles normal. Nora war angekommen.

Inhaltsverzeichnis